梅杈楼文集

林冠夫　著

北京时代华文书局

图书在版编目（CIP）数据

梅权楼文集 / 林冠夫著. -- 北京：北京时代华文书局, 2016.2
（中国艺术研究院学术文库 / 王文章主编）
ISBN 978-7-5699-0786-5

Ⅰ. ①梅… Ⅱ. ①林… Ⅲ. ①《红楼梦》研究－文集
Ⅳ. ①I207.411-53

中国版本图书馆CIP数据核字(2016)第007663号

中国艺术研究院学术文库

梅权楼文集

著　　　者	林冠夫
出 版 人	田海明　杨红卫
项目统筹	余　玲
责任编辑	袁思远
装帧设计	程　慧
责任印制	刘　银
营销推广	赵秀彦

出版发行 | 时代出版传媒股份有限公司 http://www.press-mart.com
　　　　　 北京时代华文书局 http://www.bjsdsj.com.cn
　　　　　 北京市东城区安定门外大街136号皇城国际大厦A座8楼
　　　　　 邮编：100011　电话：010－64267120　64267397
印　　刷 | 山东临沂新华印刷物流集团　0539-2925888
　　　　　 （如发现印装质量问题，请与印刷厂联系调换）
开　　本 | 710mm×1000mm　1/16
印　　张 | 26.75
字　　数 | 408千字
版　　次 | 2016年3月第1版　2016年3月第1次印刷
书　　号 | ISBN 978-7-5699-0786-5

定　　价 | 75.00元

总　序

王文章

以宏阔的视野和多元的思考方式，通过学术探求，超越当代社会功利，承续传统人文精神，努力寻求新时代的文化价值和精神理想，是文化学者义不容辞的责任。多年以来，中国艺术研究院的学者们，正是以"推陈出新"学术使命的担当为己任，关注文化艺术发展实践，求真求实，尽可能地从揭示不同艺术门类的本体规律出发做深入的研究。正因此，中国艺术研究院学者们的学术成果，才具有了独特的价值。

中国艺术研究院在曲折的发展历程中，经历聚散沉浮，但秉持学术自省、求真求实和理论创新的纯粹学术精神，是其一以贯之的主体性追求。一代又一代的学者扎根中国艺术研究院这片学术沃土，以学术为立身之本，奉献出了《中国戏曲通史》、《中国戏曲通论》、《中国古代音乐史稿》、《中国美术史》、《中国舞蹈发展史》、《中国话剧通史》、《中国电影发展史》、《中国建筑艺术史》、《美学概论》等新中国奠基性的艺术史论著作。及至近年来的《中国民间美术全集》、《中国当代电影发展史》、《中国近代戏曲史》、《中国少数民族戏曲剧种发展史》、《中国音乐文物大系》、《中华艺术通史》、《中国先进文化论》、《非物质文化遗产概论》、《西部人文资源研究丛书》等一大批学术专著，都在学界产生了重要影响。近十多年来，中国艺术研究院的学者出版学术专著至少在千种以上，并发表了大量的学术论文。处于大变革时代的中国艺术研究院的学者们以自己的创造智慧，在时代的发展中，为我国当代的文化建设和学术发展作出了当之无愧的贡献。

为检阅、展示中国艺术研究院学者们研究成果的概貌，我院特编选出版"中国艺术研究院学术文库"丛书。入选作者均为我院在职的副研究员、研究员。虽然他（她）们只是我院包括离退休学者和青年学者在内众多的研究人员中的一部分，也只是每人一本专著或自选集入编，但从整体上看，丛书基本可以从学术精神上体现中国艺术研究院作为一个学术群体的自觉人文追求和学术探索的锐气，也体现了不同学者的独立研究个性和理论品格。他们的研究内容包括戏曲、音乐、美术、舞蹈、话剧、影视、摄影、建筑艺术、红学、艺术设计、非物质文化遗产和文学等，几乎涵盖了文化艺术的所有门类，学者们或以新的观念与方法，对各门类艺术史论作了新的揭示与概括，或着眼现实，从不同的角度表达了对当前文化艺术发展趋向的敏锐观察与深刻洞见。丛书通过对我院近年来学术成果的检阅性、集中性展示，可以强烈感受到我院新时期以来的学术创新和学术探索，并看到我国艺术学理论前沿的许多重要成果，同时也可以代表性地勾勒出新世纪以来我国文化艺术发展及其理论研究的时代轨迹。

中国艺术研究院作为我国唯一的一所集艺术研究、艺术创作、艺术教育为一体的国家级综合性艺术学术机构，始终以学术精进为己任，以推动我国文化艺术和学术繁荣为职责。进入新世纪以来，中国艺术研究院改变了单一的艺术研究体制，逐步形成了艺术研究、艺术创作、艺术教育三足鼎立的发展格局，全院同志共同努力，力求把中国艺术研究院办成国内一流、世界知名的艺术研究中心、艺术教育中心和国际艺术交流中心。在这样的发展格局中，我院的学术研究始终保持着生机勃勃的活力，基础性的艺术史论研究和对策性、实用性研究并行不悖。我们看到，在一大批个人的优秀研究成果不断涌现的同时，我院正陆续出版的"中国艺术学大系"、"中国艺术学博导文库·中国艺术研究院卷"，正在编撰中的"中华文化观念通诠"、"昆曲艺术大典"、"中国京剧大典"等一系列集体研究成果，不仅展现出我院作为国家级艺术研究机构的学术自觉，也充分体现出我院领军国内艺术学地位的应有学术贡献。这套"中国艺术研究院学术文库"和拟编选的本套文库离退休著名学者著述部分，正是我院多年艺术学科建设和学术积累的一个集中性展示。

多年来，中国艺术研究院的几代学者积淀起一种自身的学术传统，那就是勇于理论创新，秉持学术自省和理论联系实际的一以贯之的纯粹学术精神。对此，我们既可以从我院老一辈著名学者如张庚、王朝闻、郭汉城、杨荫浏、冯其庸等先生的学术生涯中深切感受，也可以从我院更多的中青年学者中看到这一点。令人十分欣喜的一个现象是我院的学者们从不固步自封，不断着眼于当代文化艺术发展的新问题，不断及时把握相关艺术领域发现的新史料、新文献，不断吸收借鉴学术演进的新观念、新方法，从而不断推出既带有学术群体共性，又体现学者在不同学术领域和不同研究方向上深度理论开掘的独特性。

在构建艺术研究、艺术创作和艺术教育三足鼎立的发展格局基础上，中国艺术研究院的艺术家们，在中国画、油画、书法、篆刻、雕塑、陶艺、版画及当代艺术的创作和文学创作各个方面，都以体现深厚传统和时代创新的创造性，在广阔的题材领域取得了丰硕的成果，这些成果在反映社会生活的深度和广度及艺术探索的独创性等方面，都站在时代前沿的位置而起到对当代文学艺术创作的引领作用。无疑，我院在文学艺术创作领域的活跃，以及近十多年来在非物质文化遗产保护实践方面的开创性，都为我院的学术研究提供了更鲜活的对象和更开阔的视域。而在我院的艺术教育方面，作为被国务院学位委员会批准的全国首家艺术学一级学科单位，十多年来艺术教育长足发展，各专业在校学生已达近千人。教学不仅注重传授知识，注重培养学生认识问题和解决问题的能力，同时更注重治学境界的养成及人文和思想道德的涵养。研究生院教学相长的良好气氛，也进一步促进了我院学术研究思想的活跃。艺术创作、艺术教育与学术研究并行，三者在交融中互为促进，不断向新的高度登攀。

在新的发展时期，中国艺术研究院将不断完善发展的思路和目标，继续培养和汇聚中国一流的学者、艺术家队伍，不断深化改革，实施无漏洞管理和效益管理，努力做到全面协调可持续发展，坚持以人为本，坚持知识创新、学术创新和理论创新，尊重学者、艺术家的学术创新、艺术创新精神，充分调动、发挥他们的聪明才智，在艺术研究领域拿出更多科学的、具有独创性的、充满鲜活生命力和深刻概括力的研究成果；在艺术创作领域推出更多具有思想震撼力和艺术感染力、具有时代标志性和代表性的精品力作；同时，培养更多德才兼备的优秀青年人才，真正把中国艺术研究院办成全国一流、世界知名的艺术研究中心、艺术教育中心和国际艺术交流中心，为中华民族伟大复兴的中国梦的实现和促进我国艺术与学术的发展作出新的贡献。

2014年8月26日

目　录

辨章学术

考镜源流

辨章学术

中国古典诗歌艺术与电影蒙太奇

一

　　某些电影论著说：蒙太奇是电影特有的表现手法。这种说法，无论是否准确，但却表明了电影理论家（至少是一个派别）对于蒙太奇在塑造银幕形象中的作用，是十分重视的。蒙太奇这个词，是法语montage的音译，原为建筑学用语，有构成、装配等含义。移用于电影艺术，作为电影理论术语，相当于镜头的组接、剪辑等意思。

　　电影艺术家张骏祥，曾就蒙太奇的作用问题，作过这样的论述：

　　　　两段戏或是两个镜头，当它连接在一起的时候，产生了当它们独立存在的时候所没有的意义，或者更丰富的意义，产生了对观众的特殊的感染力量。这就是所谓蒙太奇的作用。①

　　这段话，扼要地说明了蒙太奇作为电影艺术手法的基本涵义和作用。它的核心问题是两段戏或两个镜头的连接。由于连接组合的内容和方式不尽相同，因而，它的具体表现也自然是十分复杂多样的。由此可以推见，所谓蒙太奇，并非是单一的，而是包罗颇广的艺术手法的归结。

---

　　① 张骏祥《关于电影的特殊表现手段》，中国电影出版社1959年版，第11页。

当然，电影在整个艺术家族中，与她的姊妹艺术相比，可说是晚生女儿。银幕形象，是由剧本（包括文学本与导演分镜头本）、拍摄、放映这一系列物质过程连续完成，她是在现代科学技术基础上诞生的。这是电影与其他姊妹艺术最主要的区别。但是，我们如果把蒙太奇从这些物质过程中离析出来，作为一般意义的艺术手法来考察，那么，这种艺术手法，却不是有了电影这个艺术门类以后才出现的。诗歌、戏剧、小说、乃至散文等艺术的表现手法，都可以看到不同的"画面""镜头"按某种方式连接在一起而产生了新含义的现象。也就是说，在其他艺术门类中，也存在着相当于蒙太奇的表现手法，只不过没有这么一个洋气十足的名字而已。为了使讨论的问题更加集中，这里我们且搁下戏剧、小说和散文等，单就我国古典诗歌①的某些艺术手法作一番简略考察。

上文提到，在我国的古典诗歌（以及戏剧小说散文）中，也存在着"镜头"连接的现象。我国的古典诗歌，如果从殷商甲骨卜辞的《今日雨》②算起，迄今已有三千馀年的发展历史。在这如此古老的诗歌艺术中，居然扯上现代科学技术产物"镜头"，岂非奇谈？其实，这里所说的"镜头"，只是一种语言上的借用。我国的古典诗歌，特别是那些优秀的诗作，它的形象意境往往是处在活生生的动态之中，呈现于读者面前，仿佛是一连串的活动"画面"，我们不妨也称之为"镜头"。诗歌中的这些"镜头"，虽然并非实有其事，但在读者的心目中，借助于艺术欣赏中必不可少的想象，却可以唤起那种"画面""镜头"的感觉。

这里仅举《周易》卦爻辞中的一首诗为例：

---

① 这里指的是广义的诗歌，也包括辞赋、词曲等。

② 《弹歌》《击壤歌》《康衢歌》《卿云歌》诸诗，相传分别作于黄帝、尧、舜时代。近世治文学史各家都认为系后世之作，或经后人作很大加工，所以不能算是我国最早的诗歌。

鹤鸣于阴，其子和之。我有好爵，吾与尔靡之。①

这是我国诗歌发展初期，即三千馀年前的作品。虽然，它还比较幼稚，但却开始运用"画面"的连接来构成意境。而且，"鹤鸣于阴"的画面，声音色彩都已初步具备，颇给人以简单的"镜头"之感。

诗歌发展到了成熟期以后，诗人运用流动的画面，并且通过这种画面的连接来取得艺术效果，则就更加熟练和常见。如谢朓的《玉阶怨》：

夕殿下珠帘，流萤飞复息。长夜缝罗衣，思君此何极。②

全诗仅二十个字，却构成了一个完整的情节。诗中有人物的活动，也有环境气氛的渲染。"流萤飞复息"这样一个处在动态中的画面，如果把它拍摄出来，是室外的夏夜之景，没有出现人物，但与室内人物"长夜缝罗衣"的画面相连接，烘托了人物情绪上的寂寥与哀怨。这正是通过"镜头"的连接来表现人物的感情。

这样看来，我国的古典诗歌，运用类似（仅仅是类似）于电影蒙太奇的表现手法，早已出现。所不同的是，电影中的艺术形象，通过银幕来显示，直接地诉诸观众的视觉，蒙太奇首先通过观众的视觉来取得其艺术效果；而诗歌的艺术形象，是以语言文字为构成材料，完成于读者的想象中。因而，诗歌的"蒙太奇"是在读者的想象中取得其艺术效果。这两大艺术门类，尽管形象的显现存在着如许的差异，但是构成形象的艺术手法，表现出某种相似或相同之处，却是事实。因此，把诗歌和电影这两个艺术门类联系起来，考察它们艺术表现上的某些共同或共通之点，是有意义的。而且，所谓"蒙太奇是

---

① 《易·中孚·九二》。
② 《谢宣城诗集》（卷二）。

电影特有的表现手法"云云，未必是准确的概括。为了要把电影艺术提高一步，电影艺术家应该把视野扩展到电影领域之外。

一首诗，运用"画面"或"镜头"的连接组合，构成一定的意境形象，此中描绘什么样的画面镜头，固然很重要，但连接组合的方式更不可忽视。连接组合的方式不同，艺术效果也因之而异。这就形成了不同的诗歌艺术手法。对此，诗论家们又有渲染、映衬、对比、象征等具体的分类和定名。不像电影那样，用一个包罗颇广的"蒙太奇"总名来统摄它们。

二

在相当一部分诗作中，诗人们为了使艺术形象更为鲜明突出，往往在叙述中宕开一笔，中断了对象本身的直接着笔，插入一段自然景物的描绘。看起来，仿佛转到与对象无关的描写上去，但这里所连接的自然景物，与表现对象之间又存在某种内在的联系，似断而实续。着笔之处虽然转移了，但并非是"王顾左右而言他"，而是通过景物描写来加浓气氛，强化感染力。通常，人们称这种艺术手法为渲染。

例如，屈原《九歌·湘夫人》开头一段：

> 帝子降兮北渚，目眇眇兮愁予。袅袅兮秋风，洞庭波兮木叶下。

对于《湘君》《湘夫人》，以往的研究者有着不同的解释，这里暂且不管。近人多认为，二者分别写湘水男女神灵之间相互思慕之情。《湘夫人》的这段描写，是以男主角（或即湘君）的口气，叙述自己对女主角的思念。前两句是说，我期待着"帝子"（即女主角湘水女神）降临北渚，可是望眼欲穿，不见人来，于是我愁思满怀。接着，作者没有让这位男主角再作过多的内心倾诉，而是接以一段自然景物的描写：秋风袅袅，木叶飘零，洞庭湖上，波摇浪动，烟水微茫。然后，又接写"白薠兮骋望"，回复到男主角的抒情独白。联系起来看，就是抒情之中插入一段写景。如果把这个过程拍摄成影片，就包括了几个镜头的组接。前一个镜头是男主角湖畔眺望；与之连接的镜头，是湖上景色，人物推出画面，仿佛电影中作空镜头处理。这样处理，固然有交代时令、地点等作用；但主要的目的还是为抒情渲染环境气氛。秋风衰飒，烟波浩渺的景物描写，既与男主角久待恋人不至的情绪相一致，又进而渲染他当时心中的哀愁。

湖上秋色这个镜头，如果独立于作品的具体联系之外，不过是一幅自然风景画而已。"目眇眇兮愁予"之句中男主角的哀愁，如果不以景物作环境气氛的渲染，含意不免失之于单薄。今诗中通过镜头的组接，构成了完整的艺术形象时，就丰富了它们各自单独存在时的含意，整部作品的意境色彩，风神情韵，等等，都因之而大为改观，从而也就增强了作品的艺术感染力。

在文学史上，常常出现一些有趣的联系。唐代苦吟派诗人贾岛的《忆江上吴处士》，与《湘夫人》相比，内容虽然大不相同，可是无论是诗的意境还是仿佛镜头连接的艺术手法，却颇有相似之处。贾作是表现对远离长安的友人吴处士的怀念。全诗为：

> 闽国扬帆去，蟾蜍兮复圆。秋风吹渭水，落叶满长安。此地聚会夕，当时雷雨寒。兰桡殊未返，消息海云端。

首联说吴处士去闽地之后，月圆月缺，时间已经不短了。下面如果按一般的叙述顺序，应该接以第三联的倒叙回忆镜头：那略带寒意的雪雨之夜，在这里聚会。可是，今在这两联之间，却插入一个描写景物的镜头：渭水上秋风萧索，长安满城落叶飘飞。这与《湘夫人》中的"袅袅兮秋风，洞庭波兮木叶下"不仅已经相似，而且既点明地点时令，又渲染了怀念友人的心情，在作品中的作用和手法，也都很相似。

此外，我国古典诗歌，有很大一部分是由写景开始，然后转入抒情的。这样的写法，在唐人的近体诗（律诗和绝句）中已经很流行。词中，尤其是宋人的词，上片写景，下片抒情，则成了常格。这种写景与抒情的关系，在具体处理上，也往往近似电影中渲染性的蒙太奇。如杜甫的《登高》：

> 风急天高猿啸哀，渚清沙白鸟飞回。无边落木萧萧下，不尽长江滚滚来。万里悲秋常作客，百年多病独登台。艰难苦恨繁霜鬓，潦倒新停浊酒杯。

这首千古传诵的名作，在艺术上可以说是达到了炉火纯青的境地。它的艺术表现，许多方面都很有特色。这里，我们只分析诗中的画面连接。全诗以悲秋为中心，构成一个整体，按内容的差异，又分为前后两个部分。前一部分两联，写景，包括四个画面。第一联，上句写山，哀猿长啸，着重表现声音；下句写水，渚清沙白，主要表现色彩。这两句又都写到天空的景象。风急天高，飞鸟盘旋，使画面显得开阔高远，仿佛两个远景的镜头。第二联与第一联紧密承接，上句承山，写山中落叶萧萧，也是表现音响；下句承水，写万里长江波浪滚滚，也带有色彩。这里所说的联中相对和联间承接，是在诗歌作法这个意义上说的。如从具体内容看，这四个画面又是各自独立存在，谈不上直接关联。可是，事实上这四个独立的画面组织在一起的时候，又有着内在的联系。这个联系的纽结，就是后面抒情部分所写的悲秋。画面中的景，无不渗透着悲秋的情。

这里，四个写景的画面之间，是一种镜头的连接。而前面的写景，与后面的抒情，又是另一种镜头的连接。而且，写景与抒情的镜头连接，所取得的正是渲染性的艺术效果。

我们说，宋人词上片写景下片抒情成了常格，多数都是这样写法。因而，写景与抒情之间近乎镜头连接的例子，也就更多了。如范仲淹《渔家傲》：

> 塞下秋来风景异，衡阳雁去无留意。四面边声连角起，千嶂里，长烟落日孤城闭。　浊酒一杯家万里，燕然未勒归无计。羌管悠悠霜满地，

人不寐，将军白发征夫泪！

上片，天边归雁，边声四起。万山丛中，孤城落日，组成一幅幅边塞秋来的画面。人物没有出场。下片转入抒情，保卫边疆勒石燕然的壮志，与万里思乡的情绪交织在一起，形成这种慷慨悲凉的意境。塞上景色的镜头，与抒情性的人物活动的镜头相连接，景物的渲染烘托了人物的情。

当然，宋词写法上的变化是很多样的。所谓常格，不过是指一般而言。也还有不少词作是不按这种常格来写的。如晏殊的《清平乐》：

红笺小字，说尽平生意。鸿雁在云鱼在水，惆怅此情难寄。　　斜阳独倚西楼，遥山恰对帘钩。人面不知何处，绿波依旧东流。

这里，上下片都有写景与抒情镜头的连接，并不是按一般的作法来写。特别是在下片中，西洋、远山、流水等自然景物，与楼台、闺房中的陈设安在同一画面里，使远景与近景组合在一起，然后与抒情性的画面相连接，从而反映了人物的孤单寂寞和百无聊赖的情绪。

上述诸例，从艺术效果来说，种种"镜头"的连接，都是以景物描写来渲染人物的情绪。实际上，这是关于写景与抒情的关系问题。在这类作品中，这样那样的景，与所抒的情，本来并无必然的联系。可是，在具体作品中，当二者构成了某种连接时，就产生或丰富了它们各自在单独存在时所不具备的含意。这样，它与电影的蒙太奇就很相似。在电影中，渲染性的蒙太奇，运用是十分普遍的。我们常常看到电影中某些抒情镜头之间，插上一段描写自然景物的空镜头，用以加浓抒情色彩。如我们熟知的影片《天云山传奇》，冯晴岚接走重病中的罗群一场戏，就是很好地运用渲染性蒙太奇。在"山路弯弯，风雪漫漫"的歌声里，时而冯晴岚拉着板车，在风雪中艰难地走着，时而人物出了镜头，只是那"晶莹的雪地上，留下了一道深深的车辙和脚印"的画面。这种镜头的变换和连接，为抒情起了很好的渲染作用。如果我们把这种类型的镜头组接称为渲染性蒙太奇，那么，前述诗歌中那种类似于镜头组接的艺术处理，起得也是渲染性的作用，所以我们说，诗歌的这种艺术手法，相当于电影的渲染性蒙太奇。

三

电影《祝福》，银幕上是鲁镇的除夕，一派祝福的鞭炮声中，女主角祥林嫂，悲惨地死在风雪的街头。除夕，是富家翁们祝福的日子。他们忙着备供献，煮福礼，向天神们祈求来年享有更多的人间乐事。可是，这位孤苦伶仃的祥林嫂，却不早不迟，偏偏在这个时候凄惨地死去。这场戏，有着极为强烈的艺术感染力，表现出电影改编者确是无愧于原著的大手笔。这虽然是属于全剧艺术构思的不凡之处，但从具体处理来说，运用多种艺术手段，包括映衬性的蒙太奇，不能不是个重要的因素。运用过映衬性蒙太奇的，当然不仅仅只是《祝福》，可以说许多影片中都有这样的例子。

在古典诗歌的创作中，映衬是一种很习用的艺术手法。这种手法的运用情况比较复杂，因其具体表现上的某些小差异，诗论家们又将其分为正衬和反衬，衬垫和衬跌等几种类型。

正衬和衬垫，常见的是以与表现对象相类或相关的事物来衬托表现对象；反衬和衬跌，则是以与表现对象相反或相对的事物来映照表现对象。它的作用，既避免表达的平淡、率直和急促，又使表现对象更加鲜明突出。映衬的这几个类型，尽管表现上有差异，但其运用的目的和总体特点是一致的。而且，在具体实践中，它们又都是通过画面的连接体现出来的。

关于正衬，我们仅举李商隐的《齐宫词》为例。这首诗说：

永寿兵来夜不扃，金莲无复印中庭。梁台歌管三更罢，犹自风摇九子铃。

这首咏史绝句,说的是齐梁兴亡事,但实际所指,却不真说齐梁,而只是以冷峻之笔,借齐梁史事来讽刺唐代统治者沉湎于寻欢作乐,不接受历史的教训。这是属于咏史诗范畴的问题。从这首诗的艺术表现来看,诗中直接着笔的几层意思之间,正是一种陪衬与主体的关系。

此诗虽然题曰《齐宫词》,而且诗的前二句也确是从齐宫着笔。齐废帝萧宝卷为潘妃建神仙、永寿诸宫,宫中以黄金凿莲花贴地,让潘妃舞其上,称之为"步步生莲"。萧衍(即后来的梁武帝)起兵,攻破金陵,杀萧宝卷,[①]"步步生莲"自然也就再也舞不成了。但是,诗中所要表现的主体,不是齐宫,而是梁宫。关于齐宫的议论,在全诗结构中只不过是转入表现梁宫的准备。后一部分两句,写梁朝统治者在灭齐之后,荒淫享乐,完全步其后尘。诗中以九子铃为线索,贯串齐梁两代。当年,剥取华严寺的九子铃装饰永寿宫;而现在,梁宫三更歌管之后,依然听到风摇九子铃的声音。由此,说明梁宫中的寻欢作乐,与齐宫一模一样。这里,虽然以九子铃把前后串贯起来,但从结构看,诗的前后两部分各有其独立性。齐宫的荒淫作乐,肆无忌惮,最后垮台;而梁宫虽然没有写到它的灭亡,而荒淫作乐一如齐宫,最后的命运当然可想而知。这样,齐宫的灭亡,就成了梁宫灭亡的陪衬。这两个朝代的状况一样,所以说这是正衬。

关于衬垫,诗论家常提到李白《早发白帝城》:

> 朝辞白帝彩云间,千里江陵一日还。两岸猿声啼不住,轻舟已过万重山。

全诗是写舟行之速。早晨,船从云霞掩映的白帝城出发,一天时间就到达千里之遥的江陵。画面上出现的是船在行驶。至第三句,置舟不顾,转而

---

① 《南史·东昏侯本纪》。

写两岸猿啼。猿啼与表现主体舟行本来无必然联系，属于他物。但这里却是舟行时的耳闻，又有特定条件下的联系。故结句又落到舟在万山丛中沿江穿行上去。这里，两岸猿声虽是外在景物，但在整个结构中是个衬垫句，起了调节节奏的作用。从用笔的角度说，这一衬垫，在流转中略作顿挫，急疾处间以和缓，使全诗显得更为摇曳多姿。

由于这些画面的连接，句中的含意已不仅仅只是猿啼这种自然现象，而是赋予它单独存在时所无的含意。郦道元《水经注·江水》："每至晴初霜旦，林寒涧肃，常有高猿长啸，属引凄异，空谷传响，哀转久绝。故渔者歌曰：'巴东三峡巫峡长，猿鸣三声泪沾裳'。"猿啼，在这里是一种哀凄的声音。杜甫的"风急天高猿啸哀"（《登高》）"听猿实下三声泪"（《秋兴八首》之二）也是写长江三峡一带的猿啼，基本上是继承郦注的意境。而李白的这首诗中，同样是写猿啼，却写得如此轻快流丽。这种迥然不同的效果，正是因为组织在具体的画面连接中而取得的。

以上二例，陪衬的画面，与表现对象是一种相类或相关的关系，这是一类情况。另一类情况，陪衬的画面，与表现对象之间，各自的含义带有相反或相对的性质。如《诗·王风·君子于役》：

　　君子于役，不知其期。曷至哉？鸡栖于埘，日之夕矣，牛羊下来。君子于役。如之何勿思。

诗的第一段，写一位妇女怀念长期在外服役的丈夫。"曷至哉"之后，从内容上说，应接以"君子于役，如之何勿思"，可是，诗中却连接以"鸡栖于埘""牛羊下来"。日已向夕，家禽家畜一一归巢，而人却在外长期服役，不得而归。二者带有明显的对立性质，故谓之反衬。

反衬的手法，在古典诗歌中运用得十分普遍。《诗经》中除了《君子于役》外，人们还常常提到《采薇》"昔我往矣，杨柳依依。今我来思，雨雪霏霏"。以春天"杨柳依依"的美景，反衬战士离家时的悲感和忧伤。此外，晋张华《情诗》"兰蕙缘清渠，繁华荫绿渚。佳人不在兹，取此欲谁与？"自然景色是那样的美好，可是共赏的人却不在。又庾信《重别周尚书》："阳关万里道，不见一人归。惟有河边雁，秋来向南飞。"当时庾信羁留北国，归乡不得，看到的却偏是南飞的鸿雁。这些都是诗歌中运用反衬之例。在唐宋的诗词中，这样的例子更多，这里就不再罗列了。

与反衬的手法很接近，但又小有差别的，诗论家将其别列一类，曰衬跌。这种手法也是以他事他物来映照表现对象，但比之于一般反衬，用以为衬的事物与表现对象之间的矛盾对立，更突出，更明显，可以说是含义的直接转折。唐人诗中，这方面的例子很多，白居易《卖炭翁》："可怜身上衣正单，心忧炭贱愿天寒"；秦韬玉《贫女》："敢将十指夸针巧，不把双眉斗画长"等都是。尤其是刘长卿，特别擅长运用这种手法，如："古调虽自爱，今人多不弹"（《听弹琴》）；"古路无行客，空山独见君"（《碧涧别墅喜皇甫侍御相访》）；"汉文有道恩犹薄，湘水无情吊岂知"，等等，都是用衬跌的手法。

以上的几种类型，我们是分别举例。但在实际作品中，情况更为复杂。有时，往往是几种手法同时运用。如沈佺期《古意呈乔补阙知之》的前两联：

> 卢家少妇郁金堂，海燕双栖玳瑁梁。九月寒砧催木叶，十年征戍忆辽阳。

这里是四个镜头的连接，从情节看，不过是"卢家少妇""忆辽阳"而已。中间所连接的两个镜头："海燕双栖"和"寒砧催木叶"，都是为"忆"服务，但其性质和功用并不相同。前一"镜头"属于反衬，而且是双重的反衬。其一，卢家少妇自从丈夫离家征戍，十年未归。她独守空闺，孤单凄寂，苦苦地思念。可是，她眼中的梁间海燕，却双宿双飞，意恬情惬。这样，人物的眼中景成了她心中情的反衬。其二，"郁金堂""玳瑁梁"这样富丽豪华的环境，与人物心中寂寞凄凉的情绪，又构成了另一重意义的反衬。

后一镜头，"寒砧催木叶"，属于衬垫。在卢家少妇忆辽阳这个基本情节中，前面已有"海燕双栖"的反衬镜头来触发她的"忆"，至此，又以时令再作衬垫。木叶凋零，已是深秋了；砧声阵阵，戍边战士的家属都在准备寒衣。思妇的怀远之情，油然而生。这一衬垫，遂使景物发挥了特有的艺术效用。

再如，刘熙载《艺概》[①]曾引文天祥《满江红》，"世态便如翻覆雨，妾身元是分明月"，用以说明衬跌在词中的妙用。其实，这里也不是单纯的衬跌。"翻覆雨""分明月"，都取的是象征的含义，然后，二者之间构成了衬跌的关系。

上述几种映衬的类型，无论是属于"衬"的范围的正衬、衬垫，还是属于"映"的范围的反衬、衬跌，无不通过"画面""镜头"的组合连接发挥其艺术效用。而且，这些"画面""镜头"本身所蕴含的内容，也都因其处于具体的连接中而发生了变化。从这些状况看，它与电影中的蒙太奇也很有相似之处。由于诗歌中的这些"画面""镜头"的连接组合，在艺术表现上起的是映衬作用。因此，我们不妨称之为映衬性的蒙太奇。

四

古典诗歌创作中，还有所谓对比的艺术手法。诗歌艺术表现上的对比，是指把两种相反或相关的事物并列在一起，相互对照比较，从而使所要表达的思想更为具体，艺术形象更为鲜明。通常，对比手法也多体现于镜头或连续画面的组接之中。

---

① 刘熙载《艺概·词概》（卷四）。

如果简单地着眼于形式，对比与属于映衬手法中的反衬、衬跌，往往颇难辨别，甚至很容易混淆。但是，它们确是两种不同的艺术手法。无论是从表现方式还是艺术效果看，都有各自的特点。反衬和衬跌，相连接的画面之间，主从关系比较明显：一是表现的对象，即结构中的主体；另一则是叙述中的跌宕之笔，以他事物与表现对象相照映，以突出表现对象，可以说它是主体的从属。对比则不同，构成对比的两个相接的画面，在作品中的地位不相上下，很难区分孰主孰从。二者是在不可分离的连接统一体中表现出它们单独存在时所不具有的含义。

对比的表现形式，相当丰富多样，大致上可以分为如下几种：

（一）在叙述中，以相互对立的事物构成直接的对比。这是对比手法中最常用的一种。人们熟知的"朱门酒肉臭，路有冻死骨"即是。①这一联诗，论者多所涉及，家传户诵，毋庸絮絮。且看高适《燕歌行》："战士军前半生死，美人帐下犹歌舞。"上下两句，构成强烈的对比。不过，作者对下句略作处理，表现较为委婉。诗中直说的是美人歌舞，而实际所指却是将军们纵情声色。这样，战士的出生入死，将军们的穷奢极欲，这两个画面组接在一起，形成明显的对照，表现军中生活的不平。画面的内容，在这个对比的具体构成中，产生了新的含意。又如左思《咏史》（之二）"世胄蹑高位，英俊沉下僚"，李白《古风》（第十五）"珠玉买歌笑，糟糠养贤才"，等等，用的也都是这种对比的手法。

此外，还有刘禹锡《酬乐天扬州初逢席上见赠》："沉舟侧畔千帆过，病树前头万木春。"用法上与前述各联略有不同。在这个对局中，上下句各自独立构成对比。上句的沉舟与千帆竞发，下句的病树与万木争春，都是在句中完成了前后的对比。这里，两组对比的画面，又是刘禹锡个人生活道路曲折坎坷的象征性反映。

---

① 杜甫《自京赴奉先县咏怀五百字》。

（二）运用对比的手法结构全诗。白居易的《轻肥》，以绝大部分篇幅铺张地描写了达官贵人的宴会是如何的豪侈奢华。作品如果到此为止，则就是平常的宴会赋。但作者的真正名义不在于此。末尾以"是岁江南旱，衢州人食人"两句作结，使全诗构成了强烈的对比。这样，诗的思想光彩就在这种对比中焕发出来。画面的连接，在这里起了决定的作用。如果仅是宴会的铺叙，没有结尾的对比，固然不足以揭示诗的主旨；如果仅有后面"衢州人食人"的画面，而没有前面的宴会描写，也会显得突兀单薄。只有这种构成尖锐的对比，才使内容充实，主旨明确。

最具有电影特点，而且又是很精彩地运用对比蒙太奇手法，要算欧阳修的《生查子》：

> 去年元夜时，花市灯如昼。月上柳梢头，人约黄昏后。　今年元夜时，花与灯依旧。不见去年人，泪湿春衫袖。①

此词的上下片，分别写两个不同的元宵佳节。上片写去年的元夜：灯宵花市，热烈欢欣，黄昏月上柳梢时，与恋人约会相见。下片写今年元夜："花与灯依旧"，用"依旧"一语，从侧面交代，今年的元宵佳节也是"花市灯如昼"。可是，去年的人却不能相见，月上柳梢时的约会，已成不堪追怀的往事。这样，上下片各自所写的元宵佳节，"人约黄昏后"与"泪湿春衫袖"形成了强烈的对比。不过，这还只是对比的第一层意义。高明的是上下片在写法上又有所变化。上片，喧阗熙攘的佳节气氛，作为人物活动的远景；月上柳梢，一派安谧宁静，作为"人约黄昏后"的近景。背景与人事，是一种和谐统一。下片，背景相同，也是喧阗熙攘的远景，也是安谧宁静的近景。人物却是在流泪，背景与人事则成了矛盾。这是对比的第二层意义。

---

① 《生查子》（今年元夜时）别署朱淑真作。

此外，远景的喧攘，与近景的宁谧，又构成对比的第三层含义。而种种对比，错综交织，又是那样和谐妥帖，的确是手笔不凡。

此外，翁承赞《万寿寺牡丹》：

> 烂缦香风引贵游，高僧移步亦迟留。可怜殿角长松色，不得王孙一举头。

诗的前半部分，写娇艳一时的牡丹，大得游人羡赏。后半部分，则是写殿角的长松，岁寒不凋，却遭到冷落。二者资质不同，遭遇相反，形成了强烈的对比。由此嘲笑了世俗的欣赏趣味，也抒发了作者的不平。诗中的牡丹、长松，以及它们的姿质遭遇，又都取象征的意义。说的是自然物，所指却是人间事。

上述诸例的对比，或运用于叙述中的上下两句，或运用于全作的前后两部分，都还比较单纯。在古典诗歌中，也有在错综中形成对比的，如李清照的《永遇乐》：

> 落日熔金，暮云合璧，人在何处！染柳烟浓，吹梅笛怨，春意如几许？元宵佳节，融和天气，次第岂无风雨。来相召，香车宝马，谢他酒朋诗侣。
>
> 中州盛日，闺门多暇，记得偏重三五。铺翠冠儿，捻金雪柳，簇带争济楚。如今憔悴，风鬟雾鬓，怕见夜间出去。不如向、帘儿底下，听人笑语。

这是李清照的晚年之作。当时她家破人亡，孑然一身，漂泊江南。词中正表现了她在这种悲惨的生活境遇下苦寂凄凉的心情。全词用对比的手法，写今昔两次元宵佳节。节日相同，可是人事迥异。作者的命意所在是今，着笔之处却交错地写今昔两次过元宵节的对比。上片一开头，以落日暮云等自然景物引出人事的变故。"人在何处"这一自我诘问，既是对亡夫赵明诚的悼念，也是包括对他们相处中往事的追怀。继之，从往事的回忆转到眼下的凄寂。在这种心情下，笼锁在濛濛烟雾中的柳丝，哀怨的【梅花落】笛曲，引起的不是春意之感；佳节良辰，融和天气，想到的依然是雨横风狂。因此，友人热情地来邀请，也只能辞谢。这样，抚今追昔，写出了佳节中引起的却是悽恍的心情。下片又回到中州盛日的当年。那时，汴京还是一派承平的光景，自己还是无忧无虑的少女。闺中闲暇无事，这里的"暇"，是与宋室南迁，国事蜩螗相对而言。所以那时才有那样的兴致来打扮。接着，又回到眼下苦寂的岁月中来。"而今憔悴，风鬟雾鬓"，固然有年华逝去的含意，更主要的还是写出了她的饱经忧患，身世坎坷。因此，向日那种赏节的意兴和情绪，已不复有了。词的结拍："不如向、帘儿底下，听人笑语"，结得极其凄楚辛酸。正如那"良辰美景奈何天，赏心乐事谁家院"，佳节的欢乐，已属于人家，而与己无缘！全词，今昔不同的元宵佳节画面不时变换，断续之间，形成了鲜明的对比。这种对比如果形之于银幕，比起单一的表现来，则就可能取得更为感人的艺术效果。

对比性的蒙太奇，也甚为电影艺术家所乐用。早在《一江春水向东流》中，张忠良的花天酒地与他妻子的贫困生活，也是用的对比性蒙太奇。

古典诗歌中的种种对比，也往往体现于相当于"镜头""画面"的连接之中，所以诗歌的这种艺术手法，不妨也可以称之为对比性的蒙太奇。

五

古典诗歌中的呼应手法，也是以画面或"镜头"的组合连接取得它的艺术效果。呼与应之间，构成为统一的整体这一点上，它与对比也有近似之处。但内容上，它与对比又大不相同。对比，两个"镜头"或画面之间，是相反相成的关系；呼应，则是"应"对于"呼"的某种补充和说明。这种补充和说明，具体表现中也有正应和反应两种截然相反的情况。

先说正应。正应，主要表现为呼与应的一致性。应对于呼，是正面肯定的回答。如欧阳修的《踏莎行》：

候馆梅残，溪桥柳细，草薰风暖摇征辔。渐愁渐远渐无穷，迢迢不断如春水。　　寸寸柔肠，盈盈粉泪，楼高莫近危阑倚。平芜尽处是春山，行人更在春山外。

这首词的上下两片，分叙男女主角的相互怀念，形成了一呼一应。上片写男主角的羁旅飘零。客中所见的种种景物，触发起既是离思，又是旅愁。下片则是写女主角独处的孤寂，"楼高莫近危阑倚，平芜尽处是春山，行人更在春山外"，是痛苦的相思，也是执着的期待。正是所谓"两处相思，一种闲愁"。

此外，高适《燕歌行》的一个小节：

铁衣远戍辛勤久，玉箸应啼别离后。少妇城南欲断肠，征人蓟北空回首。

这一小节诗中，一边是出征者的思念，一边是闺中少妇的怀远。呼应之间，两相一致。这种类型的呼应，可以说是一种正应。

其二，是反应。这是另一种形式的呼应，虽然呼和应悉备，但应者与所呼出现了相背悖的状况。如陈陶《陇西行》末两句："可怜无定河边骨，犹是春闺梦里人。"诗中，一边是闺中思妇对出征者的怀念；另一边是出征者此时的实际情况。二者构成了呼应。如果从这一点来说，它与前面提到的《燕歌行》的呼应，方式是相似的。然而，二者相比，所应的内容却大不相同。《燕歌行》中，"少妇城南欲断肠，征人蓟北空回首"，这位征人至少也还在"回首"。《陇西行》中的征人，尽管他在少妇的"春闺梦里"还在边疆作战，也许，这位少妇还幻想着他回来的情景，可是，事实上他这时已经成了无定河边的一堆枯骨，永远不会回来，只能是梦里的人了！这里，呼与应之间，是矛盾的统一，应对于呼来说，是一种相背悖的结果。所以，我们称这种手法为呼应中的反应。

以上，正反两种类型的呼应，也都可以通过银幕上的镜头和画面的组合连接来表现。影片《飞来的仙鹤》，小翔子过生日之前，与养父养母之间，相互怀念的镜头变换，正是运用了这种呼应蒙太奇。所以诗歌中的这种手法，也不妨姑称之为呼应性蒙太奇。

六

象征，在古典诗歌艺术中是一种运用得十分普遍的表现手法。所谓象征的手法，是指作者在表现某一思想情绪时，以与表现对象存在相似或相通之点的他事物来比拟它，使表现对象或更鲜明生动，或更醒豁具体，或更委婉含蓄。因此，这种艺术手法要求：象征的事物与表现对象之间，首先要有内容和形式上的差异；其次，二者又必须存在某些相通或相似之点。二者如果不是有异，就失去象征的意义；如果不存在同，象征的内容就无法为读者所理解和接受，成了只有作者自己才懂的天书，因而也就形成不了作者和读者之间的思想感情上的交流。由此可见，象征手法的表现特点，是象征事物与表现对象之间是因异见同。通过联想，使二者沟通起来。

象征手法多半是以画面或镜头的组接而体现出来的。在电影中也时见运用，不过往往比较单调。英雄人物舍生殉职，接以苍松挺立的镜头；主人公生活中遭到重大变故，连接的镜头则是惊风疾雨或巨浪狂潮。最初使用这样的象征性蒙太奇手法，无疑是高明的。可是模仿者不断地简单重复，使之成了俗套，艺术感染力就不免打了折扣，甚至令人感到东施效颦的可厌了。

在古典诗歌中，象征手法的运用，不仅很普遍，而且内容十分丰富，用法也是相当多样的。为了便于叙述，以下按照不同的类型分别来说明。

（一）以象征性的画面，使表现对象更加鲜明生动。如白居易《长恨歌》中有："玉容寂寞泪阑干，梨花一枝春带雨。"这里，上句是写杨贵妃的流泪，下句是以梨花带雨来形容她流泪的姿态。安史之乱中，安禄山兵逼长安，唐明皇李隆基携其妃子杨玉环以及大臣们仓皇奔蜀，至马嵬坡，六军不发，杨被缢而死。乱平，李回长安之后，对死去的杨思念不已。这时，临邛道士在一个虚无缥缈的海上仙山中找到杨的魂魄。当杨听报唐明皇派人来探望她时，引起了心中的强烈反响。"云鬓半偏新睡觉，花冠不整下堂来"，新睡初醒，顾不得梳妆，迫不及待地下堂看个究竟。此时此刻，百感交集，不禁泪流满面。这里，作者的处理，高明的是没有让她无休无止地哭下去，更不是呼天抢地嚎啕大哭一番，而是在"玉容寂寞泪阑干"之后，立即笔锋一转，接以一个绝妙的镜头："梨花一枝春带雨"。泪痕纵横的杨玉环出了画面，进入画面的是一枝带雨梨花，临风摇曳，而且还可以想象成这是一个特写镜头。从画面内容来说，已非带泪的杨玉环，可是在这里二者却合二而一，奥妙就在于两个画面之间的组接。这是因为，带雨梨花和杨玉环流泪之间，确可找到某些相似之点。由于存在某些相似点，作者在创作中通过联想，异中求同，取得象征性的艺术效果。读者在艺术欣赏中，同样通过联想，在这种异同之中接受它。如果没有这种共同之点，作者和读者就会南辕北辙，各是其是，不可能通过各自的联想沟通起来。那样，象征就不成其为象征，而是徒然增加混乱的驴唇不对马嘴。

这里，通过象征性的画面连接，不仅使杨贵妃的形象更鲜明，而且把她的流泪也写得很美。一般地说，生活中发生的苦，往往是不美的。如果把生活中的哭，原封不动地搬进艺术作品，那是很倒读者（观众）胃口的事。有一部影片，女主角是一位诗人，当她丈夫死了的时候，一场呼天抢地的大哭，哭得台下哭也不是，笑也不是。所以，对于今天的电影艺术家来说，如何把银幕形象表现得更加美一点，探究一下《长恨歌》这种那个处理，也是一个有意义的问题。

象征手法的这一类型，在古典诗歌中很常见。司空曙《喜见外弟卢纶见宿》："雨中黄叶树，灯下白头人"，以雨中树木，黄叶凋零，来象征白发老人的迟暮之感。又李白《听蜀僧浚弹琴》"为我一挥手，如听万壑松"；刘长卿《听弹琴》"泠泠七丝上，静听松风寒"，都是以万壑松风的画面，与弹琴的镜头相连接。它的用法和作用，与"玉容寂寞泪阑干，梨花一枝春带雨"相若。

（二）诗人抒发的感情，诸如喜怒哀乐之类的抽象内容，通过象征手法，转换为自然景物的画面，使思想情绪具体化，艺术形象更为醒豁。如贺铸《青玉案》：

若问闲愁都几许？一川烟草，满城风絮，梅子黄时雨。

词里，首先提出问题，闲愁共有多少？从全词看，"闲愁"不是指闲得无聊的哀愁，而是指恋人别后离愁。愁，是感情领域里的东西，无法计量，本来是不能问"都几许"的，更不好回答几许。可是，这里却偏偏问了，而且答得更为绝妙，一连用三个自然景物的"镜头"："一川烟草"，淡雾中的春草，郁勃茂盛；"满城风絮"，飞絮弥漫飘飞，触处皆是；"梅子黄时雨"，更是绵绵不断，没完没了。问的是抽象的感情，答的却是具体的事物，以事物作象征性的回答。

除了这首《青玉案》外，还有王雱《秋波媚》："相思只在，丁香枝上，豆蔻梢头。"词中，丁香、豆蔻的画面意境，与贺作有异，但运用的手法，却很相似。

运用象征手法的这一类型，更早的当是李后主《虞美人》："问君能有几多愁，恰似一江春水向东流。"虽然，很难断定贺铸、王雱之作都是受李煜的启发，但手法上的相似是很明显的。

（三）作品中人物的感情，通过象征以移向外物，外物也仿佛带着人的感情，使感情的抒发更为委婉曲折。杜牧《赠别》："蜡烛有心还惜别，替人垂泪到天明。"李商隐《无题》（相见时难）："春蚕到死丝方尽，蜡炬成灰泪始干。"两首诗中都以蜡烛溢油来象征人物的流泪，手法很相似。究竟是偶然巧合，还是谁受谁启发，尚无可靠材料足资证明。①

这两首诗，都是抓住生活中蜡烛点燃后在风中点点滴滴流溢蜡油的特点。而作品中的人物，在分离之际，满怀惜别之情。在他们的心目中，蜡烛也如离人一样，为惜别而流泪。作者准确地把握这个特定情境下人物内心感情与外在景物之间的某些相关之处，妥帖地把二者连接在一起，取得其艺术效果。当然，这种已经并非杜牧、李商隐发明，"烛泪""泪蜡"之类，庾信、李贺、白居易、温庭筠等的诗中都用过。②只是到了杜牧、李商隐，才把它体现于"镜头"连接之中。此后，"烛泪"就作为一个典故在诗词中见用了。晏殊《撼庭秋》："念兰堂红烛，心长焰短，向人垂泪。"也是化用这种意境。

至此，我们对古典诗歌中相当于电影蒙太奇的几种艺术手法，作如上一番简略的考察。我国的诗歌艺术，经历几千年的发展过程，积累了极为丰富的经验。这里谈到的，毕竟是很有限的几种。但是，由此却可以说明：把蒙太奇说成是电影特有的艺术手法，未必准确。虽然，电影的艺术表现，离不开拍摄、放映这些物质过程，但艺术手法还是有其相对的独立性的。蒙太奇作为一种艺术手法，即当两个镜头连接在一起时，产生或丰富了它们各自单独存在时所不具有的含义，如果不排除那种表现于语言文字，完成于读者想象中的"镜头"，那么，诗歌（以及其他艺术门类）中也是存在的，只不过不叫它"蒙太奇"罢了。

这样说，丝毫也没有为诗歌争"蒙太奇"发明权的意思，只是想说明，不同的艺术门类之间，表现手法上存在相同或相通的现象是很自然的。为了电影艺术的进一步民族化，为了使拍出来的片子更适合我国人民的欣赏习惯

---

① 杜牧《赠别》共两首，另一首有"春风十里扬州路"之句，或系离扬时作。按杜牧于大和九年（835）初（？）进京为监察御史，《赠别》或作于是年。李商隐《无题》（相见时难）写作年月不能确定。

② 庾信《对烛赋》："铜荷承泪蜡"；李贺《恼公》："蜡泪垂兰烬"；温庭筠《咏晓》："乱珠凝烛泪"，等等，都有"烛泪"的用法。

和趣味，希望电影艺术家们放宽视野，从古典诗歌中吸收更多有益的创作经验。

（发表于《社会科学战线》1984 年第一期）

《聂隐娘》作者考

　　《聂隐娘》是读者较为熟悉的唐代传奇小说。小说的主角女侠聂隐娘，隐身遁形，刺鹰隼，决虎豹，种种作为，且不说对后世武侠小说在写法上产生何种影响，甚至小说中一个次要人物名字，"妙手空空儿"，至今在人们生活中仍还作为熟语使用。可是，这篇小说的作者是谁，却留下疑问。

　　六十年代之初，我曾因写论文《裴铏及其〈传奇〉》的需要，将散见于几部类书中的《传奇》散篇辑出，成一部辑佚稿。辑稿的各篇，除校注外，又都有近似于"解题"的简要说明。辑稿交给某出版社，因为稿本不足十万字，社方考虑的是市场需要，建议再搞一本内容近似的，我又辑了本《潇湘录》。后来，出版社多次搬家，主管和编辑又几经变动，那部在尘封中的《传奇》辑稿，大概被作为废纸处理掉，可谓无疾而终。

　　这部《传奇》辑稿中，虽然也列入《聂隐娘》，但却仅仅作为"附录"，以示区别。这是因为，通行的说法为裴铏作，然而，据我所接触的资料看，说是裴铏之作疑点很多。为什么我对此作"附录"处理，有一则较长的考辨说明，其大致内容至今还依稀有点记忆。

　　近几年，由于为研究生开文学史课，又想起这个被淡忘了的《聂隐娘》作者问题，聊天中偶有所及。有人还鼓动我将这个问题单抽出来，写篇小文章。虽然事隔多年，一切都已成"昨夜星辰"，但这篇小说的作者问题仍复存在，重炒这碗冷饭，似乎依旧还有需要。

　　《聂隐娘》的作者，历来就不是确定的。以往，编录小说的各种书籍，凡入编这篇小说的，作者署名十分杂乱，归结起来共是四说：

其一，郑文宝说。《古今说海》（明陆楫编）"说渊部别传家"类，收有《聂隐娘》，作者署："唐郑文宝"。《旧小说》（吴曾祺辑，民国二十四年商务印书馆出版）从之。以上几种书，为什么《聂隐娘》作者署郑文宝，都没有说明任何来由。而且，今人也已经无从看到此说的来由。

不过，无论来由如何，此说很难成立。从郑文宝个人状况看，可以肯定那是讹传。其理由是：郑文宝生于五代后周广顺三年（公元953），为由南唐入宋人物。而《太平广记》的编纂，开始于宋太宗太平兴国二年（公元977），次年告藏。这时的郑文宝，才是个二十多岁的小青年。按《太平广记》的编辑体例，他的著作还赶不上入编。据记载，当时也是由南唐入宋的徐铉，希望这部大型类书能入编他的《稽神录》，曾托人向主编李昉表示这一意向。可是，李昉以此书不收时人之作的理由谢绝。虽然这只是应付徐铉的话，也不是郑文宝的事，但却说明一点，《太平广记》不入编时人作品是明确的。而且，论年资，郑文宝远逊于徐铉，《太平广记》不收他的著作，是确定无疑的了。就此书今天流传本的篇目看，入编的，虽然也有宋初人的作品，但都不是时人如徐铉、郑文宝等之作。今《太平广记》收有《聂隐娘》，遂从侧面证明，这篇小说的作者，不可能是《太平广记》编纂时在世的郑文宝。

其二，段成式说。《无一是斋丛钞》（清，辑者佚名）收《聂隐娘》，作者署段成式。段成式是晚唐诗人，与李商隐、温庭筠齐名，时称三十六体（三人的兄弟辈大排行都是第十六）。他也写过不少笔记小说，有小说集《酉阳杂俎》。后来有人编了本《剑侠传》，收剑侠小说数篇，其中有《聂隐娘》，编者嫁名段成式。中国古代，编与撰二字往往混用，编者也书写为"某某撰"。此后，人们再于《剑侠传》选取篇目另编他书时，即一概署名段成式。此为《聂隐娘》作者讹传成段成式的缘由。故，是说也是讹传的结果，同样是不可信的。

此外，《绿窗女史》（明秦淮寓客辑）也收有《聂隐娘》，作者署名，因版本不同而有异，有署段成式，也有署郑文宝。其不足信已如前述。

其三，裴铏说。近年来此说十分流行。可能是由于最初汪辟疆编的《唐人小说》，选此篇，署名裴铏。鲁迅的《唐宋传奇集》未收，汪编是影响很大的唐代传奇选本，各篇的作者署名，为大多数人所接受。于是，新出版的各种文言小说选本，凡入编《聂隐娘》的，作者一概署名裴铏。此外，学人论著凡述及这篇小说时，亦大都以确定无疑的口气，说裴铏的《聂隐娘》如何如何。似乎，《聂隐娘》的作者为裴铏，已成定论。

其实，说这篇小说是裴铏之作，依然是有疑问的。此说的根据是李昉《太平广记》（卷三二六）收这篇小说，篇末注其出处，曰："出传奇"。《传奇》是晚唐小说家裴铏的小说集，这就是近人大多认定《聂隐娘》作者是裴铏的来由。但却是唯一的孤证。

由于《太平广记》中《聂隐娘》篇末的"出传奇"一语，大得近人信从。因这个特殊原由，故在这里有必要多用一点笔墨，考察裴铏及其小说集《传奇》的一般状况。

裴铏为人们熟知的唐代季年小说名家，他的小说集中，颇有几篇佳作，而且亦有武侠题材的《昆仑奴》等。惜《传奇》原本已佚。惟其中若干篇，分散入编于《太平广记》《类说》诸大型类书中。今人只能就这些类书见到各篇，约略测知《传奇》的概貌。《传奇》各篇的作者，本身问题也是十分复杂，有的别署作者，亦有他作杂入，《聂隐娘》即他人之作，说另详下文。前些年，上海古籍出版社也出过一个《传奇》辑佚本，辑者下过功夫，找回几篇误传为他人之作的裴作，但《聂隐娘》也未作区别。

今人系《聂隐娘》作者为裴铏，依据的是《太平广记》篇末注。而《太平广记》作为一部大型类书，对保存中国宋代之前的文言小说，其资料价值，为人所公认。可是，此书各篇的作者署名，却不能说是绝对可靠的。这里仅举卷一百五十二《郑德璘》为例，此文的篇末注为"出德璘传"，而《郑德璘》原为裴铏《传奇》中的一篇，这条注中透露，入编《太平广记》的各篇，所据并非《传奇》原本。此外，亦还不排斥其他环节致讹的可能。虽然这只是一般而论，但却由此说明，《太平广记》各篇的作者署名，是很复杂的，更不能说就是铁证，仍有可另作探究的馀地。

既然，说《聂隐娘》是《传奇》中的一篇，那么，将《聂隐娘》与《传奇》中凡可确定为裴铏之作的各篇联系起来考察，无疑是必要的。一经联系，至少可以发现如下的疑点。

可疑者一，风格特点独异。

裴铏《传奇》各篇，有一个明显的风格特点，或者说，唐传奇中他有一种独有的写法。这就是他写女子，都有一段外貌描写。如果是一般的写人物外貌，别的作家也有的。裴铏却有他独特的写法，很值得注意，这就是：他每写女子，总是设置一个特殊的环境背景，以突出人物的风神姿态，相当于戏曲舞台上的角色"亮相"，或影视中的"特写"镜头，故人物形象都十分鲜明。

今举最显著的《裴航》为例：书生裴航进京赴考，路过蓝桥驿时，因渴向道旁一家求浆。小说女主角云英，从帘下递出一碗浆来。裴航只看见那持碗的手莹白如玉，按捺不住一睹她的面貌风采，蓦地掀起帘来。于是，云英在那莽撞的猝然举措下，美丽外貌和娇羞神态，悉落裴航眼中。此外还有《昆仑奴》中的红绡女，赴约的崔生于户外看窗内红绡女的风姿神态。《郑德璘》中的韦氏女，于船窗垂钓，郑生隔窗窥其美艳，《孙恪》中的袁氏，《张无颇》中的广利王女，《文箫》中的吴彩鸾，《封陟》中的仙女，等等，无不如此。实际上，这是借作品中人物的目光所及，以凸显女性主角的神情风姿，是裴铏独有的笔墨运用方法。

如果仅某单篇有此一例，也许是出于偶然。可是，检视《传奇》中所有女子形象，都用这般写法，因此，可以说那是裴铏描写人物的惯常手法。而今，唯独于《聂隐娘》中见不到这种笔法。而这篇小说非三言两语的短制，论篇幅，足可与《昆仑奴》《郑德璘》《裴航》等相埒，小说故事情节亦甚曲折。小说女主角聂隐娘为青年女子，照裴铏写女性人物的习用作法，当亦有一段特殊背景下突现她的姿态风神，而今此篇连一般外貌描写都不着一字。为什么《聂隐娘》有舛裴铏一向描写女子形象的笔法，这一例外，不能不引人怀疑，这篇小说不可能是出于裴铏之手。

可疑者二，地域独异。

《聂隐娘》故事的地域背景，与《传奇》各篇不符。裴铏小说的地域背景很集中，可归于如下几处：

长安洛阳：《昆仑奴》《裴航》《孙恪》《薛昭》《封陟》《萧旷》《卢涵》《宁茵》《王居贞》，此外，还有长安附近的《韦自东》（太白山），《江叟》（河南阌乡）。

五原：《曾季衡》《赵合》。

湘汉：《郑德璘》《樊夫人》《元柳二公》《陶尹》《高昱》《马拯》《文箫》（钟陵），《周邯》（自蜀中至江陵）。

广州附近：《崔炜》《张无颇》《陈鸾凤》《金刚仙》《蒋武》。

蜀中：《许栖岩》《周邯》。

建业及附近的维扬：《颜浚》《邓甲》。

从这个粗略统计看，《传奇》各篇故事的地域，集中于上述五六处。考之裴铏生平经历，这几处都是他生活活动过的地方。长安和洛阳，为唐代的首都和东都，当时由科举入仕的人，来往于两京之间及附近各处，是十分正常的。裴铏最初入仕，在静海节度使高骈幕府，为掌书记，静海节度使任所在广州，后来官至御史大夫。据计有功《唐诗纪事》载："乾符五年，以御史大夫为成都节度副使。"活动地为蜀中。

从这些最简单的资料看，长安洛阳、广州、蜀中等处，都与他生平活动有直接关系。其馀几处，如湘汉地区和建业附近，虽然看不到裴铏在这几处有生活活动过的记载，但小说以此为背景，都不是单独出现，与他的生活活动有关，也是可以肯定的。裴铏《传奇》中的各篇，地域如此集中，是可以得到说明的。而《聂隐娘》的故事，发生于魏博陈许间，不仅地域与裴铏生平活动没有任何联系，而且仅此一篇，显得独异。可见，小说故事所发生的地域，《聂隐娘》同样与裴铏之作归不到一块。

可疑者三，行文构篇不类。

　　《传奇》中的绝大多数篇目，是从年代到人名开始，然后进入叙述。如《孙恪》："广德中，有孙恪秀才者，因下第，游于洛中。"《昆仑奴》："大历中，有崔生者，其父为显僚，与盖代之勋臣一品者熟。"《崔炜》："贞元中，有崔炜者，故监察向之子也。"《郑德璘》："贞元中，湘潭尉郑德璘，家居长沙，有表亲居江夏，每岁往省焉。"《韦自东》："贞元中，有韦自东者，义烈之士也。"《陈鸾凤》："元和中，有陈鸾凤者，海康人也。"《张无颇》："长庆中，进士张无颇，居南康，将赴举。"《封陟》："宝历中，有封陟孝廉者，居于少室。"等等，举不胜举。可以确定为出于《传奇》的，约二十馀篇，几乎都是这种先年代，后人名，再进入叙事的结构，用法十分频繁。而《聂隐娘》的开头："聂隐娘者，唐贞元中魏博大将聂锋女也。"这是史传文学的格局。虽然这种笔法于唐传奇中亦颇常见，而《传奇》中也偶有用过，但那都是摘要，可能经后人动过，而《聂隐娘》很完整，与裴铏的习惯笔法显得格格不入。

　　此外，尚须一提的大型类书《类说》，编者曾慥，两宋之交人，此书的编辑体例虽然较为特殊，对入编之作删节过多，有的甚至只有一则摘要式转述，但成书时代较早，入编各书包括何种篇目，却提供了可资参考的资料。今流传本的《类说》（卷三十二），收有《传奇》，未署作者名，包括小说二十二篇，比较全。《类说》成书于南宋高宗绍兴中，收小说的分量较重。如果《聂隐娘》在南宋初年存在于《传奇》中，编定《类说》时，此篇当亦见于是书的《传奇》卷，今却无此篇，而另见于《渔樵闲话》。《渔樵闲话》各篇，不署作者名，全书的编者署名苏轼，当亦为假托。虽然这不是小说作者的直接说明，但亦可作为旁证，说明在《类说》的编辑时代《传奇》中无《聂隐娘》一篇。

　　以上各项，如果单独出现，可以解释为偶然现象，如今合凑在一起，这就有理由怀疑，《太平广记》所收的《聂隐娘》，篇末"出传奇"一语，作为作者是裴铏的唯一依据，必于某一环节上有所讹误。也就是说，《聂隐娘》不大可能是裴铏的作品。

既然，这篇小说的作者不大可能是裴铏，前面的郑文宝、段成式二说，又都不大可信，那究竟是谁呢？下剩的则就是第四说：袁郊。

袁郊是晚唐小说家，作有小说集《甘泽谣》。而《甘泽谣》原本亦已佚，今流传本系明人杨仪的辑佚本，收小说九篇，其中有《聂隐娘》。

袁郊《甘泽谣》中有《聂隐娘》一篇，未能引起研究者的注意，或许，这是由于如今流传的只是个辑佚本。而且，有人还对这个辑佚本一口否定，如清人周亮工，说："或曰《甘泽谣》别自有书。今杨梦羽（按，杨仪字梦羽）所传，皆以他书抄撮而成，伪本也。或曰梦羽本未出时，已有以钞《太平广记》二十馀条为《甘泽谣》以行者，则梦羽本又赝书中之重儓也。"（《书影》卷一）杨梦羽的《甘泽谣》辑佚本既被说得如此一无是处，人们又过于信从周亮工的说法，于是，对《聂隐娘》为《甘泽谣》中一篇的事实，也就不予注意了。

周亮工上述的说法，是不是有何种根据？曰：不见得。

《甘泽谣》原本状况，宋代文献学大家晁公武和陈振孙，于各自的著作中都曾有所著录。晁公武《郡斋读书志》（卷三下）载：

> 《甘泽谣》一卷，唐袁郊撰。载谲异事九章。咸通中久雨，卧疾所著，故曰《甘泽谣》。

又，陈振孙《直斋书录解题》载：

> 咸通戊子（按即唐懿宗咸通九年，公元868）自序，以其春雨泽应，故有甘泽成谣之语以名其书。

晁公武和陈振孙目验并著录的，当是袁郊的原本。晁陈二氏为南宋人，其书为中国目录学史上公认的权威之作，后世称目录学为"晁陈之学"，亦正因为二人之作的准确严谨。晁志谓《甘泽谣》九章，今杨仪辑本，包括小说九篇，篇数与之完全相符。杨仪辑本所缺的，是袁郊的"自序"。没有于他处发现，即以付阙处之，这也是辑佚的正规作法。

周亮工说的话，且不说都以"或曰"打头，那完全是"道听涂说"口气，没有任何切实的文字依据。而仔细推究，所谓"抄二十馀条"云云，说明他连《太平广记》收《甘泽谣》几篇，都不尽了然。至于《甘泽谣》原书究竟多少篇，他更一无所知。可见，周亮工的说三道四，纯粹是想当然的信口之语。因此，他对杨仪辑佚本持否定态度，有多少可信成分，须得打个大大的折扣。

杨仪其人，是明嘉靖五年进士，官兵部郎中，山东按察副使，晚年退居原籍江苏常熟，以读书著述自娱。他也是明代的著名藏书家。叶昌炽《藏书纪事诗》引《常熟府志》曰：

> 仪字梦羽，嘉靖五年进士，山东副使。移病家居，惟以读书著述为事。构万卷楼聚书，其中多宋元本。

又陶贞一《虞邑先民事略》曰：

> 杨仪字梦羽，家居以读书著述为事。构万卷楼，聚书其中，多宋元旧本及名人墨迹，鼎彝古器之属，不可胜数。

杨仪是这样一位拥有"万卷楼，多藏宋元旧本"的藏书家，出于他之手的这个辑佚本，当亦有所本，应该是比较可靠的。在文献学史上，还没有辑佚本是无中生有的先例。历代的藏书家中，将自己所收藏的善本珍本付梓，以与天下读书人共，也是藏书家的优良传统。浙江宁波天一阁的范钦，山东聊城海源阁的杨绍和，江苏常熟汲古阁的毛晋，许多大藏书家，都是于此中作出贡献。杨仪藏书规模，虽然不及上述几位大家，奉行这一优良传统，当是一致的。所以，今人没有理由忽视杨仪的辑佚本。

　　杨仪的这个辑佚本，共九篇。而《太平广记》收《甘泽谣》，即篇末注"出甘泽谣"的，一共才八篇，除《聂隐娘》外，二者完全一致。而《聂隐娘》系于裴铏，又有上述的诸多不协处，就杨仪个人状况看，他的辑佚本中有这一篇，而且文字与《太平广记》本有明显差异，盖当别有所本。如说是为一空傍依，凭白拉到《甘泽谣》中来，亦不合常理常情。因此，后人惟周亮工了无文字依据的误说是从，完全置杨仪辑佚本于不顾，实非治学的客观态度。

　　那么，袁郊是不是就是《聂隐娘》作者？只能说最大可能而已。疑点也是存在的。这倒不在于今天流传的《甘泽谣》只是个辑佚本，更不是周亮工那些想当然的否定，而是另有疑问。

　　几年前，我指导一位学生写毕业论文，选题是《一位音乐家的小说》，说的就是袁郊的小说。今杨仪辑佚本中的小说九篇，八篇都谈到音乐，唯独这篇《聂隐娘》不及音乐问题。说《聂隐娘》为袁郊之作，仅此一异，虽不能为否定的绝然依据，但亦不能说不是个疑问。

　　总之，《聂隐娘》的作者是谁，杨仪辑佚本吾人应重视，但亦非百分之百的铁定。而一向流行的说法裴铏，则更为不可能。这篇小说作者究竟是谁，仅陈如上历来诸说及疑问，以待博雅者深入究之。

（发表于《华侨大学学报》2003 年第二期）

《虬髯客传》本事考

　　唐代传奇《虬髯客传》，是中国文学史上罕见的文言小说。特色显著，但也留下一些需要探索的问题。

　　中国小说的历史发展，到唐传奇时代，小说创作的种种艺术手法，都已大致具备。小说这一文学样式，至此完全成熟。虚构手段，已是有意识地运用，这便是胡应麟《少室山房笔丛》说的"作意好奇"。就这一点说，《虬髯客传》正是小说艺术已臻成熟的标志。

　　小说与史传，本来有各自的分野。可是，中国小说的最初发源，与史传文学存在着千丝万缕的联系。在很长的历史时期内，人们的小说观念，无论是创作还是阅读，都以真人实事为尚，形成了中国小说自身的特殊传统。因此，涉及某些历史人物的著述文字，究竟是历史上真人的活动实录，轶事记载，抑或是文学创作，往往殊难辨别。而取材历史人物传记资料的小说创作，有时候，既有某种史料依据，却又少不了虚构，更是真真假假，纠缠在一起。《虬髯客传》不仅真假揉在一起，而且更为复杂。

　　由于中国小说有其特殊传统，不大去分辨何为生活真实，何为真人实事，文学创作与史传，一向纠缠不清。《虬髯客传》中出现李靖和杨素等历史人物，故我们将小说人物与历史人物作一番联系考索，由此探究这篇小说的本事，就不算是多馀的了。

　　历史人物李靖，为唐初名将，两《唐书》有传。据《旧唐书》（《列传》第十七）载："初，（李靖）仕隋为长安县功曹，后历驾部员外郎。左仆射杨素、吏部尚书牛弘皆善之。素尝拊其床谓靖曰：'卿终当坐此。'"由此说明，李靖在仕隋期间，杨素是颇为看重他的。

在李唐皇朝建立之初，主要是唐太宗在位时代，李靖功勋赫赫，封为公爵（卫国公）。贞观十七年，唐太宗下诏，画李靖等二十四功臣像于凌烟阁，确是一位不凡的人物。

李靖一生的活动，又很富有传奇色彩，故正史之外，笔记杂俎之类，涉及他的很多，既有他轶事传说的记载，又有仅取其事迹为素材，作为幻想虚构加工的小说。而这诸多关于李靖的文字，无论是纪录真事，还是小说创作，与李靖其人都有某种联系，唯独这篇《虬髯客传》，则十分特殊。

在这篇小说中，用于写李靖的笔墨分量很重，可以说是实际主角。小说中所编织的情节故事，与历史人物李靖的事迹，或早期关于李靖的轶事传说，相去都甚为遥远，几乎都看不出何种直接关系。如果与李靖一生实事相比，也只是一种似是而非的联系。

如小说中写李靖是一位兵法家，但又说他的兵法是虬髯客所传。又，他虽然为唐太宗李世民重用，那是在李唐皇朝建立之后。征之于正史，李靖原先却是隋臣，大业中，曾向炀帝上书，请诛李渊，入唐后几乎送命，因李世民惜才而救下来，后来成为一代名将。而小说中说他追随李世民，是在唐皇朝的建立之前，即李世民还是太原公子时代。尤其是小说的最基本情节，杨素家的红拂女夜奔，与早期的李靖传说，更见不到任何有关记载。

这篇小说产生的时代，上距李靖活动时代较已相当遥远。因此，许多当年盛传的李靖轶事，或者变了形，或者张冠李戴。而这篇《虬髯客传》，从种种迹象看来，正是别人的轶事移到李靖身上。或者说，这篇小说中，不过是借李靖这位历史人物的名字，然后进入虚构而已。

小说女主角红拂，系杨素府中的侍女。这个基本情节，联系历史人物杨素的生活状况看，红拂夜奔事，当有某种依据。据载，当时杨素后房姬妾侍女，多至千人。时杨素年事已高，旁边关锁上千名年轻女子，出现"红杏出墙"的事，当亦可以想见。对此，外界自然流传有种种传说。从这个角度看，小说中写的红拂夜奔，并非空穴来风。

不过，与杨素府侍女有何种情爱瓜葛者，却不是李靖。于李靖，迄今未见任何与此有涉的文字资料，似只是张冠李戴。而确有其事者，倒另有其人，此人就是李百药。刘餗《隋唐嘉话》（卷二）有一条很可注意的记载，曰：

> 李德林为内史令，与杨素共执隋政。素功臣豪侈，后房妇女，锦衣玉食千人。德林子百药，夜入其室，则其宠妾所召也。素俱执于庭，将斩之。百药年未二十，仪神隽秀。素意怜之，曰："闻汝善为文，可作诗自叙。称我意，当免汝死。"后解缚，授以纸笔，立就。素览之欣然，以妾与之，并资从数十万。

《隋唐嘉话》的记载，与《虬髯客传》的红拂夜奔，虽然情节略有差异，但大体上却有蛛丝马迹可寻。据这段记载，倒不是女主角夜奔，而是李百药进杨素府赴约，且被逮住。而杨素，饶他一命，而且，索性好人做到底，还把这位女子给了他，并资从数十万。

杨素这般处置，自然考虑到李百药的乃翁李德林。这李德林，在隋"为内史令，与杨素共执隋政"。因二人有这般特殊关系，何况杨素后房姬妾上千，故不便也不必来真格的，那也是官场上常有的处事方式。至于李百药因写得一手好诗，杨素命他当场命笔，对其诗颇感满意，故其冒犯后房不予计较，这当然只是杨素的一种下台阶方式而已。

历史人物李百药本人，原也是隋朝官员。据《旧唐书·李百药传》载："开皇初，授东宫通事舍人，迁太子舍人兼东宫学士。"他父亲李德林与杨素又有那份"共执隋政"的特殊关系，两家有所来往，也是情理中事。当时，李百药才名籍籍，年轻有为，《旧唐书》李百药本传曰："左仆射杨素、吏部尚书牛弘，雅爱其才，奏授礼部员外郎。"可见他在隋朝，颇受杨素知重。本传中又谓其"以名臣之子，才行相继，四海名流，莫不宗仰。藻思沉郁，尤长于五言诗。虽樵童牧竖，并皆吟讽"。虽然这是史家综评其一生，但他青年时的个人魅力，亦可由此想见。在女侍众多的杨素府，他得某一女子青睐，与之产生何种情爱瓜葛，进府赴约事，想来是完全有可能的。

此外，《全唐诗》卷四十三，李百药卷，收有《寄杨公》，曰：

> 公子盛西京，光华早著名。分庭接游士，虚馆待时英。
> 高阁浮香出，长廊宝钏鸣。面花无隔笑，歌扇不障声。

这首诗题中的"杨公"是谁，无直接资料可资查按，但从诗的内容看，接待宾客，后房歌姬舞女众多，很合杨素的生活状况。而诗中的"公子"一语，给人以青年人的印象，而杨素却已远过青年，似有不合处。其实，春秋时以养士著名的四大公子，都是从青年到老年，公子云云，只是表明他的身分而已，并不表示年岁。据此，则可说明，李百药与杨素之间，因为父辈是同僚这层关系外，也还有其他来往。

以上种种，都可作为《隋唐嘉话》这段记载的佐证。记载本身想有某种事实依据，事件的真实性，当是无可怀疑的。

李百药入唐后，官中书舍人，在太宗朝受命主修《北齐书》，贞观十一年由男爵（安平县男，贞观元年封）晋封为子爵。在唐代初年，他亦非默默无闻的人物。他的轶事，于社会上当亦多有传闻。

原为李百药的事，为什么又传讹嫁接到李靖身上，可能是因为李靖的名气更响，轶事传闻更多。

唐代的笔记杂俎，如《隋唐嘉话》《大唐新语》诸书，有不少关于李靖的记载。如，突厥入侵，李世民用李靖的计谋，变被动为主动，摆脱困境。又如，李靖奉命教侯君集兵法，以及他对侯君集其人的判断。又如，领兵平突厥，洗雪原先朝廷的屈辱，以及此后对北部边疆发展趋向的估计。最后，抱病参与征辽，卒于途中，等等。这些记载，虽不入正史，却大都是实有的轶事。

此外，也有不少可看作是小说，如《隋唐嘉话》（上卷），谓李靖微时过华山庙，诉于神，问位宦所至，出庙时闻大声曰："李仆射好去。"顾不见人。后来果然官至仆射。又如《续玄怪录·李卫公靖行雨》说，李靖微时，一次于霍山射猎迷路，借宿于一朱门大第。原来他误入龙宫。夜半，天庭下来行雨的命符，时龙宫的大郎、小郎俱外出，托李靖代为行雨。让他骑上一匹青骢马，马鞍前挂个小水瓶，嘱他于马鬃上滴水一滴即可，李靖担心一滴不能解除旱情，连滴了二十多滴，结果平地水深二十多尺，好心办了坏事。故事极尽神奇。又，某御史以计揭穿诬告，为李靖雪冤。这些，则颇有浓厚的说部色彩。

有关李靖的传说一多，在流传中，年深月久，或杂入他人的事，或与他人事相混淆，也都是很常见的。因此，李百药的事讹传到李靖名下，也就不是不可解释的了。

李靖与李百药，还有一种有趣的联系。李靖，字药师，与李百药，姓名仅一字之差，到唐代后期，即《虬髯客传》的创作时代，李百药的事，讹传到李药师身上，写进以李靖事迹为题材的小说中去。有这番从传闻到写作的嫁接，更是有这一偶然又非偶然迹象可以寻找。

写李靖（药师）的小说，为什么杂进李百药的轶事，盖此为其由来也。

（发表于《华侨大学学报》2003 年第二期）

李复言考

——《唐传奇丛考》之一

　　自唐代小说家李复言《续玄怪录》的《定婚店》问世之后，月下老人 (也简称为月老) 便成为媒人的尊称和雅称。好事者还为这位主持人间男婚女嫁的老人建祠宇。这糊涂时候居多的老头儿，不仅享受民间的一炷香火，也颇得文人墨客的注意。那集《西厢记》和《琵琶记》的对联："愿天下有情的，都成了眷属；是前生注定事，莫错过姻缘"，也颇为人们所乐道。

　　可是，如果不是治文学史或古代小说的学者，很少有人去理会月下老人典故的出处，更不去管小说作者李复言是何许人。但无论如何，李复言在中国文化史上的地位，是十分特殊的。作家创作的小说人物，能在民间享受香火供奉的，大概也只有《三国演义》的关羽，《西游记》的孙大圣等寥寥几位了。

　　李复言影响如此，但他的生平里贯，创作活动等等，几乎是一片空白。前些年，有些学者据清代朴学大师钱大昕的"李谅字复言"一语，考定小说家李复言即与白居易、元稹等都有交往的李谅。此后，人云亦云，几成定论。

　　李谅字复言，有资料可据。可是，这位李复言，是否即作《续玄怪录》的小说家李复言，却大有可考辨的馀地。

　　仅凭一个人的名或字，而无其他佐证即下断语，是不可靠的。历史上，名或字相同的人很多，因此而混淆者也时有所见。如唐代，就有同时代的两个李益，赵璘《因话录》载：

> 李益尚书与宗人庶子李益同名，俱出为姑臧。时人谓尚书李益为"文章李益"，庶子李益为"门户李益"。

这就是因为同时代的二人名姓相同，在当时就有所混淆，所以人们就在他们的姓名前冠以"文章"、"门户"这样的限定语。但是，后人是否把"文章李益"的诗作算到"门户李益"头上，或者把"门户李益"的事迹当作"文章李益"来研究，弄得乱成一团，那也难说得很。

元代，有剧曲作家马致远，又有画家马致远。

明代，李梦阳出任江西提督学政时，当地有士子与他同名同姓，因犯讳，引出一对绝妙的联语。李的出句为：

> 蔺相如，司马相如，名相如，实不相如。

士子对句曰：

> 魏无忌，长孙无忌，彼无忌，此亦无忌。

一时传为佳话。这类例子，举不胜举。由此可见，姓名相同的，同时代的或不同时代的，都大有人在。如果仅凭一个名字，即作出是同一个人的结论，那是很难成立的。

一 小说家李复言不是李谅

为了说明李谅究竟是或不是那位曾著《续玄怪录》的小说家李复言，我们要对李谅的活动作某些了解。或者说，在问题弄乱了的情况下，把一个本来无关的人拉进来作一番考察，仍然是必要的。

关于李谅活动的资料不多，但零零碎碎也还可以找出一些。其实，那些把李谅看作是小说家李复言的研究者，有的资料也大都注意到了。今择要分列于下：

1．柳宗元《柳河东集》(卷三十八) 有《为王户部荐李谅表》，即柳宗元为王叔文举荐李谅代拟的表章，其中说：

臣（按，王叔文自指）自任度支副使，以谅为巡官。

2．《旧唐书·文宗本纪》(卷十七上、下)：

（大和三年）"秋七月，以大理评事李谅为京兆尹。"

（大和四年）"秋七月，王播为京兆尹御史大夫，代李谅，□ (原文有夺字)为桂管观察使。"

（大和五年）"二月，以桂管观察使李谅为岭南节度使。"

（大和七年）"三月，岭南节度使李谅卒。"

3．李谅与白居易、元稹有诗歌唱和，具载宋计有功《唐诗纪事》(卷四十三)。李作题为《苏州元日郡斋感怀，寄越州元相公、杭州白舍人》，中有"首开三百六旬历，新知四十九年非"之句，末小注曰"时长庆四年也"。

白和诗题作《苏州李中垂以元日郡斋感怀诗寄微之及予、……走笔奉答，兼呈微之》，中有"凭莺传语报李六"句，又白氏集中尚有《重答汝州李使君见和忆旧游》"何况苏州胜汝州"句，注曰："李前判苏，故有是句。"此外，《白氏长庆集》中尚有《李谅除泗州刺史制》，云："以谅自澄城长讫尚书郎，中间又再为州牧，三宰剧县。"

元稹和诗，题曰《酬复言元日郡斋感怀》。

4．《全唐诗》(卷四六三) 收李谅诗一首，即上文已提及的《苏州元日郡斋感怀》。诗前小传曰："李谅字复言，三宰剧县，再为郡守，终京兆尹。"

又，《全唐诗外编》(上) 收《金石萃编》李谅诗《湘中纪行》。原诗石刻后附注曰："大和四年十月十二日，□管都防御观察处置等使，桂州刺史御史大夫李谅过此偶题，并领男颖同登览。"

以上几则资料，除《全唐诗》小传系据白居易起草的"制"外，其他各则，都不是辗转征引而走了样的，其中所及的年代地点活动，等等，都是比较确定的。

这些资料，不仅不能说明这位李复言（谅）曾作过小说，更无从说起他就是作过《续玄怪录》的作者李复言。相反，李谅的经历与《续玄怪录》中所透露的作者状况，颇有抵牾之处。

这些抵牾，略说如下：

（一）小说家李复言径命其小说集曰《续玄怪录》。《玄怪录》的作者为牛僧孺。按照常情，李复言与牛僧孺之间关系当十分密切，起码是以后辈或崇拜者自居。虽然这也不是什么成文的规定，但却是习惯上或情理中事。

可是，论年岁，李谅大牛僧孺5岁。李谅《苏州郡斋书怀》，作于穆宗长庆四年（公元824），诗中有"首开三百六旬历，新知四十九年非"句，虽然用的是典故，但为什么用这个典，当不会是无缘无故的。由此我们可以推知李谅这年是50岁。牛僧孺据传记资料，卒于宣宗大中二年（公元848），时年69岁，上推，长庆四年才45岁。年长的李谅，在年少于他的牛僧孺面前自居后辈，岂不有舛常情？

或许有人说，牛氏几度拜相，权势煊赫。而李谅于大和三年由大理卿升京兆尹御史大夫，权位也不一般。年长的大官，拍一把年少的更大的官，也很常见。那么，李谅与牛僧孺之间关系又是如何？

中晚唐之际的牛李党争，牛僧孺是牛党的代表人物。在那场涉及面颇广的党争中，李谅是否被卷进去，没有直接资料可资说明。但是，最常见的是，每当牛党得势，李党的人则被赶出中央朝廷到边鄙的蛮荒地区。李党得势，牛党的命运亦然。李谅出任京兆尹，是大和三年（公元829）。第二年，牛僧孺入相，李谅出为桂管观察使桂州刺史。由首都的行政长官，改任边远的州刺史，即使不叫挫折，起码也不能算在官场上走运的。李谅与牛僧孺之间的关系，并不那么融洽，是否可由此看出一点消息？

这样说来，这位小说家，把自己的小说集径宣称为牛僧孺之作的续书，如果硬派到李谅头上，无论就二人的年资或交往状况看，都是很难成立的。

（二）乙书定名为甲书的续作，在习惯上，或者甲书作者已经作古，或者甲书作者虽尚健在，但书已写定，并在读者中流传。可是，《续玄怪录》如果归到李谅名下，则有很大的麻烦。

《旧唐书·文宗纪》载：大和七年 （公元833），李谅59岁，死在岭南节度使任上。这时，牛僧孺活得好好的。直到宣宗大中二年 （公元847），即李谅死后的16年，牛僧孺69岁，才寿终。尤其值得注意的是，李谅生前死后的一二十年间，牛僧孺始终未停止《玄怪录》的写作。其中《崔绍》的故事发生在大和八年，则是李谅死后的第二年。

一部书正在不断增加篇目，即尚未定型的时候，突然有人以书名赫然标出，自己之作是此书的续作。在文化史上没有他例，而且揆情度理，也很不可思议。

（三）《续玄怪录》中的《尼妙寂》，篇末有一段此篇的写作缘起，曰：

> 大和庚戌岁，陇西李复言游巴南，与进士沈田会于蓬州。田因话奇志，持以相示（按：指李公佐写的尼妙寂故事），一览而复之。录怪之日，遂纂此焉。

大和庚戌岁，即大和四年。"游巴南"云云，似乎小说作者此时日子过得颇为悠闲。

那么，李谅的行止如何呢？这年七月，他由京兆尹出为桂管观察使桂州刺史。七月以前，身当首都行政长官的重任，自无闲暇和逸致到遥远的巴南游逛。要知道，那时还没有飞机火车之类的现代化交通工具，从长安跑一趟巴南，短时间是办不到的。

那么，七月以后，李谅去桂州赴任，有无可能绕道蓬州呢？也不可能。

因为，巴南蓬州 （今四川仪陇）当时属山南西道。如果绕道，便要出长安溯渭水西行，经周至、武功，然后由大散关入蜀，再沿嘉陵江南下到蓬州。由蓬州再如何到桂州，路线就不那么明确了。匆匆上任的官员，如果没有什么特殊的事，就不会去转这么个大弯。

事实上，李谅这次去桂州上任，走的是人们通常所走的路，即：自长安南出兰关，顺汉水而下，进入三湘，然后由永州入桂。这年十月，李谅曾作过一首《湘中纪事》诗（见《全唐诗补编》），写他途经永州时的活动。可见，游巴南，在蓬州听沈田讲尼妙寂的故事，然后写小说，并不与李谅相干。写《尼妙寂》的，当是另外一位李复言。

（四）《续玄怪录》中的《李绅》，尤其值得注意。这篇小说的写作年月，虽然没有注明，但却留下线索。这就是小说开头的"故淮南节度使李绅"一语，说明这篇小说作于李绅去世之后。

李绅是中唐时代有影响的诗人宰相，"两唐书"都有传。他曾两度出任淮南节度使。第二次去淮南，是武宗会昌四年（公元844），第三年（即会昌六年，公元846），死于节度使任上。小说中的"故淮南节度使李绅"云云，正是会昌六年以后人们的口气。这一年，上距李谅去世，即文宗大和一七年（公元833），已达14年之久。一个早已死去的人，无论如何是不可能还在那里写小说的。《续玄怪录》的作者李复言非李谅，那是再明显不过的了。

通过以上分析，我们可以作出这样的判断：

写《续玄怪录》的小说家李复言，不是李谅，而是另有其人。李谅字复言，与小说家李复言，仅仅是名或字的偶然巧合，不能混为一谈。如果把作《续玄怪录》的小说家硬安在李谅头上，便有许多说不通的地方。《续玄怪录》的作者，只能是时代稍后——即武宗会昌六年以后——在世并从事小说创作的另一位李复言。

二 小说家李复言究竟是谁

既然字复言的李谅不是作小说《续玄怪录》的李复言，那么，这位小说家李复言究竟是何许人？

宋初钱易《南部新书》（甲卷）载：

> 李景让典贡年,有李复言者,纳省卷有《纂异》一部十卷。牓出日:"事非经济，动涉虚妄。其所纳仰贡院驱使官却还。"复言因此罢举。

这则资料虽简短，却包含丰富的内容。至少我们从中看到以下几点：①李景让主持科举考试的那一年，李复言参加过考试。但钱易书中没有说是哪一年。但清代徐松《登科记考》引《南部新书》的这条记载，系于文宗开成五年（公元840），并于进士李蔚、沈枢名下，又分别引《旧唐书·忠义传》和《苏州府志》：

> 李景让，开成四年入为礼部侍郎，五年，选举士。
>
> ——《旧唐书·忠义传》
>
> 开成五年，（礼部）传郎李景让知举。
>
> ——《苏州府志》

唐代科举，科目很多，以进士科最为人们所重。李景让主持的正是进士科考试。李复言参加这次考试，年龄很难断定。那时科举考试没有年龄的限制。有十八、九岁即进士，被称为"阿孩儿"的张读，也有六、七十岁才中进士大器晚成的张柬之。但一般说，参加进士考试的，多半是岁数不大的青年人。所以我们可以设想，这时李复言的年龄大约为而立上下。

李复言应考时的纳省卷为《纂异》（十卷），以书名和主司评语"事非经济，动涉虚妄"的光景看，大约是一部内容属于"怪力乱神"之类的小说。唐代的科举，不同于明清，考试中式与否，场外舆论往往起很大作用，故有请文坛名宿为之游扬的"温卷"风气。这里的纳省卷，是把自己的素常论著交官方参考。李复言交的是"动涉虚妄"的谈妖论鬼的著作，使这场考试遭到挫折。但这种与众不同的作法，想以小说在利举中出奇制胜，倒像是作

《续玄怪录》的李复言所为。钱易是宋初人,这样说当是有其依据的。《四库全书总目提要》于钱氏《南部新书》,曾有这样的说明:

> (《南部新书》)皆记唐时故事,间及五代,多录逸闻琐语。而朝章国典,因革损益,亦杂载其中。故虽小说家言,而不似他书之侈谈迂怪,于考证尚属有裨。

《四库全书》作为一部大型丛书,虽然问题很多,但这部"总目提要",却是一种比较有参考价值的书目。因此,关于李复言参加科举的记载,是有其可信性的。

然而,这里又出现另外一个问题:李复言的"纳省卷",钱氏书中说的是《纂异》。而今人见到李复言的小说集,书名是《续玄怪录》。这究竟是另有小说集曰《纂异》,抑还是二者为同书异名?

同书异名的可能是存在的,特别是我们迄今未发现唐代另有书名题为《纂异》的小说之作,只能作如此设想:李复言早年将自己的小说集定名为《纂异》,后来易名为《续玄怪录》。

因为,影响颇大的小说家牛僧孺作有《玄怪录》,李复言为表示自己对这位前辈作家的景仰和追随,改易自己的书名,是很有可能的。

此外,也还不排斥另一种可能,即李复言易小说集书名,是对在那场科举考试中受挫折抒发愤慨和不满。这无异于说:你们说我的小说之作"事非经济,动涉虚妄",可是,朝中的堂堂宰相牛僧孺,不是也写过《玄怪录》吗?我的《纂异》,不过是"续"牛相之作而已。

当然,上述的两种可能,并无文字资料可征,仅仅是测想。如果这种测想与事实比较接近,我们则可以说,《纂异》是《续玄怪录》成书之初的书名。那位在科举考试中受挫折的李复言,与《续玄怪录》的作者是同一个人。

这场考试的时间,是文宗开成五年,一般说,这时李复言年岁不大,他的创作活动一直到武宗会昌、宣宗大中间，甚至还可能更晚一点。时间年代，倒也都合榫的。

然而，《太平广记》的引书目录，却引起我们另外一种思索，这就是当时有《纂异记》一书的存在。

这部编定于宗初的《太平广记》，收录了出于《纂异记》的小说12篇。各篇的篇末，仅注明出自何书，而不署作者。此为循全书的编辑体例故。但是，我们对此不能不产生一个疑问：《太平广记》所收的《纂异记》，是否即钱氏《南部新书》中所说的李复言曾用以为"纳省卷"的《纂异》？

为解开这一疑问，我们有必要翻检一下几部时代与之相关的史志目录。

《旧唐书·经籍志》无著录，因为这部史志所据的是毋煚《古今书录》。只是记开元 (公元713—741) 间的政府藏书，无《纂异记》以及《续玄怪录》的著录，是另外的问题。

《新唐书·艺文志》所著录的书目，包括有唐一代，而且各书都有简略的说明，是一部比较完备的唐代书籍目录。"新志"的"小说家类"，著录《纂异记》，曰：

> 李玫《纂异记》一卷，大中时人。

这里，书的卷数、作者及其时代，都是清楚的。不过，"新志"的同一部类，也著录了"李复言《续玄怪录》五卷"，似乎两书都各自在以单行本流传。

《宋史·艺文志》的"小说家类"，著录状况与"新志"大致相同，只是《纂异记》作者署"李玫一作政"。此外，"宋志"还著录有"李复言《搜古异录》十卷"。问题就更加扑朔迷离。

除上述几种书目外，一些丛书也有收《纂异记》的，如元初陶宗仪的《说郛》 (委宛山堂本) 收此书12篇，作者署李玫。可见，此书直至元初还有单行本流传。又《全唐诗》 (卷五六二) 收《喷玉泉冥会诗》一组八首，作者署李玖，小传极简略，仅"歙州巡官"四字。诗除上述总标题外，各首又都有小标题。总题下有一则说明，相当于《纂异记》的《许生》，唯文字简略，且小说中的诗作为正文入编。这也是《全唐诗》编辑体例的特殊要求。

这样看来，《纂异记》的作者，其名五花八门，有李玫、李攻、李政以及李玖等差异。更没有其字是什么的文字资料。因此，也就很难下断语，《纂异记》是否即《纂异》，更难断定，李玫（?）与李复言是否系同一个人。这个疑问，只能留待博雅君子了。

但有一点是可以肯定的，李复言（或李玫）的活动时代是在宣宗大中（公元847—859）前后，绝对不可能是早在文宗大和中已经去世的李谅。

（发表于《华侨大学学报》1998年第三期）

须菩提·孙悟空·唐三藏

——读《西游记》札记

孙悟空的师父须菩提

如果要问孙悟空的师父是谁，人们就会回答：唐三藏。这当然是不错的。不过，那位天地所生的石猴，从一派天真，学成神通广大，智勇超群，甚至无所不能，其师承当大有来历。但授业者却不是唐三藏，而是别有其人，此人叫作须菩提。

孙悟空的这位真正师父须菩提，究竟是何许人呢？

佛祖释迦牟尼的十大弟子，其中就有一位叫须菩提的。许多重要的佛家经典，都曾提到这位须菩提的活动。佛祖弟子须菩提与《西游记》中人物须菩提，仅仅是名字的巧合，抑还是小说作者的有意安排？这却是一个饶有趣味的问题。

释迦佛祖的弟子须菩提是一位非凡的尊者。据许多佛典载，佛祖的十大弟子各有擅长，如：舍利弗为智慧第一；目犍连，神通第一；迦叶，头陀第一；阿难，多闻第一，而这位须菩提，则是解空第一。几部重要的佛家经典，如《华严经》《法华经》《维摩诘经》等，都说到须菩提尊者的活动。《法华经》中，释迦佛祖还曾预言，须菩提将来成佛，号"名相如来"。特别是《金刚般若波罗蜜经》（即通常说的《金刚经》），就是通过佛祖释迦牟尼回答须菩提的提问而展开的。这部带有导论性的佛家重要经典，主旨是阐明"性空"、"诸法无我"。由这位"解空第一"的弟子须菩提来提出种种疑问，然后佛祖逐一解答证说。于是形成了这部重要的佛家经典。这绝不是没有缘由的。凡此，都可以看到释迦牟尼对这位弟子的推重，或者说，须菩提在释迦佛祖诸多弟子中的不寻常地位。

《西游记》固然是小说，书中的须菩提正如唐三藏一样，仅仅是小说人物。作为小说人物，无论与历史上的真人相比有着怎样的差别，但是，小说中接触到许多佛学问题却是事实，小说作者相当地熟悉佛家经典则是没有疑问的。一些最为常见的佛经，特别是像《法华经》《金刚经》这样的佛经，其中涉及须菩提的活动，更不会没有注意到。

小说中孙悟空的这位师父须菩提，作者没有交代过他的来历，更没有说到他是或者不是释迦佛祖的弟子。而且，这位须菩提作为艺术形象，状况十分复杂。在他身上，不仅佛家，而且道流甚至山林隐逸的色彩都很浓。

须菩提修炼、授徒处，叫作"灵台方寸山，日月三星洞"，实际所指就是心中，"斜月三星"，即一弯三点，是个"心"字。"灵台"、"方寸"，也都是说心的典故。《庄子》中有"灵台者有持"和"万恶不可纳于灵台"诸语，《列子》则有"方寸之地虚矣"之语，都指的是心。嗣后，"灵台"、"方寸"也就成为人们专指心的常用典故。

大脑主思维是很晚近的认识，古人总是把心看作是思想、情感、智慧以至于善恶的发源地。有关的字、词，偏旁都是从心，就是基于这种认识。从佛学来说，修行中十分注重心悟，心的守一。《华严经》云："三界所有，唯是一心"，故修行者须"守护心城"，毋使外邪侵入。《佛地经论》谓"心本性即是真如"。禅宗更是如此，《六祖坛经》说："自性心地，以智慧观照"，所以禅宗的传法，"不立文字，单传心印，直指人心，见性成佛"。《西游记》中，写孙悟空受广大法力于这"心"山中的"心"洞，似与佛学有很大关系。

此外，须菩提对孙悟空的传授学业，也像是佛家特别是禅宗的传法方式。小说中写须菩提给孙悟空打了哑谜，这位聪慧过人的徒儿，立即参破谜底，遂在深夜从后门而入，得传秘法。这个情节不能不使人联想起禅宗六祖惠能的得衣法故事。《坛经·自序品》说到，五祖弘忍正是以哑谜约惠能深夜进去，秘传衣法。

然而，仅凭这些也还难以断定这位须菩提必是佛家人物，更不能说他就是释迦佛祖的十大弟子之一须菩提。大倡"心即万法"，注重"悟由一心"，虽然是佛门的重要教义，但是，论述心性却并非佛家专有。道家的老子讲"虚其心"，庄子讲"心如死灰"；儒家的孔子讲"心不违仁"，孟子讲"仁义礼智根于心"，都是把学说中的精要与"心"相联系。宋明理学家，如陆九渊、王守仁，更是大讲"心性之学"。

而且，《西游记》中的这位须菩提，身上也还有颇浓的道教色彩。如他给孙悟空传授的是长生法。长生不老，肉体飞升，这本来是道教人物的修炼目标。须菩提传授的长生法，固然是应孙悟空的要求，但他事前介绍各种法门时，也提到"休粮"（即"辟谷"）、"采补"以及服"秋石"、"红铅"之类，这些名堂完全是属于道教的修炼内容。尽管他也说，如以此求长生如"水中捞月"，在作者的角度，意在用巧妙的曲笔，说明道教这套名堂的虚妄。但在小说的情节中，却说明这位师父能开上述的这类课程，给人物添上了道教的色彩。

更值得注意的，是须菩提作的《满庭芳》词。据樵夫说："神仙与我舍下相邻。他见我家事劳苦，日常烦恼。教我遇到烦恼时即把词儿念念，一则散心，二则解闷。"这里且不说"神仙"是属于道教世界的修炼有成者，他人对他如此称呼不足为凭。但词的结尾说："相逢处，非仙即道，静坐讲《黄庭》"。要知道，《黄庭经》是道教的重要经典，静坐讲论此经的，自然是"仙""道"一流的道教人物。但从全词来看，作者又不仅仅是个道教人物，也像个受老庄思想影响较深的山林隐逸。

其实，作为小说人物的须菩提，作者是有意识地把他写成这样复杂的。在他身上，佛教内容为主，也体现了佛道儒三家的合流。亦佛亦道，尤为明显。那首作为叙述插话的诗中，说得十分清楚。作者叙述了孙悟空初见须菩提时，在"这真是"后面，接着一首诗。其中的两联是：

> 大觉金仙没垢姿，西方妙相祖菩提。
> 空寂自然随变化，真如本性任为之。

　　这两联都是上句说仙，下句说佛。对同一个人物写出他的双重身分，从整体来说，这是时代的产物。北宋以后，儒道佛三家思想的合流，在许多文人的思想中都有所体现。在《西游记》全书中，这种痕迹更是明显。

　　须菩提这个人物的存在，又有他的特殊性。孙悟空在小说中有那般大作为，交代一下他的师门来历不凡，也是很有必要的。从这一点来说，写师父可以看作是为写徒儿作铺垫。

　　但是，这位师父的身分非同小可。着笔时还必须有那番含糊，顶多只能点到"西方妙相祖菩提"。否则，一坐实这位须菩提就是释迦佛祖的弟子，那么，论起师门，孙悟空就是释迦佛祖不折不扣的徒孙。这样，就会给后来的情节发展带来无穷的麻烦。师祖老爷子把徒孙压进五行山，一压就是五百年，那怎么说呢？后来孙悟空又皈依佛门，这笔账也有点缠夹不清。西行路上，几次上灵山雷音寺，如果叙起原先的那层师门渊源，麻烦就更多。

　　高明的作者当然不会自凿陷阱。书中除了对须菩提的身分含糊一下外，还用了一个颇为勉强，但总算还能够自圆的办法，了结这层师门关系。这就是：孙悟空学业有成之后，在同窗面前卖弄变化的本事。这位须菩提看到后，立即打发他回花果山，并不准他再提师门关系，如有违反即遭重罚，"万劫不得翻身！"

　　卖弄一下本事，算不上是什么不可饶恕的罪过，大不了训斥一顿，以后不准他再卖弄或者去惹祸，也就是了。那样，也就没有《西游记》中的孙悟空了。

孙悟空与唐三藏

　　唐三藏是孙悟空的师父，妇孺皆知，《西游记》就是这样写的。但细究起来，这二人论师徒，总觉得有点不像那么回事，实在要为做徒儿的齐天大圣喊一声：冤哉枉也！

既为人师，就得给弟子传授一点什么，方可说得过去。尽管隋唐以来的科举制度下，试官与当科考试录取的举人、进士之类人物，没有学业授受也论师生，那是另一回事，当作别论。在一般情况下，师徒之间，指的是有点学业上的授受，这正如唐代大散文家韩愈所说的，"所以传道授业解惑也"。

孙悟空在《西游记》中，先是大闹天宫，后来的收妖捉怪，有那般非凡的神通和武功，自当有非凡的传授，但这与唐三藏毫不相干。这位三藏法师，于此道一窍不通，对他不能在这方面有所要求。如果唐三藏在这方面有何种能为，《西游记》就会是另外的一番光景了。所以，有无武功传授，似可不必过于苛求。

孙悟空皈依佛门，做了和尚，自然要在佛理方面有所证悟。这于唐三藏来说是内行，应该对弟子有所启迪。可是小说中也没有涉及这类内容的笔墨。有时候，作为弟子的孙悟空，他的悟性甚至还超过乃师。不过，这也是生活中常有的事，"青出于蓝而胜于蓝"，是很正常的。所以，在佛理上没有给什么秘传，也可不必深责。何况《西游记》本来就不是写这方面内容的。

如上这些问题，对唐三藏既然都可以不必深责，那么，孙悟空做他的徒弟还有什么冤屈呢？

有的，这就是唐三藏心目中根本没有这个徒弟，充其量，不过把他视为听差或保镖，平时为他化缘讨饭吃，遇到妖怪时保护他的安全，如此而已！

如果唐三藏心目中确有这个徒弟，捉妖就捉妖，讨饭就讨饭，倒也没有什么，"有事弟子服其劳"，儒道佛三家都讲究这一套。这本来就是中国式的传统师徒关系，虽然如此，但师父应该在心目中把徒弟真正看作徒弟。

作为小说人物唐三藏，并不像历史人物玄奘大师那样可敬。在小说中，这位慈悲为怀的唐三藏，老是慈悲得不是地方，以致人妖莫辨，好歹不分。

实在叫人不敢恭维。

西行路上的许多妖魔，如白骨夫人、银角大王、红孩儿，等等，为了要吃"唐僧肉"，或变化为斋僧敬道的善男信女，或变为受苦受难的弱者。尽管孙悟空立即识破他们的真面目，而且还点出那些花言巧语的破绽，劝师父不要上当。可是，只要是他做师父的认定那些"好人"是好人，做徒儿的，道理讲得再明白也是白搭。对那些"好人"，不仅绝对不能打，而且还要迫使徒儿跟着他也一起去钻那些"好人"设下的圈套。不照办，就念你一通"紧箍咒"！只有在那些"好人"把他掳进洞内，收起原先那副和善可怜的表象，露出真面目时，面对着即将作为一顿美餐被享用的现实，这才明白过来，他真的碰上吃人的恶魔了。

可悲的是，这位慈悲的和尚，一次次碰上变化为好人的恶魔，却一次次上当，不仅毫无观察判断的能力，而且连起码的记性都等于"零"。无论重复过多少次受骗的经历，下一次再碰上变化为"好人"的妖魔时，只要他们脑门上没有写着"妖魔"字样，他照样把上次的受骗忘个一干二净，照样骂不肯上当的孙悟空为"泼猴"，照样要念他一通"紧箍咒"！

那位天不怕、地不怕，对谁都不买账的孙悟空，又有那般神通和武功，当年曾把天宫都闹成一锅粥，天兵天将都为之闻风丧胆。如今皈依佛门，或者更准确地说是做了唐三藏的徒弟之后，居然也学会了忍气吞声。在西行路上，他与唐三藏之间在人妖判断上的多次意见相左，明明是他的判断合乎事实，最后却不得不识相地放弃己见，硬着头皮跟师父去钻妖怪的圈套。这是因为，压了他五百年的五行山虽然解除了，可是，头上却压上比五行山更为灵活机动，甚至更为沉重的"紧箍咒"。

"紧箍咒"的发明人，后台老板，虽然是如来佛祖和那位大慈大悲救苦救难的观世音菩萨，但执行者，或者说直接用以控制孙悟空的，却是唐三藏。这位大法师，别的本事都很有限，前面说过，他碰到妖魔变为好人时，什么观察、判断甚至记忆等能力，都几乎等于零，唯独念"紧箍咒"的本事，却堪称上乘。每次一念，都取得"最佳效果"，直到徒儿头痛得满地打滚，方肯罢休。

这当然是《西游记》作者的精心处理。当年无所不能的齐天大圣，如今却听凭一无所能的唐三藏任意摆布，总得要有个道理。受制于"紧箍咒"，于小说情节来说，不失为一种解释得颇为圆通的处理。这样的处理，自然也有现实依据。生活中如唐三藏者，有无本事，往往无关紧要，只要掌握着他人的命运，再草包，也照样能将人随意发落，使人俯首听命。

其实，孙悟空对待这位师父，可说是忠心耿耿，始终不渝。在西行途中，他为保护唐三藏的安全，卖尽了力气，吃够了苦头。要知道，这位当年的齐天大圣，闹天宫被俘时，天庭使尽一切刑罚，包括送他进太上老君的炼丹炉，都未能损伤他一根毫毛。可是在西去的路上，却遭重重挫折，几次遇上魔王们的奇怪法宝，差点送掉了性命。而他，却绝无退缩之心。这还在其次，更主要的是，他对唐三藏的虔敬之心，谁也不能相比。比如，他因三打白骨精，被唐僧贬回花果山，又作了几天妖猴。后来，唐僧陷于黄袍怪的魔爪，师弟们请他重新出山时，他还到东洋大海去净净身，免得带着妖气回到师父身边。

他追随唐三藏，如此死心塌地，出于皈依佛法之心吗？恐怕未必。他日能成正果，毕竟是很遥远的事。更实在的，似乎感戴的成分居多。在五行山下，他被压了五百馀年，直到这位唐三藏到来，揭去山顶上的那份写有"唵嘛呢叭咪吽"的六字真言帖子，这才解除重压，获得自由。尽管唐僧的这番相救，并非出于己意，而是观音菩萨的安排。因为，取经人到达西天大雷音寺，必须经历规定的磨难。途中确实需要这么一位厉害角色。然而，孙悟空则始终不忘唐三藏救他出困厄的这番大恩。

正因为如此，他才向唐三藏下拜。谁都知道，这位当年的齐天大圣，一向心高气傲，决不轻易拜人。他自从离开灵台方寸山后，一生只拜三个人。这就是西天拜佛祖，南海拜观音，其三就是拜师父唐僧。除此之外，就连高居灵霄宝殿的那位权威化身玉皇大天尊，每次朝见时，也只唱个"喏"了事。还有道教世界地位至高无上的太上老君，相见时虽然也唱个"喏"，但称呼他为"老官儿",还得油嘴滑舌戏耍他几句。至于其他无论何等角色,称他们一声"老弟",则就算是颇为客气了。

由此可见,唐三藏在孙悟空心目中的位置,就连玉皇大帝、太上老君这等煊赫角色,都远远不能与之相比。遗憾的是,作为师父的唐三藏,对待这样的徒儿,却以听差保镖视之。对此,不能不为齐天大圣喊一声"冤哉枉也"!

唐僧,江流儿

今《西游记》的几种通行本,都于第八、第九两回之间插进一段"附录",相当于一回书的篇幅,交代小说人物唐僧的身世来历。

这样处理,原因是几种通行本所据的底本,都是早期刊本,如"世德堂本"或"李卓吾评本"。

早期刊本,唐僧的身世于第十一回以一首七言诗作概要的交代。也许有人嫌诗的交代过于简略,如"西游真诠本",遂增加一回书,详其身世来历。

从这段文字的涯略看,它似为诗歌内容敷衍而成。当然,也吸收了别的资料,如元杨景贤《西游记杂剧》第一本的内容。其实,诗的内容也是来自杂剧。因为历史人物玄奘的身世与江流儿故事无关。陈状元之子,殷开山外孙云云,都是元杂剧情节。诗叙江流儿故事,显然也是取自元人杂剧。

书名曰《西游记》,民间称之为《唐僧取经》,唐僧毕竟是名义上的主角。他的身世,似乎亦应有所交代。而且,这个倒霉蛋和尚,西行处处逢灾,共历八十一难。其中前四难:金蝉遭贬、出胎几杀、满月抛江、寻亲报冤,于诗中仅一笔带过。又,第九十二回,唐僧说过他俗家父母系抛绣球缔结姻缘,前面也没有交代。所以"真诠本"增加一段文字,似乎也不是毫无来由的。

可是,我们又不能不看到此书版本史上的一个重要事实:几种早期梓本都没有这段文字。"真诠本"的这段文字，非作者原作，所显现后人增补的迹象，是十分明显的。

从小说创作的艺术规律看，唐僧的身世，无论是详述，如增加的文字；还是略说，如诗中一笔带过，都不是牵动全局的关键。

唐僧虽是名义上的主角，但他在小说中的地位有点特殊。小说的总体结构是他的遇险历难。在许多场合，他对收妖捉怪的孙悟空起的是反衬作用。每当紧急关头，他都给孙悟空的行动增加难度，甚至干扰和阻碍。而孙悟空，是小说的实际主角。作者于他身上寄托自己的理想和爱憎。因此，全书开头以七回书的篇幅交代孙悟空的出身来历。这与小说的整体结构，是完全相适应的。

这样说来，详叙唐僧身世，似非作者原意。何况，"真诠本"的大段文字，比诗中所述，并未增加多少实质性的内容。那首叙述唐僧身世的诗，敷衍成一段文字，也未必是非要不可的。

（发表于《华侨大学学报》1999 年第二期）

红孩儿·善财童子·齐天大圣庙

——读《西游记》札记之二

聪明的小顽童——红孩儿

一部《西游记》，多灾多难的唐僧，西行路上，什么样的妖魔都遇见过。在号山枯松涧火云洞，即小说第40—43回，写他落入一位小孩魔王手中。

这位火云洞洞主，号称圣婴大王，小名红孩儿。这位小孩魔王，如果真格地论起年纪，起码在三百岁开外，比任何老掉牙的长寿公公都远为年高。不过，他却始终是个小孩，总长不大。为什么长不大，仙家自有他们的特有说法，尽可不必深究。总之，这几回书中出现的，是一位小孩魔王。

这红孩儿既然是魔王，就不免与别家魔王一般，要把唐僧送上餐桌，作为一味长生不老药来享用。这几回书的基本情节，也与全书的其他段落大致相似。红孩儿掳唐僧进洞，而孙大圣则为营救师父脱险，与他进行一场智与勇的较量。

有趣的是，作者在描写这场较量时，形成一种颇为奇异的笔墨效果。敌对的双方，即打唐僧主意的红孩儿与保护唐僧安全的孙大圣，都描绘得十分可爱，这就有点不可思议了。说孙大圣是个可爱的艺术形象，这好理解；想吃唐僧肉的红孩儿，怎么也令人感到可爱，岂不是咄咄怪事。然也，事情怪就怪在这里。

《西游记》所写的，绝大多数是些超现实的幻想人物。有天宫玉皇大帝及其驾前的各路神仙，属道教世界；有西方大雷音寺如来佛祖座下的菩萨、罗汉，等等，属佛教世界。此外，还有唐僧西行途中遇到的各家妖魔。

《西游记》是一部非常特殊的小说。尽管其内容比较庞杂，不纯是谈佛法，但其主要情节却是僧家的求法活动，佛学思想色彩还是很浓的。从佛法的角度说，唐僧师徒西行，到达雷音寺，是修行到归元的禅悟过程。一路上，从遇魔到魔的降伏，是克服禅悟的内心障碍。外魔皆由心生，心不归一，种种魔生。灭一魔，便是禅悟的精进。这是《西游记》定慧的内容。

然而《西游记》毕竟是文学作品。从文学创作的角度看，作家所写的幻想世界，实际上就是现实人间百态的摹画。幻想世界中的佛、道、魔，又都是活动于红尘中的常人。

要说起人，《西游记》里的魔王，绝大多数是恶人坏人。可是，坏人不都是一个模子倒出来的，而是形形色色，表现各异。有的凶残暴虐，有的伪善狡诈，也有的刚愎，种种不一。那么这位小魔王又怎样呢？作者把他写成是个聪明又淘气的小顽童。作者写这个人物时，笔墨间既是欣赏他的聪明，又骂他淘气调皮。这就是这位魔王不可恶反而可爱的主要缘由。

《西游记》里的魔，并不都是坏人。如果翻一下老底，猪八戒、沙和尚、白龙马，甚至孙大圣，都曾作过妖魔，出身和历史，都为正统派人物所诟病。只是他们皈依佛门后，都作了唐僧的保镖和苦力，为取经事业作出"重大贡献"。即如猪八戒大师，一遇挫折，便叫唤要回高老庄，去探望浑家，表现不算是最上乘，可西行途中，半饥半饱，挑那副担子，也真难为他。

从作魔王到后来皈依，红孩儿与孙大圣的哥们兄弟没有两样。问题是唐僧师徒到达号山之后，这个小顽童把唐僧掳进火云洞。他与孙大圣的那几场较量，都带有小顽童调皮、淘气的色彩。他的部下，也都是小淘气。他称魔一方，实际上也只是一帮小淘气的首领。

写得最有趣的是唐僧被掳后，孙大圣为打听师父的下落，一阵乱棒，打出一拨山神土地。谁知这些管理一方的神灵，出来见当年的齐天大圣时，个个破衣烂衫，挂一片，拖一片，活像个叫花子。一问他们这副乞相的缘由，他们说：

> 这山中有一条涧，叫做枯松涧。涧边有一座洞，叫火云洞。那洞里有一个魔王，神通广大，常常把我们山神土地拿了去，烧火顶门，黑夜与他提铃喝号，小妖儿又讨什么常例钱……没钱与他，只得捉几个山獐、野鹿，早晚间打点群精。若是没物相送，就要来拆庙宇，剥衣裳，搅得我们不得安生。

这段文字，从小说写作的角度说，是补笔，也是从侧面着笔。通过山神土地外表形象的描绘，意在说明唐僧到达号山之前，这位小魔王的种种作为。这样，既节省了原原本本叙述的冗长单调，又避免了介绍性文字的刻板累赘。

山神土地的怨诉，没有说到小魔王以往吃过人。他的主要劣迹，也就是敲敲他们的竹杠，以致刮得他们衣不蔽体，穷得叮当响。此外还胁迫他们去服杂役，像奴仆似的支使这些一方神灵。不仅淘气，简直有点恶作剧了。

神灵的世界，究其实质，无非是现实世界在玄想中复现。山神土地，也不过是现实生活中地方胥吏的翻版。作为神，他们的品级职位属于最低一等，但在小百姓的心目中，仍是礼敬有加，不敢有丝毫轻忽。有人能敲他们的竹杠，能够使他们像奴仆，起码并不可恶可恨，甚至还是十分可爱的。

红孩儿与孙大圣正面较量，当然是唐僧到达号山时开始。那小妖魔定了智取而不是强抢之策，掳唐僧进洞，这正说明他的聪明有心计。但他毕竟是个小孩，运谋用计，仍不脱儿童式的稚气。

唐僧师徒四众，在那峻险的山道上行进时，突然间，山坳里一道红云直上九霄。红孩儿正窥探唐僧的行踪。精细敏锐的孙大圣立即看出某种蹊跷，请唐僧下马，与猪八戒、沙和尚护住他。这红孩儿对孙大圣佩服之馀，见其有备，便收了云。云消散，孙以为是"过路的妖怪"，又扶师父上马继续赶路。

一会儿，红云又起，孙迫不及待拉师父下马，恼怒了唐僧。孙的这些应付措施，引起了唐僧的反感。

这番捉迷藏，是否为红孩儿的一种战略步骤？书中没有交代。但客观上，或无意中却使师父不再相信徒弟。师徒间的一致性产生了裂痕，为他下面的做手脚，减少了阻力。后来，他变为受害的小孩，诱骗唐僧上当，孙一再劝阻，做师父的不予理睬，遂被掳进火云洞。

红云时而出现，时而消散，颇似小孩在大人面前淘气调皮。后面他虽然也赢了几场，但最终还是以失败告终。这当然是小说中这个大段落的既定结局。否则，红孩儿如果真的达到目的，把唐僧送上餐桌，《西游记》就无法再写下去了。

他的失败，那是因为当年打遍天下无敌手的孙大圣，却奈何他这位"贤侄"不得，只好上落伽山，请出观音菩萨，费了一番周章，这才收伏了他。

观音菩萨毕竟是大慈大悲的。她（他）收伏了小魔王后，没有给太大的惩罚，还让他充当侍从，叫做"善财童子"。当然，也不免给他戴上金箍。于红孩儿来说，算是皈依佛门，修成正果。

从这几回书看，作者描写这位小魔王的艺术形象时，笔墨间始终掌握着很恰当的分寸。像大人在说一个聪明但又调皮捣蛋的孩子，又是欣赏又是数落。在欣赏中带着数落，又在数落中包含着欣赏。看起来，作者是十分喜爱这位小孩魔王的。

红孩儿、善财童子

在民间，观世音是香火最盛的一尊菩萨，有点规模的寺院，一般都有她（他）的塑像，专由女尼净修的庵堂，更不消说了，就是信男善女的家中，也往往供着这尊大慈大悲救苦救难的菩萨像。

这诸多塑像或画像中，有的在菩萨左右还塑有侍立的一尊少女、一尊儿童像。那胖乎乎的儿童，说是善财童子。有时，人们也称他为红孩儿。

说善财童子就是红孩儿，因为长篇小说《西游记》有过这种描写。此书第40—43回，就是写红孩儿当年在号山枯松涧火云洞做魔王时，曾用计掳唐僧进洞，准备把老和尚作为一味长生不老药来享用。

孙大圣为救师父脱险，与红孩儿争斗了几场，终未奏效，只得上落伽山请来观音菩萨。观音也颇费了点周折，才降伏了这位小魔王。

小魔王红孩儿被降伏后，皈依受戒，随侍观音菩萨左右，成为佛门中的"善财童子"。小说中有作者的一段插话：

> 如今说，童子拜观音，五十三参，参参见佛，即此是也。

由于小说《西游记》流传极广，书中的故事家传户诵，妇孺皆知。于是，民间遂以为：观音菩萨旁边的那位小侍从，真的是皈依佛门的小魔王红孩儿。背地里，迳称善财童子为红孩儿。这大概是，当着塑像的面，不敢揭他当年曾在号山作魔王的老底。

在佛家经典中，倒确实有一位"善财童子"。但是，佛典中的善财童子，与小说《西游记》中的红孩儿，其实毫不相干。也就是说，《西游记》作者写这位小魔王时，并非以佛家经典为依据，只是完全凭想象虚构而成的艺术形象。所以，善财童子原先就是号山的那位小魔王云云，是了无依据的小说家言。

既然佛家经典中确有一位"善财童子"，而且与《西游记》所写的小说人物无关。那么，这都是些什么佛典呢？这些佛典中的"善财童子"，又是怎样的一位人物呢？

《华严经·人法界品》（第三十九之三）有如下一段经文：

> 文殊师利至福城东，住庄严幢娑罗林中。（顶礼者有善财童子，）是时观察善财以何因缘而有其名。知此童子初入胎时，于其宅内自然而出七宝楼阁。（诞生时）五百宝器，种种诸物自然盈满。……又雨众宝及诸财物，

一切库藏，悉令充满。以此事，故父母亲属及善相师共呼此儿名曰善财。

这里说的"五百宝器，种种诸物自然盈满"，"又雨众宝及诸财物"，发财大大的，倒的确称得上是货真价实的"善财童子"。而《西游记》中的红孩儿，却与珍宝铜钱银子并不相干。他在号山作魔王时，虽然也曾敲过山神土地的竹杠，但那都是小打小闹，油水甚薄，与发大财相去尚远。"善财"也者，却不知从何说起。佛典中的这一位，说是"善财童子"，才像那么回事。

不过，既曰"善财"，腰缠中自然是有几吊的。可是，在佛的世界里，有时候（仅仅是有时候！）孔方兄尚不能解决一切问题。这位"善财童子"成正果前后，也是颇费周章的。《华严经·人法界品》说，"善财童子"在证果之前，是受文殊菩萨的导引，然后闻五十三善知识说法，依次参拜，即常说的"五十三参"。于是，"参闻具足，当生证人极乐，胜身成佛"。

华严宗有"四胜身成佛"说，即当世成佛的，仅：龙女、普庄严童子、善财童子、兜率天子四人。善财童子即四位特殊成佛者之一。

如果论起师徒关系，善财童子应该说是文殊菩萨的徒弟。他修行之初，受文殊导引。然后，依次拜谒五十三善知识，一一参闻佛法。最终，到弥勒阁，于弥勒、文殊、普贤处闻法。《五灯会元》（卷二）善财与无著菩萨的对话，可能文字有讹夺，但其大意是说：善财童子五十三参终了时，到达弥勒阁，见过弥勒佛后，对无著菩萨说，要见文殊。可见，他的修行，从起始到成正果，关键人物是文殊菩萨。所以说善财童子是文殊菩萨的弟子，才是合乎事实的。

观音菩萨旁边的小侍从，如果说，他不是红孩儿，而是如佛典所说，为来自福城之东的那位小财主，亦非毫无缘由。《华严经》说，善财童子参五十三善知识，其中第二十八参，就是参拜观音菩萨，说善财童子是观音菩萨的徒弟，也是说得圆通的。

此外，西传佛教的寺院，观音菩萨的塑像，绝大多数是妙相庄严的女菩萨。善财童子作为儿童，追随妇女，更加符合生活中的常情。

不过，对于去寺院烧香的善男信女来说，菩萨的来历如何是次要的。大多数人感兴趣的是"善财"这个名号。这是个与孔方兄有那么一份不大不小缘分的名号。在茫茫尘世中，对孔方兄持恶感的人似乎不多。所以，这位"善财童子"，其身世无论是来自福城的小财东，还是曾在号山枯松涧作过魔王的牛家少爷，人们对他，都是要恭而敬之烧上一炷香的。

后来，也许是"善财童子"的"善"字，人们感到有点缠夹，于是一转两转，遂成"招财童子"。财可招之而来，则更为简明直捷了。

既曰"招财童子"，孔方兄因他滚滚而来。比之于他的东人，大慈大悲，救苦救难，就切实得多多了。因而，有的地方遂把他东人撇在一边，让这位做侍从的单独享用一炷香火。这也算是凭借孔方兄的实力，自立门户，独当一面了。

齐天大圣庙

孙悟空是《西游记》作者虚构的小说人物。在民间却成为一尊享有一炷香火的神。也许是由于他护卫唐僧取经，功德圆满，成了正果，被封为"斗战胜佛"。不过，善男信女们仍称之为"大圣爷"。

南方乡间，齐天大圣庙时有所见。我就读的小学附近，有一所齐天大圣庙，至今还留有深刻的印象。这所庙的大殿，分三部分。中间正位，三尊神像，孙大圣居中高坐，没拿兵器，想是金箍棒变为绣花针放进耳朵里了。手里托着个仙桃，竟然是揭这位尊神的老底。大圣左右，是扛钉耙的猪八戒和执宝杖的沙僧，都是立像，仿佛侍者。

神龛左首部分，塑个白胡子老头，土地公，这是南方神庙照例的格局。有意思的是右首，塑着唐僧坐像。这位大德，西行路上表现欠佳，老是利用权位刁难孙大圣，动不动就念"紧箍咒"。论资排辈，看他是师父的份上，照顾性地给个座位，但只能供在偏殿。

看来，大圣庙的这种格局，完全是依照小说的内容来设置的。而且也正反映了民间对西游人物的评价和态度。

我童年时代见过的那座大圣庙，香火已经很冷落。这倒并非只此一家。当时的关帝庙、禹王宫、张赛庙，等等，都是门可罗雀。19世纪40年代最后几年，民生凋敝，神佛的日子，自然也过得清淡了。

不过，在人们的心目中，孙大圣的权威地位，仍不少替。孙大圣仍在冥冥中主持人间公道，尽管平时不烧香，一旦有了什么事，大至强梁抢夺弱者田产，霸占人妻女，弱者在官府法律不能为之伸昭冤屈时，便跑到大圣神像前烧上香哭诉一番，祈求万能而又至公至明的"大圣爷"出来主持公道，惩恶扬善；小至东家的鸡羊跑进西家的园地而引起口角时，也要到大圣前各陈事理，由大圣来判断是非曲直。

作家的艺术创作，文学作品中虚构的人物形象，在平民百姓中产生如许奇异的效果，这在中国文学史上是罕见的。

然而却不奇怪。几千年的专制政治环境中，小百姓命悬刀俎，宰割由人。万不得已，只能在幻想中拘筑主持人间公道的神，由超自然的力量来惩恶扬善、决断祸福。这是无可奈何，也是自我释解。在小说人物成了神的时代，小百姓活得实在太艰难。

（发表于《华侨大学学报》1999 年第三期）

《周易》拾趣

  《周易》是一部上古时代的卜筮之书。因其本身是古人占卜活动的记录，后人又以此作为卜筮中判断吉凶休咎的依据，故书中存在着浓厚的神秘色彩。加以它的形成过程又较为复杂，其卦辞和爻辞并非出于一人之手，其来源既广且杂，亦非一时的文献。故书中的许多问题都使读者感到玄奥莫解。

  到了汉代，这部与儒家学说本来并无直接关联的卜筮之书，又被奉为儒家的经典，书名也称为《易经》。汉代的经师以及后世的儒学研究者，既谈《周易》六十四卦的卦象，谈各卦六爻的涵义以及爻位的变化，又扯进儒家的"垂教于君臣、父子、夫妇之义"。于是，遂留下许多更为纠缠不清的问题。

  近世学者，对《周易》的卦爻辞的涵义及其来源，开始有较多的探索。这不仅于《周易》本身的研究是新的进展，而且对中国上古社会的研究，对中国诗歌发展史、哲学、民俗学，等等的研究，都有不寻常的意义。

  可是，对某些卦爻辞原义的解说，前辈学者们也不免存在不尽准确之处。如《屯卦·九二》《贲卦·六四》《屯卦·上六》等几条爻辞，旧解似都失之于表面化。为了说明这一点，我们先来探究一下这几则爻辞的来历。

  今列举原爻辞如下：

   屯如邅如，

乘马班如。

匪寇，婚媾。（《屯卦·九二》）

贲如皤如，

白马翰如。

匪寇，婚媾。（《贲卦·六四》）

乘马班如，

泣血涟如。

（匪寇，婚媾）（《屯卦·上六》）

以上三则爻辞，在《周易》中分属三爻。其中《屯卦·上六》，无"匪寇，婚媾"句，据其他两爻的状况看，此爻的原文亦应有此一句，今循例补上，以还其原貌，并以括号标出，从示区别。我们将其排列在一起，便可清楚地看到，三者不仅内容相关联，而且其语言特点、篇章结构等等，都非常相似。

由此我们可以下断：三者最初当来自同一首民间歌谣，三段，即乐曲中的三个乐章。《周易》成书时，编纂者将原作逐章拆开，作为爻辞，分属《屯卦》和《贲卦》中的三爻。

这首民歌，原曲究竟一共几个乐章，虽然尚难断定，但《贲卦·九三》爻的"贲如濡如"句，语句的构成，与"屯如邅如"完全相同，也可恢复成：

贲如濡如，

□□□如。

匪寇，婚媾。

显然，这也是出于这同一首歌中的另一个乐章。可见，原歌当不止三个乐章。

此外，《睽卦·上九》爻，有"见豕负涂，载鬼一车。先张之弧，后说之弧。匪寇，婚媾"语，情况则更为复杂。究竟是亦属于这同一首乐歌的另一个乐章，抑还是与此内容相近的另一首乐歌，尚有另作讨论的馀地。

上述《屯卦》《贲卦》的几段爻辞，来历既明，它包含的内容是什么，就好理解了。这几段爻辞，以往的研究者几乎都是解作"掠婚"，通俗的说法，就是写抢亲。

从表面现象看，诗歌所写的，似乎确有点像抢掠。马队汹涌而至，女人哀哀哭泣，这都是抢掠中的常见事。可是，从全诗的整体看，所写的现象并非真正的抢掠，而只是举行婚礼中的抢掠摹拟。

何以见得？曰，诗中"匪寇，婚媾"句便是明证。

此语完全是一种嘻嘻哈哈的口气。如果是敌人来真格的入侵抢掠女人，当地的男士们岂能坐视，势必要为维护自己的利益出来抵挡一阵。而诗中说，这不是敌人入侵，而是婚娶。前两句所形成的紧张气氛，至此顿时烟消云散。男方出动马队，女方的人却相安无事。可见，这种形似抢掠之举，只是婚礼中一项摹拟抢掠的仪式。

然而，为什么举行婚礼要摹拟抢掠？

这是因为，在远古时代，掠婚确是婚制的常见现象。上古部落间发生战争，妇女成为胜利者的"战利品"，或者，为抢掠妇女而发动战争。这也是史学家的共见。

这种抢掠成婚的现象，在文字学上也留下明显的痕迹。如"取"字，左边为耳朵，右边为手，是个会意字。意为强有力的男士揪住女人的耳朵，拉将过来，然后便是"洞房花烛夜"。先秦文献，成婚写作"取"十分常见。《周易》中的卦辞和爻辞，就有书"娶"为"取"的。《咸卦》的卦辞，曰"取女吉"，《蒙卦·六三》爻辞曰"勿用取女"，都是用其本义。

乾嘉朴学大师段玉裁注《说文》，认为写作"取"是假借字。其实，

"取"解作成婚并非假借,而是本义。后来,"采取""收取"诸引申义用法愈益习见,便反客为主,本义只得加上个成婚中不可少的女人,成为"娶"了。六书中这种状况的字很多,如"云""采"等,都是后来加上"雨""手"的。

可见,从文字的构成中,也透露出,上古婚娶,抢掠确是成婚的常见方式。

到了《周易》成书的时代,婚制的文明程度有了长足的进展。抢掠婚姻虽然不能说已绝迹,但已经不是常见现象了。早期文献中没有见到详细的记载,略晚的《诗经》中,《氓》《伐柯》说到婚娶不可少的媒人,而《桃夭》则是喜怿气氛很浓的婚嫁了。更后的《仪礼》,则记载或者规定一大套举行婚礼的繁文缛节。所以说,掠婚已不是《周易》时代的事。

然而,有趣的是另一种现象:抢掠成为过去时代的事以后,即使是两相情愿,无须抢掠,举行喜气洋洋的婚礼,也还要保留古风,来一番抢掠的摹拟。《周易》中的《屯卦》《贲卦》几条爻辞,既有近似于抢掠的形式,又是"匪寇,婚媾"这番嘻嘻哈哈的口气,便是这种摹拟抢掠的表现。

婚礼仪式中摹拟抢掠,不仅《周易》的时代,此后几千年,可以说都还在延续。直到本世纪40年代,一些绅民人家举行像点模样的婚礼,新娘都少不了一幅质地贵重的红盖头。还有拜罢天地,新郎新娘各执红丝绦一头,送入洞房。

如果把那美学的,民俗学的,甚至迷信的成分去掉,澄清出原始形态来,便可想见:一位青年女子,头上蒙块什么布,用一根绳子捆得结结实实,拉进男士房中。可见,摹拟抢掠一直在婚俗中延续。

总之,前辈学者把《周易》中的《屯卦》《贲卦》的爻辞解作掠婚是不准确的。事实上那只是保留古风,摹拟抢掠的婚礼仪式。

（发表于《华侨大学学报》2000 年第四期）

历史上的三位后主

　　中国历史上，有三名亡国之君，都是史称后主。即：三国时蜀汉后主刘禅，南北朝时南朝陈后主陈叔宝，五代十国时南唐后主李煜。这三人，都是皇帝，其不能称皇帝，只称为国主者，各有特殊的背景和因由。此三人作为历史人物，俱为小朝廷皇帝。陈后主的辖地最大，也不过是江南半壁。刘后主为鼎足三分天下。李后主占地更小，仅五代十国时一国，大约相当于今苏皖鄂赣闽接壤的部分地区。但他们的知名度都颇高。三人不仅都称为后主，有其共同处：皇帝都当得不怎么样，甚至可以说当得一塌糊涂，以致国家灭亡，最终自身成为阶下囚。

　　先说南朝陈的后主陈叔宝。

　　陈叔宝近世知名度下降，知道此人的已经不多，可是在唐代，特别是皇朝没落时期的晚唐，诗人的吟咏，借古讽今，诗作专写或提到陈叔宝的很多。如以李商隐诗为例，有《陈后宫》两首，专写陈代后宫的事。这陈叔宝，无论是当皇帝还是当俘虏，都莫名其妙。对他，用一个什么词都很难说清楚。虚伪，皇帝江山坐稳了，或为事坐稳江山，是常用的一招，此人倒不虚伪。痞，他也没有。残暴，有一点，但不是主要的。荒唐，他委实是，但却远远不足以说明他荒唐的程度。最准确的大概莫过于"扯淡"一词。一个扯淡皇帝，后来当了扯淡俘虏。

　　为什么说此人是个扯淡皇帝？他也玩艺术，写诗作曲，都来得，但一切却以扯淡出之。《南史·陈后主本纪》曰：

> 后主愈骄，不虞外难，荒于酒色，不恤政事。左右嬖佞珥貂者五十人。妇人美貌丽服巧态以从者千馀人。常使张贵妃、孔贵人夹坐。江总、孔范等十人预宴，号曰"狎客"。

这些称之为"狎客"的人，如江总，先为吏部尚书，后升为尚书令，孔范官居都官尚书，二人都是朝中大臣。其馀八名狎客大约也都是些官位不低的大臣。皇帝没有让这些人处理国事，而是让他们陪他玩乐，沦于历史上声名狼藉的"狎客"。还让他的妃子们也与之缠在一起，皇帝做到这个份上，确是货真价实的扯淡。

隋文帝开皇九年（即陈后主祯明三年，公元589年），隋灭陈。陈亡后，后主陈叔宝与他的一大堆皇弟和皇子，一支庞大队伍，浩浩荡荡，被押送至长安。君臣们都忘却自己的身分是俘虏，更是不在意国灭家亡了。在历史上，每当皇朝更替时，新朝君主对亡国君，一般都是砍他的头，或以别的方法治死他。陈后主到隋都长安后，隋文帝杨坚对他，倒是真宽容，不仅没有取例有的行动，还给予诸多优待。这究竟出于何种用意和心态，史无明文。据现有史料推测，大概感到此人已无任何能为，毋须留下杀前朝君主的恶名，乐得有个宽仁之君的美谥。《南史·陈后主本纪》曰：

> 既见宥，隋文帝给赐甚厚。数得引见，班同三品。每预宴，恐致伤心，为不奏吴音。后监守者奏言："叔宝云：既无秩位，每预朝集，愿得一官号。"隋文帝曰："叔宝全无心肝。"监者又言："叔宝常耽醉，罕有醒时。"隋文帝使节其酒，既而曰："任其性，不尔，何以过日。"

他居然发了异想，要隋文帝给他个官号。他自己也以官员自居，写了首拍马屁的应诏诗，曰：

　　日月光天德，山河壮帝居。

　　太平无（何）以报，愿上东封书。

　　如果他是隋文帝驾前的大臣，这份马屁倒拍得像模像样。无怪后世不少拍马有道的人，照抄这首马屁诗来歌功颂德。可是，这时的陈后主，在隋都却是一名不折不扣的俘虏。亡国之君被俘，没有送命的是极少数。前朝旧臣跟着当俘虏，对当局说点投其所好的话，也是常见，也有不顾羞耻的。无论如何，这些人都往往顾及被俘者的身分，唯独这位陈后主，马屁拍得不免有点越位。

　　三人之中最无才无能的，是蜀汉后主刘禅。

　　这刘禅即刘备的儿子阿斗。老子英雄，儿却远非好汉。在正史《三国志·后主传》中，他的传记比较简略，但民间熟知阿斗，那是来自小说《三国演义》。在民间，此人的名声甚为不佳，成为糊涂无能的代称。说书的说法本来不足为据，因为《三国演义》家传户诵，深入人心，大家都信以为真。于是，民间有句俗话说"扶不起的阿斗"。还有对一些自视过者不以为然，辄曰"把别人当阿斗"。这阿斗一词，便成为傻瓜的代称了。

　　作为历史人物阿斗，糊涂无能倒合乎事实。此人最糟糕的行为，是自身作为皇帝却无主见，信用一拨小人，特别是宦官黄皓。此外，阿斗之所以名声不佳，称阿斗，主要是小说《三国演义》中一段"乐不思蜀"的描写。小说的这个情节，是有所本的。

　　其实，阿斗的"乐不思蜀"，韬晦也。他如没有这番呆头呆脑的表现，或者他表现如稍欠火候和逼真，送命是必然的了。阿斗的韬晦乃是家传。当年，曹刘"青梅煮酒论英雄"，曹操谓"天下英雄唯操与使君耳"。刘备听到此语惊得箸落，而借闻雷作掩饰，也是逼真得恰到好处。看来，这阿斗的韬晦，亦有乃翁风，所以得以活命。

　　也许有人说，阿斗那样活着，还不如死去。这当然也不失是一种评价，而且还是一种正人君子的凛然。

再说南唐后主李煜。三位后主中，李后主的名气最响，远远盖过前面的两位。凡读过几首词的人，甚至不知他的尊姓大名为李煜，却无不知道李后主，都能哼出那"问君能有几多愁，恰似一江春水向东流"。这李后主的词，正是唐五代词的最高代表。

现实中，他是小国南唐的皇帝，而且当得甚不如意，但于词的领域中，足可称帝。为何有此差异，王国维云："词人者，不失其赤子之心者也。故生于深宫之中，长于妇人之手。是后主为人君所短处，亦即为词人所长处。"二人之说虽不尽相同，却正好相互印见，于李后主，是正符合其身分特点。

这李后主，现实上皇帝当得委实靡足称道，与上面说的几位后主命运一样，但于词史上的地位，足可称为"词中之帝"。反差如此悬殊，这亦为时代使然。因为北方赵宋已成气候，即使李煜一心一意当皇帝，励精图治，亦已不足与北中国的宋人相抗衡。中国历史上有好几位皇帝，亦玩艺术，如宋徽宗赵佶，艺术是一流的，皇帝却当得极差。但赵佶是皇帝玩艺术，本身生活内容，思维方式，心态特质，是个彻头彻尾的皇帝。李煜不同，论其艺术，也是绝对一流，而他的身分却是个皇帝。那是历史的错位，将一位诗人推到皇帝的宝座上去。皇帝身分与艺术家之间，二者不能适应协调。

李煜个人，也无意于将自身摆在皇帝的座位上去。不说大的，即使是最小的小事，如他与小周后的那段情爱经历，就是如此。当他看上了周家小女儿，尽可下一道谕旨，让周家送女进宫。建立庞大的后妃队伍，本来是属于皇家礼仪规定，臣僚们不会有任何二话，周家更是求之不得。可是，李煜不取皇帝的这个传统办法。他的那首《菩萨蛮》曰：

> 花明月暗笼轻雾，今夜好向郎边去。刬袜步香苔，手提金缕鞋。画堂南畔见，一向偎人颤。好为出来难，教君恣意怜。

这首词的笔墨重点落在小周后身上，但从另一个角度看，这是一对完全处在柔情蜜意中的恋人，在李煜身上看不到丝毫皇帝的影子。所以说，他的生活内容，思维方式，心态特质，不是皇帝，却是个不折不扣的诗人。

历史，现实，太恶作剧了，有时委实令人哭不得笑不成。这么个富于诗人心态的书生，却被推上帝王宝座，去吃苦头，受折磨，直至悲惨地送命。赵宋皇朝的开国皇帝赵匡胤，为人倒不像刘邦那么痞，也不像朱元璋那样过河拆桥，但却也是处在权势争夺旋涡中的帝王。"卧榻之侧，岂容他人酣睡"，腾不出手，允许你于南唐当国主，只要不称为皇帝就放你一马。一旦腾出手时，即使称国主也毫不客气地收拾了。

阿斗可以不留痕迹装糊涂、充呆大。李后主不是阿斗，当了俘虏后，依然是个诗人，想不到顾忌什么，写了些怀念当年生活的词。

一位亡国的皇帝，如今已成处在看管中的俘虏。词中，那"四十年来家国，三千里地山河""还是旧时游上苑""故国不堪回首""雕阑玉砌应犹在"，等等，不用说都是些敏感的句子。可是，诗人却想不到这些，他在意的却在诗的情怀。念念不忘故国，将诗情形之于笔墨。两年不到时间，这已是宋太宗赵炅太平兴国三年（公元978年），被灌下毒药，牵机药送命，岂偶然哉。

（发表于《悦读》2008 年第六卷）

寇准，非"老西儿"

寇准，中国古代著名的历史人物。他在政坛上的活动，主要是宋初太宗和真宗两朝，起过颇为重要作用，堪称一代名相。在民间，人们一提到寇准，称他为"寇老西儿"。"老西儿"为今人对山西人的称呼。意思不言而喻，此人被说成是山西人。这大约是来自某些影视或评书。

影视之类的文艺作品，对寇准作如是描述，这当然是创作者的自由。可是，如果艺术作品表现的是历史上的名人，尽管细节上必有诸多虚构，但在大范围内，虚构还应顾及史料事实，虚构不宜太离谱，此中有度存焉。二者宜相互结合为佳。时下，还有个不可取，却很普遍的现象：许多民间人物，甚至还有图省事的文化人，了解历史，凭借的是电视。以往，除从荧屏外还有舞台或银幕，由此获得历史事件和历史人物的知识。电视讲收视率，在电视上谈学问的教授学者，拼命往相声演员圈子中挤，一些离奇却不准确的传播大量出现，不幸的是人们大都信以为真，作为历史事实来接受。

闲话少说，这里还是回到寇准的事上来。有必要搬一下正史或笔记中涉及寇准的几个大问题。

据《宋史·寇准传》："寇准，字平仲。华州下邽人也。"

宋代。华州为永兴军路，所属为华阴、渭南、下邽、蒲城等四县，在京兆府（即今西安市）以东，今属陕西省。而山西境内，无与华州下邽相似或相关的地名。此外亦无史料记载，寇准于山西之地无做官的经历。由此可见，这寇准与山西并无关涉，而是实实在在的陕西人。由于今人传播寇准的出生地里籍有误，从而想当然引申出来的为人风格和生活习惯，比如他那喝醋的爱好，因此也就无从说起。

此外，说寇准生活俭朴，与其人的实际作风差距更大，甚至刚好相反。在正史和笔记中，都说明此人在历史上一向以生活豪华奢侈著称。《宋史·寇准传》有这样的记载：

> 准少年富贵，性豪侈，喜剧饮。每宴宾客，多阖扉脱骖。家未尝邦油灯，虽庖邦所在，必然炬烛。

时而宴请宾客为生活豪华，这好理解。为什么不点油灯只点蜡烛便是奢侈？今人已经没有这种生活内容，故需要作一点说明。因为点油灯省钱，但灯光昏暗。古人有"一灯如豆"的形容，如果盛油的灯盏或油碟中放一根灯草，那灯的火苗确实只有黄豆那么大，其照明状况则可想而知。点蜡烛火苗大，如多点几根，照明就大大改善，但却费用不低。这里讲"虽庖邦所在"，指生活环境中各处，连厨房厕所之类地方和过道上，都点上蜡烛。

寇准的灯火照明状况，除正史外，还有一些据轶闻、传说写成的笔记，也有所及，说他住过的地方，无不蜡油堆积如山。仅灯火照明一项如此，其他方面的生活奢华，则可想而知。

于寇准，这都是小焉者也，主要的是他在当时政坛上的作为。在封建王朝的君臣之间，有所谓"伴君如伴虎"的形容，臣下对皇帝战战兢兢，有所畏惧，甚至猥琐，是很常见的。而寇准，自十九岁中进士授大理评事，到同中书门下平章事（即宰相），爵为莱国公，到一人之下万人之上地位。几十年间，他在皇帝面前却丝毫没有奴颜婢膝，而是大气、洒脱，甚至有点鲁莽。在他从政前期，即宋太宗朝，大约是他的青年时代，《宋史》本传中有这样一条记载：

> 尝奏事殿中，语不合，帝怒起，准辄引帝衣，令帝复坐，事决乃退。

上由是嘉之，曰："朕得寇准，犹文皇之得魏征也。"

宋太宗（赵炅）拿他与魏征相比，因自比唐太宗李世民，故未受到惩罚。这不是偶然的表现，如果翻阅整篇寇准本传，屡见他遇事力争，刚直不阿。到真宗（赵恒）朝，足使寇准垂名史册的一件事，便是宋辽澶州之战。

景德元年（公元1004年）冬，辽兵大举入侵，边境告急文书，一夕凡五至，朝廷大臣震骇，两位参知政事（副宰相）王钦若和陈尧叟，一请皇帝驾幸金陵，一请驾幸成都，就是让皇帝逃跑。而寇准则力主幸澶州，即御驾亲征。皇帝很害怕，连议军事方略会议都不想到场。寇准说之再三，加上某些将领请战，皇帝终于到了澶州前线。兵丁见到皇帝的伞盖，士气大振，《宋史》中有记载曰：

> 远近望见御盖，踊跃欢呼，声闻数十里，契丹相视，惊愕不能成列。帝尽以军事委准。准承制专决，号令明肃，士卒喜悦。
>
> 上还行宫，留准居城上，徐使人视准何为。准方与杨亿饮博，歌谑欢呼。帝喜曰：准如此，吾复何忧。

后来，辽统军挞览出督战，中弩机箭而亡。辽方请订和议盟约，准不从，但皇帝已厌战，且有人潜准拥兵自重。准不得已许之。这场战争最终以宋每年向辽输银帛了结，但真宗皇帝知道，此后两国之间消弭兵戎，过几年太平日子，寇准立下大功，故对他十分信重。可是朝中佞臣王钦若在皇帝那里潜之曰，澶渊和议是订城下之盟，于皇帝是耻辱。他还举赌徒孤注一掷作比，寇准是以皇帝为孤注，与辽进行一场赌博。由是帝顾准寝衰，不久虽罢相，仍是朝中重臣。

后来皇帝得疾病，刘太后参与朝政，贬寇准为道州司马。时皇帝不知其事，问左右曰："吾目中久不见寇准，何也？"左右不敢回答。真宗皇帝驾崩时，还说："唯准与李迪可托。"

后来，再贬雷州司户参军。他的远贬，佞臣丁谓的构陷，有很大关系。丁谓本来是出寇准门下，到此人出任参知政事时，致为寇准胡须上拂羹。流放雷州后，发生一桩戏剧色彩很浓的事，寇准本传说：

> 及准贬未几，谓亦南窜，道雷州，准遣人以一蒸羊逆境上。谓欲见准，准拒绝之，闻家僮谋欲报仇者，乃杜门，使纵博毋得出。伺谓行远，乃罢。

有的笔记说，丁谓因"出准门，至参政"，后顷构日深，今亦南贬，感到无脸面见寇准，遂连夜过雷州。与寇准本传略异。不过，丁谓为人卑鄙无耻，不会感到良心不安而不敢见。所以本传说的寇准因"闻家僮谋欲报仇者，乃杜门，使纵博毋得出。伺谓行远，乃罢"，较为接近事实。

（发表于《悦读》2008 年第九卷）

诗谶与文人命数

中国古代，人们有一种不知所以然的普遍观念，这就是：人的命运遭遇和结局，特别是寿夭荣蹇，往往于其所作的诗文或书法中，见到端倪。人，当然指文人，作诗写文章或书法创作，出手如何，必将预示此人的气数。

对此，宋代大文学家欧阳修解释说："诗原乎心者也。富贵愁怨，见乎所处。"这当然不是他的独家见解，而是古人的一种很普遍，也很大路的观念。

在大量诗话文论笔记等记载中，留下许多关于这个问题的流行说法。归结起来，大致有二，即：

其一，人的后来发达尊荣，青少年时代写的诗文书法或对的对联中，已有所透露，后来果然应验。有的人口气很大，后来科举和仕途都比较得意。这类事，记载很多。如宋金盈之《醉翁谈录·弃竹杖诗》（卷一）载：

> 刘侍郎夔因赴省之时，携筇徒步，道经三衢，临登舟次，以所携之竹杖投于江，乃口占诗以祝之，曰：曾伴仙翁出武夷，艰难险阻有扶持。我今去作朝天客，送汝为龙到葛陂。识者闻其诗，知此公志量不在人下。是年，果登第。

又明代孙继皋，据《明诗纪事》载，他是江苏无锡人，字以德，他还在做秀才期间，同辈都瞧不起他。有一次，那些人到他的住处，看到瓶中插着一枝梅花，其中一人吟了句："金瓶斜插一枝梅"，另一位接着吟："偷取春风勉强开"，第三位接："到底无根香味浅"，他们是以此寓讥刺嘲笑他的意思。这时孙继皋从里面出来，脱口而出，曰："岂知能占百花魁。"口气不凡，大家都感到不能小看此人。后来，孙这率意而出的"魁占百花"语，竟成了他科名的预示，万历甲戌科，他果然中了状元。

有关文人的记载中，更常见的是另一类内容，即人们于诗文中不经意间写的一些语句，后来竟至应验，成为结局不吉利的预兆，人们称此为谶语。这就是常说的"一语成谶"。

为人们熟知的，是中唐时代的妓女诗人薛涛。诗集名《洪度集》，《全唐诗》（卷803）编为1卷。《唐名媛诗小传》载：

> 薛涛字洪度，本长安良家女，父郧，因官寓蜀，涛八九岁知声律。一日，父指井梧曰："庭除一古桐，耸干入云中。"令涛续之，即应声曰："枝迎南北鸟，叶送往来风。"父愀然久之。

她父亲看到那两句诗后，为什么"愀然"？因为，诗所吟的是井边的梧桐，南来北往的鸟都可在枝上停留，叶子迎送四面八方的风，确似妓女的生活写照。一个八九岁的小女孩，无意间写出这种诗，自是很不吉利。薛涛成年后，流落蜀中，果然沦为妓女。这两句诗成了她一生命运的谶语。

人们提得最多的是孟郊，所谓"郊寒岛瘦"，将他与另一位诗人贾岛相提并论。郊寒，是指孟郊诗风的寒素。尽管当时韩愈等对他大为称扬，但他一生仕途淹蹇。他的诗集《孟冬野集》，其中以写清贫寒苦生活的诗为多，人们认为，他的穷愁潦倒，正与他作的尽是些穷苦诗有关。

欧阳修《六一诗话》（一〇）说：

> 孟郊贾岛，皆以诗穷至死,而平生尤喜为贫苦之句。孟有《移居诗》云："借车载家具，家具少于车。"那是都无一物耳。又《谢人惠炭》云："暖

得曲身成直身"，人谓：非其身备尝之不能道此句也。

又，魏庆之《诗人玉屑》（卷十五），引苏辙语，说孟郊一生穷愁潦倒，他的诗作，即显示出这种状况。说：

> 孟郊尝有诗云："食荠肠亦苦，强歌声无欢。出门即有碍，谁谓天地宽。"郊耿介之士，虽天地之大，无以容其身，起居饮食，有戚戚忧，是以卒穷以死。

这两则记载说的是一个问题，孟郊诗善于写贫穷，那是他的生活实录，但同时也说明，由于他写这种穷愁诗，因此也就注定他一生不能发达。

其实，孟郊当然并非一辈子作这类苦哈哈的诗，也曾写过洋洋得意的得第诗，"春风得意马蹄疾，一日看尽长安花"。这春风得意语，至今还为人们常用。但底调已定，此人命终不能改。

叶申芗《本事词》载：

> 前蜀主王衍自制《甘州词》，亲与宫人唱之，有"可惜许，沦落在风尘"语，衍本意，谓神仙而在凡尘耳。后降中原，其宫人多沦落民间，始应其谶云。[1]

以上说的，都于诗作中透出一生命运的穷达，或透露最终的不幸结局，而有的诗词，却成为生死的谶语。

一则很著名的例子是崔曙。崔曙是唐玄宗开元二十六年进士，今存诗不多，但他的《奉试明堂火珠》很有名，其中"夜来双月满，曙后一星孤"一

---

① 叶申芗《本事词》（卷上），第37页。

联，当时非常出名，被看作是警句。偏巧他的女儿名星星，第二年崔曙死，星星便成了孤儿。《本事诗·徵咎》载有此事，说崔曙卒后，"人始悟其自谶也"。

此外，秦观的死，人以为与他的《好事近》词成谶，或说此词是池梦中作，曰：

> 春路雨添花，花动一山春色。行到小溪深处，有黄鹂千百。飞云当面化龙蛇，夭娇转空碧。醉卧古藤阴下，了不知南北。

后来，从流放地雷州回，路经滕州，游光华寺，与人们说到这首梦中词，索水欲饮，水至，笑视之而卒。后人以为，这首词的收结句，为他结局的谶语。

这些例子，说的都是古人。但这种观念，直到近现代依然为人们深信。这里还可一提黄季刚 (侃) 先生的事。尽管黄老先生的学问雄称一代，但不肯赋之著述。大家都知道，他曾说过，著书要到年过五十之后。据说，到他过五十岁之年，他的老师章太炎先生赠他一联，曰：

> 韦编三绝今知命，黄绢初裁可著书。

联中用了两个典故，一是孔子读易，三次将周易的竹简的皮绳子翻断，说明读书之勤，用以说明黄先生的学问深厚。黄绢初裁，是蔡邕曹娥碑的评价，为"绝妙好辞"，意思是说，应该开始著了。这本来是老师对弟子的策励。可是不久，黄先生即于英年谢世。后来有人说，那老师的对联中，不巧含"绝命"二字，成为黄先生过知命之年 (五十岁) 即逝世的谶语。

由于以上这两种很特殊的现象，很引人注意，而于某些笔记杂谈中对为人道及。人们对此也深信不疑，因而于写诗作文时尽量写得富贵气浓一点。

奈穷措大无富贵生活的实际体验，只能凭自身的状况，作想当然的猜测。一则古代笑曰：某乡民进了一趟京，回去向同是乡村的朋友吹老牛，说：这回进京，什么都见识过了。连皇帝老倌也见到了。他左手拿个金元宝，右手拿个银元宝，行动人参不离口。"在这些人心目中，富贵也者，金银财宝耳。

他们要想写出一首富贵气浓厚的诗，只能是："门前绿柳垂金锁，户后青山列锦屏。"还有什么"胫骨化为金玳瑁，眼睛变作碧琉璃。"受到识者的嘲笑。

真正写出富贵气象的，一些诗话词话常常举到白居易的一联诗，即：

笙歌归院落，灯火下楼台。

这一联语，不着任何金银珠宝字样，却显示了真正的富贵气象。此外，晏殊的"梨花院落溶溶月，柳絮池塘淡淡风"联，苏轼的"歌管楼台声细细，秋千院落夜沉沉"联，都是如此。

（发表于《艺术评论》2005 年第 1 期）

说小说

一

　　小说，作为文学的一种主要样式，取得其应有的地位，是近现代一百多年间的事。也就是说，直到这一百多年间，它才与最老资格的文学样式——诗歌、散文平起平坐，分庭抗礼。到了今天，凡读过一点小说的，都可毫不犹豫地宣称：爱好文学。小说则成了文学各种样式的代表了。

　　可是，在一百多年以前，即从先秦到近代以前的漫长年代里，小说在人们心目中始终只是一种小道，是引车卖浆者流的街谈巷议，不登大雅之堂。无论是从事小说写作或评论的专门家，还是目录学家，大体上无不作如是观，即使各阶层各行业的读者，也都把小说看作是无关宏旨的消费品。

　　不过，古人的所谓"小说"，涵义与今人所指大不相同，包罗是十分广的，诸如随笔、杂谈、掌故、考据、遗闻轶事等，当然也还有相当于今人所说的故事，都可网罗进去。

　　古人对小说形成如此这般的观念，来源是相当久远的。

　　凡治小说史的专家，几乎都提到：《庄子·外物》"饰小说以干县令"，为"小说"一词最早见之于文献者。但是，郭庆藩的《庄子集释》解释此语为："修饰小行，矜持言说，以求高名令闻。"从《庄子》此语的上下文看，郭释是符合原意的。如此看来，《庄子》中的"小说"云云，尚不能说是对一种文学类别或文学样式的概括，而只是说明某些言论的性质和作用。

用"小说"一语专指文学类别的，最早当是刘歆、桓谭诸家。

刘歆死于新莽间，系目录学鼻祖刘向之子，承父业成目录学专著《七略》。《七略》已佚，但此书的《辑略》一篇，后汉班固将其分散迻录于《汉书·艺文志》中，作为各个文学类别的说明。《汉书·艺文志》列"小说家"之作为一类，节录刘氏《辑略》曰：

> 小说家者流，盖出于稗官，街谈巷议，道听涂说者之所造也。

班固录引刘歆此语，对"小说"自然不会另有见解。

桓谭论及"小说"的《新论》，也已散佚，但梁昭明太子萧统的《文选》(卷三一) 江淹诗注中，引有《新论》关于"小说"语曰：

> 若其小说家，合残丛小语，近取譬论，以作短书，治身理家，有可观之辞。

凡此可见刘歆、桓谭以及班固等人对于"小说"的见解和理念。后世治文学、小说学、目录学的，几乎都承袭刘、桓等人的这种观念，而且一直延续到近代。清末以来，随着外国小说的翻译和关于小说新观念的引进，中国传统的"小说"这个词，以及人们对古代小说的研究和论述，遂产生了广义和狭义的差异。

尽管传统的或者说广义的"小说"这个词语涵容相当庞杂，但以今人关于小说的新观念，即狭义的小说概念，去沙汰界定它，仍可梳理出一条颇为清晰的发展线索和脉络。也就是说，中国小说有自己一部独特的发展历史。

二

先秦时期，这一时间跨度很大的历史背景下，中国小说严格地说还只是处在酝酿和萌芽状态。从这个时期开始，逐渐发展壮大，成为中国文学史上一个重要的文学类别。由源头的涓涓细流，汇集百川，形成中国小说自身发展的壮阔波澜。

那么，中国小说的萌芽时期，吸收汇集了什么因素以充实自身呢？究其大端，主要是：史传文学、寓言故事和神话传说。

史传文学，严格说是史学，属于社会科学范畴。但是，小说艺术所必不可少的人物形象塑造，故事情节的构成（即通常说的开端、发展到高潮和收结），以及人物活动环境的渲染描写，等等，都曾从史传文学中获得某些可资借鉴的养分。早期的几部史传著作。诸如《左传》《国语》《战国策》等，于上述的几个方面，特别是着意于调动各种刻画人物的艺术手段，对于小说艺术本身传统的形成和成熟，无疑都是起了重要作用的。实例很多，可以说是举不胜举。这里仅举《左传》和《战国策》各一例，以见一斑。

《左传·禧公二十八年》晋楚城濮之战，写的是历史事件，但在史家的笔下，人物形象，故事情节，都相当完整。作为主要人物的晋侯重耳，大战在即时的那种复杂心理状态：作战对方楚军强大的实力，楚王当年又曾有恩于己。实在无必胜的信心，但仗又不能不打。史家通过重耳的一场梦境，把他的这种复杂心态细腻地描绘出来。他的那些文臣武将，为坚定他的必胜信心，对梦境作强词夺理，但又十分有趣的解释。从描写人物的角度来说，是很高明的。此外，用兵中的退避三舍，既表明自己信守当年的诺言。那是重耳为晋公子时，避难流亡各国，颇遭冷落，楚王却予以优遇。当楚王问：公子得志时，将何以报答寡人？重耳说：子女玉帛，羽毛齿革，大王所不缺。如果有朝一日与大王兵戎相见，当退避三舍，以报答大王的恩惠。（事见《左传·禧公二十三年》）

今果真退避了，也就自立了地步，占了理。不过在军事家看来，主动退避，既使己军占据更有利的地形，又使彼军在行进中暴露出弱点。那又是一种判断。

《战国策·齐策》冯谖客孟尝君。史家笔下的历史人物活动更像一篇小说。其中冯谖其人的言语、作为，事件发展的时出意外，引人入胜，都可以说完全是小说的写法。

这些史学著作中的名篇，治文学史的专家们，称之为历史散文。今天我们心目中有了小说这一概念，读起来觉得简直是篇趣味盎然的小说。这正说明，史传文学对小说这一文学样式的形成和演进，特别是小说创作中不可或缺的人物形象塑造，故事情节的开展，都可以说是起了极为重要的作用。

正因为中国小说的萌芽与史传有着如此密切的关系，故小说形成为独立的文学样式以后，许多作品仍还带有浓厚的史传色彩。有的作品，在分类部次上，究竟是归属于史学的野史，抑还是归属于文学的小说，往往目录学家不易区分。有的，明显是小说，但行文用笔依然是史学方式。至于那些在讲史的基础上形成的历史演义，与史传的密切关系，更是不消说了。

寓言故事，在先秦时代，几乎都是策士们在论辩中即兴编就的论据。虽然当时还算是一个独立的文学门类，但却又有它本身的完整性。在古代，中国人的写作和阅读，以真实为尚。这里所说的真实，不过就是实有其事其人而已。寓言本来与要求真实的崇尚是格格不入的，但却又为人们乐于接受。这是因为寓言本身又有其特殊的存在价值。那短小精粹的故事，意趣横生的表现方式，其中蕴含的思想，既富哲理意味，又有强烈的现实感。这对中国小说民族特点风格的形成，也可以说是起了相当重要的作用。中国文艺评论中有一个常用词：寓言体，多数场合是指说的不必是实有其事。其用法，与"小说家言"往往有相通之处，即理会其思想意趣，不须拘于是否实有其事。如此种种，都说明离言这一文学门类，与小说艺术传统的形成，有着何等密切的联系。

古代神话以及后来宗教宣传中的某些神佛灵应故事，那种超越现实的奇妙幻想，那种人与大自然、人与人之间的奇异联系，也对中国小说艺术传统的形成，产生重要影响。

但是，小说就是小说，它有自己本身从萌芽到壮大的发展线索和源流。史传、寓言和神话，等等，只是在小说本身的这一发展壮大过程中提供了某些可资汲取的养分素质而已。也只有在这个意义上，才谈得上三者的重要作用。如果忽略了这一点，把小说历史的发展源头，看成是三者的简单相加，那就是取消了小说自身的发展历史，甚至小说之作，也成了七拼八凑的四不像。

三

魏晋南北朝，就中国文学发展史的整体来说，已经到了文学的自觉时代。可是，小说作为一个独立的文学门类，还只能说是初具规模。或者说，这个时期的小说，还处于走向成熟的过渡状态。

从一些具有代表意义的小说作品看，前辈学者称之为"志人小说"的《世说新语》，称之为"志怪小说"的《搜神记》《幽明录》《冥祥记》等小说集，都于这个时代问世，其状况，正显示出小说艺术趋向成熟的过渡性特点。这些集子中，虽都不乏颇为精彩的佳作，如《东床袒腹》《周处除害》《刘伶病酒》《石崇宴客》，又《李寄》《干将莫邪》《吴王小女》《白水素女》《韩凭夫妇》《卖胡粉女》《宗定伯逢鬼》，等等，都各有思想艺术上的一定价值，但是，这还不能说是完全成熟的小说自觉之作。即就《世说新语》来说，也只不过是当时人物品评风尚下谈名人的遗闻轶事。《冥祥记》等，则是谈神佛灵应的宗教宣传。此外，《庞阿》《柏木枕》，在唐传奇作家的笔下，经过再创作，成为影响深远的《倩女离魂》《枕中记》。以上诸作品，虽然只是魏晋南北朝时期小说佳作的一小部分，但由此却足以说明，中国小说艺术正向成熟期过渡。

唐代是中国文学史上的黄金时代。唐代小说，作为文学领域中的一个独立文学门类，出现了光辉灿烂的局面。其标志，就是传奇创作的繁荣。

唐代的传奇，从总体风格来说，注重情韵，与这个时代的诗歌散文风味是完全一致的。从小说创作的角度看，无论是塑造人物形象、构成情节，还是环境景物的描写，这些所谓小说的基本因素，在唐传奇中都作得相当充分了。特别是现代小说所不可少的，超越纪实的范围，进行有意识的虚构，即胡应麟《少室山房笔丛》所指出的"作愈好奇"，在唐传奇中也已运用得相当普遍。这是中国小说艺术的一大演进。

尽管，魏晋南北朝小说中谈神说怪占很大比例，读起来也颇感虚无缥缈，但那时的作者写这些神怪灵异，是出于对宗教的信仰和宣传，相信实有其事，并非作为小说的虚构。这与唐人的"作意好奇"，是有区别的。

唐代的小说，记录怪异之作是大量的，而且大部分作品，也还没有完全从魏晋南北朝的"志人""志怪"中摆脱出来。但唐传奇中的许多名篇，却是此前的小说家写不出来的。唐传奇之所以能超越前人，并不是因为唐代小说家个人的才具卓越，而是小说艺术到这时已经完全成熟了。所以说，唐传奇的出现，标志中国小说艺术发展到一个崭新的时代。

这个时期，还发生了中国小说史上一项划时代的大变化。这就是话本小说的出现。从这个时期起，中国小说的发展，分成了差异颇大的两支。其一为循唐传奇传统继续发展的文言小说，另一则是以话本小说为传统的白话小说。

话本，即城市生活中书场艺人演出评书、讲唱之类所据的底本。评书、讲唱的演出，治小说史的专家们大都已注意到，已见简略的记载，到了唐代，这种演出更是相当普遍了。尽管唐代的有关资料也只是一些片言只语，而且唐话本流传保存下来的很少，有限的一点断简残篇，如变文之类，也都流散在国外。但从这些片言只语的资料和话本的残卷中，我们毕竟还能约略知道唐代讲唱、说话的演出概况，诸如家数、规模、内容，等等。

四

两宋到明，是中国小说史上的一个特殊时期。在这长达数百年的时间内，延续唐传奇一系的文言小说，日见衰替；而话本（包括文人的拟作，即所谓"拟话本"）这一新型的小说，却出现了颇为繁荣的局面。

这个时期的文言小说，论数量不算少，而且也还有若干较好的作品，如宋传奇《梅妃传》《谭意哥传》和收于宋刘斧《青琐高议》的《流红记》《慈云记》，见于明瞿佑《剪灯新话》的《金凤钗记》《渭塘奇遇记》，等等，都各有其特点。但是，这些小说的风采情韵，笔墨趣味，与唐传奇相比，却远为逊色了。

话本小说，在这个时期成为小说的主流，文人的创作与书场的演出会合在一起了。文人的小说作品，走出书斋，通过书场艺人的演唱，深入到大众中去。小说的创作者和欣赏者，发生了重大的变化。因而，小说的内容和写法，也就随之发生新的构想。

书场艺人，因演出的需要，对某些原有的作品，不断进行生活化和口语化的加工修改。在这个过程中，许多文人也参与其事，或者按话本的特点进行小说创作，出了一批拟话本；或者对艺人演出的原有本子作编纂整理，修改润饰，使之改变了原有的面貌，然后又回到书场中去。明代季年冯梦龙的"三言"，凌濛初的"两拍"，就是话本小说在文人和书场艺人之间，来回反复，加工提高的最好说明。

于是，文人的小说创作，读者对小说的阅读和欣赏，出现了一种新的格局，即逐渐习惯于话本小说的那种特殊的表现方式。从而，中国古代的白话小说，遂形成了自己独有的艺术传统和风格。

这一中国式的小说艺术表现的传统，大体上可归结如下：

（一）小说的行文，取说话人讲述故事的口气。如：小说的大段落（各回），必以"话说"开头，以"欲知后事如何，且听下回分解"收结，中间的情节场景的转换，则用"不题，且说"或"按下不表，再说"等。这些都是书场演出中的套语。用几个词语，当然是其次的事。更主要的是，小说人物形象的塑造，情节的发展推进，甚至环境景物的描绘，无不带有艺人叙述的明显特点。

（二）人物出场或情节发展的紧要处，往往都插入一段韵文，或者引用前人的诗作，"有诗为证"。这种搞法，很像早期话本说唱联用的演变和残留。或者其来源更为古老，唐人传奇中即有所谓"诗才和史笔"并见的提倡。

（三）情节发展中，或小说人物取某一行动时，作者常常以叙述者的身分，作离开情节的插话。这种插话、或者是对所发生的事件发议论，或者就当时的事件关联到若千年后的后果，作预先的交代，然后带上一句："此是后话。"这正是来源于书场演出中，用以活跃气氛和交代来龙去脉所不可少的作法。

（四）为吸引读者的阅读兴趣，小说中总是要安置悬念。外国小说，或中国现代小说，悬念一般是置于小说的开头，情节往往从某一悬念开其端。而中国的古代小说，悬念通常不在开头，而是在两个大段落之间，或者章回转换处。这种搞法，也是与话本的书场演出密切相关。书场演出，票房需要是首要的。当一场演唱结束，完成了故事的一个大段落或章回时，下一个大段落或章回如何发展连续，必须留下一个扣子，即常说的悬念。因此，人物命运到了最惊险时刻，或情节发展到最为惊心动魄之处，戛然而止。于是，读者（或听众）为之念念不忘，为人物的命运放心不下。这就尤其需要在下一个回目或大段落中知道个水落石出，人物能否绝处逢生。下一场演出时，自然也就再买票进场了。

（五）小说故事，有头有尾，小说中的人物，除了那些龙套人物外，大都是有来历的说明，有结局的交代。有的，连子孙如何如何，也说上几句。人物结局，"不知所终"，虽然是没有交代，但必须要有这样的交代。

（六）时而有与情节、人物无关的过场叙述。

以上，当然是概而言之，而且未必都是优点。但却是在中国白话小说长期发展的历史中形成，符合中国读者的艺术趣味和欣赏习惯。

尽管在两宋以后中国小说取两条不同的线索发展，两者的不同，已如上述，自是十分显著的。然而，二者仍是相互影响，相互渗透，绝不是井水不犯河水。

五

到了清代，中国的古典小说艺术，达到了顶峰。这个时期的白话小说，依然有不少作家在继续创作，但话本的特色，稍有消退。文言小说，因蒲松龄《聊斋志异》的问世，追随者蜂起，形成了群星灿烂的盛况。

《聊斋志异》且不说其篇数（480多篇）可居世界短篇小说家之最。至少有二三百篇都可称得上是佳妙的精品。其中，《娇娜》《青凤》《婴宁》《聂小倩》《莲香》《连城》《小谢》《鸽异》《小翠》《素秋》《葛巾》《黄英》《香玉》《苗生》，等等，都可以说是绝世神品。他把愤世嫉俗的情怀，熔进鬼狐花妖的描绘之中，笔墨间是诗情画意，是幽歌，是含泪的笑语。比起唐传奇来，蒲翁之作又有了新的超越。此外，还有袁枚的《子不语》《夜雨秋灯录》以及明显模仿蒲作的《萤窗异草》《留仙外史》《后聊斋》，等等，堪称极一时之盛，将中国古代小说艺术推向一个新境界。

至此，还需一提中国的长篇小说。这本来是一个用一本大部头论著才能说出个头绪的话题。

中国的长篇小说，数量极大。许多二三流以及自桧以下的作品，且都不去说。但却不能不提六部古典长篇小说名著。不过，《金瓶梅》比较特殊，像个又聪明能干，又漂亮的女人，生活作风上又被人有许多议论。这里且不去说它。

此外的五部古典长篇小说名著：《三国演义》《水浒传》《西游记》和《儒林外史》《红楼梦》，有两点很值得我们注意。其一，这五部长篇名著，创作中都没有超越话本小说影响下所形成的传统。《三国演义》《水浒传》《西游记》三部，其最初雏形，是书场中的话本，艺人在演出中不断修改加工，然后到了文人手中。经过文人的再创作，成为传诵不衰的名著。《儒林外史》和《红楼梦》本来是出于文人手笔的案头小说，成书之前与书场是关系不大的。可是，这两部名著艺术表现的整体格局，仍然越不出在话本基础上形成的小说艺术传统。如果我们将前述的六点艺术表现特点去衡量这两部小说，仍可从中找出一大堆例子。

其二，这五部名著中尽管都留下话本小说影响的痕迹，但这种影响趋向于淡薄，作家自身的个性化色彩，在作品中逐渐加浓。《三国演义》和《水浒传》，主要人物虽然性格鲜明，但作家本人，除了思想原则外，从作品中几乎看不到什么明显的个性。《西游记》稍有进展，至少我们从书中看到作家的幽默感和文人的感慨。但到了《孺林外史》和《红楼梦》，作家的个性，在字里行间就无处不见了。所以，几部长篇名著，思想艺术的演进，也表现于作家个性化色彩在作品中不断加浓。

（发表于《华侨大学学报》1997 年第三期）

考镜源流

索隐派红学的文化渊源

　　索隐派，是红学中的一个十分特殊的派别。作为一个学派，无论是它的学术思想，还是治学路数，都实在叫人不敢恭维。一些索隐著作中，把《红楼梦》这部小说所塑造的完整艺术形象，撇在一边，而对书中的某些字句或情节，作猜谜式的处理，用来牵合比附某一历史事件或某一历史人物的活动，然后得出结论：《红楼梦》是写某势家豪族的家事，甚至是一个时代的历史，等等。

　　这样的研究，一些人觉得很古怪，甚至荒唐，而另一些人，则仍然兴味饶然不断地去索书中之隐。这个事实，的确也是红学史上一桩有趣的公案。非议者无论如何非议，索隐者照旧大索其隐，乐此不疲。在特定的历史背景下，这个学派甚至还颇成一番气候。不仅一般学者写出若干索隐之作，而且连蔡元培这样的一代大师，也在这方面大下功夫，作有《石头记索隐》，成为索隐派的代表人物。

　　为什么出现这种奇特的现象，个中必有奥秘。无论如何，作为一个学派，这也是在力求探究《红楼梦》的底蕴。如果，把这个学派思想和方法的形成，放在中国传统的文化环境中去察看，就不难发现，这个学派的产生，却还是中国一种文化现象的必然。

一

《红楼梦》是一部奇书，研究者如何对待它，却各不相同。索隐派的做法，尽管人们认为那是把小说看作是一道颇难索解的谜，此谓"探赜寻微"，不过是在破打谜底。但索隐者却认为，《红楼梦》一书，涵蕴深微，"铺叙之语，无非假语；隐含之事，自是真事"。"不求其真，无以见是书包孕之大；不玩其假，无以见是书结构之精。"[①]在小说中，作者"为存一代史事，故为穿插"，索隐者却将其"完全证出，成为有价值之历史专书"[②]，意义何其重大！

索隐者之所以有如此这般的见解，其中最直接的缘由，自然是小说本身的特点。从小说看，无论是全局构成，还是书中的某些情节和语言，都确实有诸多闪烁含隐之处。这就不能不引起读者去追究个水落石出。

小说的卷首楔子（或者说，脂砚斋在卷首总批中转述作者自云创作缘起），开宗明义，作者径自宣称，小说中"将真事隐去"，"用假语村言敷演出一段故事来"。书中的两个人物：甄士隐和贾雨村，也正是指明这层纲领性的含意。这样，就不能不引起研究者的疑问：这隐去的，究竟是些什么样的真事？

这个问题，刘梦溪在《红学》一书中曾作过论述。他引了全书楔子的整段文字后说："既然作者自己说，他写这部书的时候已经'将真事隐去'，书中的两个人物甄士隐和贾雨村具有象征意义，那么，'隐去'的'真事'究竟是什么？由不得动人寻根问底之想。"

的确是这样。要探究一部作品的含蕴，还能有谁的话比作者的自白更值得注意呢？所以，读者由此而引起各种各样的猜测，那是最自然不过的了。

这段"作者自云"，并不仅仅只是孤立地存在于卷首，那层关于真真假

---

① 王梦阮、沈瓶庵《红楼梦索隐提要》，天津市古籍书店，1989年版。
② 王梦阮、沈瓶庵《红楼梦索隐提要》，天津市古籍书店，1989年版。

假的意蕴，可以说是贯串全书。在《红楼梦》中，大至总体布局，小至情节人物，都时有透露。如小说既以主要笔墨写都中贾家两府的活动，又不时顺笔带及金陵甄家，既正面着笔写男主角贾宝玉，又通过小说人物的对话，侧面写甄宝玉。这甄（真）家贾（假）家，若即若离，遥相映照。尤其是太虚幻境牌坊的那副对联"假作真时真亦假，无为有处有还无"，把全书内容的真真假假，概括得又是明确，又是迷离。

说它明确，是在于它点明了书中所写的人物和故事，不过是一种假托，而这些假托的人物和故事，又有真人实事的依傍，应该看作是真；但那笔下所及的，即使说是"甄"（真），也还仍然是假托。这就无异于告诉读者：书中说的无论是真还是假，它的背后，都还别有一番真情实事存焉。那么，这背后藏隐着的究竟是什么样的真情实事，始终令人感到深微莫测。所以说，这又是迷离的。

这样说来，所谓"将真事隐去"非徒空言，而是大有深意。因此，读者着意去"探赜索隐，钩深致远"，就很可理解了。

不过，话又说回来。书中这些迷离扑朔的话语，本来不算是什么破解不开的哑谜。无论是"作者自云"的"真事"与"假语"，对联所概括的真真假假，还是全书中时有所及的"甄"（真）家和"贾"（假）家，都是有线索可循的。如果，从小说艺术的一般规律来说，无非是说明书中的艺术形象与生活素材之间正常而又特殊的联系而已。作为小说艺术大师的曹雪芹，他与古今中外其他大师一样，文思和灵感都是根植于生活现实的土壤之中，当他进入艺术创作的时候，并非一空傍依，而是积累了大量的生活素材作为艺术构思的凭依和起点。拙著《红楼梦纵横谈》中的《假作真时真亦假》《甄士隐与贾雨村》等篇，对此也曾有所说明。总之，从生活素材和艺术形象之间的关系来说，《红楼梦》中的真真假假，究竟指的是什么，本来是不难索解的。

可是，所谓生活素材与艺术形象的关系云云，却是现代小说理论中的问题。在曹雪芹的时代，还没有什么理论著作对这些问题作过明确的阐述。尽管，在中国小说史上，作家在创作实践中都时而需要处理从素材到艺术形象关系中的问题，但作者和读者能从理论上明确这些问题，却是很晚近的事。长期以来，读者接触到某一部小说时，往往只能从传统小说的观念来认识小说中的情节和人物。因此，当作者曹雪芹在书中提到一大堆真与假的问题时，读者就不免作出一些希奇古怪的猜测。

二

为什么读者从传统的小说观念出发，会对小说作出某些古怪的猜测呢？

因为，传统的观念中，小说这个词语所包括的内容，与今人所指的这一文学样式，既有相关的含义，又有很大的差异。《庄子·外物篇》所说的"饰小说以干县令"，如果说还仅仅只是这个词语的最初出现，那么从桓谭《新论》说的"残丛小语"[①]，到班固《汉书·艺文志》，到小说家的一类，著录其书，并说："小说家者流，盖出于稗官。街谈巷议，道听涂说者之所造也。"[②]所谓"小说"的传统观念，这时已经初步形成。于是，后人遂把名人轶事、随笔、杂俎、掌故，也还有相当于今人所指的小说，等等，都包罗到小说这个门类中去。因此，作者和读者，对于小说都以内容的真实为尚。不过，这里所说的"真实"，并非现代小说理论中的所谓真实性，而是指作品所写的是否实有其人其事。

中国小说的形成和发展，史传文学为其源头之一。在相当长的一段时间里，读者甚至作者，往往都不能清楚地区别小说与史传文学的分界。因此，对于小说人物的某些心理描写，有的读者难免诘问："书中人当时如此这般的思想感觉，作书人怎么知道？"问题问得很幼稚。可是，从古代小说与史

---

① 《昭明文选》（卷31）江淹《拟李都尉从军诗》，李善注引。
② 班固《汉书·艺文志》各分类说明，其实是取刘歆《七略·辑略》。

传一向纠缠不清的角度看，为什么会有这样的诘问就不足为奇了。因此，小说所写的事件和人物，读者就不免要问个清楚，这是写哪一家什么人的事？

小说，既然是"引车卖浆者流的街谈巷议"，对人事的叙述自与史传有所不同。一部小说作品，即使取材于某个真实人物的活动事迹，但写出来的人物或事件，不免与人事本身有某些出入，有时，甚至还出现一些有意的回避或改易。如唐传奇《李娃传》中的荥阳郑生是谁？《昆仑奴传》中的"一品勋臣"指谁？还有《莺莺传》中的张生，等等，都曾引起人们去求个水落石出的兴趣，甚至还各曾有过不少争议。认起真来，这些争议都可以看作是最老资格的索隐。到了明清《金瓶梅》中的蔡京实际上指的是谁，还有《儒林外史》中的诸多人物，也都各有所指，如杜少卿是小说作者吴敬梓自况，庄绍光指程绵庄，虞博士指吴蒙泉，凤四老爹指甘凤他，牛布衣指朱草衣，马二先生指冯粹中，等等，也都曾有人探究。这些探究，说是这个时代的索隐也未尝不可。这也可以说明，作者在创作中有所隐蔽和回避，论者从中点破其中的底蕴，也是中国文学史和文学批评史上的一种传统。因此，红学史上出现索隐派，本身不算是新奇的创造，更不是不可思议的怪现象。

三

红学史上最初的索隐派，着眼点也都是在探索《红楼梦》这部小说究竟是写谁人的家事，只不过是各家的意见不同，有傅恒、金陵张侯、明珠、和珅以及含糊其辞的"康熙末某勋贵"等说法。其中，"明珠家事说"流传最广。也许是此说带有"钦定"的性质，乾隆皇帝提到过《红楼梦》写的是明珠家事。赵烈文《能静居笔记》载：

> 谒宋于庭文翔凤于葑溪精舍，于翁言：曹雪芹《红楼梦》，高庙（按即乾隆皇帝，庙号高宗）末年，和珅以呈上，然不知所谓，高庙阅而然之，曰："此盖为明珠家作也。"后遂以此书为珠遗事。

这里，"后遂以此书为珠遗事"语，亦有所本，舒敦《批本随园诗话》提到"乾隆五十五六年间，见有钞本《红楼梦》一书。或云指明珠家，或云指傅恒家。"之后，道光间张维屏，同治中孙桐生，张祥河等，都取明珠家事说。可见此说流传的状况。

由于人们大都相信《红楼梦》是写某一家的家事，于是，那些"民族斗争"之弦绷得紧的人，遂进而引申出这是"诬蔑我满人"。梁恭辰《北东园笔录》述说了明珠家事说后，引了两条资料。其一：

> 满洲玉研农先生（麟），……尝语家大人（按即梁章钜）曰："《红楼梦》一书，我满洲无识者流每以为奇宝，……其稍有识者，无不以此书为诬蔑我满人。可耻可恨。……"

另一是：

> 那绎堂先生亦极言，《红楼梦》一书，为邪说之尤，无非糟蹋旗人，实堪痛恨。

这些说法，都还只是零散的片言只语，着眼的，都是这部小说系写谁家的真事。到徐柳泉，又有了新的发展。

徐柳泉论及此说，见引于陈康棋《燕下乡脞录》，文曰：

> 闻先师徐柳泉先生云："小说《红楼梦》一书，即记故相明珠家事。金钗十二，皆纳兰侍御所奉为上客者也。宝钗影高澹人，妙玉即影姜西溟先生。妙为少女，姜亦妇人之美称，如玉如英，义可通假。妙玉以看经入园，犹先生以借观藏书，就馆相府。以妙玉之孤洁而横罹盗窟，并被以丧身失节之名，以先生之贞廉而瘦死围扉，并加以嗜利受赇之谤，作者盖深痛之

也。"徐先生言之甚详，惜馀不尽记忆。

徐说虽然未尽展开，尚不足以形成一部专述，但他却把明珠家事说推而广之，成为《红楼梦》系演一代政事说的滥觞。嗣后，在一段相当长的时间里，出现了若干种有影响的索隐专著。如沈瓶庵、王梦阮合著的《红楼梦索隐》，蔡元培的《石头记索隐》，邓狂言的《红楼梦释真》，以及寿鹏飞的《红楼梦本事辨证》，等等。这诸多的索隐之作，几乎都可以说是徐柳泉路数的继续。蔡元培直截了当宣称，"阐证本事，以《郎潜纪闻》所述徐柳泉之说为最合。"即如寿鹏飞，虽然对蔡氏有所否定，认为他未能超越徐柳泉的拘囿，提出了雍正夺嫡说。其实，这也不过只是一些枝节上的差异，按其基本方法，与蔡元培没有什么根本性的区别，也超不出徐柳泉的路数。

值得注意的是，这一批索隐之作，都比较集中地出现在民国初年。沈瓶庵、王梦阮的《红楼梦索隐》问世最早，1914年先发提要于《中华小说界》，1916年出版全书，蔡元培《石头记索隐》出于1917年，邓狂言《红楼梦释真》出于1919年，寿鹏飞的《红楼梦本事辨证》最晚，出于1927年。这些著作，说法上有时往往差异很大，但把《红楼梦》作为反对清朝之作来研究，却是十分一致的。他们都认为书中的人物故事是影射清初的政事。

清末民国初年，反对帝制的民主革命往往与反清思想夹杂在一起，人们又重新提清初的"扬州十日""嘉定三屠"。《红楼梦》是"诬蔑满人"的说法，本来是表现清朝统治集团中人对这部小说的痛恨，这时，正好引起民主革命派的注意，遂把这种说法接过来，大加引申，形成这样一些索隐之作。

这些索隐之作，通过探赜隐微，结果虽然各有某种差异，有时甚至相去甚远，但都是认为小说《红楼梦》中隐藏着清初的史事。也就是说，他们都是把一部作为艺术作品的小说，说成是一部变了形的清初历史。这其中，除了上面所说的时代政治原因外，更深远的恐怕还是文化思想原因。在传统的文化观念中，小说与史传总是纠缠夹杂在一起。小说，作为一部艺术作品，如何反映出作家所处的某个历史时代的面貌，本来是另外的问题。它与历史著作的变形本来是不相干的两回事，即使是取材历史事件或某个历史人物的事迹，也都不能例外。所以索隐派红学被视为古怪甚至荒谬，也正是由于没有把这二者区别开来的缘故。

四

在今天看来，索隐红学的那种方法的确令一些人感到它的荒谬很明显，提出异议者代不乏人。如王国维的《红楼梦评论》和胡适的《红楼梦考证》都曾先后提出驳议。由于持明珠家事说者以纳兰性德词中的"葬花""红楼"这些词语来证明《红楼梦》中写的是明珠之子纳兰性德和他夫人的事，王国维则从这些词语入手，说明文学史上作家用语的相同不是罕见事，凭几个词语是很难为证的，胡适则从作者身世的考证，说明小说是写作家自身的经历，并非影射。

王国维、胡适等人的研究，其得失如何，那是另外的问题，但提出了一些艺术作品研究中的重要问题。艺术形象本身才是研究的主要着眼点；要联系作家本人的经历身世，等等，都是有见地的。从这一点说，红学自身也是在发展前进。起码，他们都已经看到了这种猜谜式的研究失误在什么地方。

但奇怪的是，这种猜谜式的研究仍然流风不绝。前面提到的几部索隐专著，却是分别出现于王作和胡作问世之后。这前后，相反出现了索隐的一次高潮。这似乎也是一桩可怪的事。

其实，说怪也不怪。"索隐"这种方法，如从它的状况看，在中国文化史上，或者说在经学史和文学理论批评史上，有其自身存在和发展的传统。也就是说，以文学作品去附会一代政事，并非红学始。如果追溯起来，可以上溯到汉人解经，甚至更早的"赋诗言志"。

汉人解经，这里主要是指汉人对"诗三百"的内容作出新解。《诗》或称《诗三百篇》，在汉代被抬高到儒家经典的地位，此后，则被称为《诗经》。既有这样一个神圣的头衔，其中许多情歌，许多表现男女之间相互爱悦的民间恋歌，在一伙正人君子们看来，这都是些有伤风教的淫奔之作，是万万要不得的。于是，经过经师们的解释之后，统统走了样，都成了堂而皇之的政治诗。如《邶风·静女》：

> 静女其姝，俟我于城隅，爱而不见，搔首踟蹰。
> 静女其娈，贻我彤管。彤管有炜，说怿女美。
> 自牧归荑，洵美且异。匪女之为美，美人之贻。

三章诗，写得活泼轻灵，意趣横生。本来这是男女约会的情景，可是解释者说："静女，刺时也。卫君无道，夫人无德。"这样，就硬加上与诗本身风马牛不相及的政治内容。又《卫风·木瓜》解诗者则以为：

> 木瓜，美齐桓公也。卫国有狄人之败，出处于漕，齐桓公救而封之，遗之车马器服焉。卫人思之，欲厚报之而作是诗也。

又《秦风·蒹葭》解者却认为是：

> 蒹葭，刺襄公（按指秦襄公）也，未能用周礼，将无以固其国焉。

又《郑风·褰裳》解作：

> 褰裳，思见正也。狂童恣行（按指郑诸公子争国），国人思大国正己也。

以上这些诗，属于恋歌是毫无问题的，但却都说成是针对当代政事而发的政治诗。从《诗大序》到各篇的小序，几乎都是如此。《诗三百篇》所以成为经典，当然也确实有不少涉及当时政事的篇什，但更大量的，却是本来写情爱而被牵强附会，解释成政治诗的。

汉人解《诗》，这种不顾作品本来面貌，而硬把它拉到政治事件上去的作法，也不是向壁凭空构想出来的。起码它是在以下的文化背景下形成的。这就是：

其一，除了《诗》本身也确实有不少是属于政治诗，同样有很大影响的《楚辞》，以香草美人寄托政治内容，这是公认的事实。于是，人们自然对一些爱情诗也想到是有什么寄托含意。

其二，是春秋战国以来外交场合"赋诗言志"的习惯。在那个群雄争霸的时代，各诸侯国之间频繁的外交活动中，政治家们都往往通过"赋诗"来表达自己的意见。在这种情况下，即景即事，有那么一些字句与事件相关即可，至于原意如何，也就管不着了。孔老夫子对他儿子孔鲤就有"不学诗无以言"的庭训，这似乎也是指将来当外交官或其他官场活动中通过赋诗来发言。

就在这样情况下，《诗》的内容被解释得走了样。但是，它一旦成了儒家的经典，被尊称为《诗经》后，这种走了样的解释也随之而显得最神圣不过的了。于是，还从中引申出所谓"寄托"的理论。其实，这也可以是作品的艺术形象与作家的创作命意之间脱节的理论。后来，这就逐渐成了诗人的创作原则。本来这是一种牵强附会的解释，由此却成了诗歌史上的传统。这一点，白居易的诗歌理论表现得尤其明显。

白居易的《与元九书》，特别注重"兴发乎此而义归于彼"，并以此否定了诗歌史上许多名作。这当然不仅仅只是白居易个人的独见，而是整个诗歌史上的主流理论。诗人创作中，凡是要继承《诗经》以来"风雅比兴"的传统，几乎都搞这种"兴发乎此而义归于彼"的一套。

举几首我们都很熟悉的诗。朱庆馀《近试上张籍水部》：

> 洞房昨夜停红烛，待晓堂前拜舅姑。
>
> 妆罢低声问夫婿，画眉深浅入时无？

朱熹《读书》：

> 半亩方塘一鉴开，天光云影共徘徊。
>
> 问渠安得清如许，为有源头活水来。

这一类型的诗，如果题目不标出，谁能知道它是别有所指。

前一首，从艺术形象看，是写新婚夫妇生活中的一个小插曲。婚礼后的第二天清晨，新嫁娘梳妆已罢，准备上堂拜见公婆。这时她问良人：这样的打扮还算入时否？当时的情景，新嫁娘的心态，都写得细致入微。可是，题目却告诉读者：这是朱庆馀去应进士考试之前，对自己能否录取没有把握，遂询问文坛前辈张籍：我这样的文章有无录取的希望。

后一首也是如此，写的是清彻的山塘景色，波光水影明净如镜。可所指却是读书，是读书与作家内心修养和艺术表现的关系。

此外，更大量的是诗题中没有标出，也引起许多人的种种猜测。如韦应物的《滁州西涧》：

> 独怜幽草涧边生，上有黄鹂深树鸣。
>
> 春潮带雨晚来急，野渡无人舟自横。

很显然，这是一首写山村渡口的风景诗。溪流岸边，细草丛生，黄鹂在林树的枝叶深处鸣叫。向晚的潮润空气，急雨欲来，渡口的小船，因没有人而横着漂浮。诗写得极美，极有情致。可诗论家们却把它解作是感叹朝政的政治诗。涧边幽草，指小人在位，鸟鸣深树指才智之士不得施展才能，急雨欲来指时局岌岌可危，野渡无人指朝中无才士当政，舟自横指朝政混乱。韦应物写此诗的本意如何，无直接资料可据，难作判断。但诗论家作这般解释，所谓"言此意彼"的搞法，或者说汉人解经的那种穿凿附会，后人是认起真来了。

这种状况，在李商隐诗的解索中，尤为突出。隐晦，可以说是李商隐诗的艺术表现特点之一，因此有"义山诗谜"之称。不仅清人冯浩把李诗一一作了政治性的解释，早在李商隐在世的时代，似乎也已经有人搞那套深文周纳的名堂。因此，他写了首《有感》：

> 非关宋玉有微词，却是襄王梦觉迟。
> 一自高唐赋成后，楚天云雨尽堪疑。

诗写得很有趣，后人对他的诗，有猜不完的谜，仿佛早在料中。他说的是人们对宋玉作品的误解。说宋玉作品有寄托之作，但后人却把所有作品都疑为有寄托，但实际上却是人们解诗的一个共同性问题。

由于汉人解释《诗经》撇开诗作本身的艺术形象，而去寻求与之无关的另外寄托，然后在整个诗歌发展史上形成为传统。因此当人们接触到一部艺术作品时，置艺术形象本身于不顾，而去另外探赜幽微，寻求言外之旨，这也是顺理成章的事。如果在这个前提下，去认识红学中索隐派的形成，许多不可思议的问题，都可以于此中得到比较明白的解释。那些索隐之作中的许多古怪问题，也就不足为怪了。

五

前面我们说的汉人解经，但举到的都仅只是《诗》这一经。因为《诗》比较特殊，它成为儒家经典，又作出那番密切联系一代政事的解释，对后世影响极大，可以说是影响到整个中国诗史和诗论史的面貌。但是，与索隐这种研究方法的形成，又不只是《诗》这一经，而涉及所有的经和整个"经学"。中国最老资格的儒家经典《易》和"易学"，不仅在各经中具有特殊地位，而且在我们探究红学中的索隐问题时，更是不可忽视。《易》本来是古人用来占卜举事的吉凶，解释疑惑，本身就有它的神秘性。故《易·系辞下》说："夫易，彰往而察来，而微显阐幽。"这就说明《易》作为一部经典本身的神秘性。它对外在世界的解释说明，特别是这个世界运转的千变万化，《易》能起着"探赜索隐，钩深致远"的作用。这一点，对于整个华夏文化，影响是十分深远的。

又如《春秋》，出于大圣人孔老夫子之手，在各经典中更是非同小可。它的写法既有"为尊者讳，为贤者讳"，又有"一字褒贬"。所以《谷梁传》（庄公三十二年）说，"讳莫如深，深则隐"，也同样表现这部经典本身具有含隐蕴微的特点。

因此，研究者和读者，要明了经义，必须钩稽幽微，探索含隐。《尔雅》本来是辞典性的著作，属小学范畴。后来升格为经，也许是如作疏者邢昺所说的，这是"先儒教授之术，后进索隐之方"，引人注意的似乎也在于"索隐"。

旧时代的文人，往往把一生的道路归结为"青春作赋，皓首穷经"。所谓"穷经"者，即竭尽全力，参透经典的奥秘。大概探索含隐，钩稽幽微是"穷经"的一个重要方面。

人们在这种文化环境里生活，自幼受经和经学的熏陶，当他接触到一部文学作品的时候，不免要寻根究底，下一番寻微索隐的工夫。红学中出现索隐派，如果从传统的文化心态，从汉人解经的牵强附会而形成的诗歌史和诗论史的事实，从中国文化上史传和小说的纠缠不清等方面去理解；如果把这一切看作是传统文化心态在小说创作和研究领域的表现，那么索隐派的出现，索隐流风始终不绝，就很可理解了。

（发表于《红楼梦学刊》1993年第一辑）

《红楼梦》版本研究刍说

本专题曰《红楼梦版本论》，顾名思义，研究对象自是《红楼梦》的版本问题。

在版本学上，"版本"一语，向有广义和狭义之别。狭义，仅指梓板印刷的本子。广义，"版本"一语则包罗颇广，不单指梓印本，也包括各种文字册籍的书写行款装帧诸形态，无不概指，举凡唐代和先唐的各种写本，以至于甲骨、金石、简策、帛书行款，等等，一并归属于版本学的探究范围。自雕版印刷发明之后，各梓印本，以及与之同时并存的各种手抄本，统称为版本。

《红楼梦》自面世以还，其流传方式主要有二：一为过录传抄，一为镌板付印。因而，今存的《红楼梦》本子，既有手写本，复有梓印本。凡乾隆间书写传抄者，称早期钞本，今存十馀种，乾隆辛亥之后出现的大量镌板刻印本，凡百几十种，称为后期梓印本。

《红楼梦》版本的复杂繁多，堪称历来说部之最，向为研究者所公认。据一粟《红楼梦书录》的著录计，钞本与梓本二者相加，总数达一百七十馀种，实际数量，当远不止此。一部版本论著势难网罗以尽，本专题拟缩小研究范围，仅论述此书尚处于传抄阶段各种手写传抄的本子，即以早期钞本为研究对象。本专题说的《红楼梦》版本，取其广义也。

一 概述

清乾隆五十六年（辛亥，公元1791），为早期钞本与后期梓印本的分界。是年冬天，程伟元主持，高鹗参与修订整理的一个本子，首次由萃文书屋以木活字排印问世，所以全称应是"乾隆辛亥萃文书屋木活字摆印本"。次年壬子春，程高又在辛亥本的基础上作了小量改订，又出了个本子，全称为"乾隆壬子萃文书屋木活字摆印本"。自此《红楼梦》的流传，陆续出现大量程本的翻刻本，由传抄进入梓印阶段。自胡适始，简称此二本为程甲本和程乙本，此后，凡研究《红楼梦》版本的学人，亦就此沿用。

乾隆辛亥前，此书尚处于以传抄过录为流传方式的阶段。这个阶段所形成的早期钞本，今尚存留于世的不多，但当时的流传本，数量却是十分可观的。程伟元、高鹗于程乙本卷首的《引言》曰：

> 是书沿传既久，坊间缮本及诸家所藏秘稿，繁简歧出，前后错见。即如六十七回，此有彼无，题同文异，燕石莫辨。

这是指程甲本面世之前此书的流传状况，当然都是指钞本。从这段话对当时各种版本异文复杂状况的描述，可见程高等人见到那时的坊间销行和私家所藏的本子，数量是不少的。

又乾嘉间的一些笔记，记载当时文人墨客的风尚，以谈红为韵事雅事。经学家郝懿行《晒书堂笔录》，有语曰：

> 徐以乾隆嘉庆间入都，见人家案头必有一本《红楼梦》。

又潘炤《从心录》曰：

> 二十年来，士大夫几乎家有《红楼梦》一书。

此外，人们常提及当时的竹枝《草珠一串》，其中列于"时尚门"的一首曰：

> 做阔全凭鸦片烟，何妨作鬼且神仙。
>
> 闲谈不说红楼梦，读尽诗书是枉然。

以上三则记载，都是说乾隆嘉庆间的事，如联系起来看，则很可说明《红楼梦》在当时的盛传状况。虽然，乾隆嘉庆间已经出过几种梓印本，已开始流传印本，很难说这里所指的就是钞本，但至少其中亦包括手抄的本子，而且数量之大也是完全可以想见的。

梓印本数量更多。据一粟《红楼梦书录》计，达百七十馀种。我所翻阅过的梓印本，数量虽很有限，但亦有若干种未见于"书录"者，可见，一粟书中的著录，并非将梓印本一网打尽，仍有遗漏。这就是前面说到梓印本总数当远不止百七十馀种的根据。

乾隆辛亥之后，这许多梓印本的出现面世。梓板一次付印的数量，远非手抄时可比。书贾亦出于牟利计，翻印镌刻，风起云涌，版本繁多，则可想而知。读者得到《红楼梦》的机会，遂大大增多，这部旷世奇书在读书界的影响，亦随之而更为扩大。此书既经辗转翻印，于是，诸多印本中遂各有版本的异同。同，其所据的底本，大都是程甲本及其翻刻本。异，梓板中有书手或刻工的误植，主其事者间亦对个别字句作某些必要或不必要的修改调整。因此，各梓印本的版本差异亦是复杂的。

与版本直接相关的，还有个《红楼梦》的作者问题。通常说此书的作者为曹雪芹，但大致可定真正为曹雪芹之作的，只有前八十回。为什么说大致可定，因为前八十回书中，有几个整回作者究竟是谁，至今尚存疑问。此外尚有若干回的大段残阙，亦为后来藏书家或整理者所补。那个时代，说部之类，作者为谁，人们多不在意，传抄时往往不署作者姓名。又程甲本，是个百二十回本，即包括后四十回续书。凡出版于程甲本之后的，即后期梓印本，都是百二十回本。书贾惟出版发卖营利是问，书的作者为谁，自是毋须过问，读者亦不在意，故各印本均不署作者之名。

今则不同，各当代出版社出版的百二十回本《红楼梦》，几乎都迳署作者为曹雪芹、高鹗。后四十回续书作者为高鹗，几成定论。不过，后四十回续书的作者定为高鹗，还有较多的疑问，这又牵涉到另一个大问题。

关于书的作者，是版本研究的一个方面，应另设若干专章作深入研究。但《红楼梦》的作者，又涉及其他许多问题，可讨论的范围更广，故本专题对此仅于各篇中略及。

二 早期钞本

所谓早期钞本，是指乾隆五十六年（辛亥，公元1791）之前，此书尚处传抄阶段所形成的手写本，今存者，或全或阙，存留最多的也只是八十回书，今各钞本为百二十回者，除杨本另有复杂情况外，其馀各本的后四十回书，亦大都为藏书家后来的配补。

此书的流传，自进入梓印阶段之后，藏书家于这部书的手写过录，仍并未就此终止。但这时所形成的本子，已与早期钞本有别，故本专题所讨论研究的，亦不包括这类本子的有关问题。

早期钞本，迄今尚流传于世的，于其版本现象看，几乎都是些过录本。其状况也极为复杂，或者，甚至并非过录于乾隆辛亥之前。或者，过录所据的底本是两种或两种以上本子拼合而成。尽管如此，但这些过录本所据的最初祖本，各形成于乾隆辛亥之前，则是无可怀疑的。因此，这些本子仍可视为乾隆辛亥前的早期钞本。

《红楼梦》的早期钞本，或其过录本，尚流传于世，即迄今已经发现的，凡十四种，即：

（一）甲戌本，仅存十六回，原为大兴刘铨福旧藏，后归胡适，今藏于美国康奈尔大学。以其第一回"标题诗"（满纸荒唐言）后，有"至脂砚斋甲戌抄阅再评"语，故名。

（二）己卯本，每十回前有一页十回书的目录，其中第三十一至四十回的目录页上，有"己卯冬月定本"字样，故据以定名。此本今藏于北京国家图书馆，实际上只有三十八回。又，中国历史博物馆收藏有五回书的残页，据专家考定，此系己卯本的散佚部分。

（三）庚辰本，存七十八回，全书的构成与己卯本相同，即每十回书合装为一个分册。其第五、第六、第七、第八，这四个十回书的分册目录页上，各有"庚辰秋月定本"或"庚辰秋定本"字样，故据以定名。此本原藏者为清同治元年壬戌科状元徐郙，今藏北京大学图书馆。

（四）杨继振藏本，今藏中国社会科学院文学研究所。因这个本子中有多处另笔改字和诸多改笔的贴条，此外还有一处为"兰墅阅过"的题字，很长的一段时间内，研究者以此认为，这是高鹗修改整理程甲本时的手稿，故称此本为"红楼梦稿本"，至今的一些版本文章中，仍还时见"梦稿本"语。谓此本为高鹗的手稿，其实是误会。书中钤有杨继振藏书章多处，故称此本为杨本为妥。

（五）清某王府旧藏本，第七十一回回末总评后，有另笔书写"柒爷王爷"四字，显系某王府收藏过。今此本藏于北京国家图书馆。据说，此本收购于清某蒙古王府，有的版本文章亦称之为蒙古王府本。因无直接的文字资料，故这里仍称此本为清某王府藏本。

（六）戚蓼生序本，因卷首有戚蓼生序，故名。有戚蓼生序的本子凡四种，包括：A，张开模原藏本，发现于上海古籍书店，仅存前四十回。B，南京图书馆藏戚序本。C1，有正书局石印大字本。C2，有正书局小字本。这四种本子，卷首均有戚蓼生序。其中，张开模藏本为这一组本子的母本。南京图书馆藏本系据张本照抄，有若干页还可看到覆盖映抄过录的痕迹。有正大字本，有正书局据张本加眉批拍摄照片石印，摄影制板时，曾有几处小贴改。有正小字本，系大字本剪贴缩印。

（七）梦觉主人序本，卷首有梦觉主人序，署乾隆甲辰年六月。此本初发现于山西，今藏北京国家图书馆。这个本子与甲戌本或己卯庚辰本相比，文字有较多修改。后来，程高就是在梦本的基础上整理而成。所以，这个本子的重要性在于它是程甲本形成的前奏和过渡。

（八）舒元炜序本，卷首有舒元炜序，故名。舒序作于乾隆五十四年六月，而且序末钤有舒氏印章两处。此为乾隆年间原钞本的实证。今各钞本中可以确定为乾隆者只有这一个本子。此本由吴晓铃收藏。

（九）俄罗斯亚洲研究所藏本，此本藏于前苏联列宁格勒（即今俄罗斯彼得堡）亚洲研究所，故称之为俄藏本。

（十）郑振铎藏本，曾由郑振铎收藏，今藏北京国家图书馆。仅残存二回。

（十一）靖氏藏本，原为扬州靖应鹍氏收藏，今下落不明。

以上，即今尚流存于世，或者说已被发现的，共十一种，十四个本子。在当时，即乾嘉间，流传的本子为数不少，今仅存这有限的十馀种，不过是少之又少的幸存者而已。然而，即使流传下来的只是少数几种，但各钞本的异同，以及它们之间的版本渊源关系，却各亦有迹可寻。

这十馀种本子中，除戚序本这一支的张开模原藏本、南京图书馆藏本、有正小字本和靖本等少数几种本子外，其馀十种，近年来，陆续有景印本由国内各出版社出版。这些景印本，尽管在技术处理上，个别本子不免有所不足，但这些珍本孤本得以普及，使条件较差的僻远地区读者也可得悉《红楼梦》早期钞本的大致面貌，于文化学术的发展，亦是有大贡献的。

以上各个早期钞本，研究者通称之为"脂砚斋评本"，这是合乎各本的实际状况的。因为，作者创作修改《红楼梦》的过程，即经过所谓"披阅十载，增删五次"的漫长岁月里，此书逐渐外传问世的经过颇为特殊，即最初于作者亲友圈子里传阅过录，后来逐渐外传，进而扩大到一般读者中，然后有传抄过录本上庙市，最后才到了活字排印和镌板印刷。

这里说的亲友圈子，指的就是脂砚斋等人。他们帮着誊录底稿，几乎同时开始了对这部小说着手评点。这个过程中形成的本子，即最初外传的《红楼梦》本子，也正是"脂砚斋评本"。

脂砚斋等人的评点，是承袭中国小说批评的传统。评点，也是中国文艺批评的一种特殊方式。评点的内容和形式，都十分灵活，内容可以是就事论事，也可以借题发挥。形式可以是大段话，甚至构成一篇小文章，也可三言两语，甚至一二个字。中国的几部小说名著，几乎都有名家作评，如李卓吾和金圣叹，先后批点过《水浒传》，毛宗岗评点《三国演义》，张竹坡评点《金瓶梅》，所以脂砚斋等对《红楼梦》的评点，也是继承传统的一种表现。

说起来，小说评点这种形式成为传统，还应追溯到中国古代文化的另一个重要内容，这就是八股文的评点和普及。一说八股文，有那么若干年头，被骂得一无是处，成了过街老鼠。也许是由于某位权威人物大骂了八股文，于是，一大批以耳代目之辈，尽管多数人从未见过正规的八股文，甚至不知八股文为何物，也跟着大骂。

脂砚斋评红，而且一评再评，到了此书正式问世，即由在作者亲友圈子里传阅过录，进而扩大到在一般读者中传抄，脂砚斋等人已经多次作过多次评点，到甲戌本，书的卷首就有"脂砚斋甲戌抄阅再评"语，书名也叫做《脂砚斋重评石头记》。到己卯、庚辰，曹雪芹又作了一次定稿，形成己卯庚辰本。脂砚斋称此本为"凡四阅评过"。

这里说的脂评，仅是统称。"脂砚斋评本"，评者主要是脂砚斋，但并非单指脂砚斋一人，也还包括畸笏叟等多人。据脂评中的片言只语，大致推测为他们为曹雪芹的亲友。但这些人的身分生平经历，以及与曹雪芹的关系，均无直接可考索的文字资料，究竟是谁，各家说法不一。其中，脂砚斋、畸笏叟可能是男性长辈，又有"其弟棠村"语，可能棠村是堂弟。

这几个本子中脂砚斋等人的评语，文字略有异同。当是各本在过录传抄中出现的现象。他们过录一个新本时，对底本中原有的脂砚斋评，或照录或删节，以致出现内容相同，文字却或详或略，大同小异的状况。曹雪芹的手稿，或者说带脂砚斋原批手稿本，迄今未发现，今各早期抄本，都是些过录本，正文或脂批不免走了样，但这些本子的最初祖本当是照带脂砚斋原批的本子过录的。从这个意义上说，这些本子称为"脂评本"也是准确的。

今存各钞本中的脂批，从小说批评本身来说，见地平平，没有什么过人之处。但在《红楼梦》版本研究中，这些脂批又是一个颇为吃重的方面，而且脂批又有其特殊之处，这就是脂砚斋、畸笏等又是曹雪芹亲友中人，对曹氏家族，对曹雪芹的生平经历，对《红楼梦》的创作过程和取材，于批中时有所及，此于今人研究《红楼梦》文本，却必不可少。故脂批的价值不在于艺术见解，而是提供了一份有用的资料。

三 后期梓印本

程伟元、高鹗整理的第一个印本程甲本，原名曰"乾隆辛亥萃文书屋木活字摆印本"，嗣后的所有梓印本，都是据程甲本辗转翻刻。因而《红楼梦》版本的研究者，将所有的版本列为两大系统，单称早期钞本为"脂本系统"，复于后来刻印本称"程本系统"。将脂本系统与程本系统二者对举，是不妥的。因为程甲本又是以梦觉本为底本整理而成。而梦觉本也是一个脂评本，可见程甲本也是来源于脂评本。虽然程本的各种翻刻本亦有其共同点，但用以指一个类别，与脂本对举，是类与属的不伦，无异于将母女放在一个辈分。故本专题将前后同类别的本子，分别称为：早期钞本和后期梓印本。

《红楼梦》的后期梓印本，百二十回，数量远比早期钞本为多。据一粟的《红楼梦书录》计，已达百七十馀种。不过，据我个人粗粗翻阅过的梓印本，数量虽然极为有限，但也有若干种未见于"书录"者，可见，一粟书中未予著录的，亦不在少数。这样说来，梓印本的实际总数，当远不止百七十馀种。因为，印本的出现，一次付印的数量，远非手抄可比，坊间印本售价自不如钞本那么昂贵，人们得到这部旷世奇书的机会，遂大大增多，小说在读书界的影响，亦随之而更为扩大。镌刻的百二十回书，时称全本，小说有头有尾，更符合一般读者的阅读习惯，更受市场欢迎，也在意中。于是，书贾为牟利计，镌刻翻印，风起云涌，版本繁多，则就可想而知。

这诸多印本，又经辗转翻印，各版本之间自然形成有异同为与现象。其同，因各本所据的底本，都是程甲本。异，梓板中有书手刻工误植外，主其事者间亦对个别字句作某些必要或不必要的修改调整。因此，各梓印本的版本状况，同样显得十分复杂。

后期刻本，多达百馀种，最主要的有如下几种。乾隆嘉庆间有：一，本衙藏板本；二，东观阁本；三，抱青阁本；四，藤花榭本。稍后，又有：五，双清仙馆本（王希廉评）；六，卧云山馆本（张新之评）；七，广百宋斋本，合护花主人（王希廉）大某山民（姚燮）太平闲人（张新之）三家评。以上各本，又各有各种复刻本、翻印本，辗转相因，同钞本一样出现极为复杂的版本现象，留下诸多有待于深究的问题。

各梓印本的书名，除《石头记》或《红楼梦》外，又有别题为《金玉缘》《大观琐录》者。易书名付梓，其因由不外乎书贾为贸利计，如《金玉缘》，大概是以这种世俗色彩浓厚的名字以投合时好。题为《大观琐录》，也许是因为此书曾被列为禁书，为应付当局，而易以这个奇怪的异名。

四 早期钞本复杂的来由

在版本学的领域里，凡治经学，穷究一字一句的涵义，须深知版本，其重要意义不言而喻。治子史以及诗文，亦是如此。唯独说部不同，历来被视为引车卖浆者流的道听途说，街谈巷议，不能登大雅之堂。不像经典或子史诗文那么正规，对版本的要求，似可随便一点。

上一世纪中叶以来，特别是近二十多年，《红楼梦》研究成为热门，人们戏称这个学科曰"显学"。显学云云，言语之间虽然颇带调侃意，但起码也可以说明，"红学"已引起多人的注意，甚至开始进入大雅之堂。其中，版本研究则又是"红学"的一个重要方面。因此，《红楼梦》的版本研究，遂不像原先那么令人感到可笑，与经子史乘诗文等的讲究版本一样，也有它的一处平台（请恕我也借用这个最摩登的词语）。

遵循版本学的一般准则，而作为说部之一的《红楼梦》，这一书的版本问题又有它自身的特殊要求。

那么《红楼梦》的版本问题，本身又有其特殊性，究竟表现在哪里？今《红楼梦》各种本子，异文虽甚复杂，究其来由，不外乎上述三端，即：一，曹雪芹在创作中的不断修改，二，反复传抄或梓板中的讹误相因，三，后来藏书家下的改笔。凡此，都是《红楼梦》在早期传抄阶段的版本复杂状况。今以早期钞本为研究对象，各种不同本子之间，看到许多希奇古怪的异文，自有其独有的麻烦和困惑。今先究其致异来由，当有助于解惑。兹分述如下：

其一，《红楼梦》的创作，是一番旷日持久的艺术活动。且不说构思和最初动笔，到书稿初成时，即已经历了"披阅十载，增删五次"长期修改。这个期间所形成的诸多本子，已无直接的版本资料，面貌如何，只能于脂砚斋批语及其他文字记述中，间接推知某一修改阶段本子的状况。如秦可卿之死，其中一稿为"淫丧天香楼"，批者（当是畸笏叟）因秦可卿给王熙凤托梦语，虑及两府未来，故有"因命芹溪删去"，今本秦死于病，与先前稿本大异。这些差异，说明修改中文字的改变。

此书自"披阅""增删"基本定形之后，仍在不断作修改。如果说，甲戌本的"甲戌抄阅再评"语，不明显是指修订，而今己卯本和庚辰本中，有"己卯冬月定本"和"庚辰秋月定本"字样，则明显是稿本修订见诸文字的记录。由此可以判断，甲戌抄阅再评之后，个别情节和人物的处理，尚有不尽满意之处，仍在作不断的修改。规模较大的一次修改定稿，是从己卯冬月到庚辰秋月，跨年度完成最后一个定稿本，即己卯庚辰本。

这前八十回部分的书稿，尽管经历多次修改，称为定本，但仍还留有若干空档，以待补写。最突出的是第二十二回结尾。又今第六十四、六十七两回书，补葺迹象也很明显，状况更为复杂。此外，某些局部，如个别人物和情节处理，作者仍有不尽满意之处，仍在作不断的修改。

在这个修改过程中，本子逐渐外传。最初是在亲友中传抄。后来越出亲友圈子，流传到广大读者中去。对此，研究者迄无争议。因而，在不同读者手中的本子，文字上自然也就有所出入。

由此，必须注意的一个事实：修改过程中的不同阶段，所形成的稿本，虽然各自出于作者之手，但存在差异，却是必然。这些本子，各自代表成书过程中不同修改阶段的书稿面貌。这些本子，虽然都是出于作者的手笔，但却代表成书过程中不同修改阶段。如果出现另一情况，读者A拟将过录一个本子，读到的本子有残阙，于是借读者B手中的本子来配补，而他们所持的这些本子，恰恰属于不同修改阶段的本子，自然亦有不同。如果抄成一个本子，前后情节不相衔接，同一人物名字前后不一致，也都是必然的。这类本子虽然也是出于曹雪芹之手，但本子中则又出现异文。不同修改阶段本子有异，这些本子拼凑抄成第三个本子又有另一种差异。此《红楼梦》版本复杂因由之一也。

其二，此书的最初面世流传，又有其独特状况。先是在亲友中传抄，后来逐渐越出亲友圈子，流传于读者之中。而读者的传抄过录，情况亦各有不同，文化水准不一。有的读者为供自己阅读，亦有的往往是粗识文字者，为牟小利而抄录本子上"庙市"，程伟元的程乙本序曰："好事者每传抄一部，置庙市中，昂其值得数十金，可谓不胫而走矣。"抄本子上庙市者，当然不仅仅是好事，而是作为一份副业了。这类本子，文字则更是潦草马虎。本子既到读者手中，必然不断有所传抄过录，一经过录，本子的讹误、衍文、夺落、错简，等等，则更是在所不免，过录传抄的次数一多，这种衍夺错讹，辗转相因，也就越益增多，离原著自然更为遥远了。这是版本史上的规律。不同读者手中的本子，自然也就有各类文字上的差异。此《红楼梦》版本状况之复杂二也。

其三，藏书家出于收藏需要，自然亦有传抄过录《红楼梦》的本子。藏书家的过录，与一般读者单纯抄个本子阅读，或抄本子上庙市出售，其目的自是不同。如果藏书家雇抄胥过录，所据的底本并非理想本子，时见讹误。那么于付抄胥之前，对底本中的讹误，往往亲自或请人作一些订正，甚至进行规模不等的整理。然而，藏书家或整理者眼中讹误，有的确为讹误，亦有为他们的误解。而且订正讹误，未必都广列副本，有所依据。如凭想当然，卒尔下改笔，其结果如何则可想而知。此《红楼梦》版本之复杂三也。

总之，今《红楼梦》各种本子，异文来由，大约不外乎上述数端。即：作者本人的改笔，不同时期稿本的拼凑，反复传抄或梓板中的讹误相因，后来藏书家的修改整理。既然，《红楼梦》的版本有如许的复杂性，而且各个本子所显示的版本状况，却又不那么直接单一，而是错综交织，并非一目了然的。因此，于各本之间，有时往往会遇到某些希奇古怪的异文，以致为内容理解带来麻烦，甚至困惑。

因此，《红楼梦》的版本研究者，一个重要的着眼点，既是各本间复杂的版本现象，包括各本之间的异文，也应了解本子中衍夺讹错的复杂状况，并厘其致异致讹因由。故，《红楼梦》版本研究的最终目的，仍是于各本的异文中了解是否有讹误，并准确推断致讹前原著的文字。最终，是以求更准确地理解文本的真正内容。

五 《红楼梦》版本研究的意义

研究《红楼梦》的版本，就其本质来说，当然是治版本学和某一部文学作品版本研究的一般要求。此外，《红楼梦》这样一部具体的小说名著，又有其自身独有的特殊意义。这本来为治学中的常识。

要不要研究《红楼梦》版本，既然是常识，本来是无须讨论的。可是，有时候也会出现令人啼笑皆非的事。记得前几年的某次"红学研讨会"上，曾有亦称为"红学家"者，发表了一番高论，以为《红楼梦》的版本研究，不过是列出这个字与那个字的不同，没有什么好讨论的。对此实在无法置词。与那些不懂常识又强充内行者说常识，委实是很令人劳倦，而且也是殊难说得清楚的。

版本研究，首先当然是版本学的本身问题。在版本学领域里，凡治经子以及诗文，务求善本，其重要意义，凡正规读过几本古书的人都知道，任何古代文籍，因版本不同出现某些文字差别，以致含义全非，也屡见不鲜。《吕氏春秋·慎行论》中一段话，是个最老资格的版本问题例子。凡有关版本问题的论著，常引以为例，曰：

> 子夏之晋，过卫，有读史记者曰"晋师三豕涉河。"子夏曰："非也，是己亥也。"夫己与三相近，豕与亥相似。至于晋则问之，晋师己亥涉河也。

这段话说明，版本文字歧异，往往产生可笑的讹误。这里的"史记"，指史事记载，非指司马迁的《史记》。本来是叙说晋国军队于己亥这天渡河，这么个邪邪污的版本，却成了三头猪过河，则成了天大的笑话。因此，对古代作家作品的研究，正规的做法，总是不能不在意各种本子间的版本差异，特别是要注重善本，通常不凭一个本子即进入作品的研究，除非你的研究对象为硕果仅存的海内外孤本。

当然，逮到一个本子，不问三七二十一，即能洋洋洒洒，写出一大篇称之为研究文章的文章，也是有的。这样干的，他自己虽然满不在乎，但出些不大不小的纰漏，有时候也是很难保险，不免令识者齿冷。这是非正常的例外，正规的研究，总是要注意各种本子的版本差异的。

上文已及，说部，虽然略有不同，版本要求，似可随便一点。不像经典那么神圣，也不像子史诗文那么严格。然而，说部因版本差别，以致含义相异甚至相反者，同样是存在的。故说部的版本研究，既要遵循版本学的一般要求，与经史子集完全一致。作为说部之一的《红楼梦》，版本一研究，又有其自身的特殊之处，成为"红学"中的一个重要方面。那么，《红楼梦》

版本研究的特殊意义，到底表现在哪些方面呢?

其一，通过版本了解《红楼梦》的成书过程。

曹雪芹是以毕生心血铸就这部旷世奇书。由构思到创作修改，直至成书，经历了很不寻常的漫长过程。这个过程虽然复杂，但并非了无头绪，而是有规律可循。这一规律则可于版本异文中得到显示。

如此书创作的初期，即"披阅十载，增删五次"期间，可以想见当时是形成诸多稿本的，但其面貌如何，研究者都已注意到，富察明义《绿烟琐窗集》的二十首《题红楼梦》诗，诗中涉及的内容，与迄今尚在流传的各个本子相比，存在很大的差异。如其中第四首"扇纨遗却在苍苔"，第五首"三尺玉罗为手帕，无端掷去又抛来"，第六首"错认猧儿为玉狸"，等等，都为今本所无。而第八首"留得小红独坐在，笑教开镜与梳头"，今各本中，有贾宝玉为麝月梳头的情节，与此不同，但又似有某种关系。当然也有可能，那个本子中有宝玉独留小红为她梳头的情节。

明义的这些诗句，言之凿凿，但却与今传的各本异，而异者，不大可能是记忆有误。据测想，诗中涉及的当是初期稿本的情节。最大的可能是明义读到的恰是一个"披阅增删"期间的本子，书名是题为《红楼梦》的，其中就有诗中所咏的情节。甲戌本"楔子"中，有"至吴玉峰题曰《红楼梦》"，以及"至脂砚斋甲戌抄阅再评，仍用《石头记》"诸语，曹雪芹一度曾用过《红楼梦》这个书名也是可以确定的。从这些有关的版本资料看，曹雪芹在"披阅增删"时，对小说的情节也有较大的更易，成书过程是相当复杂的。

此后的各种本子，都还存在直接的版本资料。各本之间的异同，更是有规律可循。我们于这种种版本异同中，探究诸本之间的缘属关系。比如，戚序本，来自王府本。从王府本到戚序各本，构成一个早期钞本的独特分支。这个认识，只能从这几个本子与其他各本的共有异同中得悉。又如，程甲本问世之后，《红楼梦》的流传进入梓印阶段。于是，各种镌刻本相继于坊间出现。我们从各印本之间，以及印本与各钞本之间，因文字异同而推知，一段很长的时期内，在读者中广泛流传的各种梓印本，都是在程甲本的基础上形成。而程甲本，又是来自早期钞本梦觉主人序本。二本存在明显的版本联系。这又是《红楼梦》成书过程中由版本异同而可断定的一个重要事实。

其二，探索作家创作思想的演变和发展。

上面已说过，《红楼梦》是曹雪芹生前经过多次修改而成。现存的各种本子之间所反映版本差异，特别是其文字异同，虽然不少是后来传抄讹误形成，那是后人的事。但有的异文较特殊，系因作家本人修改而产生的，虽然版本有异，但却同出于作家本人之手。

同出于作家本人之手，而前后有异。为什么呢？任何有过一点写作经历的人都知道，人的思想观念，常常是处于复杂的发展演变之中。而这个写作和修改过程中，所形成的本子，正是作者各个阶段思想观念的记录和反映。因此，通过版本异文，亦可了解作家思想艺术观念，及其发展演变。知人论世，对作品的深入理解，也是必需的。如书中秦可卿之死的情节，今各本均系死于病终，并无异文，但留下许多可疑之点。俞平伯最初提出这些疑点，[①]说明原稿中秦可卿死于自缢，而非病终。自几种带脂批的本子发现后，秦可卿之死的情节有删改，便得到确证。甲戌本第十三回有两处脂批涉及此事，一为朱笔眉批，一为回末朱笔总批，均无批者署名，曰：

> 此回只十页，因删去天香楼一节，少却四五页也。
>
> 秦可卿淫丧天香楼，作者用史笔也。老朽因有魂托凤姐贾家后事二件，嫡是安富尊荣坐享人能想得到处。（按：此句疑有夺字）其事虽未漏，其言其意则令人悲切感服。姑赦之，因命芹溪删去。

---

① 俞平伯《红楼梦研究·秦可卿之死》，见《俞平伯论红楼梦》，上海古籍出版社1988年版，第526页。

前一条眉批，作者是谁不易判断，后一条回末批，从那老气横秋的长辈口气看来，当是出于畸笏叟之手。这都说明初稿中有"秦可卿淫丧天香楼"情节，后来于改稿中删改成为病终的情节。批中虽有"因命芹溪删去"语，曹雪芹的删改似乎系听命于畸笏叟所致，但这一举措，如果曹氏本人的思想观念没有什么变化的话，批者的建议，未必能够成为事实。所以，此处前后不同稿本的异文，仍可看到作者思想观念的变化。

此外，《红楼梦》初稿成形后，各个时期的不同稿本，说明曹雪芹不同创作和修改阶段思想演变的，还有从甲戌本到己卯庚辰本这两个稿本的差异，都是因曹雪芹本人修改定稿形成，代表曹雪芹各阶段的思想艺术状况。此中亦反映出曹氏思想的演变。所以，《红楼梦》的版本异同状况，也是了解曹雪芹思想艺术观念发展演变的直接材料。

其三，校勘需要。

了解版本，是校勘的需要，亦为一般阅读和评论的需要。校勘一个善本的必要步骤，为确定底本，以此必须了解各本的异文，此为目的之一。今存的所有《红楼梦》本子，几乎都存在传抄的讹误或后人随意而下的改笔。今人校勘整理的本子，如果供一般读者阅读，应该尽可能是个接近原著的普及本。由于这一需要，诸如选择确定底本之后，还得广列副本，用以参校。因此，无论底本还是参校本的版本性质和特点，都必须有个较为透彻的了解。

于校勘是如此，一般阅读或写作评论文章，亦非无关紧要。迄今尚在流传的几种《红楼梦》早期钞本，版本状况十分复杂。几乎所有的本子，都存在传抄的讹误或后人的改笔。读者的阅读，或一般评论，有的还是专门研究或评论《红楼梦》的文章，题目为论曹雪芹的什么什么观，什么什么思想，但在论述中引用《红楼梦》中的例证，却明显是后人的改笔，这种张公吃酒李公醉的做法，无论是吹捧还是指责，原书作者曹雪芹都担当不起。当然，什么是曹雪芹原著文字。作者为手稿本迄未发现，但后人为改笔通过版本的了解，是可以大致确定的。写《红楼梦》的一般研究或评论文章，应该尽可能不用明显为后人改笔，理由是不消说的。有一点《红楼梦》版本常识，不仅版本研究者有其必要性，于读者或某些写评论文章的人来说，亦非毫无意义。

这样说来，对《红楼梦》的版本状况有所了解，于我们认识此书本身的诸多问题，并非关系不大，更不是无关，而是有重要意义的。

此，研究《红楼梦》版本之缘由，亦《红楼梦版本论》之要点也。

最早的《红楼梦》钞本

——论甲戌本

弁 言

在《红楼梦》的早期钞本中，甲戌本是个非常重要的本子。可惜这是个残阙本，今仅存第一至第八回，第十三至第十六回，第二十五至第二十八回，共十六回。

这个本子最初藏者为大兴刘铨福，1927年归胡适收藏。本子的转让过程，曾有过一段小小的曲折。胡适在他的《考证<红楼梦>的新材料》（以下省称为《新材料》）一文中说：

> 去年（林按：指1927年）我从海外归来，便接到一封信，说有一部抄本《脂砚斋重评石头记》愿让给我。我以为"重评"的《石头记》大概是没有价值的，所以当时竟没有回信。不久，新月书店的广告出来了，藏书的人把此书送到店里来，转交给我看。我看了一遍，深信此本是海内最古的《石头记》抄本，遂出了重价把此书买了。

到1961年，胡适又写了《跋乾隆甲戌脂砚斋重评石头记影印本》（以下省称为《跋》），对《新材料》中"新月书店的广告"一语又作了补充说明。那是指胡适与一班文艺朋友开办新月书店，登了广告，甲戌本原藏者看到广告，因此前出让此书的信件胡适没有回复，便亲自将这部脂砚斋甲戌本送到新开张的新月书店，托书店转交。

胡适没有回复信件，前面说过，是因为此本书名中有"重评"二字，故他以为没有什么价值，也就不在意，几乎错过了得到这个钞本的机会。但当他对这个本子寓目后，才发现它的不寻常价值。胡适在1961年的《跋》中说：

> 这个脂砚甲戌本的重要性就是：在此本发现之前，我们还不知道《红楼梦》的原本是个什么样子；自此本发见之后，我们方才有个认识《红楼梦》"原本"的标准，方才知道怎样寻访那种本子。

然后他又说，"脂砚斋甲戌钞阅再评"的《石头记》的发见，可以说是给《红楼梦》研究划了一个新的阶段。

胡适说这话，并无任何夸张。甲戌本在《红楼梦》版本系统中的地位，不仅仅在于本子本身十分重要，甚至可以说煊赫，更主要的是因为在诸多早期钞本中，这是最早引起研究者注意的一个本子。在此之前，学者研究的都还只是通行的百二十回本，即坊间据程甲本翻刻的梓印本。属于早期钞本的，只有上海有正书局石印的戚蓼生序本，但戚本作为钞本的重要性，那时还没有引起研究者的普遍注意。① 《红楼梦》的早期钞本优于梓印本，这在今人看来，已是红学研究中的一般常识，但不要忘了，这一认识是形成于胡适发表《新材料》一文之后。自胡适以甲戌本为版本研究对象始，研究者才转而对钞本另眼相看，于是才有了乾隆钞本更接近于曹著原貌的这种观念。

胡适于1928年2月发表《新材料》时，将手中掌握的这个钞本定名为甲戌本，但他并未说明定名的依据，只是在文章中直称此本为甲戌本，想是因为此本第一回说到书的诸多异名时，独有"至脂砚斋甲戌抄阅再评，仍用石头

---

① 关于钞本与梓印本的优劣，惟鲁迅别具只眼，他的《中国小说史略》（成书于1925年）中，《石头记》一章的引文，凡前八十回的，都取自戚蓼生序本。可惜此本没有引起其他人的注意。

记"一语。因为这是第一篇研究甲戌本的论文，后来的研究者也便随之而将"甲戌本"的名称沿用了下来。前些年，论者对原先的版本定名有所异议，议点之一是这诸多本子都是胡适定的名。而胡氏在大陆，自上世纪五十年代起，一直有"反动学者""妄人"等恶名，其人其学多年遭受批判；后来有人另想出一整套新名，分别以称各早期钞本，并于文章中使用，本着这种新思维，胡适所定名的"甲戌本"，便因此改称为"脂残本""脂铨本"等。但新的定名不见得是最科学的，而原先的多数定名各有理由，并早已约定俗成，而且使用旧名不产生混乱和误会，故大多数研究者于文章中对各本依旧使用旧名，本文仍称这个本子为甲戌本，亦是出于此种考虑。

这个本子早先的收藏者大兴刘铨福。胡适1961年的《跋》中设一专节介绍刘位坦和刘铨福父子二人，所引叶昌炽《藏书纪事诗》的材料，尤能说明刘氏父子在藏书界的地位，今据以作一简介。

刘位坦字宽夫，道光五年（公元1857）拔贡，咸丰元年（公元1861）由御史出为辰州（今湖南沅陵）知府，是一位富收藏的博学者。他的女婿黄彭年在祭文中说他"广坐论学，谓有直横：横浩以博，直一以精"。刘位坦一生除收藏外兼擅书画，因得河间献王君子馆砖，故命其斋曰"砖祖斋"。

刘铨福字子重，号白云吟客，作过刑部主事，人称其"博学多才艺，金石书画诗词，无不超尘拔俗"。2003年甲戌本的景印本中，附有冯其庸先生的《雪泥辨痕》，其中选录刘氏父子的收藏并有简要说明，于了解刘氏父子的收藏状况，以及刘铨福的甲戌本收藏和题跋，都很有参考价值。

甲戌本由刘铨福原藏，上世纪三十年代，此本归胡适。但胡适并非直接从刘家购得，其间还经由哪些人收藏过，迄今未发现可资考证的材料。胡适氏的《新材料》和《跋》两文中，都提到他收藏前的情况，都说到原藏者姓名已失记。据胡适推想，这位原藏者曾读过他的《红楼梦考证》。看来，原藏者也是一位难得的有心人，他先是给胡适写信，说明转让本子的意向，未得回复，后来看到胡适与几位文艺朋友开办新月书店的广告，便亲自将书送往新月书店，托书店转交。原藏者如此执着地要将本子出让给胡适，大约是知道此本到了胡适手中才能发挥应有的作用。如果这个过程中一个环节有阙，不仅《红楼梦》的版本研究，甚至这个本子本身的命运，也都不可逆料了。

这位原收藏者的名字，2003年金坛古籍印刷厂的甲戌本新景印本，其中所附冯其庸先生《雪泥辨痕》内有一条说：

> 本附录中意外之得，是友人竟从社科院近代史所胡适的遗物中查到胡星垣给胡适介绍甲戌本的原信，（中略）世人哪里会想到隔了七十六年，连胡适都以为丢了的这封信，还有连胡适之前甲戌本的藏者胡星垣这个名字，都一齐重新出现了呢？

原来，胡适之前的原收藏者叫胡星垣，至于此本从大兴刘家怎样到了胡星垣手中，即这位胡星垣又是如何得到甲戌本，其间有无经他人收藏过，这些都已无从考索了。

此本的装帧，每四回装订为一册。今各早期钞本的装帧方式，可作出判断的为两个类型：一是每四回装为一册，这当是最早期的装帧形式。甲戌本，还有梦觉主人序本，都是这般装法。另一类型，则是每十回装为一册，明显可见的有己卯庚辰本，还有杨本，都是每十回装为一册，此为稍后的一种装法。此外还有王府本和戚序系的各本，也可以推断为十回装为一册的。其他几种本子，看不出装帧的状态。

甲戌本今藏美国康奈尔大学。胡适在收藏此本期间，并未将这部海内外仅见的孤本作为一己之秘，而是提供景印。此后，大陆和台湾都有了景印本，孤本不孤，研究者可于坊间得到。胡适的学者胸怀，以及他继承古代藏书家的优良传统，好书与天下共，是很可嘉许并令人钦敬的。

一　甲戌这个年份

甲戌本的名称由来，是本子中提到甲戌这个年份。本子中在交代书名的演变时，提到甲戌年，为这个本子的版本现象，不能说与版本没有关系，但甲戌，即乾隆十九年（公元1754），却非甲戌本的版本形成年份。

《红楼梦》开头，说到此书的来历，兼及前后更易的许多书名，其中说：大荒山无稽崖青埂峰下，一块女娲炼石补天时弃置的顽石，经一僧一道施法，携入红尘，历尽富贵荣华炎凉世态。待到此石返本归真之后，自记下这段幻形入世的经历。又过了几世几劫，一位名为空空道人的和尚，① 于青埂峰下经过，见这块大石上字迹分明，编述历历，于是抄回人间，问世传奇。故顽石自记的这篇尘世经历，最初名为《石头记》。空空道人阅后，"因空见色，由色生情，传情入色，自色悟空"，遂易名为"情僧"，改《石头记》为《情僧录》。至吴玉峰题曰《红楼梦》，东鲁孔梅溪则题曰《风月宝鉴》。"后因曹雪芹于悼红轩中披阅十载，增删五次，纂成目录，分出章回，则题曰《金陵十二钗》"，并题了那首"满纸荒唐言，一把辛酸泪"的诗，然后说：

> 至脂砚斋甲戌抄阅再评，仍用《石头记》。

可见，这里所说的"甲戌"，只是在叙述此书诸多书名演变时，涉及甲戌这个年份，本来与版本形成年份无关。但在习惯上，以年份干支为版本名称，往往会令人联想到这个版本形成的时间。书名的演变，当然也属于版本问题，甲戌尽管非版本形成的年份，但毕竟最早直接见之于文字载录，是一个应予重视的《红楼梦》文本年份。

如果这是一段事实的叙述，或者说，这段叙述合乎事实，那么，书名的这诸多演变，是作者在作种种修改中的事。《红楼梦》的修改当然不会到此为止，实际上作者甲戌之后也还一直在作修改。从这段叙述看，所谓"披阅

---

① 和尚称道人，是佛教早期流传时的现象。拙作《红楼梦纵横谈》曾有一则小文专谈这个问题。

十载，增删五次，纂成目录，分出章回"，是全书大体完成后的口气。

由此，我们不妨作这样的判断：到乾隆甲戌年，《红楼梦》的初稿，虽尚有留阙待补的局部，但整体已大致完成，并已开始修改，而脂砚等人也已就稿子作过逐段的批评。所以说，乾隆甲戌年，虽非甲戌本形成的版本年份，但却是《红楼梦》成书过程中最早涉及的年份。

论时间早晚，《红楼梦》的其他版本年份，如跨年度的己卯庚辰，又如甲辰和己酉，以及活字摆印本的辛亥壬子，等等，都后于甲戌这个年份。因此对于了解《红楼梦》的成书过程来说，甲戌这个年份也是重要线索。

胡适认为，甲戌本是"海内最古的石头记钞本"。他于1928年的《新材料》中说，"也许其时已成的部分止有这二十八回"。到1961年的《跋》，他又说，"我更相信那所谓'八十回本'不是从头一气写下去的，实在是分几个段落，断断续续写成的"。他又说"其实止写定了这十六回。"

胡适的话中，时而用"写成"，时而又用"写定"，这两个词语用得颇为含糊。在写作的过程中，"写成"和"写定"是有细微区别的。"写成"是指初稿或某一稿的形成，也指全书的完成。"写定"是对初稿的修改定稿。胡适当然知道这种区别，他这般含糊其辞，不知出于何种想法。如果"写成"是指撰写书稿初成的话，那么断断续续命笔是一种作法；初稿大致有了，然后对其中的各大段落作修改定稿，又是一种作法，可以说，后者是较为常见，也较易于理解的一种作法。

所谓定稿，当然不是指从此不再修改，而是指某一个时段内已基本修定。《红楼梦》的己卯庚辰本，其中的"己卯冬月定本"或"庚辰秋月定本"字样，就是某个时段内对稿子作修订改定的记录。

《红楼梦》的成书过程，漫长和复杂是无可怀疑的。书的开头一段话，说的当是事实。

石头的尘世经历自记，空空道人于山中抄回人间，然后曹雪芹于悼红轩中披阅增删。这个过程叙述得不乏玄虚，但言之凿凿，在正常情况下，当是指先有初稿，然后对初稿作不断的修改。这合乎创作的一般规律，也与钞本留下的修改痕迹和脂批中透露的有关写作和修改情况相合。

所以，胡适说甲戌本是海内最古的《红楼梦》钞本，是可信的。但他又认为曹雪芹最初完成的只有这十六回，此说便有若干可疑之点了。别的不说，现今的甲戌本自第一至第二十八回，不论存与阙，都是每四回为一个单元，即每四回装为一册，看来这种装帧方式当是此书已具规模的格局。如果断断续续写出一些段落，不会这么巧恰好是四回。因此，说最初只有这十六回，或只有二十八回，都是极难想象的。

二 甲戌本独有的凡例

甲戌本一个最引人注目的特点，是卷首有一则《凡例》。迄今尚存的《红楼梦》早期钞本，凡例为甲戌本独有。本来，作书者于书的卷首列一凡例，为全书写作中的有关问题作必要交代，这是作书的正常现象。然而，所有各早期钞本中却存在凡例有无的区别，这不能不是个值得探究的问题。

现今流传的早期钞本，出现这种凡例有无的现象，情况不外乎如下两种：其一是凡例原有，而独有甲戌本保留下来，别本则于传抄中散佚。其二是原无凡例，各本保持原貌，独甲戌本后增。究竟孰是，尚难遽定，暂且存疑。

为此，我们将甲戌本今存的凡例作一审察。由于这五条凡例较为特殊，为便于分析，故不厌其繁，全文照录如下：①

　　凡例
　　红楼梦旨义　是书题名极多　　红楼梦是总其全部之名也。又曰风月宝鉴，是戒妄动风月之情。又曰石头记，是自譬石头所记之事也。此三名

---

① 此处所引的《凡例》，除加上标点外，其馀如空格，悉如原文。

皆书中曾已点睛矣。如宝玉作梦，梦中有曲名曰红楼梦十二支，此则红楼梦之点睛。又如贾瑞病，跛道人持一镜来，上面即錾风月宝鉴四字，此则风月宝鉴之点睛。又如道人亲眼见石上大书一篇故事，则系石头所记之往来（当为"事"字之讹），此则石头记之点睛处。然此书又名曰金陵十二钗，审其名，则必系金陵十二女子也。然通部细搜检去，上中下女子岂止十二人哉。若云其中自有十二个，则又未尝指明白系某某，极（当为"及"字之讹）至红楼梦一回中，亦曾翻出金陵十二钗之簿籍，又有十二支曲可考。

书中凡写长安，在文人笔墨之间，则从古之称。凡愚夫妇儿女子家常口角则曰中京，是不欲着迹于方向也。盖天子之邦亦当以中为尊，特避其东南西北四字样也。此书只是着意于闺中，故叙闺中之事切，略涉于外事者则简，不得谓其不均也。

此书不敢干涉朝廷，凡有不得不用朝政者，只略用一笔带出。盖实不敢以写儿女之笔墨唐突朝廷之上也。又不得谓其不备。

此书开卷第一回也，作者自云，因曾历过一番梦幻之后，故将真事隐去，而撰此石头记一书也，故曰"甄士隐梦幻识通灵"。但书中所记何事，又因何而撰是书哉。自云今风尘碌碌，一事无成，忽念及当日所有之女子，一一细推了去，觉其行止见识皆出于我之上。何堂堂之须眉，诚不若彼一干裙钗，实愧则有馀，悔则无益之大无可奈何之日也。当此时则自欲将已往所赖，上赖天恩，下承祖德，锦衣纨裤之时，饫甘餍美之日，背父母教育之恩，负师兄规训之德，已致今日一事无成半生潦倒之罪，编述一记以告普天下人。虽我之罪固不能免，然闺阁中本自历历有人，万不可因我不肖，则一并使其泯灭也。虽今日之茅椽蓬牖，瓦灶绳床，其风晨月夕，阶柳庭花，亦未有伤于我之襟怀笔墨者，何为不用假语村言敷演出一段故事来，以悦人之耳目哉，故曰"风尘怀闺秀"，乃是第一回题纲正义也。开卷即云"风尘怀闺秀"，则知作者本意，原为记述当日闺友闺情，并非怨世骂时之书矣。虽一时有涉于世态，然亦不得不叙者，但非其本旨耳。阅者切记之。

诗曰

浮生着甚苦奔忙，盛席华筵终散场。

悲喜千般同幻渺，古今一梦尽荒唐。

谩言红袖啼痕重，更有情痴抱恨长。

字字看来皆是血，十年辛苦不寻常。

以上为凡例五条全文，但从内容看，大致可分为两类，具有两种不同的性质和状况。其中第一至第三条为一类，第四第五两条是另一类。这两类，看来似非于同一时间内成文。前三条为甲戌本独有，今存的各早期钞本中均未见到过。第四条疑问最多，此条虽亦见于其他各早期钞本的卷首，但文字略有微小差异。第五条为一首律诗，性质和来历又另有不同。

今存的各早期钞本，凡例惟甲戌本独出，其馀各本虽然有其中的第三条，却均无凡例字样。由此而产生一连串的问题：这篇"凡例"是否系《红楼梦》原著文字？如是，其馀各钞本为什么没有？如不是，那么甲戌本中的这篇凡例又是如何产生的？

在古代，书籍的凡例来源很早，但不多见，唐宋以后才开始出现。到明清两代，凡例日逐流行。如某一部大型书籍完成后，编撰者往往于卷首作一凡例，用以交代必须交代的一些问题。如说明编写体例，内容大要，以及作者的编撰思想，等等。例如大型诗歌总集《全唐诗》，编定于康熙四十五年（公元1706），它的刻印出版就是在曹雪芹祖父曹寅主持下完成的，其卷首即列凡例二十三条。此外诗文集如《全唐文》《清诗别裁》等，说部如毛本《三国演义》等，这诸多书中的凡例，情况大率相同或相似。近代杨树达的《词诠》略有不同，卷首有一篇实际上属于凡例的文字，不过不叫凡例，而称为"序例"。可见，凡例虽非各书所必有，但在曹雪芹时代，标列凡例实是颇为习见的做法。《红楼梦》创作的文化背景如是，可见甲戌本中出现这篇凡例，是十分正常的现象。

下面，我们将此凡例作一简略分析。前三条，凡例的一般特点很明显。

第一条，陈述此书的几个不同异名，以及书名前后更易的缘由。第二条，交代书中故事的地点中京，相当于以长安代替京都，用此虚拟的地名，为不欲使事件发生的地点着迹，虚中见实也。

第三条，最不可少，特意用以申明，此书"不敢干涉朝政，凡有不得不用朝政者，只略用一笔带出。盖实不敢以写儿女之笔墨唐突朝廷之上也"。清代是个文字狱频见的朝代。而《红楼梦》的情节，有皇妃元春省亲，荣宁两位公爵后人的种种活动，还有其他许多官员，都触及朝政。曹家与皇室又存在非同寻常的关系，曹家的兴衰，特别是雍正五年底曹家被抄，更是直接涉及朝政。

由于这一特殊因由，他人对《红楼梦》与曹雪芹家族命运作某种联想，也是很自然的。如允禵（康熙的第十四子）的孙子永忠，作的《咏红诗》三首，其中有"可恨同时不相识，几回掩卷哭曹侯"之句。永忠的从叔，也是皇室成员的弘旿，为此诗作批，曰："此三章诗极妙，第《红楼梦》非传世小说，馀闻之久矣，而终不欲一见，恐其中有碍语也。"弘旿这般小心翼翼，并非毫无来由。他是皇室中人，皇室中的权势之争，尤其是皇位继承权的激烈争夺，手段的残酷，他当然深有所知，因此他对《红楼梦》，生怕有"碍语"，连看都不敢看，起码他宣称自己不敢看，这正反映了时人一种常有的心态。

在这个时代与社会的背景下，曹雪芹于凡例中作此说明，以自立地步，亦是十分必要的。当然，如果真的有人盯上了《红楼梦》，从中寻找碍语，你无论作何种不敢有涉朝政的声明，亦无济于事的。但无论如何，甲戌本凡例中出现这番声明，可以想见，那应是曹雪芹原作的文字。

问题较大的是后两条，这两条是否也是凡例中的文字，很值得深究。从文字表达的特点看，是凡例中文字，是没有问题的。与之有关的是凡例的第五条，为一首律诗。各本均不见此诗，为甲戌本独有。从诗的本身内容和口气看，非出于作者之手。

最为复杂的是凡例第四条。此条的内容和状况，令人产生疑问：这究竟确实系凡例中的一条，抑或是回前批的位置有舛错。

为什么有如许的疑问？是有来由的。

因为，这是一条并不陌生的文字，甲戌本之外的其他各早期钞本的卷首，都可看到"此开卷第一回也"以下，有一段大致相同的文字。从这段文字的内容和表达方式看，最初当是第一回的脂砚斋回前批，而且各本又都处于小说正文开头的位置，给读者以错觉，《红楼梦》有这么个奇怪的开头。

这段文字最初出现，是脂砚斋的回前批。这位批者，就一回书作总批，批罢有一诗收结，这是一个完整的格局。其他回也存在这种格局，今甲戌本第二、第六两回，亦是这种格局。此外，第七、第八两回，只有诗曰下一首诗，而无回前批。第十三、十四、十五、十六回四回，只有回前批，而"诗曰"二字下则是留空。这两种状况，都是回前批尚未完成的现象。第二十五到二十八回四回，还有前面的第三、四、五三回，则是既无回前批亦无诗。据上述这些状况推断，脂砚在作批时，曾有一个颇为庞大的计划，即各回都有一则回前批，发表毕对此回的意见后，以一诗收结。完成这一设想的，只有三回书。还有其他一些本子的，基本上都是上述的几种状况。

既然这段文字是脂砚斋回前批，怎么成为甲戌本的第四条凡例？是确切的凡例，还是脂批错位，是很可推究的一个问题。或者说，这是凡例怎么形成的一个关键问题。

为了说明这个问题，这里不妨将此句的差异作一对照说明。各本首句的"此开卷第一回也"，明显是针对第一回书而言，为回前总批口气。文中的"作者自云""自又云"，等等，也都是批者的语言。但甲戌本同样是这条文字，但成为凡例的第四条后，用语与各本相比，出现微妙的差异。即甲戌本中，这段文字较各本多一"书"字，成为："此书开卷第一回也"。

为什么有这个小差异，很关键，也很值得注意。这绝非不同版本间的一般异文，而是着意增添的文字，这正是甲戌本凡例形成中的现象。

为什么这样说呢？原句如注意其句读，则是："此，开卷第一回也。"大意是说，这是开卷第一回。于文言文中，这是最常用的句式，而文字本身，也平实顺畅。这段文字作为回前批，内容也正与这一回书相切合，诸如说明"甄士隐梦幻识通灵，贾雨村风尘怀闺秀"的来由，恰是第一回的回目，是对这一回书作总批的口气。如今成为全书凡例中的一条，针对的就不能仅仅限于一回书，而是要统括全书。既以统指全书，说的应是此书，因而，句中的"书"字必不可少。这就是"此"字增添成"此书"的由来。

甲戌本增改成这个样子，如果对文字细加推敲，前后的连接，于段落中略显不畅，也是无可讳言的。尽管这样的句式结构，于前人的文字中，也有过这种用法，但从这段文字的总体看，仍还是指第一回，故此处的"书"字，后加的痕迹是明显的。

由此说明，甲戌本凡例的第四条为脂砚斋回前批修改而成，前后过程是有迹可寻的。但这篇凡例，怎么形成，出于谁氏手笔，这就涉及甲戌本什么时候成书的问题。

凡例第五条为一首律诗，作者到底是谁？胡适以为是曹雪芹自作。今甲戌本景印本卷首，附有胡适手抄此诗一页，且列标题曰："甲戌本曹雪芹自题诗"。可见，胡适认为此为曹雪芹自作诗。但"字字看来皆是血，十年辛苦不寻常"，明显是他人评《红楼梦》语，上文已及，诗非独立存在，回前批以诗收结，是脂砚斋的作批的设想和做法，所以说此诗系出于脂砚斋的手笔。如果这是曹雪芹的自题诗，便不免有自吹自擂之嫌了。

以上，对甲戌本凡例的概况作简略的回顾，由此不妨作如下设想：甲戌本的凡例，列于卷首，据内容分析，当是此本原有的一篇。其中，前三条，都是述说全书总体有关的问题。而第四第五条，实际上只是一条脂批演变而成，而脂砚斋作批，虽然系陆续进行，非一个时段内完成，但规模至此，则是批点已有相当进展后的现象。可见，这篇凡例的形成，大约是全书格局初具之后，才撰写这篇文字。按照作书的常情常理，这篇文字的作者当然是曹雪芹，但《红楼梦》的创作和成书过程情况较为特殊，故推度凡例作者或者也有可能是脂砚斋。

三 独有的四百馀字

甲戌本第一回的一段特殊文字，共四百馀字，为论述此本者所必及。这就是大荒山上石头与一僧一道的对话。几乎所有的本子此处都颇简略，唯甲戌本独有这段文字。因此，这也是甲戌本独有的版本现象。版本研究者对此特别注意，是十分正常的。

甲戌本与各本相比，这段文字有如许的差异，涉及《红楼梦》版本上的许多重要问题，对此，研究者几乎都有各自的解说。这些解说，大致上都是围绕着甲戌本与各本这段文字差异的来由而展开。

为说明这一点，我们只好再翻一下曹雪芹的基础构思，即贾宝玉、神瑛侍者和石头这三者是何种关系。

小说的开头，讲了两个拟神话。其一是还泪因缘：最初，西方灵河岸上有一棵绛珠仙草，因得赤瑕宫神瑛侍者日以甘露浇灌，修成女体，成为绛珠仙子。后因神瑛下凡为人，绛珠也因此下凡，将一生眼泪还他，以报答甘露浇灌之恩。由此也引起一批风流孽鬼跟着下凡，陪伴着了结这段还泪因缘。

神瑛下凡后，便是小说男主角贾宝玉。绛珠仙子下凡，便成为小说女主角林黛玉。这就是小说的总体构想。

小说开头还接过女娲炼石补天的传统神话，编了一个故事支节：女娲炼石补天之时，那炼就的石头，馀下一块未用，弃在大荒山无稽崖青埂峰下。此石自经锻炼，灵性已通，因感到无才补天，日夜悲号，这时遇见一僧一道。下面，我们先看甲戌本的文字，曰：

> 一日，正当嗟悼之际，俄见一僧一道远远而来，生得骨格不凡，丰神迥别，说说笑笑来至峰下，坐于石边高谈快论，先是说些云山雾海神仙玄幻之事，后便说到红尘中荣华富贵。此石听了，不觉打动凡心，也想要到人间去享一享这荣华富贵。但自恨粗蠢，不得已便口吐人言，向那僧道说道："大师，弟子蠢物，不能见礼了。适问（闻）二位谈那人世间荣耀繁

华，心切慕之，弟子质虽粗蠢，性却稍通。况见二师仙形道体，定非凡品，必有补天济世之材，利物济人之德，如蒙发一点慈心，携带弟子得入红尘，在那富贵场中，温柔乡里受享几年，自当永佩洪恩，万劫不忘也。"二仙师听毕，齐憨笑道："善哉，善哉，那红尘中有却有些乐事，但不能永远依恃。况又有美中不足，好事多魔八个字紧相连属，瞬忽间则又乐极悲生，人非物换，究竟是到头一梦，万境归空。到不如不去的好。"这石凡心已炽，那里听得进这话去，乃复苦求再四。二仙师知不可强制，乃叹道："此亦静极思动，无中生有之数也。既如此，我们便携你去受享受享，只是到不得意时切莫后悔。"石道："自然，自然。"那僧又道："若说你性灵，却又如此质蠢，并更无奇贵之处。如此也只好踮脚而已。也罢，我如今大施佛法助你助，待劫终之日复还本质，以了此案。你道好否？"石头听了，感谢不尽。那僧便念咒书符，大展幻术，将一块大石登时变成一块鲜明莹洁的美玉，且又缩成扇坠大小的可佩可拿。

这便是石头来到人间的故事。这石头与还泪因缘，原先并无相涉，因得僧道之助，变成美玉，于神瑛的后身贾宝玉出娘胎时，含在口中进入人世，由此被贾府上下人等视为贾宝玉的命根子。此后此玉一直挂在贾宝玉脖子上，小说男主角一生的一切活动和离合悲欢，还有贾家荣宁两府的兴衰荣枯，这块由顽石变的"假宝玉"，成为整场瓜葛的见证者。

甲戌本的这段文字，神瑛和绛珠还泪因缘的始末，顽石仅仅是见证者，这个整体关系交代是清楚的。作为一个情节，顽石如何得僧道之助变为美玉，其来因去果，脉络也是清晰的。

下面，我们再看其他各本，这里举庚辰本为例。按：乾隆间的《红楼梦》钞本，大致说只有甲戌本和己卯庚辰本系统的本子两个体系。而庚辰本以其保存最完整，举以为代表。此处庚辰本的文字是：

> 一日，正当嗟悼之际，俄见一僧一道远远而来，生得骨格不凡，丰神

迥异，来至石下，席地而坐长谈，见一块鲜明莹洁的美玉，且又缩成扇坠大小的可佩可拿。

这是甲戌本之外的各本文字，无一例外。相比之下，甲戌本的四百多字，在各本中，仅十二字，为："异，来至石下，席地而坐长谈，见"。为什么产生如许的差异，曾经有过两种解释：其一，以庚辰本为代表的各本，为曹著原文，甲戌本文字之多，是修改定稿时增加。其二，甲戌本是曹著原文，各本文字之少，系到己卯庚辰年，对本子修改定稿时删去。

这两种意见，看起来说法似为不同，像是两种绝对相反的意见。其实，二者又是一致的。字数的多或少，都说是出于曹雪芹之手，都是曹雪芹对原稿本作增润或删节的结果。甲戌本有这段文字，是保持原貌，各本无，则是后来丢失或删去。各本保持曹著原貌，甲戌本这段文字则是后来的增补。所不同的，只是哪个本子是原文，哪个本子是修改文字。

这两种意见都是不能成立的。甲戌本和庚辰本差异的形成，关键在于如今庚辰本的文字，是不是曹著原文。

庚辰本此处文字虽然不多，但漏洞却是不少。前面讲石头的嗟悼，后面却写僧道见一块美玉。嗟悼的石头将何如，僧道所见的美玉又是从何而来，缩成扇坠大小，出于谁氏之手？这一切，都没头没脑，了无来由着落。如果说曹雪芹的初稿存在这样那样的不成熟，需要作修改，当然也不排除，事实上他也是在作没完没了的修改。然而，不成熟却不可能是这般前言不搭后语的文字。要是那样，曹雪芹就不成其为曹雪芹了。

如果说庚辰本的文字之少是曹雪芹的删节，更不能成立。本来通顺畅达，情理兼备，好好的一段文字，为什么要删节成前后不能连贯，漏洞百出的文字？若是修改中出手如此，那就是大脑神经受什么伤害出故障了。

这样看来，庚辰本文字之少，是原文，甲戌本文字之多，为后来修改中的增加润饰；或者说，甲戌本文字之多是原文，庚辰本文字之少，为后来修改中的删节，两种说法都是不能成立的。

那么，甲戌和庚辰这两个本子的文字差异，是怎么来的呢？一个最合理的解释，是语言的夺落。甲戌本的这段四百多字的交代，是曹雪芹原著中的文字，而庚辰本的文字之少是夺后的勉强连缀。关于这段文字的存阙，周绍良先生《读刘铨福藏残本"脂砚斋重评石头记"散记》一文，提出最为可信的见解。

周先生于文中引了甲戌本这段文字之后，说："却原来是一段四百六十多字的长文，故事也明白了，意思也连贯了，显然是作者一气写成，绝不是后来增删时所能修补添入的。"

接着周先生还说："依我的推断，相信另外有个抄本是每半叶十二行，行十七至十九字。……第一叶之前半叶抄至'丰神迥'三字而止，而在第二叶的后半叶的起头九字是'一块鲜明莹洁的美玉'，到后来人们借抄这部书时，在匆匆翻书叶时，将两叶作一叶翻了，以致中间一段遗落而不知，便成了'丰神迥一块鲜明莹洁的美玉'，完全是一句莫名其妙的话。重抄者因为这里不通，显然从'迥'字以下有问题，于是便补上'异，席地而坐长谈，见'十二字的不伦不类的话，勉强敷衍过去，遂使中间失落的正是四百三十字。"

周先生的这段话说得很清楚，也合情合理。因传抄中的夺漏，造成文字上的残破。重抄勉强得以连缀，但却留下诸多漏洞。只有这样，庚辰本这段文字的漏洞，才得符合实际的解释。

这就是甲戌本此处与各本差异的来由。

四 回目与各本的异同

凡研究甲戌本者，回目也一向是共同注意的问题，迄今论及此本的论文和专著，大都也必及回目与各本的异同。今存的十六回书中，甲戌本回目与各本互有异同，各本均同者，倒还罢了。需要讨论的是此本或同或异的回目。据统计，今存的十六回书中，回目与各本有所异同者，共五回，今以甲戊本为准的，将回目异同者抄列如下：

第三回：

金陵城起复贾雨村　荣国府收养林黛玉（戊）

贾雨村夤缘复旧职　林黛玉抛父进京都（己、庚、杨）

托内兄如海酬训教　接外孙贾母惜孤女（府、戚、觉、俄）

托内兄如海酬西宾　接外孙贾母怜孤女（舒）

第五回（俄本阙）

开生面梦演红楼梦　立新场情传幻境情（戊）

游幻境指迷十二钗　饮仙醪曲演红楼梦（己、庚）

贾宝玉神游太虚境　警幻仙曲演红楼梦（觉）

灵石迷性难解仙机　警幻多情秘垂淫训（府、戚、舒）

第七回（杨本阙）

送宫花周瑞叹英莲　谈肄业秦钟结宝玉（戊、舒）

送宫花贾琏戏熙凤　宴宁府宝玉会秦钟（己、庚、觉）

尤氏女独请王熙凤　贾宝玉初会秦鲸卿（府、戚、俄）

第八回

薛宝钗小恙梨香院　贾宝玉大醉绛云轩（戊、舒、俄）

比通灵金莺微露意　探宝钗黛玉半含酸（己、庚、杨）

拦酒兴李奶母讨厌　掷茶杯贾公子生嗔（府、戚）

贾宝玉奇缘识金锁　薛宝钗巧合认通灵（觉）

第二十五回

魇魔法叔嫂逢五鬼　通灵玉蒙蔽遇双真（戊）

魇魔法姊弟逢五鬼　红楼梦通灵遇双真（己、庚、府、戚）

魇魔法叔嫂逢五鬼　通灵玉蒙蔽遇双仙（杨、舒、俄）

魇魔法叔嫂逢五鬼　通灵玉姊弟遇双仙（杨）

以上为甲戌本与各本互有异同的五个回目，这同与异的缘由，很难说有什么明显的规律。只有第七回与舒本同，而与各本异，第八回同舒本、俄藏本，异于各本。这两个回目与略见特殊，其馀三个回目均为独异于各本。至于各本之异是那般五花八门，说明作者对这几个回目未有确著，尚在举棋不定之中。

也许有的研究者会说，回目的优劣，是可以断其早晚的。凡早出者，草率从事，故劣。晚出者，经由精心着意推敲琢磨，故优。回目较各本为优者，可断定此为晚出的本子。

文字优劣，以推断版本形成时间的早晚，前几年很流行，许多研究得出某一结论，用的都是这种方法。有的论述版本的文字，谓优者为早出的原作，劣者为晚出的后人胡乱下改笔。结论与此相反，但以文字优劣为论证方法，是一致的。这里的说早说晚，在理论上都是不错的，但优劣是感觉中的评价，在实践上却是没有决定的标准。甲说，此为优，彼为劣。乙则说，彼为优，此为劣。谁也不能以一己的优劣评判，让大众接受。所以，判定优劣来论版本形成的早晚，是行不通的。江湖门派中，优劣由掌门人说了算。学术上有异于此，并无由他一说别人即点头认准的掌门人，个人认定的优劣，是作不了准的。

前此年我在一篇论说杨本的文字中，也曾说过这个问题。不同版本间的异出文字，究竟孰为原文孰为经后人篡改过，以文字的优劣是不准确的，只有一种特殊情况例外，即文中如引用典故时，这些典故运用的是非、正误，才可据以判定此为原著文字，抑或是后人的改笔。

五 文字特点

《红楼梦》的版本年份，通常以乾隆五十六年为分界。这年（辛亥，公元1791），萃文书屋木活字摆印本，即程甲本面世。此前为传抄过录的早期钞本，此后开始出现由程甲本衍生的后期梓印本。

这只是个大范围的总体划分。不同的本子，尽管同属于早期钞本或后期梓印本范围，但各个版本形成的时间有所先后，也是不言而喻的。

在早期钞本的大范围中，甲戌本是处在怎样的一个位置呢？从这个本子几处特点显著的文字看，或者说，看此本与各本之间的某些异文，可以见到此本早于其他各本的版本现象，显示甲戌本是个早出的版本。这些异文中，第五回贾宝玉神游太虚幻境，有一个很值得注意的小情节。

贾宝玉进入了这个奇异的梦境，警幻仙子让他饮酒品茗，翻阅金陵十二钗正副各册，聆听《红楼梦曲》，嗣后还让其妹兼美与宝玉成婚。警幻仙子为什么有这种种举措，据小说交代，那是受荣宁二位公爵的委托，使宝玉于饮馔、声色、情爱，等等经历下，有所感悟而幡然改易人生道路。在这个前提下，警幻让宝玉与兼美字可卿者成婚。二人共度良宵及其后经历，甲戌本有这样一段文字：

> 那宝玉恍恍惚惚，依警幻所嘱之言，未免有阳台巫峡之会。数日来，柔情缱绻，软语温存，与可卿难解难分。那日，**警幻携宝玉可卿闲游**，至一个所在，但见荆榛遍地，虎狼同群，忽尔大河阻路，黑水淌洋，又无桥梁可通。宝玉正自傍徨，只听警幻道："宝玉再休前进，作速回头要紧。"宝玉忙止步问道："此系何处？"警幻道："此即迷津也。深有万丈，遥亘千里，中无舟楫可通，只有一个木筏，乃木居士掌舵。灰侍者撑篙，不受金银之谢，但遇有缘者度之。尔今偶游至此，如堕落其中，则深负我从前一番以情悟道守理衷情之言。"

庚辰本和其他各早期钞本，还有程高本及其衍生的各梓印本，此处的文字大致上是同庚辰本。今举庚辰本为例，曰：

> 那宝玉恍恍惚惚，依警幻所嘱之言，未免有儿女之事，难以尽述。至次日便柔情缱绻，软语温存，与可卿难解难分。因二人携手出去游玩之时，

忽至一个所在，但见荆榛遍地，狼虎同群，迎面一道黑溪阻路，并无桥梁可通。正在犹豫之间，**只见警幻从后追来**，告道："快休前进，作速回头要紧。"宝玉忙止步，问道："此系何处？"警幻道："此即迷津也。深有万丈，遥亘千里，中无舟楫可通，只有一个木筏，乃木居士掌舵。灰侍者撑篙，不受金银之谢，但遇有缘者度之。尔今偶游至此，如堕落其中，则深负我从前谆谆警戒之语矣。"

从以上引文看，两个本子此处的同中见异，是明显的，今于引文中将最显著的差异，以不同字体标出。值得注意的是两种本子的异同，文字虽有小异，但又各都通顺畅达，各自顺理成章，所不同的，主要是情节上存在差异，由此可见想见，二者当都是出于曹雪芹的手笔，也就是说，这种差异，当属于不同时期的稿本文字。但相比之下，庚辰本的文字较甲戌本更为合乎常理。如：甲戌本写二人出游，是警幻携带，至迷津，然后是一番告诫，以此使宝玉警悟，迷途知返，于文理亦无懈可击。而庚辰本则是二人自己出游，非警幻携带，误至迷津，警幻事后追来，有那番告诫。此则显得情理更为严密。这种种差异，甲戌本亦成文成理，当是亦是原本文字，为早出者，而文理无懈可击的庚辰本，当是后出的修改文字。曹雪芹自己卯冬月至次年庚辰秋月，作本子的修定，形成己卯庚辰本，此为他对稿子修订改定处之一。所以说，甲戌本的这段文字，留下早出的痕迹。

此外，还有其他一些文字，也表现为早出的现象。如第十三回，秦可卿的丧事中，各公侯世爵家纷纷来吊唁，吊者中有史鼎夫人。各本此句下，留下脂批窜入正文的四字，曰："伏史湘云"。而甲戌本此处依然是一则朱批，曰："史小姐湘云消息也。"这里，是脂批中的问题，也涉及正文的演变。从脂批的角度说，"伏史湘云"与"史小姐湘云消息也"，所指是同一回事，文字为何有此差异，孰先孰后，姑存疑问。然而，由脂批窜入正文，当然是正文传抄过程中出现的现象。而甲戌本此处正文与脂批两不混淆，自是本子犹然保持初始的原貌。故云此为甲戌本文字早出的显示。

甲戌本文字亦有显示较为晚出的现象。

第六回"刘姥姥初进荣国府",有一段颇为奇怪的文字。那是这村老妪初见王熙凤,正欲说来意时,恰贾蓉奉贾珍之命来向王熙凤借玻璃炕屏。贾蓉说罢事正回去时,王熙凤又把他叫住,下面几句是:"贾蓉忙复身转来,垂手侍立,听何指示",像是正文,但文气却前后不贯。看庚辰本,才知个中底细。今己卯本或庚辰本此句下有"听阿凤指示"五字,才明白这"听何指示"的由来。原来,这是脂批窜入正文,是一处脂批与正文纠缠不清的文字。

最初,句子的"听阿凤指示",由脂批到正文,是本子传抄中的现象,已经历了一个过程。此语作为正文,文理有欠享处,复作修改,以文从字顺,又是一个过程。此处的"听何指示",当是本子后出的事实。可见,甲戌本中也包含较后出的文字,并非是个纯粹的早期本子。底本也是个拼凑本。

六 脂批

甲戌本虽然是素纸手抄,无边框界栏,但版面格式却十分严整。如:行款划一,版二十四行,即版心两侧各十二行,行十八字。十六回书是两种字体,大约系出于两名抄胥之手。特别是版心下端,书"脂砚斋"三字,给人的印象,此为脂观斋原批本,或者是脂砚斋为作批而整理的一个过录本。

但本子中的脂批,却又存在一些复杂现象,难以遽然作断,甚至留有某些晚出的痕迹。全书为朱墨两类批语,研究注意的,并代表脂批特点的是朱笔。

墨批数量不多,仅见于几回的卷首和卷末,字体笔迹与正文同出一手,表明这些脂批与正文同时过录。由此可见,形成本子时,这些脂批已经存在。从另一个角废证明甲或本的晚出。

回前的墨笔总批,为三种类型。第一种类型最为完整,一段文字,然后以一首诗收结。具这种类型的，也是最有代表意义的，只有第二、第六回两回书。这些回前总批亦见于各本，各本文字有差异。如将凡例的第四、五两条移到第一回的回前，格局与此全同。第二种类型，只有回前墨批，结尾处又有另行低二格书"诗曰"二字，而诗却付阙。第三种类型，却无回前总批，仅另行低二格书"诗曰"，之后的一首诗，诗另行起。此二类与第一类格局相同，但又各自尚未完整形成。此外，还有若干回，有第三、第四、第五回，又第二十五回至二十八回，回前一无所有，是另一类情况。

回末的墨笔总批，仅出现于五回书中。即：第六回，共两条，惟传抄的靖本脂批中亦见之。第二十五回，共四条，独出。第二十六回，共八条，其中第1、2、8三条独见，其馀第3、4、5、6、7五条，见于庚辰本眉批。第二十七回，共六条，第2、3条独见，而第1、6两条见于庚辰本回前总批，4、5两条为庚辰本眉批。第二十八回，共五条，第1、2两条，亦见庚辰本回前总批，第3条为庚辰本眉批，第4、5两条，据传抄的靖本批，亦见此二条。

以上为回前或回末的墨批，亦见于他本状况。甲戌本只存十六回，因而，此外各回的回前与回末总批，与其他本子中关系如何，无法看到。照说，当也是存在的。

甲戌本的朱笔批，状况复杂多样，又很有规律。其中，第一至第四回，即第一分册，一律是行间侧批和眉批。其他三个分册，又是一种状况。其中第五回比较特殊，大体上是行间侧批和眉批，又有少数行中的双行小字批。第五回以下各回，即第六回到第二十八回，仍存在眉批和行间侧批，但大多数的，为行中的双行小字批。

按一般规律，凡作评点者，初评自是对白文本下笔，文字书写于天头者为眉批，书写于行间者为侧批。到再评时，虽然也不排斥在曾有侧批眉批的原先批本上作批点，但更常见的是将初评的行间文字整理到行中，成为双行小字批。故存在双行小字批的一般是后出的本子。

今甲戌本中的四个分册，脂批出现两种状况，第一分册，只有行间侧批和眉批，而后四三个分册，则出现双行小字批，为行间侧批经整理后的迹象。由此显示两点，其一，甲戌本的四个分册，各自形成于不同时期的本子。其二，它的底本形成时间有先后，由此可以推知，这是个拼凑而成的本子。

此外，甲戌本朱批还存在一些反常现象。其一是过录的错简，如第二回第十一页，"设若失错"句下，即第八、九两行间，有批曰"罪过"二字。今此批据其位置，所指为念"女儿"两字须以香茶漱口。此语何至于严重到呼"罪过"。只有上一行，说女儿两字比"阿弥陀佛元始天尊"这两个宝号还更尊荣无对，此处呼一声"罪过"，故此批应该在第六行下。今批语与正文相舛，明显是过录时错后两行半所致。

这有与正文相混的现象。如第四回的《护官符》，四句俗谚下，各有小注，说明贾史薛王四家在京和原籍的房分。原文当是于各句下以小一号字书写。而今甲戌本中，则是朱笔小字，位置和形式，都一如行间侧批。之所以如此，据推测，是由于底本整理者，将原文的小字误认为是脂批，将其作为脂批处理，因而才出现这种混淆现象。甲戌本的朱笔脂批有此混淆，透露了一个事实，此已非底本原貌，而是经过整理过录的二三代本子。

甲戌本的批语，还有一项值得注意的事实，就是孙桐生曾于此本中作眉批多处。孙桐生的字体很容易辨认，于别处也可见到，就是在这个甲戌本中，第三回第二页下，有一条署左绵痴道人的眉批，左绵痴道人是孙桐生的号。此条还注明作批的时间，为"同治丙辰季冬月"。

在这个本子中，孙氏尚有不署名的眉批多处，粗略统计如下：第二回第十页上，第三回第九页上，（此处仅一"疑"字，属于正文中的改字，原文为"色鬼无移"，以为"移"字有误，于原字上覆改为"疑"，不清楚，又于天头另写一"疑"字。）第五回第二页下，第三页下两处，第十二页下（覆改，另于眉端注），第十三页下，十四页下，十七页上，（两处）同页下（三处），第六回第十一页上，第八回第五页下，同回第八页下，第九页下，第十四页上，第二十六回第五页下，第二十八回第十四页下，同回第十六页下。以上诸处，虽无署名，但其字体与第三回的署名眉批一样，当亦是出于孙桐生氏的手笔。

　　此外，甲戌本上的墨笔眉批尚有若干条，不能确定出于谁氏之手。有几条可能是刘铨福的，也许还有少数几条是孙桐生的。

　　孙氏于作批外，还有空阙字的添补，很可注意。这就是本子中的第三回，写林黛玉眼睛的几句，原先是留下几个空格，后又由另笔补写。此处补笔的字体笔迹，颇为异特，一眼便可认出那是出于孙桐生之手。

　　可见，甲戌本与孙桐生也有过一段不寻常的关系。今景印本的附录部分，有冯其庸先生的《雪泥辨痕》，其中收有刘铨福与孙桐生的几件来往书札，足见二人当时匪浅的交谊。

　　通过以上叙述，对甲戌本可以有如下的总体认识：一，据以过录的底本，是个拼凑本。二，这个底本基本上是个很早出现的本子，也杂有晚出本子的文字。

论己卯庚辰本

弁　言

在《红楼梦》的版本演变中，出现过一个非常特殊，也十分重要的早期钞本，这就是"己卯庚辰本"。《红楼梦》的早期钞本，确曾有过这么一个本子，研究者对此不仅长期未引起注意，而且有关的说法亦甚至有误。

今存的《红楼梦》钞本，有称为"己卯本""庚辰本"者，自胡适作《跋乾隆庚辰本脂砚斋重评"石头记"钞本》之后，庚辰本名称既定，研究者因此而沿用这个名称。到标有"己卯冬月定本"字样的本子出现时，遂称之为己卯本。

本文标题曰"论己卯庚辰本"，非分指今存的"己卯本"和"庚辰本"两个本子，亦非二者的简单相加，而是指独立存在的一个本子。以往研究《红楼梦》版本的专家，对这两个本子各有分别论述，认为是两个各自独立的底本。

本文对这个问题的研究，虽然也是从现今流传的己卯本和庚辰本入手，察视两个本子所显示的版本现象，但要论述阐明的，却是二者最初的底本只有一个。我与版本专家们的分歧只有一点：专家们认为，己卯本和庚辰本有两个各自独立的底本，而我则发现，二者最初的底本只有一个，这就是从己卯到庚辰，跨年度完成的本子，这里姑称之为"己卯庚辰本"。

同我的这个想法比较一致，即认为二本非各自独立的本子的，是香港学者梅节先生。那是1981年，我的《论王府本》发表于《红楼梦学刊》，其中有一段话是说己卯本和庚辰本不是两个版本，而是跨年完成的一个本子，即"己卯庚辰本"。这以后不久，收到梅节先生的一封信，还附有他的大作《论己卯本》的复印件。他的这篇研究著作，与我提出只是一个底本的文字，几乎同时发表，"所见不约而同"。

版本的定名，本来是只要名称有别于他本，不滋误会即可。但今存的"己卯本"和"庚辰本"，却有其特殊之处，这就是：这两个本子由于版本名称而衍生了一些误会。即：据己卯和庚辰这两个版本年份，想当然认定，己卯年作者自定一个本子，即今存的己卯本。到庚辰年，又从头再作修定，即今存的庚辰本。研究者因此误认二者为各自分别独立形成的本子，然而，这样认定，却有舛版本事实。

在《红楼梦》版本体系中，在今存的"己卯本"和"庚辰本"中明确以文字标出，曰"己卯冬月定本""庚辰秋月定本"。从字面看，倒像似为出于两个各自独立的底本。

然而，事实却并非如此。事实上，在乾隆甲戌年（公元1754）之后，准确时间是己卯冬月，即乾隆二十四年（公元1759），曹雪芹开始对《红楼梦》的前八十回书作全面的修改定稿。这年冬天，完成了前四十回。到次年，即乾隆二十五年（庚辰，公元1760）的秋月，又完成了后四十回。为什么这样认定，今"己卯冬月定本"字样，恰在己卯本第四分册十回书的分目录页上，而"庚辰秋月定本"或"庚辰秋定本"恰又是在庚辰本的第五、第七、第八这三个分册的十回书的分目录页中，即透露此中的消息。

原始的"己卯庚辰本"，或者直接标有"己卯庚辰本"字样的本子，今天已无从寓目。但幸而如今尚在流传的两个本子，却有"己卯冬月定本"和"庚辰秋月定本"字样。由于今存的"己卯本"和"庚辰本"中所透露的某些迹象，今人才从而得知，《红楼梦》版本史上，确曾有过这个独立存在的重要本子。也正是由此，我们才得以确知"己卯庚辰本"的原始面貌。我们对"己卯庚辰本"的研究，主要依据的也正是今存的"己卯本"和"庚辰本"。

也许，最初就是这般标法的，前四十回修定毕于己卯冬月，标为"己卯冬月定本"，而后四十回，定毕于庚辰秋月，标为"庚辰秋月定本"。无论最初是怎么个标法，但从八十回书的版本整体来说，这其实只是同一个本子，即：从乾隆己卯之冬到次年庚辰秋，跨年度完成这个定稿本，却是《红楼梦》的版本事实。

这次跨年度的定稿，前后所用的时间虽然不短，但八十回书仍未能最终完成。如第十七、十八回分回，第二十一回收结，第六十四、六十七两回书的补葺修订，第八十回的回目，等一系列问题，遗阙待补，依然还只是一次未了的定稿。

此时，下距曹雪芹谢世之年，即乾隆甲申（公元1764）之春，只有四年时间。[①]在这四年左右的时间内，迄今未发现形成别的版本。因此，这个跨年度修订完成的本子，当是曹雪芹生前的最后定稿本。

通常，某一部经作家反复修改完成的作品，最后一稿最能体现作家作品的状况。当然，创作和修改过程中形成的稿本也很重要。那是从不同时期本子之间的版本差异中，了解成书过程，了解作家思想发展演变的历程，是属于另外的问题。而最后的定稿本，于研究作家的思想高度，艺术成就，艺术观和创作实践关系，以及作品艺术风格等等一系列问题，则是最主要的依据。所以，己卯庚辰本的价值，不仅超越早期问世的各个本子，也具有超越版本问题本身的意义。

对于今存的己卯本和庚辰本，研究《红楼梦》版本的专家都很在意，历年相继出现研究著作数量不少。1933年1月，胡适的《跋乾隆庚辰本脂砚斋重评"石头记"钞本》发表。这是论庚辰本最早问世的专著，全面系统，也最

---

① 曹雪芹的卒年，向有颇多争议，甲申说是梅节先生最初提出，此外尚有壬午、癸未两说，最具说服力的是甲申说。此从之。甲申说详见梅节《曹雪芹卒年新考》一文，收于梅节、马力合著的《红学耦耕集》（增订本），文化艺术出版社2000年1月版。

具代表性。①

　　然而，胡适说庚辰本是一个乾隆庚辰年形成的独立本子，那是因为他研究庚辰本时，没能看到己卯本，只知其一而不知其二，有失准确亦是在所难免。此后，己卯本出现，研究《红楼梦》版本的专家，都承袭胡适这一思路，认为乾隆己卯年，曹雪芹对《红楼梦》又作了一次定稿，形成一个新本，称为"己卯本"。次年，即乾隆庚辰，曹雪芹对此书又从头进行一次定稿，形成另一个新本，称"庚辰本"。在相当长的一段时间内，这一说法得到大多数学人的认可。

　　在胡适的时代，对己卯本和庚辰本的研究，还不具备二者作联系考察的条件。那时，己卯本未露面，胡适论庚辰本，自然受时代和版本资料的限制，只能就庚辰本论庚辰本。后来版本专家们未能将二者的特殊异同作联系考察，仅就己卯、庚辰这些字面打转转，以致于产生一些误解，不能不是个缺失。

　　今人看到现存的己卯本和庚辰本，都是过录本。如果追溯二者最初源头，即过录所据的祖本，是共同的。这个祖本就是：己卯庚辰本。因此，己卯本和庚辰本这两个本子的名称，如作更准确的表达，对己卯本，应称之为"过录己卯庚辰本A"，而庚辰本则应称为"过录己卯庚辰本B"。

　　不过，在本文的叙述中，我们仍沿用"己卯本"和"庚辰本"这两个名称，不是自相矛盾，而其原因有二：一是为了便于叙述。二是我们研究这个"己卯庚辰本"，也正是从今存的己卯本和庚辰本入手。下面，先对这二个

---

　　① 胡适还有一些其他版本的研究之作，以及一些作者生平家世的研究论著，被称为"新红学"的开始。如果红学史上有新旧的划分，那么，新红学当始于王国维。早在1905年，王国维发表《红楼梦评论》，结束了旧红学时代。所谓旧红学，指的是评点、本事寻索和索隐等。王国维开始将《红楼梦》作为艺术作品来研究，评论此书的思想艺术。从红学史的角度说，王氏将红学推进到一个新时代。胡适的研究，能不能说是新红学的开创，这是另一个问题。但无论如何，胡适开始了作品版本的研究，也还有作家生平家世研究，开辟新红学的另一个领域。其贡献也是巨大的。

本子分别作一番简略的叙述。

第一节　己卯本

今存的己卯本，是个过录本，而且还经辗转传抄，较之于原始的己卯庚辰本，中间尚隔了几代。但是，我们讨论己卯庚辰本，只能先从这个过录本开始。治《红楼梦》版本的学人，称此本为己卯本，相沿已久，这里为叙述方便，也沿用这个名称。

（一）己卯本概况

各家都已谈到过，己卯本今归北京国家图书馆收藏，残阙较多，仅三十八回，即第一回（卷首残阙，存留部分，始于"观花修竹"句，是个完整的下半版，与庚辰本相比较，可推知残阙部分当为三页半）至第二十回，第三十一回至第四十回，第六十一回至第七十回（内阙第六十四、六十七回，今己卯本的这两回书，系署名为武裕庵者另笔抄补，其底本为程甲本。武裕庵为何许人，迄无文字资料足征，惟抄补说明中有"据乾隆抄本补"一语，推测抄补时间为嘉道间或更后）。又，第十回，止于完整的第六页末"肺经气分太虚者"句，残阙部分当为一页半。

属于这个本子的，还有另一个部分。1975年3月，吴恩裕、冯其庸联名发表《己卯本"石头记"散失部分的发现及其意义》一文，介绍中国历史博物馆收藏的一个《石头记》残本。此本存第五十五至五十九回（内第五十五回残前半回，第五十九回残后半回），为五十年代中国书店收购而得，后归中国历史博物馆收藏。继之，还有文雷的文章，也是介绍论述这个残本的。上述几位专家的文章，谓此残存五回书的重出，系属于己卯本的散佚部分回归，论证翔实，甚具说服力，当是可以信从的。

据此说来，这个己卯本，由北京国家图书馆收藏的三十八回，加上中国历史博物馆收藏的五回，整个本子迄今尚存留于人世者，凡四十三回。

北京国家图书馆所藏的三十八回残本，几种研究己卯本的论著都已经指出，最早是由董康收藏，后归陶洙。此前还经哪一位藏书家收藏过，已无从追索了。

　　这个本子的一位收藏者，不知为什么，干了件有违常规的事。开头的残阙部分，用蓝笔抄补进甲戌本文字，又用朱笔校以庚辰本的异文。作这番校补，如果开头补缀部分，使用另纸，也还罢了。可惜的是，这些校补文字，特别是以朱笔校庚辰本的异文，直接写在本子之中，加上本子原有的朱笔校文，使卷面乱成一团。按照常识，一个善本，本来是不允许落上任何墨迹的。这位收藏者作如此处理，或许，他自己也没有充分认识这个本子的版本价值，以致成了"老外"。

　　顺便说一句：善本中不可于书页中落上字迹，是最基本的常规。但既已过录上各色墨迹的文字，又成为这个本子新的版本现象。如果将此本影印出版，对后来校补抄录进去的文字，亦万不可再重新去作删汰处理，这是版本学上须遵守的另一套常规。因为本子中也存在原先已有的各色旁添旁改文字。删汰什么，保留什么，不一定尽能准确无误，稍有不慎，不免又形成新的混乱。当出版社一旦准备影印某一种重要善本孤本时，有关人员，诸如出版社的主管，出任顾问的专家，以及书的责任编辑，对此都应周详考虑，慎重处理。

　　己卯本曾由董康和陶洙收藏过，这是事实，研究者都已论及，并因此认为，这番校补是陶洙收藏期间完成的，或者说，校补文字系出于陶洙之手。但从己卯本中的几条校文看，这样认定，似乎亦有可疑之处，起码不能一概而论。

　　研究者都已提到，此书自董康处转到陶洙手中，时间是1945年日本侵略军投降之后。这是个很值得注意的时间限定。今己卯本中有三条小注，都记有作校时间。这是：

　　　　1. 第二十四回之末，注曰：
　　庚辰本校讫。丙子三月。
　　　　2. 第三十一至四十回分册总回目页，注曰：

此本照庚辰本校讫，二十五年丙子三月。

3．第四十回卷末，注曰：

三十六回至四十回，庚辰本校讫，廿五年丙子三月。

以上几处提到的时间，二十五年，即"中华民国"纪年，干支为丙子，合公元1936年。这一年使用庚辰本作校，是可能的。这时，庚辰本尽管还在徐家，但已露过面，1933年胡适已经用此本校甲戌本，写有跋。由此也可说明，"丙子校讫"云云，年份没有任何疑问。

各家研究文章都曾述及，己卯本归陶洙收藏，即由董氏手中转到陶家，已是1945年之后。那么，丙子年（公元1936）本子还在董康收藏中。由此产生另一疑问：这些校文出于谁氏的手笔，究竟是董康还是陶洙，则就成为一个问题了。

董康的《书舶庸谈》中，有说到陶洙与《红楼梦》事，并引为同好，二人之间似有较密的过从。如果说，某些校文是董康收藏期间由陶洙捉刀完成，也是可能的，但无直接证据，至多只能作此猜测。

己卯本的这些校文，其他疑问亦复不少，尚有待于作进一步探究。

（二）己卯本的构成

己卯本的构成，比较特殊。据现存的这个本子状况看，可以确定的是每十回书编一分册。分册前有个本分册的十回书的总回目。据庚辰本推断，全书为八个分册。今己卯本存留部分，为第一[残]、第二、第四、第六[残]、第七，共五个分册。第三、第五、第八三册全佚。每十回书编一分册，是一种新作法，庚辰本同，后出的杨本、王府、戚序几种本子，看来也是如此。而甲戌本和梦觉本，每四回为一分册，则是另一种状况了。

此本第一分册第一回的开头，以及卷首状况，如：有无序言和全书的总回目，有无其他有关文字，恰在残阙部分，难以确断，只能据庚辰本推测其大概面貌。

第二分册，即第十一回至二十回，分册前本来应有个十回书的总回目。

但这个十回的总目中，只列八个回目。因为己卯庚辰本形成时，第十七、十八两回犹未分开，第十九回虽已分出，尚未拟成回目。

第四分册，即第三十一至四十回，十回书的回目一页，书名《石头记》下，有"己卯冬月定本"字样。本子的定名，或者认为此本为己卯年所定，盖以此也。

第六分册，即历史博物馆收藏的残本。以残阙过甚，尤其是分册回目页亦在阙中，分册的整体状况，已无从判断。

第七分册，列出第六十一至七十回总目的一页，有两点很值得注意：其一是此页亦仅列八个回目，并以小字注明，"内缺六十四、六十七回"。缺这两回书，是这个本子形成时的原貌。今流传本中由署名武裕庵者另笔抄补。武裕庵其人，亦已无考，抄补文字末页有"据乾隆抄本补"之语，当是较为晚近的口气。其二，这目录一页的书名《石头记》下，是残破之处，此处有无字迹，已无从目验。我怀疑这里可能有字，说不定就是"庚辰秋月定本"。为什么有此怀疑，另详下文。

这个本子的纸张，虽然都用的是素色竹纸，无边框界栏，但行款却比较严整。一律是版二十行，即版心两侧各十行，行大致三十字。偶然亦有长缩一二字者，少数行少至二十四、五字，多至四十一二字。字数有所增损的，出现于各版的末行为多，此亦过录中常见的现象。

（三）关于怡亲王府本的疑问

版本研究专家大都认为：今存的己卯本即怡亲王府主持过录的原本，几成定论。

从本子的状况看，这种说法依然还有可疑之处。今存的己卯本是否即当年怡亲王府主持过录的本子，早在1981年之春，梅节先生于《论己卯本》一文中就提出疑问。上文已及，此前不久，我们几乎同时提出存在"己卯庚辰本"的意见，就此本是否即怡亲王府本的问题，也交换过意见，想法也很接近。

怡亲王府确曾主持过录一个本子，那是毫无疑问的，今本有避讳字为证。然而，怡王府组织抄手过录的本子，当是较早的己卯庚辰本。如果说，现今尚存的这个"己卯本"就是怡府本，可疑之点也不少。现今存在的这个己卯本，更像是据怡府本再过录的一个本子。

疑点在于：现存的这个"己卯本"，抄胥的过录状况，还有一项十分值得注意的现象。从全书各回的字体笔迹看，参与抄写的是五名抄胥。各抄胥的文化水准，参差不一。其中两名，字写得颇为稚嫩，错别字也时有出现，似为略识"之无"者。比之于庚辰本抄六十回以后的那名抄手，固然要高明一些，但从这几名抄胥所抄的各页看，却不像是出于专业抄胥之手。

怡府藏书颇丰，可算是一代藏书大家。叶昌炽《藏书纪事诗》不仅收有怡府条，而且，王欣夫先生的"补正"部分，还引耿觐光《明善堂诗集序》说："冰玉主人于九经诸子，靡不详加厘定，便阅其书者不致有亥豕鲁鱼之叹。"怡王府收藏书籍，除了收购现成的本子外，自己组织抄胥过录，当是比较考究的。说部虽不比经、子，没那么神圣，但总还不致于随便找几名邪邪污书手来动笔。抄胥的字迹如何，当然也不排斥某些特殊情况，但联系此本的其他版本现象一起考虑，就不免产生是否系怡府原本的疑窦。此其一。

其二，在己卯本中，存在避两代怡王名讳，即允祥和弘晓。这是此本的一个重要版本现象，但一直为研究者所忽视。吴、冯两位先生的研究文章，首次论及避讳问题，举出本子中"祥""晓"这几个字敬缺末笔书写的例子。如第十七、十八合回中的"华日祥云笼罩奇"，同回批语中的"用一不祥之语为谶"，第三十三回"门客们见打的不祥了"，等等，都是避第一代怡亲王允祥名讳中的"祥"字，又第十二回"我是初造贵府、本也不晓得什么"，第十三回"连两句俗语也不晓得"等，都是第二代怡亲王名讳弘晓的"晓"字缺末笔。从而证实了怡王府确曾主持过录了一个《红楼梦》新本。对己卯本的研究，这当然是一项重大的进展。

然而，己卯本的避讳问题，也留下一个费解的疑点，这就是本子中避怡王名讳的字固然很多，不避这些字的，亦复不少。如第十二回的回目，贾天祥正照风月鉴，回前分目中，祥字缺笔，写成"祥"，而在第二个十回的分册回目中，祥字却完整无缺。尤其值得注意的是第一回正文，"世人只晓神仙好""世人都晓神仙好"，一连串几个"晓"字，也都完整无缺。这些，又都是在开头，照说该避的，而今却无任何避讳的做法。这是抄胥的疏忽马虎吗？似乎不是。

这种或避或不避的现象，怎么解释？

如果，这确实是个怡王府组织过录的本子，书中"祥""晓"这些字，或避或不避掺杂出现的状况，是不应存在的。或解释为，避是正常的，不避，那是抄胥随意下笔，不严守规定。

这种解释也颇勉强。因为，古代的避讳，不仅仅是对尊者长者的客气尊敬，而是国家功令。各个时代，如圣讳、国讳、家讳，其范围和避讳方式都有明确规定。在民间，而这又是些不登大雅之堂的说部，疏忽马虎固然有其可能。如今说的是王府组织并主持过录的本子，对两代王爷名讳，抄手们居然也马马虎虎，则就不好理解。

避讳在具体执行中，有时往往比规定更为严格。如规定的有"临文不讳""二名不偏讳"，等等。可是，临文谁敢不讳。唐代诗人司空曙，到宋人手里，为避英宗赵曙名，成了"司空晓"。唐人牛僧孺的《玄怪录》，李复言的《续玄怪录》，到宋代，这两个小说集的书名，为避艺祖赵玄朗讳，改为《幽怪录》《续幽怪录》。唐人避太宗李世民讳，尚书省六部的民部，改为户部，又如"枼"字写作"枽"，成为谁也不认识的天书。因为这个字的构成中含有李世民的世字。岂止是二名中的一偏不敢不讳，连讳字成为另一字的部件时，书写都不敢。到清代，即《红楼梦》的时代，乾隆名弘历，即位后，连家家都使用的皇历，有一"历"字，为二名之偏，都得改称为"时宪书"。

这些都是国讳，但并不意味着家讳可马虎一点，这方面古代文献中有无数记载。如：唐诗人李贺要去考进士，有人攻击他犯父名晋肃的讳，于是韩愈写了篇《讳辩》，为之辩解。据一些笔记说，这位攻击者不是别人，而是与白居易齐名的元稹。韩文中，理说得很堂皇，但李贺后来还是没有去参加进士考试。这篇文章大家都读过。又有记载说，五代冯道，封瀛王，他的某门客，在王府读《老子》，一开头就是"道可道，非常道"，恰遇上冯道的名讳。这位门客为避讳，读成"不可说，可不可说，非常不可说"。那位门客是在王府读书，身临其境，避讳与否，是不敢有任何随意马虎或疏忽的。

如果这是个怡亲王主持过录的本子，抄胥是不敢不避两代王爷名讳的。疏忽是疏忽不得的，尤其是开头，更不能马虎。所以我怀疑现存的这个己卯本，不是怡府主持过录的原本，而只是原本的再录本。过录者不在怡亲王府，无须照避怡王的家讳，但底本是个严格照避的本子，过录时，有的也不免照样描画。于是就出现如今这种时而避，时而不避的状况。

疑点之三，各回都是由几名抄胥拼凑抄成。按照传抄过录的一般规律，如果是几名抄胥合作抄录一个本子时，每一名（或特殊情况下两名）抄胥，各轮所抄的，往往是相当于一个分册的回数，也就是他手中的底本，是一个分册。最明显的是梦觉主人序本，每四回是一种笔迹（其中有两名抄胥合抄，说另见《论梦觉主人序本》）。多名抄手合作的情况下，每一名抄手所抄的回数，都很有规律。其他一些本子，虽然没像梦觉本那样有规律，但也都是一种笔迹连抄若干回。这都说明，底本是装订成册的。

唯独这个己卯本特殊，每一回书中，几乎都可看到两种以上的字体笔迹。字体变换十分频繁。每一种字体的连续和变换，又都是整页。出现这种状况，最大的可能，过录所据的底本是一些尚未订装成册的散页。如果底本不是散页，而是装订成册的，那么，传抄中如此频繁地倒手，那是不胜其烦的。只有散页，才好如此分页抄录。

这就不能不使人想到，某一位经手散页的人，要自己也过录一个本子，于是就形成现在的这个再录本。有机会经手这些散页的，可能就是参加怡府组织过录的抄胥之一。我们测想，这位抄胥为了在短时间内交回已抄汔未装订的散页，便组织多人，不问水平高下，一起动手，分页赶抄。否则，一回书中出现多名抄胥的笔迹，就不好索解。

如此说来，今存的己卯本，虽然与怡府本并非无关，但却不是怡亲王府组织直接过录的原本，而只能是据怡府本再过录的本子。

第二节　庚辰本

（一）本子的概况

今存的庚辰本，版本状况与己卯本一样，也是原"己卯庚辰本"的过录本。为了区别于称为"过录己卯庚辰本A"的己卯本，故此本应称之为"过录己卯庚辰本B"。

这是现今保存得比较完整的一个早期钞本。全书止八十回，内阙第六十四、六十七两回，实际上存七十八回。在第七分册十回的总回目页中，有注曰："内缺第六十四、六十七回"。说明这两回书付阙，系定稿本形成时的原貌。此外，本子中还存在一些零星残阙。有的是原阙，如第二十二回的收结部分；有的原先不阙，则是在流传中有所散佚夺落。

庚辰本今由北京大学收藏。原藏者为徐郙。1933年，胡适从徐郙的儿子徐星曙处看到这个本子，写了篇长跋。

徐郙是同治元年 (公元1862) 壬戌科一甲第一名进士，即通称为状元，官至礼部尚书。1982年上海红学研讨会期间，与会者有前辈专家吴晓铃先生。蒙吴先生见告，此书如何由徐家转到当时燕京大学的经过。那是1948年夏天，徐家要出让此书，托人来问吴先生。当时吴先生无意收藏此书，未讲原因，可能是要价颇昂。但吴先生深知此本的重要，不能流落到与学术无关的人手中，于是便去找郑振铎先生。郑先生于版本学研究有素，且又酷喜收藏古书善本珍本，说，最好由燕京大学买下此书，不久就可归国家所有，因为那时燕京大学是外国人办的，所以才有此一说。后来，燕大果然买下这个弥足珍贵的本子。1954年燕大、北大合并，此本成了北大的藏书。这就是庚辰本今归北京大学收藏的缘由。

庚辰本的构成与己卯本完全相同，止八十回，每十回书装为一个分册，即分装八个分册。无全书的总回目，而每一分册有个十回书的分册回目。其中第五到第八册的总回目页，书名《石头记》下，有"庚辰秋月定本"字样（第七册为"庚辰秋定本"）。故《红楼梦》版本研究者定此本名为"庚辰本"。

庚辰本的卷面状态和行款，与己卯本相同。用的是无边框界栏的素色竹纸。版二十行，行三十字。少数行或长缩一二字，极少的，有行多至三十五六甚至四十馀字。各回抄写格式，首页第一行，顶上框书"脂砚斋重评石头记卷之"，第二行另起，顶上框，书"第若干回"，第三行低三个字位为回目，回目上下句间空开三字位。第四行顶上框开始正文。中间如有诗词书柬联对之类，则另起，如无这类特殊文字，则一路到底，直至回末。

庚辰本的抄胥，其中抄第七十一回以后的一名抄胥，文化水准极低，加上马虎，到后面几回，错得一塌糊涂。这位抄胥出手如此，连粗识文字都说不上，简直是不认识几个大字。其馀几名抄胥，也都是"西望长安"。尽管庚辰本有其不可忽视的价值，但抄得如此"拆滥污"，不能不给本子的版本价值，打了个很大的折扣。

（二）旁改文字

庚辰本有一个相当触目的现象，就是本子中存在大量旁改文字。这些旁改文字出于谁氏的手笔，下改笔时有无他本为依据，这是个很可求索的问题。

这些旁改文字，其大致状况是：

1．多数出现于明显抄录有误之处，不应有的改笔。但这位执改笔者文化水准不高，还有少数几处，他不懂字句的含义，本来无误，也以为有误，随意下了不应有点改。

2．看改文的字体笔迹，绝大多数是出于一个人之手。也就是，旁改是一次完成的。只有极少数，是抄手在过录时发现笔误，当即涂改，另作别论。

3．如果将点改后的文字校以其他早期钞本，即可发现，绝大多数是独有的。

据以上现象，我们不妨作如下设想：本子过录完成后，到某位藏书者手中。此人阅读之下，见本子错误之多不能卒读，手边又无他本可据，遂信笔作了旁改。由于执改笔者文化素养亦属平平，点改时又无别本为据，故旁改文字大都不可取，甚至是蛇足者为多。

归结起来，点改文字的三种不同的状况。其一，原文确有讹误，改笔是准确的。然而，那都是一些原文最明显的笔误。今举第五十二回的几例，如：

> 下坎我邀一社，"坎"，改为"次"
> 每人四道诗，"道"，改为"首"
> 随手立住，"随"，改为"垂"

这些例子，句中有误，一眼便可看出，而且，原字是什么，也都能猜出个八九不离十，不需要有什么依据。因此，这些句例不足以证明旁改有无别本可据。

其二，句中有讹误，旁改者也能看出来了，当然也都只是些明显的讹误，改了，但却没有改对。由此也可推想而知，执改笔者手边并没有可资参校的别本。举第五十回的一例：

> 虽没作完了韵，誊的字，若生扭用了，到不好了。

点改为：

> 虽没作完了韵脚的字，若生扭用了，到不好了。

这就是原文有讹，点改仍未改对。己卯本在残阙部分，杨本亦为残佚补配，状况均不明。可能这一讹误出现较早，其馀后于庚辰本的几种本子，此处都有改笔。如：

虽没作完腾挪的字，若生扭用了，到不好。（府）

虽无作完了韵，若生扭用了，到不好。（戚序）

虽没作完了韵，腾挪的字若生钮用了，口不好了。（觉）

各本都有改笔，此处原文语句欠妥，又无别本可据，于是下手臆改，因而，都没有改到点子上，以致出现了这种五花八门的异文。其实，这个句例中的"賸"字当是"賸"字的讹误。这两个字的繁体，仅结构部件有"言""贝"之异，形近致讹。照说，凡略具诗歌格律常识的，应该知道这是个什么字的讹误，不知为什么，都没有改对。庚辰本这里的旁改文字，没有改对，显然是属于臆改。

其三，有不少句例，原字句本来并无讹误，而且通顺，也都下了改笔。这位执改笔者，凡不理解原字句含义，甚至看着不顺眼的，都草草率率，来个大笔一挥。今亦举第五十二回的几例：

有一玉石条盆，点改为"有一白玉石长条盆子"

真真国的女孩子，点改为"真真国色女孩子"

宝玉的奶兄李贵，点改为"宝玉的嬷嬷哥哥李贵"

这样的句例，在全书中随处可见。有的本来是有专指的，如"条盆"改为"长条盆子"，"奶兄"改为"嬷嬷哥哥"，改后显得累赘，含义反而含糊不准确了。有的，如"真真国的女孩子"，改为"真真国色女孩子"。原文"真真国"是国家名，今凭空将"国"后之"的"字改为"色"字，改成用以形容女孩子之美，句子也改得欠妥了。说句不客气的话，简直是驴唇不对马嘴。从全书的点改状况看，大多数改笔，无别本可据，都是想当然随意下笔。

改得还算说得过去的，很少，硬找当然也能找出几例来。如第四十五回，薛宝钗遣一名老婆子给林黛玉送燕窝，有"黛玉回说费心"一语，各本也都无异文。在《红楼梦》中，"回说"却也常见，但都是下人对主子回话时的用语，今为林黛玉对一名粗使婆子说的话，说话的身分口气和语言环境，都不大像。此处当有夺漏字。今旁改为"黛玉道，回去说费心"，则符合她当时说话实际情景了。看来这是属于歪打正着。

总之，庚辰本的旁改文字，作为这个本子的一项版本现象，是值得注意的。但是，这些点改后的文字，如果校之于各本，则发现，下这番改笔，几乎都是没有版本依据的臆改。从版本或校勘的角度看，是没有多少价值的。

（三）一项奇特的版本现象

今存的庚辰本，存在着一种奇特的版本现象，非常重要，但一直没有引起《红楼梦》版本研究者的特别注意。这是出现于庚辰本中的一个怪字，最初是冯其庸先生在文章中例举到这个字。即：第七十八回《芙蓉女儿诔》中"成礼兮期祥"句的"祥"字，写成"衤羊"。后来梅节先生也引用这一例，说明庚辰本与己卯本的"血缘关系"，才点到这个怪字的要领。

为什么"祥"字写成"衤羊"，如果联系己卯本看，无疑这也是避怡亲王允祥的名讳，原为怡王府过录己卯庚辰本时的避讳。今庚辰本又是经过辗转过录的本子，抄胥们对别的明显讳字作了处理，所以在本子中基本上看不到避讳字了，但或因不认得这个怪字，又不知道是讳字，于是照葫芦画瓢，故残留下来。可见，庚辰本的母本，也是个避怡亲王名讳的本子。

庚辰本中出现这样的奇怪现象，只有一点才可解释，即庚辰本同样也是过录自怡府本的某个传抄本。这就是说，庚辰本与己卯本一样，最初也是来源于怡亲王府本。说庚辰本亦是怡府本的再过录本，这是一个重要的根据，因为本子中也残留这个避怡亲王名讳的字。上文已及，今己卯本非直接的怡王府本，而只是怡府本的过录本。而庚辰本较之于己卯本更晚出，中间可能又隔了几代。

指出这两个本子都来自怡府本，说明什么呢？因为怡亲王府本据以过录的，是"己卯庚辰本"。庚辰本和己卯本，不是各自独立形成的本子，而是来自一个共同的祖本：即"己卯庚辰本"。

第三节　二者来自共同的祖本

对今存的己卯本和庚辰本概况，前面分别作了介绍，二者显示出许多共同的版本现象。由此可以证明，这两个本子在版本渊源上，有着不同寻常的关系。虽然庚辰本不见得就是直接据己卯本过录，庚辰本较己卯本后出也是可确定的。但二者来自一个共同的祖本，迹象很明显。上文已述及，二者的共同祖本，就是跨年度完成定稿的己卯庚辰本。

不过，今存的己卯本和庚辰本这两个本子，如第十二回为前后的分界，前面大体上是白文，庚辰本到十一回，己卯本有几回有少量行间墨笔侧批，二本的十二回后，则脂批存在如常，此外还有某些其他版本现象，都颇引起人们的疑问：开头部分的底本，是否来自别本。两个本子的底本，是否各自有所拼凑，非统一的本子。

虽然如此，但从版本的整体看，特别是其他多种版本现象显示，二者的前后还是一致的，各自的亦都是统一的。应该说，二者来自同一个底本："己卯庚辰本"。关于前后为什么出现脂批有无之异，说另详后文脂批小节。

（一）两本的相同体制

这两个本子体制的相同，十分明显地表明，二者系出于一个共同的祖本。这就是：

1．两个本子，书名都题为《脂砚斋重评石头记》。如此题写书名，不算是二者独异于各本的共同之处。因为，还有甲戌本，书名也是这样题的。其馀各早期钞本，书名或迳题《石头记》，或题为《红楼梦》。情况比较复杂，拟于论述各本时另作讨论。

2．共同的总体构成。庚辰本卷首无全书总回目，因己卯本卷首有残佚，二本是否相同，不能作为证据。但两个本子都是每十回书为一个单元，十回书前有一个十回书的小回目，二者却完全一致。由此也可推见，己卯本也是这样的结构格局。

3．行款异同的特殊表现。相同之处，二本所使用的纸张，都是无边框界栏的素纸，但行款比较严整。版二十行，即版心两侧各十行，行大致三十字，间亦有长缩，都大体相同。但就全书说，异同状况也是极为复杂的。某些局部，也往往颇有差异。

为节省篇幅，今举书中的诗词曲赋、书柬、灯谜、酒令等包含于正文中的特殊文字为例，以说明二者的异同。书中的这类特殊文一字，行款处理特点都比较明显。

今列表如下：

第一回

太虚幻境对联　　　异，卯另起，庚行中接抄。

预言英莲命运诗　　同，均为二行。

贾雨村咏怀诗　　　异，卯四行，行二句，庚接抄，句隔一字。

贾雨村对联　　　　同，另起。

贾雨村对月诗　　　同，二行。

好了歌　　　　　　异，卯四行一段，庚连抄，句间空一字。

好了歌注　　　　　异，卯接抄，庚句间空一字。

第二回

智通寺对联　　　　异，卯接抄于行中，庚另起。

第三回

荣府正房对联　　　异，卯接抄于行中，庚另起。

西江月　　　　　　异，卯小字二首连抄，庚二首连抄，句间空一字。

第四回

护官符　　　　　　异，卯二行，庚另起抄四行。

第五回

燃藜图联　　　　　异，卯行中，庚另起。

秦氏房中联　　　　同，另起。

太虚女儿歌	异，卯一行，庚二行。
警幻仙子赋	异，卯低一格抄，庚顶框。
牌坊联	同，另起。
孽海情天联	异，卯行中，庚另起。
薄命司联	同，另起。
晴雯判词	同，另起。
袭人判词	同，另起。
香菱判词	异，卯连抄，庚二行。
十二钗判词	异，共十一首，均同上。
警幻房中联	异，卯连抄，庚另起。
十二支曲	异，共十三首，卯曲牌顶上框，正文低二格，庚，
均低二格。	
第八回	
嘲顽石诗	异，卯顶上框，庚低二格。
第十一回	
会芳园景赞	异，卯疏，三行，庚密，二行。

以上十一回书，为庚辰本的白文部分。己卯本这部分书中，有少量行间墨批。此后，两个本子则都有多寡不一的脂批。关于脂批问题，另详后文。此处只说明一点：全书的行款，粗看似乎完全一致，但其前十一回书，即白文部分，两个本子的诗词、联语、书束、酒令之类的特殊文字，二书的行款异同不一。粗计，共二十六处，同者八处，异者十八处。而到了第十二回以后，状况大异。

自第十二回起，直至第八十回，书中亦有多处写到这类特殊文字，两个本子的行款和位置，与前十一回的时同时异相比，至此突然大变，两个本子这一类文字的抄写格式，几乎是清一色相同了。今亦举例如下：

第十三回，贾蓉的履历。

第十四回，秦氏铭旌。

第十七、十八回，贾宝玉题大观园诸景的楹联，并引有前人诗句。

第三十四回，林黛玉的三首题帕诗。

第三十七回，两通书柬和各人的咏白海棠诗。

第三十八回，多首菊花诗、螃蟹诗，以及竹桥上的对联。

第四十八回，秋爽斋对联。

第六十二回，史湘云的酒令。

第六十三回，怡红院抢花名酒令。

第七十回，林黛玉桃花诗，史湘云等人的词。

以上为己卯本和庚辰本第十二回之后的状况，二本并存的各回，发生大变，不仅于一般意义的行款相同，即如诗词联语书柬等特殊文字的抄写格式，也都一模一样，无一例外。这是我们据以作出底本同源判断的一个重要理由。

4．第十七、十八回合回，二本都未分开，回前总批页，各有一条属于早期的脂批，曰"此回宜分二回方妥"。其他各后出的本子，这两回书已分开，除俄本外，各有回目。但这些本子回目和分断之处，纷纭复杂，作这种分断并拟出回目的，当是后来的不同藏书家或传抄过录主持者。二本的版本现象完全相同，正是因为最初来源的一致。显然系其祖本"己卯庚辰本"中的版本现象。

两回书未断开，回目自然也毋须分拟，故己卯、庚辰二本只有一个合回回目，统括两回书内容。这就是"大观园试才题对额，荣国府归省庆元宵"。回目的上联，相当于分断后的第十七回内容，下联则是第十八回内容。由此也可以想见，曹雪芹于乾隆己卯、庚辰年对原书定稿，即形成"己卯庚辰本"时，也许是因为，贾宝玉题对额和元春归省，在全书中都是重头文字，原回的篇幅又大，所以批者才有这种分回的建议。

又，第十九回也都留有疑问。两个本子虽然都已分开，庚辰本第十九回后的空页上，又有署名玉蓝坡的一条批，曰："此回宜分作三回方妙。系抄录之人遗漏。"从这条批语可见，未分回的初始状况，不止是十七十八两回，而是十七到十九回三回。

庚辰本第十九回另页起，没有回目和回序"第十九回"字样，但系另笔书写于上一空页末行。己卯本也是正文另页起，十八回的回末的空页上，也是另笔书写有"十九回情切切良宵花解语，意绵绵静日玉生香"，后面又有朱笔小注曰"移十九回后"。此后还有一朱笔贴条，再后是并排两行字，为第二十回的回目。字体与前面的另笔写十九回回目的是同一人。作如许详述，只是说明一点：己卯本此处与庚辰本实际上的相同。今第十七到十九回，相当于三回分回和回目。

第十九回不仅未拟出回目，连照例都有的"脂砚斋重评石头记卷之第若干回"都一概付阙。己卯本略异，另纸另笔书写，作夹条处理，看似虽有回目，但非原抄，自然也不是底本中文字，系后来补抄，也是明显的。

后出的各种本子，这一回的回目，都是这一联"情切切良宵花解语，意绵绵静日玉生香"，倒无一例外。但所补回目，有何种底本可据，究竟出于谁氏之手，都尚有可讨论的馀地。甚至可以推测，己卯本另笔书写的，倒可能是从各本而来。第十九回的回目留阙状况，是己卯、庚辰二本共同异于各本之处。今各本都已分出三回，且各撰有回目。而己卯庚辰两个本子第十七、十八二回未分开，第十九回虽分开却未拟定回目，都完全相同。

5．第六十四回，六十七回，二本共同付阙。这两回书，涉及真伪问题，十分复杂。另于《馀论》中列专节讨论。这里只说明己卯、庚辰两个本子状况完全相同。二本的第七分册的目录页上，都只列八个目录，并都有"内缺六十四、六十七回"字样。而且正文都付阙。可见这两回书付缺，不是在流传中散佚，而是祖本形成时的原阙，即完成"己卯庚辰本"这个定稿本时的版本现象。

己卯本这两回书，有另笔补配。字体笔迹与全书各抄胥的不同。而且，

这两回书的字迹也迥然有异。是两名书手同时补配，还是互有先后，都难以
邃断，是个不解之谜。其中第六十七回，补配者署名武裕庵，卷末注有"石
头记第六十七回终，按乾隆年间抄本。武裕庵补钞"一行字。武裕庵是何许
人，迄无可据资料。惟"乾隆年间"一语，推知他似为嘉道间甚至更后的人
口气。可见补钞是较为晚近的事。

这两回书，二本同付阙如。版本状况如此相同，也是二本同出一源的绝
好说明。

（二）两本回目的异同

同一本《红楼梦》，回目的同当然是主要的。可是各本之间，也存在回
目相异之处。形成这种异的原因，是多方面的。有因抄胥在过录中讹误致
异，也有后来的藏书家下了改笔。还有的是，作者自己在修改过程中举棋不
定，不断改来改去。因此，回目的异文，不仅是某个本子版本特点的一项显
示，也可从中测知作者的创作过程。

如果，各本回目异文纷出，其中两个本子独同，这就不能不引人思量，
二者是否有什么特殊的关系。各本回目的异同状况，举如下几例：

1．第三回

庚卯杨：　贾雨村夤缘复旧职　　林黛玉抛父进京都

戌：　　　金陵城起复贾雨村　　荣国府收养林黛玉

府戚觉俄：托内兄如海酬训教　　接外孙贾母惜孤女

舒：　　　托内兄如海酬塾师　　接外孙贾母怜孤女

程：　　　托内兄如海荐西宾　　接外孙贾母惜孤女

杨本，"夤缘"为"寅缘"。庚辰本，总目与卯杨同，回前分目，"京都"
则为"都京"。

2．第五回

庚卯杨：游幻境指迷十二钗　　饮仙醪曲演红楼梦

戌：　　开生面梦演红楼梦　　立新场情传幻境情

府戚舒：灵石迷性难解仙机　警幻多情秘垂淫训

觉程：　贾宝玉神游太虚境　警幻仙曲演红楼梦

3．第七回

庚卯：　送宫花贾琏戏熙凤　宴宁府宝玉会秦钟

觉程：　送宫花贾琏戏熙凤　宁国府宝玉会秦钟

戚舒：　送宫花周瑞叹英莲　谈肄业秦钟结宝玉

府戚俄：尤氏女独请王熙凤　贾宝玉初会秦鲸卿

4．第八回

庚卯杨：比通灵金莺微露意　探宝钗黛玉半含酸

戚：　　薛宝钗小恙梨香院　贾宝玉大醉绛芸轩

舒俄：　薛宝钗小宴梨香院　贾宝玉逞醉绛芸轩

府戚：　拦酒兴李奶母讨厌　掷茶杯贾公子生嗔

觉程：　贾宝玉奇缘识金锁　薛宝钗巧合认通灵

5．第三十六回

庚卯：　绣鸳鸯梦兆绛芸轩　识分定情语梨花院

（下联"语"为"悟"之讹字）

杨：　　绣鸳鸯惊梦绛芸轩　识分定情悟梨香院

其馀各本上联同庚卯，下联同杨为"情悟"。

以上各例，都是己卯、庚辰二本回目相同，而又异于各本。说明这两个本子来自一个共同的祖本，回目的这种异同现象，也是一项证明。今其中例2例4，各本分歧较大，此二本（还有杨本）独同。

这正说明，各早期稿本，尚有几个回目处于不稳定状态。作者在己卯庚辰之年为前八十回书定稿时，对这些回目又作了一次改订。其馀各例，也都是庚辰己卯与甲戌本异。可见甲戌初定后，到这次己卯庚辰定稿，修订的规模是不小的。又，例5"情语梨花院"，今己卯庚辰二本连回目的讹误均完全相同，"语"为"悟"之讹这就更加使人有理由认为这两个本子有共同来源。

第十七、十八两回，是个合回的回目。第十九回回目尚未拟定，以及后来的处理状况。上文已有所及，此不重复赘述。

第六十八回回目，各本酸凤姐，独庚本为俊凤姐，府戚这一分支的各本，以庚本为母本，但此处无误，可见为过录笔误。可见这一分支的母本非今庚本，而只是庚本传抄过程中的某个过录本。

又，第八十回，己卯本在残阙部分，回目如何，无从准确作断。庚辰本正文尚存，此为最末一回，但回目付阙。后出的其他本子，已各拟有回目，却颇有差异。从王府本到戚序这独成一支的各本，底本来自庚辰本（某个过录本）亦可确定。此外尚有杨本（开头部分与己卯本关系更近，这是指第七回以后的各回）、梦觉本、舒序本，各本第八十回都有回目，惟差异较大。俄藏本此回与第七十九回未分，又更不同。就庚辰本种种迹象看，原先这个回目似为未拟定，各本则是后来于传抄中的添补，但其原由究竟如何，都尚需另作探究。

（三）两本的正文举例

看一个本子的版本状况，正文当然是最主要的着眼点。己卯庚辰二本的正文，有异有同，这是不言而喻的。但是，无论是异或者同，都显示出一些十分值得注意的特点。

异，二本正文之间，文字之异也是大量存在。这种异文的形成，是各自经由辗转传抄的结果。二本存在异文，不是因底本相异而来。也就是说，二本的异文不能证明各自出于不同的祖本。为说明这一点，今举例如下：

　　第二回　元春的判词。
　　虎兕相逢大梦归（卯，杨同）
　　虎兔相逢大梦归（庚，其馀各本同）

在这则判词中的"虎兕"与"虎兔"之异，一向无人注意，因为包括庚辰本在内的多数本子，此处作"虎兔"。读者通常读到的本子是来自梦觉本的程本，而程本的后四十回书中，因"虎兔"相当于十二地支的寅卯，解释为寅年卯月，还续写了一大段元春于寅年卯月因病死去的情节。因此人们几乎是习惯了这个"虎兔相逢"。

认为书中的情节隐含康熙朝政事，最初是以蔡元培为代表的"索隐派"。近年来，研究者承袭旧思路，"虎兔相逢"还是地支寅卯，非指寅年卯月，而是略作小调整，解作前后相连的寅卯两年。思路依然是索隐派的那一套，从这个年份中，寻究清初宫廷发生的大事。照索隐派解释，《红楼梦》隐喻政治事件，"虎兔相逢"，自然隐喻清初政事，其实这不算是新见，唱的这是索隐派的老调，不过少作音变而已。不知为什么，近几年索隐之风大为盛行。小说中的人物及其命运，都要煞费苦心去寻找求索其中隐藏包含什么政坛上的重大事件。有些解释的牵强，甚至无中生有，大约连最老资格的索隐派代表人物蔡元培，在天之灵也不能不为之咋舌。

此为题外话，且按下不表，这里说的，庚辰本和己卯本之异，是庚辰本因后人改笔的结果。

第三回写林黛玉的眉目，各本的异文可谓五花八门。各本为什么有如许的异文，另详于《馀论》篇。这里只说明己卯本与庚辰本这段文字的表现，即曹雪芹所画林黛玉的眉目，在这二本中的异同及因由。对此还应从甲戌本说起。甲戌本是：

两弯似蹙非蹙笼烟眉，一双似◆非◆◆◆◆（甲戌）[1]

到己卯本和庚辰本中，则成为：

---

[1] 今甲戌本中，此处空格内已填补有字，所填补的字，内容与觉本同，系出于孙桐生的手笔，说见甲戌本章。

　　　　两弯似蹙非蹙冒烟眉，一双似目　　　　（己卯）

　　　　两湾半蹙鹅眉，一双多情杏眼　　　　　（庚辰）

其馀各本则是：

　　　　两弯似蹙非蹙冒烟眉，一双似目　　　　（杨本）

　　　　两弯似蹙非蹙罩烟眉，一双俊目　　　　（王府、戚序）

　　　　两弯似蹙非蹙笼烟眉，一双似喜非喜含情目（梦觉）

　　　　两弯似蹙非蹙冒烟眉，一双似泣非泣含露目（俄本）

　　　　眉湾似蹙而非蹙，目彩欲动而仍留　　　（舒序）

　　这里，庚辰本与其他各本相比，差异甚大。各本尽管十分复杂，但其异文的复杂又都有规律可循。如甲戌本的一连串空格，说明曹雪芹没有画出林黛玉的眼睛，或者说，怎么画小说女主角林黛玉的眼睛，他未最终拿定主意，只得取留空待补的办法。己卯本和杨本此处则是"一双似目"，明显是甲戌本留空的简化。到王府本和戚序本，底本原文自也是"一双似目"，但因此语不成文理，便因字的偏旁联想，改成文从字顺的"一双俊目"，当然也是未得要领。语句较完整的，是觉本和俄本，但觉本的"一双似喜非喜含情目"，句子倒也整齐了，但与林黛玉其人却大相乖舛。这位自尊的宦家小姐，自幼父母双亡，寄人篱下，身处忧患，她与喜是毫不相干的。曰"似喜非喜"，又不知从何说起？所以，觉本所画的林黛玉眼睛，亦非曹雪芹的手笔，大约是本子整理者据律诗对仗规律因上句对出来的。俄本的"似泣非泣含露目"，倒较为像样，但强对的痕迹也颇明显。

　　从各个本子此处的异同看，所有本子描画林黛玉眼睛，都不是曹雪芹原著的文字。从总体上亦可确定，此处各本出现的异文，当都是后人的改笔。甲戌本所画的几个空格，正透露此中消息。

　　可见，己卯庚辰二本的这些异文，都是后来传抄中出现的现象，非底本有异，庚辰本独异的文字，出手凡庸，最为不上路，明显为传抄过程中某俗手所改。

同，这里是二本一些特殊文字的相同。此为这两个本子最值得注意的版本现象。而且，二本之间存在这类文字，是大量的。

本子之间的同。在一般情况下，各本都是《红楼梦》，文字大致相同是不言而喻的。这里说的，是特殊的相同文字。所谓特殊相同，是指本子中的夺衍讹错。在正常情况下，如非渊源同一，不同的本子这一类文字是不可能相同的。下面分类例举之：

其一，相同的夺漏。两个本子中相同的夺文漏字，最为突出的是大荒山青埂峰下那块顽石与僧道对话的一段文字。那顽石恳求一僧一道携带他下凡，在甲戌本中僧道与石头问答具备，故事完整，情节合理。而在己卯本和庚辰本中，却都是勉强连缀成文，语焉不详，甚至漏洞百出，二者都完全相同。

对此，《红楼梦》版本研究者是两种不同解释。其一，甲戌本有这段文字，是保持原貌，各本无，则是后来删去。其二，庚辰本的简略是曹雪芹的原著文字，其他各本是承袭庚辰本。甲戌本这段文字的周详细密，则是后来的增补。

简要说，庚辰本文字之少，是原文，甲戌本文字之多，为后来修改中的增加润饰。或者说，甲戌本文字之多是原文，庚辰本文字之少，为作者后来的修改删节。两种说法指现今甲戌本或庚辰本的文字，无论多少详略，都是出于曹雪芹之手。细究起来，这二说都是不能成立的。甲戌本与庚辰本这种差异，不是简单的详或略。差异如何形成，关键在于如今庚辰本的文字，是不是曹著的原著。

先看庚辰本。庚辰本这段话虽然文字不多，漏洞却不少。上文讲石头哀叹嗟悼，下文却写僧道见一块美玉。石头为何而嗟叹，僧道所见的美玉又是从何而来，缩成扇坠大小又是出于谁氏之手？这一切，都没头没脑，了无来由着落。曹雪芹的初稿，不排除有这样那样加工不成熟，需要作修改，事实上他也正是在作没完没了的修改，但他最初却不可能写出这般前言不搭后语的文字。要是写成那个样子，曹雪芹就不成其为曹雪芹了。

如果说庚辰本的文字之少是曹雪芹的删节，更不能成立。本来通顺畅达，情理兼备，好好的一段文字，为什么要删节成前后不能连贯，漏洞百出的文字？若是曹雪芹修改中出手如此，除非是大脑神经受什么伤害出故障了。

所以，这里最合理的解释，是：甲戌本为曹雪芹原著文字。而己卯本和庚辰本，则是文字的夺漏。据周绍良先生的解释，某抄手过录完整无缺的原本时，抄罢完上半页，欲翻到下半页时，不慎多翻了一页，以致接抄时少了两个半页，恰好是四百馀字。

今甲戌本之外的各本，因为最初底本是己卯庚辰本，故亦少这四百馀字。己卯本和庚辰本的这段文字，是相同的夺漏。

又第十一回，王熙凤宽慰秦可卿的一段话："大夫说，若是不治，怕的是春天不好。如今才九月半，还有四五个月的工夫，什么病治不好呢。"二本的"春天不好"句下全阙，又是相同。

此外，尚有一些字数虽少，却是明显的夺字，如：第十三回，贾珍为贾蓉捐纳的情节，太监戴权讲，想捐龙禁尉的还有"永节度使"，二本显然为相同的夺漏，又都另笔旁添为"永安节度使"，其他各本，或为永兴、永平、永安。

其二，两本完全相同的衍文。仅举二例。例一是第六回，"刘姥姥一进荣国府"，这位村老妪到荣国府告帮，当她初见王熙凤，正欲说明来意，恰这时贾蓉奉贾珍之命来向王熙凤借玻璃炕屏。贾蓉说罢事离去时，王熙凤又把贾蓉叫住，于"贾蓉忙复身转来，垂手侍立"句下，连接有"听阿凤指示"五字，其实这是脂批窜入正文，成为一处衍文。例二是第十三回，秦可卿丧事期间，忠靖侯史鼎夫人来吊唁，句下有"伏史湘云"四字，也应是脂批窜入正文，成为二本相同的衍字。

其三，传抄时错简相同。如第十四回，写王熙凤协理宁国府时的人事繁杂，有语曰："刚到了荣府，宁府的人跟到宁府，既回到荣府，宁府的人又找到荣府。"前一句，荣府与宁府颠倒了，应是"刚到了宁府，荣府的人跟到宁府"。这里的颠倒，可看作是错简之例，由此引起各本此处的混乱，而己卯、庚辰二本，这里的错简完全相同。

其四，二本相同的讹误，这在本子中出现最为频繁。如第三回冷子兴与贾雨村对话中，当贾雨村问及都中新闻时，冷子兴说，贵同宗家（按指贾家荣宁两府）出了件小小异事。贾雨村因都中无宗亲，于"同宗"一语有疑，冷子兴说：

你们同姓，定非同宗一族。

此处的"定非"一语，含意与原话相反，明显是讹误。正因为此处有讹误，后出的几个本子，也看到"定非"的问题，改为"岂非"，或"实非"，今己卯本和庚辰本，此处如今却连讹误亦如此相同，缘由自然是同出一源。

第十四回，当宝玉看到，下人们凡办事领银子，都得先向王熙凤领对牌。王熙凤还告诉他，你要收拾书房也得有我的对牌，于是，写宝玉"猴向凤姐身上要牌立刻"，王熙凤说，"我乏的身子上生疼，还拦得住揉搓"。这里"要牌立刻""拦"，当系"立刻要牌""搁"之讹，口语"搁得住"，经得住的意思，各本都作"立刻要牌""搁得住"，二本讹误相同。

第十五回，写为秦可卿送殡的来客，"到晌午大错时，方散尽了"句。"晌午"，二本均写为"响午"。

上述这四类，还可举出更多的例子，特别是第四类相同的讹误，如果一一举例，更是没完没了。但这里仅举比较具代表意义的几例，已足以说明这两个本子的渊源关系。

庚辰本和己卯本如果不是同出一源，那么，这类特殊异文，是不可能出现如此相同的。试想，己卯年定的稿本，流传过录中出现若干处夺衍错讹，也是正常的。可是，当作者于庚辰年又一次定稿，形成另一个新版本时，为什么不差不异，恰巧也是在这些相同的地方出差错，则就百思不得其解了。

第二年的定稿中，如果硬说，用的本子是上一个定稿本。作者拿一个传抄中有讹误的过录本为定稿底本，此为有悖常情的不可能其一。对上一个定稿本的过录本，其中的错讹衍夺，居然没有发现，而且将这些讹误不作任何改动而保留在新本中，此为有悖常情的不可能之二。

由此可见，两次各自从头定稿，即己卯年定了一次稿，到庚辰年又从头再定一次稿，只是凭己卯和庚辰这两个年份无根据的想当然，事实上是不存在的。

事实上，作者作了定稿的只是一个本子，即乾隆己卯年之冬，定罢前四十回，到次年庚辰秋月定了后四十回，跨年度完成定稿的：己卯庚辰本。今己卯本和庚辰本，都是这个共同祖本的衍生本。

两个本子中存在相同的夺衍错讹，只有来自一个共同的祖本，传抄过录中错讹相因，才可得到合理，也合乎事实的解释。

（四）脂批

今存的己卯、庚辰二本，都存在大量脂批。关于脂批的内容，迄今的研究论著已经很多，不想多作重复了。这里要说的，只是一个问题，就是为什么这两个本子的脂批前后不一。

二本中的脂批，分布很不平均。正式的脂批，都是直至第十二回才开始见到，前十一回，大致上不见任何批语，而是白文。

庚辰本的前十一回，无任何脂批，是清一色白文。己卯本这个部分，大体上也是白文，虽然，其中第六回和第十回，各有几条行间墨批。但从这些墨批的字体笔迹看，似为后来所加。最初的过录本，当亦为白文。此外第八回亦有两条脂批，与过录者笔迹相同，那是此人过录时分辨不清究竟是脂批还是小注，残留下来。

开头几回同为白文，这种现象十分有趣，但却引人迷惑。因为，两个本子都集中在前几回，状况又近似，这就给人以错觉：二者都像是个拼凑本，前几回都是来自白文的别本。或者，这些回来自初期脂砚等人尚未加评时的一个抄本。

从这两个本子的总体看，前后虽出现脂批有无的差异，两种错觉都是不成立的。实际上，那是出于过录中的特殊因由，二者据以过录的最初祖本只有一个本子，而且这个本子中也是存在脂批的。

此外，本子中还有若干回，有脂砚斋的回前总批，则各行均低一格抄，以示区别。底本中存在脂批的格局，以及最初状况，今本中的显示也都是十分清晰的。

这个本子存在脂批，因己卯本而得以确定。因为，己卯本的开头几回，起码是七回书，与杨本同出一个母本，可以为证。说另详《杨本》章。今己卯本虽无脂批，而杨本这一部分，与其他带批本子的脂批状况大致相同，白纸黑字，赫然在目。可见，己卯本的前面一部分，底本同样也是带批的。

庚辰本与己卯本相比，虽略有差异，但相同却是主要的。或许是传抄过录的经历较多，有传抄的讹误，也有后来某一位藏书者于个别地方作了一些小修改，但与己卯本也是一致的。这就是说，庚辰本前后仍是来自同一个底本。而且，庚辰本头几回也有几处为脂批的残留，最初底本存在脂批，也是可以确定的。

两本的头几回与十二回之后各回，存在脂批有无的明显反差，又是出于何种原由呢？从二本种种版本现象看，不妨作如下的设想：

那是传抄过程中，形成某一个本子时，主持过录者前后改变主意的现象。原先，他想只过录正文，脂批一概删汰。但过录了若干回，准确说应是十一回书后，也许感到删汰起来不胜其烦。此外，那些行中的双行小字批，一删汰，还必得改变了原行款，牵涉面过大。于是此人又改变了主意，后面几回，将底本中的脂批亦照原样过录。即新的过录本前后自然就不一致了。这就是此本脂批或有或无的由来。

论王府本

在《红楼梦》的早期写本中，王府本是一个不可忽视的本子。认识这个本子，对我们了解《红楼梦》早期流传阶段版本的演变状况，了解现存的几个早期写本之间的"亲疏"关系，都有重要的意义。然而，此本迄今尚未影印出版，寓目者不多。鉴于此，本文拟就这个本子的若干问题作一点简略的介绍，以飨同好。

一

这个本子又名"蒙古王府本"。周汝昌《红楼梦新证》中，有"蒙赵万里先生见告，这本子系一清代蒙古旗王府的后人所出"语，据以定名为"蒙古王府本"。[①]一粟《红楼梦书录》则因这个本子第七十一回回末总评一页的下半版有"柒爷王爷"字样，认为"此本疑出清王府旧藏"[②]。这虽然也还只是一种猜测，但毕竟有这么一些直接的文字依据，故本文从之而称此本为"清王府旧藏本"，为了叙述的方便，简称为"府本"或"王府本"。

府本今藏北京图书馆，写本，全书共十二卷，卷十回，共百二十回。首程伟元序，继全书总目录，继全书百二十回正文。也就是说，此本已经有后

---

① 周汝昌《红楼梦新证》，人民文学出版社1976年版，第1016页。
② 一粟《红楼梦书录》第15页。

四十回。而且，这个后四十回部分的文字，经校，大体上同程甲本。这样，就颇给人以错觉：这是一个乾隆五十六年（辛亥）以后问世的本子。其实，这是一个拼凑本。书中的程伟元序、总目录的第六至第八页（即总目录中的后四十回部分）、正文的第八十一至第百二十回，还有前八十回中的第五十七至第六十二回，均非原抄，而是后来抄配完成。这几个部分，无论是底本来源，还是版面形式、纸张墨色以及抄手的字体笔迹，都与全书明显有别，补配之迹甚明。关于这个问题，一粟《红楼梦书录》①，周汝昌《红楼梦新证》②也都有所说明。可见，这个百二十回本的过录，并非一次完成，而是在程甲本问世（乾隆辛亥）以后，藏书家又据以配补了后四十回。

配补的各个部分，从文字内容看，虽然都是来自程甲本，但是，又都各自存在复杂情况。

后四十回，正文与总目情况很特殊。在通常的情况下，自然是正文与总目同时配补，但令人奇怪的是，这三页总目录的字体很独特，没有再在正文中出现，很像是出于另外的抄胥之手。此外，版面形式二者也有明显的差异，即：使用的虽然都是素纸，但是，正文部分书口手写"石头记""卷×""×回"以及页码，而总目部分则一无所有。似乎是后来又另外有一次抄配。

后四十回的正文，还有前八十回中的第五十七至第六十二回，底本来源都是程甲本，版面形式也颇多一致，很可能是同一次配就。这两个部分的纸张，不同于原书（边框、界栏、书口刻板印就的专用纸），用的是素白纸，唯书口手写书名、卷数、回数，等等。抄手的字体，也可看到二者相同的特点。这两个部分，唯有行款略见差异。后四十回，版十八行，行二十四字，在全书中自成格局。而第五十七至第六十二这六回书中，除第五十七回外，其馀五回都一

---

① 一粟《红楼梦书录》第15页。

② 周汝昌《红楼梦新证》第1016页。

如原书，版十八行，行二十字。第五十七回，虽然也是版十八行，但是，行自二十二字至三十字不等，比较随意。也许是补抄伊始，未遑计及行款的一致性之故。

这里需要说明一点：第五十七至第六十二回这六回书在原书中是存在的，只不过是在流传中散佚。在全书的总目录中即透露了此中消息。在全书的总目录中，这六回书的回目不仅不缺，而且与补抄的正文回前分目有异。仅六个回目，异文即达九处之多。这几回总目与分目的异文是：

第五十七回，试宝玉（试莽玉）〔括号内为分目文字，下同），慈姨母（慈姨妈）；第五十八回，泣虚凰（泣处凤），茜红纱（茜纱窗），第五十九回，咤燕（叱燕），第六十回，引来（引出），第六十一回，情赃（瞒赃），徇私（行权），第六十二回，柘榴裙（石榴裙）。

这九处异文中，总目有八处同戚序本，另一处"柘榴裙"，同庚辰本。回目的这种异同，正反映了府本与庚辰本和戚本之间关系的一般状况。府本这六回书原貌如何，可以从戚本中看出一个大概来。

此本的程伟元序，使用的纸张与原书的相同，也是印就的专用纸，很像是原抄而不是配补。其实，这篇序也是后来补抄。纸张与原书相同，是由于补抄者利用了原书的空白馀页。周汝昌同志在其《红楼梦新证》中指出："原来这段序文的用纸是从原八十回中剩馀空白旧纸拆出移来的，其中缝写明'卷五'字样。与正文卷五处对证，字迹符合，拆移之情盖无可疑，疑窦乃解。"[1]核对序文与原书卷五，情况确实如此。这篇序文系后来补抄，看来也是没有什么问题的。

总之，这四个部分（即：程伟元序，总目录中的后四十回部分，前八十回中的第五十七至第六十二回，后四十的正文）都是后来补配。究竟是在同一次抄配完成，抑或是陆续补齐，虽然尚难遽下判断，但是，这几个部分都不是府本原书的构成部分，

---

① 周汝昌《红楼梦新证》，人民文学出版社1976年版，第1016页。

则是肯定无疑的。上述种种，说明府本原书也只是前八十回，今存七十四回。我们在讨论中所使用的"府本"这个词，在一般情况下指的也只是前八十回，即原书部分。现存的府本七十四回书中，第六十四、六十七这两回书，又有各自的具体问题。这些问题，将于下文讨论。

下面我们来看府本原书的情况：

府本的行款、版式，大致与戚序本相同。略有不同的是府本所用的是板印的专用纸。板式是：竖格，四周文武边，版心单鱼尾，象鼻有"石头记"三字，均朱色印就。版心中段，顶鱼尾处手写"卷×""×回"，"卷×"骑缝，"×回"字稍小，占中折缝右测。版心下段，手写页码，回各为编（各回的回前总评另页，或入编、或否，体例不一）。行款也还算严格，版十八行，行基本上是二十字，偶尔也有增减一、二字者。增减现象，多半是在弥补传抄衍夺时出现。如某一行衍（或夺）一字，当即发现时，则在本行或下一行挤紧（或松开）一字，以保持各行起讫字与底本一致。抄写的格式也很划一。各回的第一页（如回前总评一页在编码之内的，则是第二页），第一行低一格为回序，第二行低二格抄回目，回目上下联之间空一字，第三行顶上框开始正文，直至结束。行款、版式与戚本大致相同的这一情况，说明了府本的底本是一个版面形式比较考究的本子。

二

在讨论王府本文字特色之前，要说明一个问题；这是一个过录本。

（一）这个本子与各脂本的异文中，有相当一部分是属于此本在过录的过程中，因传抄的讹误而产生的。任何一部书，经过一次排字、刻板或抄写，势必增加一点文字上的衍夺错讹。重排、翻刻、传抄的次数越多，这一类的讹误也就越来越多。在古今中外的版本史上，这几乎是不可避免的现象。但是，抄手的文化水平和用心程度各不相同。文化水平高些，态度又比较认真，这类错误就相应地减少一点；反之，这类错误就多一点。府本也正是这样。抄手不止一人，各抄手的情况不一，各部分错讹的状况也各不相同。但从全书看，文字上的衍夺讹误之多，在《红楼梦》的各写本中这是相当突出的。如果把府本的讹误一一列出，限于篇幅，不允许，也不必要。但是为了说明问题，兹举第一回的几例：

编述（迷）一集（括号中系府本因误致异文字，下同）

茆椽（禄）蓬牖

自护己（巳护）短　　　　　　　喜不能禁（尽）

闲（开）情诗词　　　　　　　　闺阁昭（照）传

歪诗熟词（诗）　　　　　　　　寿命筋（筯）力

私订偷（讨伦）盟　　　　　　　不甚（堪）富贵

警（驚）幻仙子　　　　　　　　陪（赔）他们（门）

琐（锁）碎细腻　　　　　　　　说着（看）取出

定睛（晴）一看　　　　　　　　抢了英莲（连）

癫头跣（跌）足　　　　　　　　跛（破）足蓬头

雪渐渐（斯斯）　　　　　　　　佳节元宵（霄）

走（去）了出来　　　　　　　　一段（叚）愁

时敛额（客）　　　　　　　　　苦未逢（蓬）时

美酒佳肴（淆）　　　　　　　　若论（轮）时尚之学

春闱（围）一战　　　　　　　　多用竹壁（璧）

在隔壁（璧）　　　　　　　　　薄田杇（朽）屋

曾为歌（舞）场（"舞"夺）　　　金满箱（厢）

银满箱（厢）　　　　　　　　　作嫁（了）衣裳

解得切（功）（二处）　　　　　许多人乱嚷（谦）

此外，还有一些多点少划，似是而非的字不计在内。这是府本众多抄手中抄得最马虎，也是抄得最多的一名抄手的讹误情况。府本的抄手中，也有几位抄得比较仔细，但从全书来说，传抄的讹误，数量是相当可观的。

（二）双行小字批的错简，也时见于这个府本中。而且，这些错简之处，多半也是出于这位抄得最多又最马虎的抄胥之手。这里也仅举第三回的三例：

1．贾母初见林黛玉"哭起来"句后，有双行小字批曰：

几千斤力量写此一笔。［这是戚正本文字，下同。］

但府本却是：

几量千斤力笔写此一笔

为什么会错成这样？这是由于府本的底本"几千斤力量写此一"八字，在四格中分抄两小行，"笔"字过行，抄在下一行的右侧，而府本过录到这里，由于别的原因，底本原来抄小字批的四格，到过录本变为一格。抄者本来应据这种变化先抄"几千"二字，但他却照样画葫芦，把两小行的头两个字"几量"照抄下来，过行时，又把"笔"字照抄在下行右侧。这就成了现在这样的一条怪批。

2．"学名王熙凤"句下，共两条批，其二曰：

以女子曰学名固奇，然此偏有学名的反到不识字，不曰学名者反若彼。

而在府本中，则成了：

以女子曰学名固奇，然此学名的反到不识字，不曰学名者反若偏有彼。

看来，底本中是"以女子……偏有"十二字和另一条批为一小行，"学名……若彼"十六字为一小行。底本中没有转行情况，而到府本过录时，需要过行，过录者也是没有从新组织，而把"偏有"和"彼"一起搬到下一行。于是就出现了这种怪批。

3. 王熙凤说到林黛玉命苦丧母时，抹抹眼，贾母却反而来劝止她，批曰：

反用贾母劝他，阿凤（戚本作"熙凤"）之术亦甚矣。

也是由于底本无转行情况，"反……阿"七字和"凤……矣"六字各为一小行，府本过录时，把"阿"字转到下一行，遂成为：

反用贾母劝他，凤之术亦甚矣，阿。

以上三条双行小字批，都是由于过录时发生了转行情况，过录者没有因此而从新组织，而是照原行直搬，以致于使这些批语成了颇为希奇古怪的天书。

上述，正文中的文字讹误（批语中讹误也不少），或双行小字批因转行而造成的错简情况，都说明了王府本是个过录本。由于抄手的水平不高，加以过录中又马虎草率，以致于产生这种属于过录中的种种问题。因此，我们今天认识府本的版本面貌时，既要注意到这些问题，又要把这些问题与底本的文字特点区别开来。

三

在现存的几部《红楼梦》早期钞本中，王府本的抄手是人数最多的一部。根据字体的差异，可以确定，参加抄写者至少为十名，今将各抄手分别完成的情况列表如下：

甲：总目（前八十回部分），第一至第四回，第二十一至第三十六回，第六十五至第六十六回，共二十七回又前八十回总目。又接丙抄第十三回第八页一页。

乙：第五至第八回，共四回。

丙：第九至第十六回，共八回。

丁：第十七至第二十回，第四十四回至第四十五回上半回，第四十九至第五十二回，共九回半。其中，第四十四回回末一页半，由抄手己接抄。

戊：第三十七至第四十回，第四十五回下半回至第四十八回，第七十三至第八十回，共十五回半。

己：第四十一回，第六十三至六十四回，共三回。

庚：第四十二回，第五十三至第五十六回，共五回。

辛：第四十三回，共一回。其中第十四页第五行开始由丁接抄，直至末尾。又接乙抄第七回第十九页开头三行，接庚抄第四十二回回末一页半。

此外，还有壬癸两名抄手比较特殊。他们没有抄过整回，但时而接替其他抄手抄一、二页或数行。如：

壬：接替抄手甲，抄第三回第一页回目以下，即第三行至末行，又此回第十四页一整页。

接替抄手乙，抄第七回第十三页一整页，又第八回第十六页的首五行。

接替抄手丙，抄第十三回第九页自第六行至本页末行，又此回第十页一整页，又第十一回第十页一行多一点。

癸：接替抄手丙，抄第十三回第十二页自五行至本页末行。

以上是十名抄手分担过录七十三回书的大致情况。从中我们也可以看到，这些抄手不仅各自过录分担的部分，而且也在抄写的过程中互相接手。

他们的接手情况，在下面的简单示意图中用直线来表示：

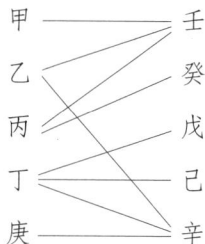

```
甲 ——————— 壬
乙           癸
丙           戊
丁           己
庚 ——————— 辛
```

在这里，我们可以看到：这十名抄手都有过或间接、或直接的联系。他们之中，没有一个人孤立于这个联系圈之外。他们都是这个圈子里的人物。据此可以断定：王府本的过录，是在同一个时期内完成。

四

既知王府本是在同一个时期内过录完成，那么，能否可以确定过录的时间呢？为了探索这个过录时间的问题，下面分析一下府本第六十四、六十七这两回书的版本状况。

我们知道，己卯本、庚辰本这两回书皆系付阙。这两个本子第七册的分册目录上都注明"内缺六十四、六十七回"。这就说明了它们的底本也都缺这两回。庚辰本第二十二回末，有畸笏叟丁亥 (乾隆三十二年，1767) 夏天的一个批语，说明它的过录年代晚于乾隆丁亥。由此可以推知：第六十四、六十七这两回书的出现，不早于乾隆三十二年。

这两回书的出现，情况又有所不同。第六十四回的出现，不仅没有太大的版本歧异，而且时间也较诸第六十七回为早。府本的祖本成书时，第六十四回已经出现。其理由是：一、府本在各脂本中一个突出的特点是各回有齐全的回前回后总评。这些总评看来是府本祖本的成书之初形成的。今第六十四回回前回后总评俱全，与全书的体例完全相同。二、与戚序本的关系，此回与全书其馀各回完全一致。二者极为接近，而戚本又后于府本，在这一回中都不例外。这都表明了府本中的第六十四回不是在成书以后的传抄中配补，而是在成书之初已经出现，而且被收取到此书的祖本之中。此外，府本这一回的抄手，字体笔迹很特别，很有一点汉隶的味道。因此很易于辨别他还抄过第四十一回和第六十三回。由此表明，府本的底本（是否即祖本？）中这个第六十四回已经存在。这样，这个晚出于乾隆三十二年的第六十四回，被收于府本的祖本中。那么，府本的祖本当成书于乾隆三十二年以后。

府本的第六十七回，情况颇为特殊。从文字内容看，府本的这一回书与杨继振旧藏本和程甲本属于同一系统。相比之下，它又更接近于程甲本。如：

　　1．杨本：旺儿听这话，知是方才的话走了风了，便又回道

　　　　程甲：旺儿见这话，知道刚才的话已经走了风了，料着瞒不过，便又跪回道

　　　　府本：（无"又"字，馀均同程甲。）

　　2．杨本：兴儿道，奶奶问的是什么事

　　　　程甲：兴儿战兢兢的朝上磕头道，奶奶问的是什么事

　　　　府本：（全同程甲）

　　3．杨本：兴儿连忙嗑头道

　　　　程甲：兴儿见说出这件事来，越发着了慌，连忙把帽子抓下来，在砖地上咕咚咕咚磕的头山响，口里说道

　　　　府本：（无"上"字，馀均同程甲）

　　4．杨本：兴儿道："奶奶不知道，那珍大奶奶的妹子从小儿有人家的

　　　　程甲：兴儿回道，奶奶不知道："这二奶奶——"刚说到这里又自己打了个嘴巴，把凤姐儿到怄笑了，两边的丫头也都抿着嘴儿笑。兴儿想了一想说道："那珍大奶奶的妹子"，凤姐儿接着道："怎么样？快说呀！"兴儿道："那珍大奶奶的妹子原来从小儿有人家的。"

府本:("想了一想"作"想想","从小"作"是小","快说呀"无"呀"字,"凤姐儿"无"儿"字,馀均同程甲)

为节约篇幅,仅举以上四例,类似这样的例子在整回书中不下数十处。杨本与程甲较大的异文,府本几乎都是异杨而同程甲。此外,府本较之程甲,大段夺文达六处之多。这一切都说明了府本这一回的底本是程甲本。这个问题,冯其庸同志的《论庚辰本》已有详细论述,[①]兹不赘。

程乙本的卷首,程伟元、高鹗的《引言》中有"题同文异,燕石莫辨"语,说明程本付梓时第六十七回的传本不少。今程甲本与府本文字如此相似,当然也不排斥二者底本来源一致的可能,不必是府本照程甲本过录。但是,从杨本的状况看,似乎府本照程甲过录的可能性更大。杨本文字虽简,但文从字顺,看不出删夺的痕迹,很像是最初的本子。也就说,程本之前不大可能另有一个底本。而且,程本详于杨本的地方,多半是铺张、描写性的文字。这就很像程高拿到一个比较简明的本子(杨本或其底本),然后做了一些文字上的修润。这些修润之处,就明显地表现于杨、程的异文之中。这样看来,府本也都恰巧在这些详略方面表现同程甲而异杨本,就很能说明府本这一回所据的底本是程甲本。

既知府本第六十七回是据程甲本过录,程甲的问世是乾隆五十六年(辛亥,1791),那么,我们弄清府本这一回与全书的关系,全书的过录时代就比较易于推断了。

府本第六十七回在底本中原阙,只是在过录本(即府本)中才出现。之所以说府本底本原阙,是因为:此本全书各回的回前回后,都有总评,而此回却一概独无。由此透露出府本的祖本成书时没有这一回,后来补抄进去时没能按照全书的体例补写上回前回后的总评。这一回与戚序本的关系也很特殊。

---

① 冯其庸《论庚辰本》第72页。

在全书中，各回都是府本与戚序本关系很近，而且又早于戚本。只有此回府本与戚本明显地属于不同的版本系统，表明二者来自不同的底本，而且都是后来配补的。不然戚本就无须另找底本。

配补当然也有种种不同的情况。府本中的后四十回，以及前八十回中的第五十七至六十二这六回书也是一种配补，但配补部分与原本的过录没有什么时间上的联系，这就不能据以判断全书的过录年代。所以问题还不仅仅在于据程甲本配补，而在于在何种情况下配补。

现在的府本第六十七回，有两点值得我们注意：一是全书的总目中存在这一回的回目，而且字体是抄手甲一笔而下，看不出后来添补的痕迹。二是正文字体虽略殊，但所用的纸张与全书一律。而且此回第二十页（书中错标为"十九"）从上半版的末一行起，行款突然发生变化。嗣后，越来越密，至此页下半版的末一行，由原书行二十字密挤为二十五字。而到了第二十一页，有的行密至二十七字之多。

行款发生这种变化，很难说是抄胥的心血来潮无缘无故改变主意。全书没有这种随意改变行款的他例。看来，此中必有原因。由于底本此回付阙，抄胥抄到这里，留下若干空白的专用纸待补。到了全书过录蒇事后，找到一个底本（程甲本）补抄。或许是由于所留的空白纸有限，补抄到最后两页时，发现原留的空白纸不够，只得以密挤行款将就了事。①如果此回在顺序之内一路抄下来，就无须在结尾处考虑纸张够不够的问题。所以，这一回很大的可能是在全书过录完成后配补的。

如果这个判断大致可信的话，那么，府本过录告蒇时，正当程甲本问世。由此，我们可以确定：王府本过录的时间是在乾隆五十六年，即程甲本问世的前后。

---

① 参阅拙作《关于红楼梦第六十四、六十七回的版本问题》。

五

为了认识王府本在整个《红楼梦》版本史上的地位，估量它的版本价值，我们还必须了解这个本子的版本来源，也就是说，这个本子的祖本是怎么来的。

现在的几种脂砚斋评本，大致上可以分为两大类。一类是在曹雪芹谢世之前开始流传的本子，有己卯本、庚辰本、甲戌本以及杨本的前七回。[①]另一类，虽然也是属于脂评本系统，但出现的时间较晚，都是形成于曹雪芹身后，或者说是在乾隆三十二年（丁亥、1767）之后。这一类本子中，或多或少都留下后人改笔的痕迹。府本即属于这一类。

这两类本子之间，文字的异同情况并不那么单纯，而是十分错综复杂。然而，就在这种复杂的文字异同之中，我们却可以看到这些本子的相互关系。王府本与庚辰本，尽管异文是大量的，但二者之间却存在着特殊的版本联系。特别是当庚辰本与各早期脂本发生异文时，府本则往往表现出同庚辰而异各本的现象。由此可以说：府本的祖本，从总的看是从庚辰本而来的。

为了说明这个问题，我们将府本与几个早期脂本，即甲戌、己卯、庚辰本之间的异同情况作一番简略的考察。

甲戌本从种种迹象看，过录时间略晚，但其祖本却是个早期本子。"至脂砚斋甲戌抄阅再评，仍用石头记"一语，虽还不是直接说明甲戌年的一次改定，但是，己卯、庚辰本每个分册目录的"脂砚斋凡四阅评过"，以及"己卯冬月定本""庚辰秋月定本"语，明确指出是第四次评阅定稿。中间，"乾隆二十一年（丙子）五月初七日对清"，似乎也是"三评"的记录。从时间看，甲戌、丙子、己卯、庚辰，正相当于第二、三、四次改定。由此，我们可以测想，作者在"披阅十载，增删五次"之后，仍在对此书作不断的

---

① 详拙作《谈杨本》，《红楼梦研究集刊》（第二辑）。

修改。己卯、庚辰本与甲戌本的某些 <small>(不是全部)</small> 文字上的差异，当是曹雪芹本人的改笔。例如，第五回的一个情节：贾宝玉梦游太虚幻境，警幻仙子将"名兼美字可卿者"许配与他。这个情节，梦幻中的可卿与宁国府的秦可卿写得那样是是非非，极迷离恍惚之能事。情节的发展脉络，无论是甲戌本还是己卯、庚辰本，各自都是清晰的，但是差异很大。这种差异，不像是流传过录中造成，很可能是曹雪芹的改笔之一。在这个情节上，府本除个别字的差异外，大体上是异甲戌而同己卯、庚辰本。

又第一回楔子部分中，一僧一道在青埂峰下与顽石的对话，共四百馀字，是甲戌本独有的情节。这段叙述，照应全书，脉络清楚，无懈可击，很可能是原著的文字。而庚辰本仅：

> （一僧一道）来至石下席地而坐长谈，见一块鲜明莹洁的美玉，且又缩成扇坠大小的可佩可拿

寥寥数字，漏洞却不少。前后殊难接榫，明显是弥补夺漏的勉强连缀。这段夺漏及其连缀，府本与庚辰本也完全相同。

又此书的开头，甲戌本与庚辰本截然不同。甲戌本卷首有"凡例"五条及"浮生"一诗，统括全书。紧接回次回目，就是"列位看官"。庚辰本在回次回目以后，有"此开卷第一回也"一段 <small>(即甲戌本"凡例"的第五条)</small>，但无"浮生"诗，然后才是"列位看官"。看来，这两种开头都不是原貌。关于"凡例"问题，冯其庸同志曾有详细论述，[①]说明其晚出。无论如何，"此开卷第一回也"一段，主旨在于解释第一回回目中"甄士隐""贾雨村"的含义，位置当应在这个回目之后。甲戌本作为"凡例"中的一条，统摄全书，确很勉强。庚辰本这段话恰在第一回的正文之前回目之后，作为回前总评。这倒

---

① 冯其庸《论甲戌本凡例》，《红楼梦学刊》1980年四期。

很像是原书的面貌。但是，循第二回之例，"浮生"一诗似乎也是这条回前总评的内容。今庚辰本不见此诗，也是一个疑问。不管怎样，开头不同，这是庚辰本与甲戌本版本歧异的标志之一。府本的开头，同庚辰而异甲戌，也很值得注意。

以上，从庚辰本与甲戌本几个重大的版本差异中，看到府本的倾向。由此，既排除了府本的祖本来自甲戌本的可能，又表现出它与己卯、庚辰本的渊源关系。这些问题，有的曾在拙作《论石头记王府本与戚序本》中作过说明，不再重复。为了使问题更清楚，这里补充几个例子：

1．第一回

私讨偷盟（庚、杨、正）[据杨本推知，己卯本也应是"私讨"。]

私讨伦盟（府）

私订偷盟（戌、觉、舒）

府本"伦"系"偷"之误，是过录中第二次抄讹。"私订"讹为"私讨"，乃是承袭庚辰本讹误的结果。

2．第十三回

云板连叩四下，将凤姐惊醒（庚、府、正）[己卯本有"正是丧音"四字系另笔旁添。]

云牌连叩四下，正是丧音，将凤姐惊醒（戌、觉）

云牌连击四下，正是丧事，将凤姐惊醒（杨）

云牌连叩了四下，正是报丧事，因将凤姐惊醒。（舒）

这里，"正是丧音"（或其演变为"正是丧事""正是报丧事"）在句中很别扭很累赘，庚辰本没有这四个字。究竟是庚辰本看到这种别扭累赘而将其删去，抑或是甲戌本等由于脂评窜入正文（这四个字实在太像脂评了），在本子中尚看不出孰者为是。但是，庚辰本与甲戌诸本的差别，却明显地保留在府本之中。

3．第十三回
永〔安〕（"安"旁添字）节度使（庚、卯）
永平节度使（府）
永节度使（戚）
永兴节度使（戌、杨、觉、舒）

庚辰、己卯、王府、戚序本，初看很不一致，实则一样，"永"后夺一字。府本虽然没有旁添迹象，但从戚本看，"平"字也是后来加的。而甲戌以下各本，作"永兴"同。由此即表现出两类本子的版本区别。

4．第十四回
又有十三众尼僧（庚、卯、府、戚）
又有十三众青年尼僧（戌、杨、觉）
又有十三众青衣尼僧（舒）
5．第十四回
别勾引他认得混帐老婆（庚、府、戚，卯无"引"字，馀同）
别勾引他认得混帐女人（戌、杨、觉）
别勾引他走混账道儿（舒）
6．第十五回
秦业多病（庚、卯、府、戚）
原来秦业多病（戌、杨、觉、舒）
7．第十六回
与他做亲（庚、卯、府、戚）
与他作了妾（戌、杨、觉）
与他作了偏房（舒）

8．第二十五回回目

魇魔法姊弟逢五鬼（庚、府、戚）

魇魔法叔嫂逢五鬼（戌、杨、觉、舒）

9．第二十五回

随施主菩萨们随心（庚、府、戚、杨）

随施主们心愿舍罢了（戌）

随施主菩萨们发心（舒）

多少随施主愿心（觉）

10．第二十七回

一堆净土掩风流（庚、府、戚）

一坏净土掩风流（戌、觉）

一杯净土掩风流（杨）

一坏净土掩风流（舒）

11．第二十八回

他说的我痛不懂（庚、府、觉）［“痛”庚有旁改］

他说的我都不懂（戌）

他说的我全不懂（杨）

他说的我通不懂（戚、舒）

12．第六十九回

母亲家说过……母亲家死了（庚、卯、府、戚；庚，旁改乙）

亲家母说过……亲家母死了（杨）

亲家说过……亲家死了（觉）

　　以上共十二例，这在一部八十回的大书中，所占的比重可说是微乎其微。但是，从这些例子看，府本与庚辰本是如此一致。尤其是某些特殊的版本现象，如颇可喷饭的“母亲家”之类，本来是属于传抄中的讹误，府本也一如庚辰，绝不可能是偶然巧合。在一般情况下，或者是抄手受雇于人，对内容无权改动；或者是射利者供应庙市，无暇（多半也没有足够的文化水准）去顾及内容，这种讹误承袭的机会更多。由此，就更为明显地表现出各本之间的渊源关系。

这里有一个问题还没有解决，我们上文说到府本来自庚辰本时，举的例子中，多半也包括己卯本。何以见得府本来自庚辰而不是己卯呢？所以我们还要看看庚辰与己卯发生异文时，府本的情况怎样。

己卯庚辰二本，关系极近。它们最初的祖本只有一个，这就是己卯庚辰本。也就是说，所谓"己卯冬月定本""庚辰秋月定本"，实际上是跨两年的时间中对八十回书进行修改定稿。到己卯冬，定毕前四十回，明年（即庚辰）秋，又定毕第二个四十回。今己卯本中"己卯冬月定本"在第四个十回的目录上，而庚辰本中，"庚辰秋月定本""庚辰秋定本"又恰在第五至第八这四个十回的目录中，即透露了此中的消息。这不是本文讨论的范围，而且涉及的问题又是多方面的，将另文讨论。这里只是想说明一点：庚辰本与己卯本也存在若干细微的差异。在这种差异中，府本绝大多数的情况下是异己卯而同庚辰。举例如下：

1．第一回
对月寓怀（卯）
对月寓杯（庚）
对月当杯（府）

这里，虽然"当杯"与"寓杯"并不完全相同，但前者是从后来演变而来自无问题。

2．第一回
忽见隔壁葫芦庙内寄居的一个穷儒走了出来，这人姓贾名化字时飞别号雨村者，原系湖州人氏（卯）

忽见隔壁葫芦庙内寄居的一个穷儒，姓贾名化字表时飞别号雨村者走了出来，这贾雨村原系胡州人氏（庚）

忽见葫芦庙内寄居一穷儒，姓贾名化字时飞别号雨村者去（走）了出来，这贾雨村原系湖州人氏（府）

这里府本个别字与庚辰本也有差异，但整个句子结构与己卯本大不一样，而同庚辰本一致。

3．第二回

万不可唐突了，这两个字要紧的狠呢（卯）

万不可唐突了这两个字要紧（庚、府）

4．第三回

黛玉答道，十三岁了（卯）

（庚、府均无此句）

5．第三回

好生送了姑娘过去（卯）

好坐送了过去（庚）

好好送了过去（府）

6．第五回

庚、府开头均有"第四回中……不能写矣"一段。

卯无

7．第五回

虎兕相逢大梦归（卯）

虎兔相逢大梦归（庚、府）

8．第五回

箕裘颓堕皆荣王（卯）

箕裘颓堕皆从敬（庚、府）

9．第五回

梦同谁诉离愁恨（卯）

一场幽梦同谁近（庚）

一场幽梦同谁诉（府）

10．第十回

调三惑四（卯）

扯是搬非调三惑四（庚）

扯事搬非调三惑四（府）

从以上的例子里，我们大致上可以看到府本在庚卯二本异文中的倾向。作为一个整体，它更加接近于庚辰本。由此我们说府本的祖本，是在庚辰本的基础上整理而成的。

当然，这几个本子之间的异同状况，也不是清一色的，在庚卯异文中，也有府本同己卯而异庚辰的例子。能否因之而得出相反的结论呢？细看这些例子，多半是传抄中的讹误。可以看作原文是三者一致的。所以这种情况，还不能否定府本来自庚辰本的结论。

此外，还需要说明两点：

1．我们所说府本的最初祖本来自庚辰本，这是指这个本子的整体而言，并不排斥书中某些回别有所本的可能，即：或者有所配补，或者据别本校改过。程伟元提到的所谓"置庙市中昂其值"，高鹗说的所谓"坊间缮本"，都说明了程高本问世的乾隆五十六年前后，抄本已经涉足市廛，不复是仅仅流传于作者亲友圈子里的孤本秘籍了。传本数量之多，则就可以想见。府本最初祖本形成的年代，虽然早于程本问世，但整理者手中掌握不止一个本子的可能性，不能说绝对没有。今府本第六至第八回，表现出既有庚辰本的某些特点，又包含甲戌本的某种成分。很可能，整理这个最初祖本时，操觚者也参校过诸如甲戌本这样的本子。

2．府本最初祖本的底本是庚辰本。但是，从庚辰本到府本的祖本，中间还可能有一个过渡本。在杨本的第五十六、第六十五等回中，就透露出这个过渡本确实存在的端绪。如把杨本与庚辰本和府本相校，它的文字状况，恰表现出一种过渡性的特点。尤其值得注意的是杨本这两回书中的某些夺漏或删节，也原封不动地保留于府本之中。如第五十六回庚辰本的如下一段文字：

> 姑娘们出入，抬轿子撑船拉冰床，一应粗糙活计，都是他们的差使。一年在园里辛苦到头，这园里有出息，也是……

府本也有与杨本有相同的文字夺落，如第六十五回的两处，其一是："玫瑰花儿可爱，刺太扎手"；其二是："但妹子不是那愚人，也不用絮絮叨叨提那从前丑事。我已尽知，说……"

以上几处，府本的文字独与杨本相同。此外，第六十二回府本虽已散佚，但在有正本中也可看到这种与杨本有相同夺漏的情况。

府本这几回书中，出现这种奇怪的现象，会不会还有另一种可能：府本这几回书原阙，后来又据杨本配补？

这种可能性很小。因为府本这两回和全书与庚辰本的异同情况是完全一致的。如果不看杨本，这几回书来自庚辰本的特点也很明显，看不出后来配补的痕迹。从杨本看，这几回书中还存在多处同庚辰而异府本的例子，甚至某些错讹之处庚、杨二本也完全相同。如：

> 膏粱纨绮之谈（杨、庚）
> 膏粱纨裤之谈（府）

> 姬子有云（杨、庚）
> 姬子曾云过（府）

可以孝敬些什么（杨、庚）

可有些孝敬（府）

还有好处去待人（杨、庚）

还有待人的好处（府）

李纨姊妹等忍不住都失声笑出来了（杨）

李纨姊妹等禁不住都失声笑出来（庚）

李纨等忍不住都笑了（府）

关中的人（杨、庚）

宫中的人（府）

蘅芜院（杨、庚）

蘅芜苑（府）

沽名吊誉（杨、庚）

沽名钓誉（府）

林之孝（杨、庚）

林之孝家的（府）

模样相访了（杨、庚）

模样儿相仿了（府）

以上，都是庚、杨二本相同，而又与府本相异之例，而且杨本的几处错别字，也都可以看到它是沿袭庚辰本而来。当然，在一回书中找出几个不同本子的同或异的例子，也不是绝对不可能，主要还得看总的倾向。因而，我们用一个统计数字来说明这个问题：整回书中，杨本与王府本的异文，共182处。其中，庚辰、杨相同者128处，庚辰、王府本同者35处，处于两者之间者19处。这就说明了：比之于府本，杨本又更加接近庚辰本。因此，我们可以说，从庚辰到府本之间，中间还有一个更接近庚辰本的过渡本；这个过渡本尚有若干回保留于杨本之中。

六

府本的批语，在各脂本中也有它的独特之处，很值得我们注意。这些批语，可以归纳为三大类，即：行间侧批，回前回后总批，双行小字批。下面，分别说明这些批语的状况：

（一）侧批。王府本的这部分批语，除少数几条重出于庚辰、甲戌本外，绝大多数不见于其他各脂本，很引人注目。近年来，这些批语越来越引起红学研究者的注意。

这些侧批，都集中在前四十九回，一律不署批者名字和作批时间，而且情况比较复杂。但是，大体上可以确定，这些侧批基本上是出于脂砚、畸笏等曹雪芹亲友圈子里的人物之手。理由是：一、某些批语本身，带有脂砚斋等人的口气。如："我读至此，不觉放声大哭"（第三回）"我为幼而失父母者一哭"（第四回），似乎是看到某些情节有所联想而动了感情。"非身临其境者不知"（第六回）"此一问一答，即景生情，请教是真是假，非身经其事者，想不到，写不出"（第十一回）"作者又何必如此想，亦犯此病也"（第二十一回）又很像是熟知作者，而且也熟知作品中某些情节与他们的生活经历有密切的关系。特别是"后百十回黛玉之泪，总不能出此二语"（第三回），更为明显地看出这条侧批的执笔者是看到过八十回以后的稿子。

由此可见，这些侧批多数出于与作者无关的后人之手。二、这些侧批，虽然大部分为府本所独有，但少数重出于庚辰、甲戌本。如：第二十回，共

38条，其中与庚辰本同者37条（个别字少异，下同）。第十六回，共9条，其中同庚辰本者7条。第二十五回，共14条，其中见于庚辰本者，朱笔侧批12条，墨批1条，另一条也见于甲戌本。第二十七、二十八等回，各条均见于庚辰本。这一与庚辰、甲戌等本重出的情况，也表明了这些侧批出现得相当早。

同时我们也应该看到，这些侧批中也有的是出现得很晚。如第九回闹学堂一段，金荣骂秦钟，在庚辰本及其他本子中，都是很粗鲁的语言，而在府本中，却成了含糊其辞的"怎么长短"。这里的异文，看来是府本的祖本形成时的改笔。也就是说，这一"怎么长短"是在曹雪芹身后，甚至是丁亥（乾隆三十二年，1737）后，出于某个整理者之手。可是，这里有一条侧批说："'怎么长短'四字，何等韵雅，何等浑含！俚语得文人提来，便觉有金玉为声之象。"批语中明点到"怎么长短"四字，作批时间，当然是这一改笔之后。由此可见，府本的侧批，来源也是很复杂的，有脂研、畸笏等人的手笔，也有出于后人之手。也许，就在这个府本的母本里，一面不断地从不同的本子中过录一些脂砚等人的批语，同时也偶然写上几条，于是，遂出现了上述的复杂情况。

为什么说这个过程是在府本的祖本中完成呢？因为府本的这些批是与正文字体笔迹完全相同。如第一至第四回，正文和侧批都是抄手甲的笔迹，第五至第八回，二者都是抄手乙的笔迹，凡此类推，正文每换一个抄手，侧批也随之而变换为这个抄手的笔迹。有的回，由别的抄手临时接抄一页半页，侧批也因之而变换。这就明显地表现出这些侧批是与正文同时过录下来的。因此，我们说这些侧批是存在于府本的母本中。上文我们把府本的过录时间定于乾隆五十六年前后，那么，这些侧批最后过录完成，当在这个时间以前。

（二）回前回后总批。府本各回的总批，无论是回前还是回后的，均另页抄写，款式与正文略有区别。回前批，没有标出"总评""总批"字样，第一行顶格写回次，第二行低两格抄批语，此后各行均低二格。回后批，不写回次，但首行标出"总批"或"总评"字样，第二行开始以及以后各行，也都是低两格抄写。如果批语（回前或回后）有不同内容，则分条列出，即另行（低二格）抄写。上文已及，府本页码回各为编，但回后总批，各页一律入编，回前批，或入编，或不入编，情况不一。估计最初出现这些批语时，系夹条付抄。也许由此可以说明这些批语或经后人处理，或干脆即出于后人之手。

府本这一类批语，各回都很齐全，除了第一回和后来补抄的第六十七回外，其馀各回，均无例外。但从内容看，孰在回前，孰在回后，看不出其中的必然理由。这些评语的来源，绝大部分怀疑不是出于脂砚斋诸人之手，很可能是在府本的祖本形成时整理者的手笔。当然，其中也吸收了一部分原有的总批，如第十七回的回前批，第二十回的回后"总评"，第二十回和第二十七至三十二回的回前批，第三十六回的回后批，第三十八回[①]的回前批，共十一条，来自庚辰本回前（或回后）墨批的一部分[②]。而庚辰本的朱笔总批，没有一条被采入。

府本的总批，虽然有与庚辰本重出者，但是，这部分重出的批语，只不过是总批的执笔者从庚辰本中采用了若干条。这与侧批的情况不一样。侧批虽然也只有少数与庚辰、甲戌等本重出，但独见的部分涉及作者与批者的相互关系，涉及八十回以后的原稿，涉及某些情节引起批者的身世感慨，口气都是此中人语。总批中独见部分没有出现这种情况。总批的某些写法，如那种既不像诗，又不像词曲之类的东西，在早期脂本中也没有先例。体例又是那样划一。这一切都表现出它的晚出特点。就整体而言，这些总批出于脂砚斋等人之手的可能性甚小，那些与庚辰本重出者，仅仅只是后来的批者采用了若干条而已。所以，这部分批语，基本上不能算是确切意义的"脂批"（脂砚斋等人的批）。从府本的正文文字经过整理的这个特点看，这些批语很可能是在这个府本的祖本整理完成时出现的，或许就是出于这位整理者之手。

---

① 庚辰本此批在第三十七回回前，内容也是第三十七回事，或系府本误移。

② 庚辰本尚有多处回前回后的总批府本均未采入。

（三）双行小字批。这些倒都是没有多大问题的脂批。因为，这部分批无论是内容、在行中的位置以及大多数回的条数，与庚辰本的双行小字批大体上相同。说大体上相同，是因为二者之间也有若干细微的差异。这些差异，主要表现在：

1. 府本对这些小字批在文字上作了整理删削。主要表现于一律删去"脂砚"（或"脂研"）的署名，以及文字的简化。这就说明了府本形成的过程中在对正反进行整理的过程中，也兼及小字批。但是，这种整理有时弄成意义含浑甚至相反。如第三十七回成立诗社时，各人起别号。迎春说"不会做诗，白起个号做什么"，句下庚辰本批曰："假斯文守钱虏来看这句。"指的是：社会上有那么一些"假斯文守钱虏"辈，不会做诗，却偏起个号以附庸风雅。这些人应来看看迎春的这句话。这当然是对"假斯文"辈的一种嘲笑。可是府本仅"假斯文"三字，成为迎春不肯起别号是"假斯文"了。这一简，就简成含义全非。这当然是个别现象，但文字上多少作了改动，在全书中却十分普遍。如第十二回，这是庚辰本开始有批语的一回，全回小字批41条，府本与庚辰本条数、位置完全相同，但文字上有差异的共9处，几乎占全回小字批总数的四分之一。又第十九回，这是全书小字批条数最多的一回，全回186处，其中两处用"○"号隔开，实际上应是188条。庚府二本的条数，位置也相同，但异文共74处，高达总数的五分之二。可见，二者文字上的差异是相当普遍的。

2. 条数与庚辰本也少有出入。有府本多于庚辰本的，如第十三回，府本多5条，第十四回，府本多1条。这六处有一个共同特点是都比较长，很可能庚辰的底本中当是存在的，只是在某次过录中抄胥图省事而略去。又第三十七回贾芸的帖后，府本有批曰："一笑"，庚辰本无。也许是因其字数少，在抄传中夺落。另一种现象是府本的小字批少于庚辰本。如第三十七回，庚辰本共59条，府本却只有49条。其中庚辰本独有者11条，府本独有者1条（即上文提到的"一笑"），重出者48条。此外还有些回，府本较庚辰本少1、2条，到了第四十二回以后，府本就不再出现双行小字批了。

总之，府本的小字批与庚辰本少有差异，但是，同毕竟是主要的。在这种异同中，我们可以窥见早期脂批的状况，同时也可由此推知几个早期脂本之间的"亲疏"关系。从这个意义上看，府本的双行小字批也应值得我们进一步研究的。

以上，对王府本的概貌作了一番简略的介绍。本来还应再讨论：（1）府本的文字特点，（2）府本与戚序本的关系，（3）府本的旁改文字，等几个问题。由于考虑到，除了旁改文字外，这些内容在拙作《论石头记王府本与戚序本》中，基本上都已经谈到，遂不敢再去糟蹋宝贵的纸张了。

1980年5月稿，中秋改毕

（发表于《红楼梦学刊》1980 年第一辑）

《红楼梦》早期钞本的一支
——王府本到戚序本

在中国文学史上，版本如《红楼梦》这样复杂的作品极为罕见。[①]《红楼梦》的版本，粗计约达一百馀种。这一百多种本子，据其异同情况，大致可分为早期钞本和程高梓印本二大类。属早期钞本的，今仅存十馀种。其中，题为《脂砚斋重评石头记》的，有"己卯冬月定本"（己卯本，下文为叙述方便，各本依此例概用简称），"庚辰秋月定本"（庚辰本），"甲戌抄阅再评本"（甲戌本）；题为《石头记》的，有"清某王府旧藏本"（王府本），[②]"有正书局石印戚蓼生序本"（有正本）及其据以石印的"张开模原藏戚蓼生序本"（张本），"南京图书馆藏戚蓼生序本"（宁本）；题为《红楼梦》的，有"杨继振旧藏本"（杨本），"梦觉主人序本"（觉本），"舒元炜序本"（舒本），"郑振铎藏本"（郑本）等。[③]属程高本及其派生的刻本更多，将另文讨论，此不赘及。

同属早期钞本的，情况也很复杂。此同彼异，又形成了同一体系下的若干分支。王府本和四个戚序本（即张正宁三本及有正小字本），为其中的一

---

① 《红楼梦》早期流传的本子，悉为写本（有正石印底本亦为手抄本），本文用"版本"一词，取其广义。

② 此本或命曰"蒙古王府本"。第本子本身"蒙古王"无文字依据，故不取。唯七十一回之末有"柒爷王爷"字样，或系某王府旧藏，姑称之为"清某王府旧藏本"，以别于己卯本（即"怡亲王府本"）。

③ 属脂本系统的，尚有扬州靖氏藏本和在苏联的一个本子。此二本未经寓目，情况不明。

支。本文拟就这几个本子的联系以及它们的渊源关系，提出一点想法和疑问。

一 府正宁三本出于一个共同的祖本

我们说王府、戚序本在整个早期钞本中同属一支，因为这些本子之间存在着许多共同特点。也就是说，这些本子所表现出来的某些版本现象，与其他钞本相比，是共同的；而这些共同性，在整个早期钞本中却又是特殊的。由此说明了这几个本子是出于一个共同的祖本。

为了说明这些共同特点，我们从以下几个方面来分析它们之间关系，主要是从王府本（府），有正本（正）、南京图书馆藏本（宁）这三个本子入手，分析它们的某些版本现象：

（一）回目

在回目方面，府正宁三本之间差异极小。因而，三者与其他各脂本发生异文时，既一致又明显。三本与其他脂本回目上的共同异文，共二十六处，按现有八十个回目计，占总数的三分之一。这二十六处异文，有的仅异一二个字，有的则上下联都完全不同。

三本与其他脂本大同小异的回目，有：第六回、三十九回、四十一回这三个回目中的"刘姥姥"（庚辰、己卯、杨本）或"刘嬷嬷"（甲戌）"刘老老"（觉本），此三本无一例外作"刘老妪"。第二十九回"斟情女"（庚辰），或"多情女"（杨本）"惜情女"（觉本），此三本均作"痴情女"。第三十回"椿灵画蔷"，各本无异文，此三本却别作"龄官画蔷"。第四十二回"解疑癖"（各本），此三本作"解疑语"。第四十七回"遭苦打"（各本），此三本作"遭毒打"。第四十九回"鸳鸯偶"（各本），此三本作"鸳鸯侣"。第六十八回"大闹宁国府"（各本），此三本作"闹翻宁国府"。这些细微的差别，都表现出三本与其他各脂本差异的一致性来。

三本与其他各脂本差别较大，甚至上下联都不同的几个回目，这种差异的一致性表现得尤为突出。如：

> 第三回，庚、卯、杨：贾雨村夤缘复旧职　林黛玉抛父进京都
>
> 　　戌：金陵城起复贾雨村　荣国府收养林黛玉
>
> 　　三本：托内兄如海酬训教　接外孙贾母惜孤女 ①
>
> 第五回，庚、卯、杨：游幻境指迷十二钗　饮仙醪曲演红楼梦
>
> 　　戌：开生面指迷十二钗　立新场情传幻境情
>
> 　　觉：贾宝玉神游太虚境　警幻仙曲演红楼梦
>
> 　　三本：灵石迷性难解仙机　警幻多情秘垂淫训
>
> 第七回，庚、卯：送宫花贾琏戏熙凤　宴宁府宝玉会秦钟
>
> 　　戌：送宫花周瑞叹英莲　谈肆业秦钟会宝玉
>
> 　　觉：送宫花贾琏戏熙凤　宁国府宝玉会秦钟
>
> 　　三本：尤氏女独请王熙凤　贾宝玉初会秦鲸卿
>
> 第八回，庚、卯、杨：比通灵金莺微露意　探宝钗黛玉半含酸
>
> 　　戌：薛宝钗小恙梨香院　贾宝玉大醉绛芸轩
>
> 　　觉：贾宝玉奇缘识金锁　薛宝钗巧合认通灵
>
> 　　三本：拦酒兴李奶母讨厌　掷茶杯贾公子生嗔
>
> 第四十九回，各本：琉璃世界白雪红梅　脂粉香娃割腥啖膻
>
> 　　三本：白雪红梅园林佳景　割腥啖膻闺阁野趣
>
> 第六十五回，各本：贾二舍偷娶尤二姨　尤三姐思嫁柳二郎
>
> 　　三本：膏粱子惧内偷娶妾　淫奔女改行自择夫
>
> 第八十回，庚：（回目阙）
>
> 　　觉：美香菱屈受贪夫棒　丑道士胡诌妒妇方

---

① "外孙"，总目作"外甥"。后文类似情况，如"京都"，庚辰本分目为"都京"，"佳景"，三本分目作"集景"等，均不一一另注。

三本：懦弱迎春肠回九曲　姣怯香菱病入膏肓

第十七、十八回，情况略有不同。庚辰、己卯未分开，合回的回目是：

大观园试才题对额荣国府归省庆元宵

其他各本已分开，并各自补拟回目。如：

杨：会芳园试才题对额　贾宝玉机敏动诸宾

林黛玉误剪香囊袋　贾元春归省庆元宵

觉：大观园试才题对额　荣国府归省庆元宵

皇恩重元妃省父母　天伦乐宝玉呈才藻

三本：大观园试才题对额　怡红院迷路探曲折[①]

庆元宵贾元春归省　助情人林黛玉传诗

以上共九个回目，各本无论有无异文，此三本总是始终一致。三本与各本的这些差异文字，显然不是传抄中的笔误，而是从新撰拟（前述的即使一字之差的回目，也可看到这种新拟的情况）。

此外，这三个本子的回目中还有一个很有趣的现象。同一个回目，各回回前分目与全书卷首总目有时也存在一点小小的差异。这种差异三本也完全相同。如第三回分目"接外孙贾母惜孤女"，"外孙"总目中为"外甥"；第十回总目"张太医论病细穷源"，"穷源"分目中作"穷原"；第四十九回总目为"园林佳景白雪红梅"，"佳景"分目中作"集景"。这种不一致，也许是某一个本子的疏忽，而现在三本都一模一样。从这一现象看，三本的抄手都相当忠实于底本，传抄时照样画葫芦，故连底本的这些小小的疏忽都原封不动地画下来。如果三者不来自一个共同祖本，这种现象是无法解

---

① "曲折"有正本作"幽径"，系贴改。此处指原文。

释的。

（二）正文

府正宁三本的正文十分接近。三者之中，除府本第五十七至六十二回这六回书系抄配者外，^①其馀各回三本的共同特点都极其明显。

最能说明这些共同特点的，当然还是三本与其他脂本的共同异文。这些共同异文，不是偶然出现几处或几十处，而是大量存在，可以说是俯拾即是，举不胜举。为了节约篇幅，我们只能选取几个特点比较鲜明的例子。今将这些例子归纳为四种类型，与各本对照如下：

甲，三个本子相同的衍文：

1. 第一回　姓甄名费字士隐（各本）

　　　　　　姓甄名费废字士隐（三本）

2. 第三十五回　恐薄了傅秋芳（各本）

　　　　　　恐薄了傅秋芳痴想（三本）

以上二例，都是脂批窜入正文。"废"字在甲戌本中是朱笔侧批，在觉本中为双行墨批。"痴想"在庚辰、己卯二本中是小字墨批。如不校以其他脂本，这就是看来颇为古怪的衍字。这种脂批窜入正文的情况，三本完全相同。

乙，三本相同的夺漏：

3. 第三回　贾母因问黛玉念何书，黛玉道："只刚念了《四书》。"黛

---

① 府本第五十七至六十二这六回书原文散佚，今存者系据程甲本抄配。其用纸、行款、字体等都与其他各回迥异。全书总回目尚存，留下点改痕迹。点改前的原回目，恰一如正宁二本。由此也可推见，府本这六回书的原文，也与其他各回一样，与宁正二本十分相近。

玉又问姊妹们读何书，贾母道："读的是什么书，不过是认得两个字不是睁眼的瞎子罢了！"（庚辰）①

贾母因问黛玉念何书，黛玉道："只刚念了《四书》,是睁眼瞎子罢了！"（三本）

4．第十九回　若说为伏侍的你好不叫我去，断然没有的事。那伏侍的好是分内应当的。（庚）

若说为伏侍的你好是分内应当的。（三本）

以上夺文二例，三本都一样照夺。特别是例四，抄手在两个"好"字之间看错了行，以致夺中间十五字，这个夺漏原因都还能看得出来。

丙，相同的讹字：

5．第九回：

不然就潦倒一辈子（各本）

不然就潦倒一背子（三本）

6．第十四回：

革他一月银米（庚辰）

革他一月饭米（三本）

7．第四十八回：

再补一个柬（庚辰）

再补一个东道（三本）

以上诸例，三本的错别字都相同。"辈"误为"背"，"银"误为"饭"，一目了然。"柬"误为"东道"，也可看出因误而异的过程。

---

① 各本少有出入，故仅举庚辰本，后文循此例不另注出。

上述三类共七例，都是抄手传抄致误而造成的异文。这样的例子，当然还可举出更多。今府正宁三本连讹误也都如此一致，这是最能说明三者来自一个祖本的。三者只有同出于一源，才使讹误辗转相因。如果三本互不相干，那就只能是碰巧了。可是，三个本子的讹误如此相同，而且又有这么多处，要说是碰巧，那是很难这样巧地碰到一起的。

丁，相同的改笔：

8. 第十一回：

却也是他敬我我敬他（庚辰）

却也是彼此相敬（三本）

9. 第十九回：

他就说至死也不回去的（庚辰）

他就说宝玉至死不放回去的（三本）

10. 第五十一回：

随后出了房门，只见月光如水，忽然一阵微风（庚辰）

随后出去，将出房门，忽然一阵微风。（三本）

11. 第五十五回：

（平儿道）："他要撒娇，太太也得让他一二分，二奶奶也不敢怎样。你们就这么大胆子小看他，可是鸡蛋往石头上碰。"众人都忙道："我们何尝敢大胆了，都是赵姨娘闹的。"（庚辰）

（平儿道）："他撒个娇儿，太太也得让他一二分，二奶奶也不敢怎样，你们就这么着。"众人道："都是赵姨娘闹的。"（三本）

以上诸例，三本异文完全相同。致异的原因，显然不是"手民误植"，而是有意的改笔了。这一类异文，是数量最多的一类，可见它们的祖本是某一早期本子经过一番改动的产物。（关于改笔的得失，另详后文。）

上述共十一例，仅仅只是府正宁三本与其他脂本大量异文中的极小部分。但是我们却从中可以看到府正宁三本祖本的大致面貌。特别是共同的改笔，数量之多，改动面之广，都使我们有理由称这个祖本为整理本。

（三）分回

《红楼梦》在分回问题上存在一个特殊情况。曹雪芹生前的最后定稿本，即庚辰本里，仍还留下一些未了的问题，十七十八两回尚未分断即其中之一。庚辰本这个合回之前，另页有"此回宜分二回为妥"数字。己卯本同。出现于曹雪芹身后的本子，这二回都已分开，并补撰了回目。何处分断，补撰什么回目，各本却不尽相同。回目已如前述，这里再谈三本分断处和与之有关的文字处理。

这一合回中，在王夫人准备派人接妙玉进大观园的情节之后，有"此时不能表白"一语。己卯本此处有一朱笔眉批，为另笔过录，曰："'不能表白'是十八回起头。"此批来由待究。觉本即按此分断。或一可能，朱批由此而来。舒本则分断于元春进大观园之后。[1]府正宁三本与前二者完全不同，第十七回结束于贾宝玉题毕对额之后"方退了出来"，加"下回分解"。第十八回开头于下句的"至院外"，前加套语"话说宝玉"。分断之处，开头结尾的文字处理，三本都一模一样。这个分回问题之所以值得注意，是因为曹雪芹生前来不及完成它，故其身后出现的各本都是各行其是，了无依据。因而各本的回目、分断之处以及有关的文字处理都各不一样。现在府正宁三本在这个问题上如此一致，则就很能说明三者的同源关系。

此外，第五十一、五十二两回的分回，三本也与各本有不同的分法。这两回书的分回，与十七十八两回情况不一样，不是属于曹雪芹身后的创作中遗留问题。各本都已分开，而且也没有任何分歧。第五十一回结尾是："贾母道：'正是这话了。上次我要说这话，我见你们的大事太多了，如今又添出这些事来……'"接以"要知端的"，话未完就戛然而止。而第五十二回

---

① 第十七、十八回的分回，杨本与此三本相同。杨本情况比较复杂，将另文讨论。

开头，又重复上回结尾处贾母的话，然后接着把未完的话说完。这样的分法本来并不存在问题，无疑是曹雪芹原著的处理。因为，《红楼梦》创作过程是先写了完整的故事，然后"纂成目录，分出章回"。庚辰本好多处都留下这种后来作技术性处理的痕迹。这里，虽分得略嫌突兀，但也并非毫无来由。这种分回处理，颇像（仅仅是像）我国话本小说的传统搞法。早期的话本小说，大多是演出的底本，为了票房需要，往往是在情节发展的最紧张处分断收煞，使听众留下悬念，欲罢不能，下一场即小说中的下回，好再来听分晓。下回的开头，又带几句上回的收尾情节。曹雪芹虽然并不拘拘墨守这些传统的套路，但受其影响还是有所表现的。这两回书的分回，就有这种味道。三本则另有分法：它们把原第五十二回开头自"如今又添出这些大事来"至"说的众人都笑了。"的一大段话，移到第五十一回结尾处，加"且听下回分解"，才算结束。下文"宝玉因记挂着晴雯"起，转入另一情节。此前增"话说众人各自散后，宝钗姊妹等同贾母吃毕饭"句，作为第五十二回开头。这样的处理，三本都一字不差。这不仅说明三本相同的渊源关系，而且也由此可以看到这种分法和有关文字处理是出于后人之手。

（四）脂批

关于脂批，府本与正宁二本初看似乎大不相同。府本多出大量其他脂本均所未见的行间侧批。这些侧批，看来相当晚出，或系某藏书家所加，并非确切意义的脂批。如果不算这些侧批，其馀的，三本也是几乎完全相同，只是个别文字讹误或府本偶见错简情况。从总的来看，内容、条数以及位置等等，都无不相同。所以，实际上从脂批中同样可以看到三本的共同来历。

三本的脂批，包括两大类。一类是行中的小字批，一类是回前回后的总批。小字批倒是货真价实的脂批。这些小字批在其他脂本中也可看到，唯三本文字较简略，间有删削。如第一回"有城曰阊门"句，甲戌本行间侧批："妙极，是石头口气。惜米颠不遇此石。"觉本小字批同。此三本也是小字批，仅作"妙极，是石头口气。"删去后七字。又第三回"孽根祸胎"句，甲戌本侧批："四字是血泪盈面不得已无奈何而下，四字是作者痛哭。"此三本小字批，仅作"四字是作者痛哭。"庚辰本直到第十二回后才有批语，以之与三本相校，凡庚辰本的眉批侧批大都不见于此三本，而行中小字批，条数、位置等却都完全一样，只是文字稍有削删。三个本子的脂批还有一点很特殊，各本批语的署名，此三本一律或删或易以别的字。如第十六回，王熙凤贾琏谈到元春归省，庚辰本批："于闺阁中作此语，直与击壤同声。脂研。"三本都是改"脂研"为"者也"，成为"……直与击壤同声者也。"

三本的回前回后总批，几乎连小差异也并不多见。严格说，这些总批大部分不是真正的脂批（即指脂砚斋，畸笏叟等雪芹亲友中人的批），那些既不像诗又不像词曲之类的，出于脂砚斋等人之手的可能性更小。现在习惯上把凡是脂评本上的批都泛称为"脂批"，本来是不确切的。这个问题不是本文的讨论范围，且不去管它，不过，就说明三者的关系来说，真也罢，假也罢，三个本子如此一致，且又大多不见于其他各脂本，倒是说明三者同出于一个共同祖本的绝好证据。

（五）行款版式及其他

三本的行款版式，共同点也很明显。三本都是版十八行，行二十字（府本个别回行多抄一二字）。有时，某一行漏抄一字或衍抄一字，如当即发现，也总于本行或下行松开或挤紧一字，以与底本找齐。各回，第一行低一格抄回序，第二行低二格抄回目，第三行顶上框开始正文。这种版面格式三本都很严格遵守。可见三本所据的底本是一个较为考究的本子，过录时又很忠实于原版面格式。

此外，某些字的特殊写法，三本也都往往一样。如三本中凡碰到"针黹"一词，都写成"针黹"。又三本中"魂"字有时写成将云移到鬼上成为"䰟"，但妙在凡写成"䰟"的几处，三本也都相同。这些本子的字体迥异，显然非出于一人之手，今连特殊写法也都相同，正说明三者有一个共同底本，传抄时忠实地连同这种特殊写法也都保留下来。

总之，上述的种种版本现象，都表明府正宁三本具有极其显著的共同特点。这些特点不仅表现于属于作品内容方面的正文回目等，也表现于属于版面形式方面的行款乃至习惯写法。在内容方面，这三个本子在整个脂本系统中共同特点至为明显，或者是各本歧异迭出，五花八门的情况下，此三本却完全一致，或者是各本并无差异，而此三本则又另出异文别树一帜。这种异同状况，例子殊难指数，各回都无虑达数十百处。这一现象绝非偶然巧合，只能是三者同出于一个祖本的表现。因此，我们说府正宁三本在整个脂本系统中是一独特的分支。

二 府正宁三本的祖本是以庚辰本为底本的整理本

既知府正宁三本出于一个共同的祖本，它们与各钞本的异文，虽有不少是因传抄致误的鲁鱼豕亥之类，但大量存在的，则是对某一早期本子经过一番改动而产生的。因改动规模不小，故称之为整理本。那么，这个整理本的底本是哪一个本子？

开始流传于曹雪芹生前的本子，有甲戌本和己卯本、庚辰本等（均指其祖本）。这个祖本所据以整理的底本是庚辰本，即曹雪芹谢世前的最后一个定本"己卯庚辰本"的一个传抄本。然而，虽曰定本，但遗留问题仍复不少。此本第二十二回之末，有畸笏丁亥夏批曰："此回未成而芹逝矣，叹，叹！"丁亥（乾隆三十三年，公元1768年）上距曹雪芹逝世已五年。此批说明，曹雪芹生前确曾留下一些《红楼梦》前八十回创作的未了问题，而且到丁亥这年依然原样未动。可见此后各本这种残阙得以补缀，系出于后人之手。

庚辰本的遗留问题得以"解决"，尚不足以证明这个整理本所据的就是庚辰本。因为早期写本尚有己卯本和甲戌本。己卯本与庚辰本，关系很近，原先是个共同祖本己卯庚辰本，但今存的己卯本和庚辰本，因各自于传抄中形成了细微差别，三本也往往同今存的庚辰本。以甲戌本为底本更不可能。因为三本大量存在的版本现象，既排除了甲戌本的可能，又从中看到庚辰本的依稀面影。

（一）庚辰本某些较大的夺漏及补缀文字都照样存在于三本之中。最引人注目的例子是第一回石头与僧道的对话。这段文字庚辰本与甲戌本对校如下：

甲戌本：

俄见一僧一道远远而来，生得骨格不凡，丰神迥别，说说笑笑来至峰下，坐于石边高谈快论。先是说些云山雾海神仙玄幻之事，后便说到红尘中荣华富贵。此石听了，不觉打动凡心，也想要到人间去享一享这荣华富贵。但自恨粗蠢，不得已便口吐人言向那僧道说道："大师，弟子蠢物不能见礼了。适（闻）二位谈那人世间荣耀繁华，心切慕之。弟子质虽粗蠢，性却稍通。况见二师仙形道体，定非凡品，必有补天济世之材，利物济人之德。如蒙发一点慈心，携带弟子得入红尘，在那富贵场中温柔乡里受享几年，自当永佩洪恩，万劫不忘也。"二仙师听毕，齐憨笑道："善哉，善哉！那红尘中有却有些乐事，但不能永远依恃，况又有'美中不足好事多魔'八个字紧相连属，瞬息间则又乐极悲生人非物换，究竟是到头一梦万境归空，倒不如不去的好。"这石凡心已炽，那里听得进这话去，乃复苦求再四。二仙知不可强制，乃叹道："此亦静极思动无中生有之数也。既如此，我们便携你去受享受享。只是到不得意时切莫后悔。"石道："自然，自然。"那僧又道："若说你性灵，却又如此质蠢，并更无奇贵之处，如此也只好踮脚而已。也罢，我如今大施佛法助你助。待劫终之日，复还本质，以了此案。你道好否？"石头听了，感谢不尽。那僧便念咒书符，大展幻术，将一块大石登时变成一块鲜明莹洁的美玉，且又缩成扇坠大小的可佩可拿。

庚辰本：

俄见一僧一道远远而来，生得骨格不凡，丰神迥异，来至石下席地而坐长谈，见一块鲜明莹洁的美玉，且又缩成扇坠大小的可佩可拿。

相比之下，二者差异极大。府正宁三本恰一如庚辰本，而与甲戌本不同。有人认为，甲戌本多出的文字是曹雪芹（或后人）添改，也有认为庚辰本所阙文字是雪芹删改。二说都难以成立。因为，庚辰本这一情节字数虽然不多，漏洞却颇不少。甲戌本的情节却很完整，无懈可击。青埂峰下那块无材补天的顽石，听了僧道谈论人间的荣华富贵，不觉动了凡心，求其携到人间去受享一番。于是，借僧道之助"幻形入世"，成为贾宝玉"落草"时含在口中带向尘世的"通灵宝玉"。顽石是"宝玉"的本质，"宝玉"是顽石的幻形，二者是一码事。这在甲戌本中交待得清清楚楚。而在庚辰本里，僧道"来至石下席地而坐长谈，见一块鲜明莹洁的美玉"，美玉与顽石两不相干。美玉从何而来？石将又待何如？"缩成扇坠大小"，因何而缩？这些问题，都有点没头没脑，语焉不详。曹雪芹既不可能原先写出这样有明显漏洞的文字直待后来发现才修改完整，也不可能原来好好的文字后来又改成这样前言不搭后语。所以，无论说庚辰本删掉还是说甲戌本后增，都难以成立。唯一的可能是庚辰本夺漏。抄手疏忽，传抄时夺"峰下"至"变成"，共四百馀字，成为"来至一块鲜明莹洁的美玉"。这当然不成其话，于是有人以"石下……是"九字勉勉强强将前后连缀起来。

这个问题，周绍良先生的解释最具说服力，他认为夺漏的原因是抄手传抄时把底本翻过两页。[1] 果属如此，则夺漏只是庚辰本的特殊情况。己卯本残开头几页，这段文字恰在其中。己卯、庚辰二本行款一样，但从庚辰本第四页看，己卯本错后两行，可能是此前的一绝句一偈语各松开一行（庚辰本这两行都抄得很挤）。据此推想，己卯本首残三页半，也同庚辰本一样夺漏这段文字。

府正宁三本这段文字同庚辰本一模一样，夺漏相同，连缀文字也一字不差。这不仅证明三本祖本的底本是庚辰本，而且也排除以甲戌本为底本的可能。如果底本不是庚辰本，而是别有所本，那就很难设想三本与庚辰本既有

---

① 周绍良《谈刘铨福原藏"脂砚斋重评石头记"散记》。

同样的夺漏，又搬进同样欠亨的强为连缀的文字。只有这个祖本是依据庚辰本整理的，才使三本把庚辰本的夺漏及其弥补文字这样分毫不爽地因袭下来。

三本与庚辰本相同的夺漏，尚不止这一处。如庚辰本第十七十八合回中，有贾珍回答贾政的话，"园内工程俱已告竣，大老爷瞧了，或有不妥之处，再行改造，好题匾额对联"。贾赦瞧了，怎么向贾政问起妥不妥来，显然上下不接。校以杨觉舒三本，知道此处有夺文。"大老爷瞧了"句，觉舒二本作："大老爷已瞧过了，只等老爷瞧了"（杨本无"过"字）。原来，庚辰本的抄手抄罢上一句"老爷"二字后，接抄下文时看到下一句的"老爷"上去，以致夺中间八个字。又第二十一回"正看至《外篇·胠箧》一则"句，三本也一如庚辰本。看杨觉舒等本子，是"因命四儿剪灯烹茶，自己看了一回《南华经》，看至《外篇·胠箧》一则"。也是庚辰本夺"因命"至《南华经》十七字。这些地方，府正宁三本与庚辰本都完全一致。如果三本的底本不是庚辰本，就不会出现这样的巧事。

（二）某些具体情节，各早期抄本出现歧异时，此三本与庚辰本相同。第五回贾宝玉神游太虚幻境，其中警幻仙子将兼美（可卿）许配宝玉，至宝玉偕兼美出游的情节，庚辰本与甲戌本的出入颇大。二者对照如下：

> （警幻）推宝玉入帐。那宝玉恍恍惚惚，依警幻所嘱之言，未免有阳台巫峡之会。数日来，柔情缱绻，软语温存，与可卿难解难分。那日，警幻携宝玉可卿闲游至一个所在，但见荆榛遍地，虎狼同群。忽尔大河阻路，黑水淌洋，又无桥梁可通。宝玉正自傍徨，只听警幻道："宝玉，再休前进，作速回头要紧。"宝玉忙止步问道："此系何处？"警幻道："此即迷津也……如堕落其中，则深负我从前一番以情悟道守理衷情之言。"宝玉方欲回言，只听迷津内水响如雷，竟有一夜叉状怪物撺出直扑而来，唬得宝玉汗下如雨，一面失声喊叫"可卿救我，可卿救我！"（甲戌本）
>
> （警幻）推宝玉入房，将门掩上自去。那宝玉恍恍惚惚，依警幻所嘱

之言，未免有儿女之事，难以尽述。至次日，便柔情缱绻，软语温存，与可卿难解难分。因二人携手出去游玩之时，忽至了一个所在，但见荆榛遍地，狼虎同群，迎面一道黑溪阻路，并无桥梁可通。正在犹豫之间，忽见警幻后面追来告道："快休前进，作速回头要紧。"宝玉忙止步问道："此系何处？"警幻道："此即迷津也。……如堕落其中，则深负我从前谆谆警戒之语矣。"话犹未了，只听迷津内水响如雷，竟有许多夜叉海鬼将宝玉拖将下去，吓得宝玉汗下如雨，一面失声喊叫"可卿救我！"（庚辰本）

这里，庚辰与甲戌的异文已不仅仅只是用词上的差别，而是情节处理的不同了。1．警幻推宝玉的地点不同。甲戌是在房内推宝玉入帐；庚辰则是在房外推宝玉入房，然后掩门自去。后者更合情理。2．出游时间不同，甲戌是数日中的一日，庚辰则是次日。梦中的时间当然有很大的随意性，黄粱一梦可经历数十年。但此处只写一次出游，无须把时间拉长至数日。次日更加紧凑。3．游至迷津的情况不同。甲戌是警幻携二人至迷津，眼前无路时，在场告诉他此是迷津；庚辰则是二人出游，误至迷津，警幻赶来告诉其迷津种种。这里表现了警幻仙子以佛家思想告诫宝玉，要"迷途知返"。这当然是事先她不在场，后来追去"指迷"更为合情合理。如果像甲戌那样，先将宝玉引至迷津，然后又警其作速"回头"，就不免前后自相矛盾。相形之下，显然以庚辰本的处理为上。己卯本同。这就很可能是曹雪芹在己卯庚辰定本时的改笔。这种情节上的差别，府正宁三本异于甲戌本，而与己卯庚辰本相同。

此外，第七回结尾处宝玉与凤姐的对话，庚辰本不同于甲戌本；第三十九回袭人与平儿的对话，庚辰本不同于其他各本。这些地方也都是三本与庚辰本相同。这都说明了府正宁三本与庚辰本的渊源关系，而且排除了以甲戌或其他本为底本的可能。

（三）府正宁三本沿袭了庚辰本传抄中的讹误。这些沿袭的讹误，包括几种情况。一是庚辰本的讹误三本同样照讹。如：第十六回庚辰本"詹先、程日兴"句，"先"为"光"之误。三本也均作"詹先"。第二十八回，宝玉念毕酒令后薛蟠的话，庚辰本是"他说的我痛不懂"。"痛"字三本也都照误。第一回庚辰本"开情诗词"，"开"当然也是抄讹，府本同庚辰，正宁二本迳改为"闺"，仍不是原字，可见最初也同府本一样照庚辰本之误。

另一类，庚辰本的讹字三本虽与之不同，但仍可看出原先是一样的。因为这些地方庚辰本是明显的讹误，三本企图改正，结果却改而未正，留下改动的痕迹。如第三十四回，庚辰本"一自话来了"点改后与觉本同，作"一句话未了"。联系上下此改为是。可能因"自""来"与"句""未"形近而误。府本作"况已是活过来了"（正宁二本无"过"，馀同）。据音近改，字面上虽通，但非原文，可看出一讹再讹的过程。

（四）回目中府本与正宁二本的异文，也留下庚辰本的痕迹。第十四回府本"林儒海捐馆扬州城"，正宁"儒"作"如"；第三十七回府本"蘅芜苑夜拟菊花题"，正宁"苑"作"院"。这两个回目，府本与正宁虽异，但与庚辰本却完全相同。特别是"林儒海"的"儒"，各脂本中只有府本与庚辰本一样，显得十分突出。正文中也都是"林如海"，想见正宁二本都是后改的。

（五）府正宁三本脂批与庚辰本有共同处，已详上文。

（六）回前诗与回末联，三本与庚辰本也大体相同。各本诗与联的数量，甲戌最少，觉本最多。三本恰与庚辰己卯一样。从现有材料看，曹雪芹是先写了整个故事，然后才分回并加上传统的套语。所谓"纂成目录，分出章回"当不是泛语。回前回后的诗与联，毕竟只是形式或者说是格式方面的东西，不遑一次完成，而是陆续添补，故各本存阙情况不同。今三本存或阙都与庚辰本一致。如第五回末，甲戌本"正是"之后不着一字，庚辰本财有"一场幽梦同谁近，千古情人独我痴"一联。三本除"场""近"作"枕""诉"外，馀均同庚辰本。又第八回回首，甲戌本有"古鼎新烹凤髓香"一绝，庚辰本与三本同阙。

上述六个方面，都表现了府正宁三本与庚辰本的一致性。这种一致性正说明了三本（祖本）所据以整理的底本，就是庚辰本。

当然，三本与庚辰本也存在着差别。因为这些本子都是手写本，自然有这样那样的讹误。今存的庚辰本，并非曹雪芹庚辰年所定的手稿，既系钞本，就不免积有传抄中的讹误。这些讹误，有的也反映于三本之中，已如前述。也有另一些夺讹三本并不照误。如第一回"更有一种风月笔墨"等二十六字，第四回"母舅王子腾"等三十五字，又护官符的注，第六回"诸公若嫌烦琐"等三十六字，第二十八回"唱毕饮了门杯"等一百五十馀字，等等，庚辰本明显夺落，三本却并不照夺。从这些地方看，三本自有其不可忽视的价值。尽管，也有庚辰本很完整而此三本却大段夺落的情况，而且三本祖本又经过大改动，与庚辰本有很大的差异。但三本既与庚辰本有如许密切的渊源关系，故在校读庚辰本时，仍还不失是个可资参考的本子。

三 这个整理本改笔十分拙劣

庚辰本既尚存在一些遗留问题，如果严肃地去作一点技术性的处理，这对《红楼梦》这部伟大作品的流传未尝不是一个贡献。然而很遗憾，这位整理者虽然颇化了一番力气，改动不少地方，但其结果却实在令人不敢恭维。某些缀残补阙，其得失如何虽然也是一个问题，但最糟糕的却不在此，而是在于把庚辰本中本来不存在问题的地方也妄加改动。

改笔中如必要找出一些较为可读之例，有第九回金荣骂秦钟的话，改为"商议着怎么长短"；又茗烟的回敬，改为"我们的事管你什么相干"。把骂人的话改得含糊一点，且不说比原文如何，毕竟还是能说出一些理由的做法，至少可以拿到任何场合，无论那位道学先生看到后不会摇头。但是，绝大部分的改笔都说不上是可取的。不暇斟字酌句，率尔下笔，甚至有不少地方弄巧成拙，使人啼笑皆非。

前面我们曾举过一些属于改笔的例子，其高下如何，本来已见一斑。然而，许多同志对三本的缺点注意不够。所以这里再举一些例子，说明三本并不像常说的那样完美。改坏了的地方实在太多，这里仍还只是从一斑窥全豹。

（一）第十二回，王熙凤去探望秦可卿的病，问贾蓉，"你媳妇今日怎么着"（庚辰本），当时的语言环境，"今日怎么着"指的是"病况"，很明确。而且"病"这个词是忌讳的，不应该直言不讳点出来。可是操改笔者嫌含糊，生怕别人听不懂，改为"你媳妇的病怎么着"，既不符合当时的情境，也不符合王熙凤的性格身分。

（二）第十三回，王熙凤协理宁国府从贾珍手中接过对牌的一段描写，庚辰本是"凤姐不敢就接牌，只看着王夫人。王夫人道……"。到了这位整理者笔下，成了"凤姐不敢接，只见王夫人道……"。"只看着王夫人"，其中包括多少"潜台词"，特别是把王熙凤当时微妙的心理状态：既跃跃欲试，又装腔作势，都活画出来。"只见"大不一样，仅是简单的连接语。这样一删改，简则简矣，却味同嚼蜡了。

（三）第十四回北静王赞宝玉的话，庚辰本是"雏凤清于老凤声"，引李商隐《韩冬郎即席为诗……》句。李商隐用凤声的比喻来赞韩偓，说他比他父亲韩瞻更有才华。韩瞻是李商隐的进士同年，又同为王茂元女婿，二人俗称为连襟者也。韩瞻之子韩偓，小字冬郎，为李商隐的晚辈，于晚唐，颇享诗名。北静王当贾政的面称许宝玉，用李商隐诗事，很切合，也很得体。那位大手笔竟不懂什么是"雏凤清于老凤声"，竟改成为"雏凤胜于老凤，家声如此"。倒亏他，居然想出这么一个"声"字的妙解来！

（四）第三十五回贾宝玉请莺儿打络子，有一段对话，三本是：

> 袭人笑道："那里一时都打得完，如今且拣要紧的打两个罢。"莺儿道："什么颜色呢？"宝玉道："大红的。"莺儿道："大红的须是黑络子才好看呢，或是石青的颜色。"宝玉道："松花色配什么？"莺儿道："松花配桃红。"宝玉道："也罢了，也打一条桃红，再打一条葱绿。"

这段话，初看似乎没什么问题，问对井然。但一细看，却颇见答非所问。如莺儿问"什么颜色"，宝玉答"大红的"，好像指的是络子。可是下文又说，"大红的须是黑络子才好看"，那么这个"大红的"指什么呢？颇叫人感到丈二金刚摸不着头脑。后文"或是石青的颜色"，虽无矛盾，但叙述上也感到有点跳跃。校以庚辰本，就可知道此处原来作了相当大的删改。庚辰本这段话是：

> 袭人笑道："那里一时都打得完，如今先拣要紧的打两个罢。"莺儿道："什么'要紧'，不过是扇子香坠儿汗巾子。"宝玉道："汗巾子就好。"莺儿道："汗巾子什么颜色的？"宝玉道："大红的。"莺儿道："大红的须是黑络子才好看的，或是石青的，才压的住颜色。"宝玉道："松花色配什么？"莺儿道："松花配桃红。"宝玉笑道："这才姣艳。再要雅淡之中带些姣艳。"莺儿道："葱绿柳黄是我最爱的。"宝玉道："也罢了，也打一条桃红，再打一条柳黄。"

原来，"大红的"是指"汗巾子"。这样，"须是黑络子才好看"就有了着落。"或是石青的，才压的住颜色"，既接上文"大红的"，又引出后文色彩相谐调的议论，然后说到"再打一条柳黄的"，前后文气相贯，娓娓而谈。三本的改笔（前面也可能是夺漏），突兀生涩，节外生枝，甚至前言不搭后语。

（五）第三十七回，探春给宝玉的短束。庚辰本"棹雪而来"一语，三本"棹雪"均作"绰云"。"棹雪"用王子猷山阴访戴的事，出《世说新语》，不算什么僻典，为什么改为"绰云"，殊难索解。贾宝玉"绰"一道"云"从怡红院到秋爽斋，倒有点神乎其神，《红楼梦》简直成了《西游记》和《封神榜》了。

（六）第三十八回史湘云《菊影》诗，有句曰"潜度偷移三径中"（庚辰本）。"三径"三本却作"山径"。从字面看，山间小路上种菊似更易解些。然而，"三径"系蒋诩归隐事，出处稍僻。陶渊明《归去来辞》"三径就荒，松菊犹存"之句，家传户诵，"三径"几成诗家习语。史湘云此诗咏菊影，自然也是"三径"为是。三本改为"山径"，也是想当然的妄改。

（七）第五十一回，薛宝琴《梅花观怀古》，庚辰本"个中谁拾画婵娟"，原是毫无问题的。这位整理者竟觉得"拾"字不妥，改为"舍"，大约以为既曰"梅花观"，寺观之类的处所，施舍之"舍"更有可能，遂改成为"个中谁舍画婵娟"。殊不知此"梅花观"乃《牡丹亭》人物杜丽娘埋骨和安放神主之处，剧中有"写真""拾画"诸出。此人竟不知有汤显祖《牡丹亭》这回事，"戏也没有看过两出"，实在是百思不得其解。

不再罗列了。这样的例子，或者说笑话，实在不胜列举。我们仅从上述极有限的几个例子里，就可约略窥见此整理本的概貌。这位整理者对古代文学不甚了了，甚至可以说是甚不了了，可偏又爱好东涂西抹，作品中的典故，自己不明白，就以为是别人错了，于是椽笔一挥，闹出笑话如许。

由此可见，府正宁三本的祖本，虽说是个整理本，但整理得实在不高明。改动不少，改笔却十分拙劣。我们指出其拙劣，并不是说三本一文不值。上文已提到三本与庚辰本有着不寻常的联系，而庚辰本某些夺文在三本中却有所保留，故在校读庚辰本时仍还可资参考。但其改笔草率如此，故校勘中取从此三本时就必须特别慎重。另外，从这些异文的对校中，感到这位持改笔者下笔的随意，也见庚辰本传抄虽多讹误，但总体却不可忽视。

四　府正宁三本不是姊妹本

有的同志说府正宁三本是"姊妹（或堂兄弟）本"。这个结论还可推敲。前面我们讨论的都是三者的同，从而说明它们是出于一个共有的祖本。但祖本相同并不等于它们就是"姊妹本"，而是还可能有其他多种关系。所以我们还得注意三者之间所存在的异，从异中分析其另一层相互关系。

三者之中，差异的情况也不是半斤对八两彼此一样。相形之下，正宁二本更为接近，府本又有其特异之处。在这一对比中，可以看到正宁二本是在府本（祖本）的基础上又经过一次规模相当大的改动而产生的。可以说这是第二次整理，这个第二次整理本方是正宁二本的母本，即戚序本。

为了说明这一点，我们且看府本与正宁二本的差异情况。如果三者是"姊妹本"，那么它们的异文则应是传抄的过程中产生，其性质自然是属于衍夺讹误之类。实际上却并非如此。府本与正宁二本的异文包括两种类型，有因传抄讹误造成的，也有正宁二本第二次整理时的改笔。

衍夺讹误，是任何篇幅较大的写本所不可避免的现象。人非机械，再高明认真的抄手也无法完全杜绝。一个本子经过一次传抄，就不免留下几处笔误。辗转相传，这种笔误就有所积累，各写本间的异文也因此越来越多。府本与正宁二本异文的一部分就是属于这种情况。比较起来，正宁二本的抄手高明些，也认真些；府本的抄手相当蹩脚，水平既低，复又不负责任，"偷工减料"，以致讹误之多，目不暇给。这里仅举第一回的几例：

茅椽（椽）蓬牖（括号中系正宁二本异文，下同）

惊（警）幻仙子

寿命筋（筋）力

赔（陪）他去

锁（琐）碎细腻

破（跛）足蓬头

美酒佳淆（肴）

闷来时敛客（额）

若轮（论）时尚之学

春围（闱）一战

上述这些例子，仅仅是第一回中的一小部分，各回的情况大致也是如此。属正宁二本之误而府本不误的，也有，但较少。这就说明了府本不是正宁二本的直接母本。

府本与正宁二本的异文，值得我们注意的是另一类，即戚序本产生时的改笔。为什么说是改笔呢？前面谈回目问题时曾举过"林儒（如）海""蘅芜苑（院）"诸例，下面我们再看正文中的这种改动情况。

1．第二回

不想次年又生了一位公子（府、庚）

不想后来又生了一位公子（戚序各本）

这个贾宝玉的"生年问题"，几乎是《红楼梦》版本讨论中的老生常谈，但确实令人注目，从中可看出许多问题。现有的脂本，除正宁和舒本外，其馀各本都毫不例外作"次年"，可见"次年"是原文。从庚辰本到府正宁三本的祖本，即第一次整理时，这个"次年"尚仍其旧。到了正宁二本（母本）产生，即第二次整理时，看到了这个"生年"有问题。因为，冷子兴演说荣国府时，贾宝玉尚在孩提时期，而元春已入宫了。元春归省时，作者又回叙宝玉三四岁时元春教他几本书数千字，"其名份虽系姊弟，其情形则有如母子"。显然，宝玉不可能生于元春出生的"次年"。第二次整理时注意到这个矛盾，遂把"次年"改为比较圆通的"后来"。

2．第四回

其口碑排写明的，下面皆注始祖官爵并房次，石（名）头亦照样抄写一张。今据石上所抄云（府、庚辰本"名头"系"石头"点改而成）

其口碑排写明的，下面皆注始祖官爵并房次云（戚序各本）

按府本句读，应断为"房次名头"，下文"今据石上所抄"则无着落，当以庚辰本点改前原文为是。此书开宗明义即交代空空道人从青埂峰抄来石头自记堕入红尘的一段经历。故曰"石头亦照样抄写一张"，与后文"今据石上所抄"一贯而下。府本"房次名头",引起一连串的不通,故第二次整理时干脆删去"名头"以下的十五字。

3. 第三十四回

越性进去把宝玉打死,我替他偿了命,大家干净!（府、庚）

越性进去,宝玉打死我,他替我偿了命,大家干净!（戚序各本）

这是薛蟠的一段话,府本同庚辰本,本来很通顺,也很切薛蟠这个呆霸王的性格。戚序各本的改笔既不符合当时的语言环境,也不符合薛蟠的性格。

以上三例,都是王府本与庚辰本同,而与戚序各本异。这说明了第一次整理为王府本时,还仍底本之旧,而到第二次整理,即形成戚本时已经作了改动。也还有一些例子,王府本与戚序各本不同,与庚辰本也不一样。但同样可以看到这是戚序各本产生时候的改笔。

4. 第二回

（娇杏）自到雨村身边,只一年便生了一子,又半载,雨村因那年士隐赠银之后……（府本）

（娇杏）自到雨村身边,只一年便生了一子,又半载,雨村嫡妻忽染疾下世,雨村便将他扶侧作正室夫人了。正是:"偶然一着错,便为人上人。"原来雨村因那年士隐赠银之后,……（庚辰）

王府本的"又半载"之后,显得悬空无着落,有点不知所云。原来这个"又半载"是夺落大段文字的残留。第二次整理时,看到这三个字悬空无着,便增改成"因此十分得宠",了结上文,又用"却说"提引下文,就成了:

（娇杏）自到雨村身边，只一年便生了一子，因此十分得宠。却说雨村因那年士隐赠银之后，……（戚序各本）

这样改来，上下文算是衔接了。但是"娇杏"之所以为"侥幸"，而"十分得宠"亦远不能与婢作夫人相比。可见，此处的连接文字并无依据，无疑是随意改笔。

5. 第二十一回，写宝玉的醉态：

眠饧耳热（庚，"眠"后点改为"眼"）

眠肠耳热（府）

面（赪）耳热（戚序）。

这里三者的演变十分清楚。原文应是"眼饧耳热"。庚辰本"眠饧"之"眠"原误。第一次整理，即府本（祖本）产生时，一误再误，成了"眠肠"。"眠肠"当然更费解，故第二次整理，即产生戚序本（母本）时，又据音近改成了"面赪"。"面赪耳热"当然也是一种酒后常态，但远不如"眼饧耳热"传其神情。

以上诸例，都说明王府本（祖本）形成之后，又有过一次整理改动，然后才产生戚序本。但是，我们在上面所举的，仅仅只是五例。一部八十回的大书，区区五处改动，径称之为"整理"，是否过甚其词？所以，还必须指出，这一类例子在全书各回中是大量存在的。据粗略的统计，属于戚序本的改笔，各回至少有三二十处，有的回甚至多达四十馀处。如第三十七回，府庚二本相同而又与戚序本异者作一对照，如：

府庚：	戚：
娣探	娣探春
徘徊于桐槛之下	徘徊于桐槐之下

自管说出来	尽管说出来
到底不恰	到底不确
无事忙三字恰当的狠	无事忙忙字确当的很
一手七言律	一首七言律
自是这首	自推潇作
这屋里的东西	谁屋里的东西
也不告诉他去	也不告诉我来
不可不供笔墨	不可无笔墨

　　此回与此类似的例子共四十四处。从数量上说，不能说是偶然出现的少数几处了。这四十四处也还不包括戚本改动过的全部例子，因为三者的祖本所据的底本是庚辰本，今府本与庚辰本同而与戚本异者，说明这些地方第一次整理时未经改动，而到了第二次改动时才出现的异文。当然也还必定有第一次整理时改动过的，而在第二次整理又作改动。所以这第二次整理，改动面也是相当广的。因此称之为"整理"，并不算过分。

　　既然在王府本（祖本）的基础上又经过这么大的整理才产生戚本（母本），因此，我们说王府本与戚本虽然同出于一个祖本，但并不是"姊妹本"。正如我们不把经过第一次整理产生的王府本与整理时所据的底本庚辰本称之为"姊妹本"一样，府本与经第二次整理所产生的戚本也不是"姊妹本"。虽然，第二次整理时，其规模远不足以与第一次相埒，不像第一次那样改变版本的基本面貌，但说它们是"姊妹本"却不是最确切的。

　　这次整理，虽然抹平了一些明显的矛盾，如"次年"；缀补了一些夺漏，如"又半载"。但是，改动面如此之广，大部分改笔也都不见得比第一次高明。有的欲为改正，却改而未正，甚至越改越糟。也有的本来很精彩的文字，却莫名其妙地遭到"荼毒"。比起府本来，这次改笔可以说是"一蟹不如一蟹"！

　　这第二次整理出于谁的手笔，是否就是那位"戚蓼生晓塘氏"？王府本与戚序本的一个很大区别，就是卷首有无戚蓼生序（今王府本卷首高鹗序，系后来抄配）。王府本无戚序，而到了正宁各本时才有这篇序，因此我们可以推想：这第二次整理可能是出于戚蓼生的手笔。理由为：一、戚蓼生当是在某种机缘下才去写此序，不会毫无来由。当他得到一个本子以后，激赏之馀，又感到有必要动一下，于是就顺手作了一些改动。当这项工作竣事之后，写此一序，倒是顺理成章的事。二、某些改笔的用语，透露出执改笔者是个操吴语的江浙人。如第三十四回，贾政声言要打死宝玉，然后"寻个干净去处自了"（府、庚）。到了戚本中，"自了"却改（或误）成为"是了"。"自""是"不分，乃是吴语方言特点。是否就是这位"德清"戚氏或其僚属幕友之类人物无意间把家乡方言带进来呢？这也不能说绝对没有可能。三、周汝昌一篇文章说，戚蓼生曾在北京度过一段丁忧岁月。[①]制中辍止一切公开的娱乐活动，关起门来弄弄小说聊以自遣，倒无须担心遭物议。所以在这段时间整理这部小说，是很有可能的。当然，在当时小说也不登大雅之堂，所以这篇序言不署任何年月就很耐人寻味。上述三点，当然只是一种猜测。尤其是"自了"尚且不懂，似与戚蓼生的文化水平不甚相合。这次整理究竟出于谁氏的手笔，要找出确切的铁证，只得有待高明了。

五 所谓"戚序本"实际上包括四个本子

本文前面说到"戚序本"，有时只提有正本和南京图书馆藏本。其实，石印的有正本与其制版时的底本也还有若干小小的区别，所谓"戚序本"，还应包括有正小字本和有正石印的底本张开模藏本。[②]

在相当长的一段时期内，人们称有正书局石印本为"戚本"。在别的

---

① 《红楼梦新证》第972页。

② 此本笔者未见原书，仅见书影数帧。文中材料据魏绍昌《新发现的"有正本红楼梦"底本概述》一文。

"戚序本"尚未发现之前，卷首有戚序是此本独有的特点，单称有正本为"戚本"是名实相符的。然而，南京图书馆藏戚序本与有正石印所据的底本发现后，几个本子都有戚序。有戚序则已成四个本子的共同特点。如果以反映一般属性的名，命其所属的某一个别，就有点"言不顺"了。正像以"马"这个名来命其所属的"白马"，以之与"黄马""黑马"相比并一样。故"戚本"一名，不应单属正本，现在这个正本的底本，书中印有桐城张氏藏书章四方，是否因此称之为"桐城张氏旧藏戚蓼生序本"，简称为"张本"。这样，"戚序本"就包括：张正宁三本和有正小字本共个本子。

自1975年冬上海古籍书店发现了张本前四十回后，对我们进一步认识"戚序本"的面貌，提供了一项重要的资料。过去，我们对正宁二本之间所存在的异文，颇有疑惑。这个本子发现后，才解释了这些疑惑，也证实了对"戚序本"的某些猜想。

（一）由此知道了正本的来历。如果仅仅从正本的某些现象看，很像它的底本是有正书局雇抄手临时现抄的。如自《序》起至第八十回之末，字体颇为工整规矩，一色文书体，出于一个抄手。所用的纸张，是印就的专用纸。天头时见有正老板狄葆贤的眉批。这些情况，都像有正书局为石印时拍照制版的需要而临时准备的。但这个底本发现后，才知道这是一个旧藏本。说是旧藏，首先是从这个底本改动的文字中看出。正本就是这个底本改后付印的，故与改后文字相同。但这个底本改文有挖补、贴改两种方式。挖补的文字，与宁本相同，可见这是原抄时发现错误当即改正的做法。贴改的文字很值得注意。贴改，改文覆盖在原文上面，原文仍还保留着。贴改前的原文，与宁本甚至府本都相同，但都可找出需要改动的理由，有夺字如"擅风"贴改为"擅风情"，"歌场"改为"歌舞场"等。或改者以为是错字或不妥的字。如二十五回"如来佛"改为"弥陀佛"，十八回回目"探曲折"贴改为"探深幽"。还有常常谈到的"恭人"改为"宜人"，等等。贴改上去的文字，与宁本府本不同，却往往有与别的本子相同，如明显夺字的弥补文字。可见，有正书局石印这个本子之前，对这个本子作过一些校勘和文字上的推敲工作。有所改动，又保留了底本的原文，想出这么个覆盖的办法，便于拍照制版，又不使底本走样，算得上是严肃认真的了。这个底本上不见狄氏的眉批，看来也是贴条拍照的。如果这个底本不是旧藏本，而是临时雇抄手缮写的，就无须这样煞费苦心增加许多手续了。其次，书中尚印有六处桐城张氏的藏书章也可说明这个底本不是有正书局临时准备的。那么，既曰旧藏本，旧到什么程度虽然遽难下断，但此本也有明显的笔误，如"又去十九日"，把"云"字误为"去"，恐怕也不是戚蓼生当年叙的那个本子。

（二）从张本到有正本，是照相制版，所以它十分接近底本原貌。差别仅仅在于贴改的若干处。前面已谈到，贴改之处，就与宁本产生差异。除了前四十回有案可查的外，后四十回也可以根据这个规律找出。所以根据正宁二本，大体上能够把张本后四十回的面貌还原出来。（三）正本的贴改之处，与张宁二本异，而张宁二本完全相同。这一情况也说明了宁本的来历。宁本与正本的异文，当然不止这些正本付印时贴改的几处，此外尚有宁本传抄中的笔误。这说明了宁本的底本不是正本。它同未经有正书局改动时的张本很相近。这些有正书局改动的地方，宁本都保持张本的面貌。也许，它的母本就是这个张本。在张本后四十回散佚的情况下，宁本的价值就尤其不能忽视。

六　结语

我们对府本和几个"戚序本"进行了上述的考察和分析后，可以得出如下的结论：

（一）王府本和"戚序本"同出于一个共同的祖本。这个祖本是以庚辰本（传抄过程中某个本子）为底本的整理本。这次整理规模很大，但改笔却相当随意甚至拙劣。

（二）王府本（祖本或姊妹本）的某一个传抄本，又经过一次改动整理，才产生了"戚序本"。这次整理的规模也不小，改笔却并不高明。

（三）所谓"戚序本"包括戚张，有正（大小字两种本子），戚宁四本。张本是正宁二本的母本。宁本是张本的传抄本，传抄时间早于正本，传抄中也有一些笔误。正本虽用张本拍照制版，但拍照前也作过一些小改。

论舒序本

《红楼梦》诸多写本中，书名题为《红楼梦》的，还有舒元炜序本。[①] 舒元炜序本，简称"舒序本"或"舒本"，以其卷首有杭州舒元炜氏序，故名。此本今归吴晓铃先生收藏，存第一至四十回，有残阙，亦名"吴藏残本"或"吴本"。或以舒氏序作于乾隆五十四年己酉（公元1789年），又名"己酉本"。名称虽各有异，但据以定名的种种缘由，各自于不同的角度反映出这个本子的版本概况。

舒本，在属于脂本系统的诸本中，是一个独具特色的本子。这个本子的某些版本现象，不仅表明了它的底本来源甚早，对于我们探究认识《红楼梦》的版本源流、成书过程等，提供了重要依据，而且，本子中涉及一些其它问题，诸如后四十回的最初流传情况，也透露了某些线索。这是一个值得注意的珍贵本子。

这样一个珍贵的本子，迄今问津者寥寥，更无论它的重要价值得到足够的认识了。关于此本的专题研究著作，唯五十年代之初俞平伯先生的《记吴藏残本》（上下两篇）。可是，俞文发表于报纸，作为一组随笔中的两篇，

---

① 这个本子，周绍良先生曾主持过录了一个副本。蒙周先生见告，副本除了纸张、墨色、字体笔迹等无法照原样外，其馀版面格式、行款等等，都一如原本。本章的内容，最初依据的，也是周先生的这个录副本。

限于篇幅和体例，许多问题未能展开。此外，一些综论版本之作，虽亦间有所及，自然更不能详加论述。因此，对于大多数读者和研究者来说，这还是一个比较陌生的本子，许多问题都还有待于我们做深入的研究。

舒本原书八十回，写本，今存第一至四十回，共四十回。全书的构成，依次为：舒元炜序，舒元炳题《沁园春》词，全书总目录，正文。

这个本子的总目录部分，第一行题为"红楼梦目录"五字。各回前的回次，例冠"红楼梦"三字，即各回首页第一行，为"红楼梦第×回"，无一例外。也就是说，舒本的名，与杨本、梦觉本情况相似，不是《石头记》或《脂砚斋重评石头记》，而是《红楼梦》。

此本的行款，版十六行（版心两侧各八行），行二十四字。这在各脂本中，只有郑本与之相同。版面格式，尚称严整统一。各回首页，第一行，顶上框抄回次，曰"红楼梦第×回"。第二行，退二格抄回目，回目的上下句之间，空四格。第三行，顶上框开始正文。在一般情况下，正文不分段落，一路而下，直至本回结束。但正文中如遇有诗词曲赋、联语书柬之类，绝大多数是另行低一格抄，那时尚无现代化的标点符号，句间用空一格隔开。但这种处理不十分严格。如第一回《好了歌·注》中，偶然留一空格，多数句子是连抄。第三回的《西江月》，第五回的赋和十二支《红楼梦曲》，第二十三回的《四季即事诗》，第三十七回的书柬和诗社各人的诗，都是低一格连抄，而第十一回写会芳园的景色，第十七回贾宝玉所题的对和额，第四十回的牙牌令等等，又都是作正文处理。第八回的嘲石头诗，分行处理。而第二十二回灯谜，上述各种处理都有。总的说来，版面还是比较整齐的。

一

一打开舒本，首先引人注目的是舒元炜的那篇序。

舒元炜序，一手骈四骊六，如果仅从文艺理论的角度来要求，并无多少精辟的见地，甚至还不少滥调。但是，序中叙述的一些事实，不仅提供了说明这个本子形成过程的可靠资料，而且也接触到后四十回流传的一些问题。这是其它本子序言中所未见的。舒氏序不可忽视的价值也正在这里。

序中说：

> 惜乎红楼梦之观止于八十回也。全册未窥，怅神龙之无尾，阙疑不少，隐斑豹之全身。……董园子偕弟澹游，方随计吏之暇，憩绍衣之堂。……筠圃主人瞿然谓客曰："客亦知升沉显晦之缘，离合悲欢之故，有如是书也夫？吾悟矣，二子（按指舒氏兄弟）其为我赞成之可矣。"于是摇毫掷简，口诵手批，就现在之五十三篇，特加雠校，借邻家之二十七卷，合付钞胥。核全函于斯部，数尚缺夫秦关；返故物于君家，璧已完乎赵舍。——君先与当廉使并录者，此八十卷也。①

序末，署曰：

> 乾隆五十四年岁次屠维作噩且月上浣，虎林董园氏舒元炜序并书于金台客舍。

以上的内容，包括序末署名，十分重要。它至少可以说明以下几点：

（一）原书八十回。

（二）此书的过录，真正组织者为"筠圃主人"。而舒氏兄弟，虽然为此书作序题词，并担任过校雠工作，但实际上，他们都只是"赞成之"者。

（三）这个本子包括两个底本。其一是筠圃主人的家藏本，共五十三篇；其馀二十七卷，借自邻家的一个藏本。那个五十三篇的家藏本，曾有一个失而复得的曲折过程。序中，"返故物于君家，璧已完乎赵舍"，以及这

---

① 破折号后语系原注。双行小字，有错简。

句话小注："君先与当廉使并录者，此八十卷也。"又序中说："主人曰，自我失之，复自我得之"，"昔曾聚于物之好，今仍得于力之强"，诸语都说明，筠圃主人与其友当廉使，原先曾并录过一个八十卷本，后来失去了。似乎失去的原因是为某"力之强"者所夺。这次过录，是因为那个与当廉使并录的原本失而复得。旧物复归原主，但已有所残阙，仅五十三篇。于是，遂借邻家的一个藏本抄配，以成旧观。序中所引主人的语言，感慨之情，于字里行间亦有隐约透露。迄今尚存的各个钞本，几乎都可以说是拼配本，但这样直捷了当地宣称底本是拼凑的，只有这个舒本。

（四）所谓"摇毫掷简，口诵手批"，当指"特加雠校"时的状况。今舒本无一条批语，"手批"云云，是说明在底本"合付钞胥"之前，舒氏兄弟曾有一番校雠，作过某些文字处理。这一点很重要，今舒本的版本状况，特别是与各本的文字异同，比较复杂，缘由很可能就在这里。

（五）这个本子的成书时间，序末点出是在乾隆五十四年（公元1789年）且月上旬。且月，即夏历六月。而且序中还有"维时溽暑"语，似乎雠校、配补这些工作，都是在这一年的夏天完成。然后，"合付钞胥"。由此可以推见，舒本从校勘到钞胥过录，当在乾隆五十四年六月前后一段时间。

因此，舒本底本的两个部分，自然都是在乾隆五十四年以前流传的本子。上文提到过，舒本的主要成分，即筠圃主人家藏本残存部分，曾有一个相当长的"失而复得"过程。序中"黄垆回首，邈若山河"句下，有小注曰："痛当廉使也"。说明参与过录的当廉使也已经谢世作古。这当然不大会是短时期内发生的事。由此可见，舒本的主要成分，是一个问世年代很早的本子。

（六）这个本子是在北京完成。舒氏兄弟系杭州人，序末谓"虎林董园氏"。虎林为杭州市西诸山总名，故亦为杭州的别称。董园、澹游，光景是舒氏兄弟的号或字。所谓"方随计吏之暇"，是指赴京应考。"随计吏"本汉代征士制度的一种形式，郡国应召之士，与地方官遣往上计簿者同赴京师，故后人以"随计吏""计偕"用作举人赴试。那么，他们是在何种机缘下参与这个本子的校雠工作？徐恭时同志查出，"乾隆五十四年己酉，正是春闱之年，此榜共录取九十八人，而两舒却都'名落孙山'"。[①]在这种情况下，二舒在京"过夏"，可能是那位作为居停主人的筠圃，组织过录一个新本子，邀他们董襄其事。事葳，舒氏兄弟分别写下"序"与《沁园春》词，并注明"于金台客舍"。金台，用燕昭王黄金台事，指北京。所以说，这项工作是在北京完成。

那么，筠圃主人和他的至友当廉使，这两位《红楼梦》的爱好者，究竟是何许人？据徐恭时同志考，筠圃即玉栋，他的友人当廉使则是陆耀。[②]玉栋号筠圃，是当时著名的藏书家，见之于王芑孙，翁方纲等人的诗作中，并见引于叶昌炽《藏书纪事诗》。陆耀曾官运河道按察使，因元代同其职司者为廉访使，故清人对按察使尊称为廉访使。但是，舒序中"憩绍衣之堂"一语，用"绍衣"这个典故，似尚另有用意而非泛指。"绍衣"典出于《尚书·康诰》："绍闻衣德言。"通常指继承奉行先人的德化教言以治地方。包括出任地方官和不堕先德两层意思。《康诰》之作，系周成王封康叔于卫的诰命。告诫康叔，治卫时务必念念文王的德化。这里，先人不是常流，而是阔得吓人的周文王。由此推想，这位筠圃主人是否系某一天潢贵胄的后裔？当然"甘棠"也是讲召伯布文王之政，但着重点不是在先人上，用法还是略有区别的。这样看来，筠圃主人究竟是谁，似乎还有可进一步求索之处。

（七）序中最引人注目的，还是"核全函于斯部，数尚缺夫秦关"语。这里，"秦关百二"的典故，用法与原意略有不同，且不去管它。但此中透露了一个重要的事实：舒元炜为这个本子作序的时候，即乾隆五十四年六月，已经有一个一百二十回本《红楼梦》在流传。

---

① 徐恭时《红楼梦版本有关人物资料札记》见《红楼梦研究集刊》第四辑。
② 徐恭时《红楼梦版本有关人物资料札记》见《红楼梦研究集刊》第四辑。

如果把序中的两段话联系起来，则成为"秦关"一典的注脚。这两段话是：

> 惜乎《红楼梦》之观止于八十回也。全册未窥，怅神龙之无尾；阙疑不少，隐斑豹之全身。

> 漫云用十而至五，业已有二于三分。从此合丰城之剑，完美无难；其探赤水之珠，虚无莫叩。

前一段话，只是说明这个本子仅八十回，尚未收结，以致有神龙无尾之叹。后一段话则是说，此本虽然仅八十回，但已经有了全书的三分之二。言之凿凿，全书总回数是一百二十回，数字是确定的。可见，"秦关"这个典故并非泛指，而是确指一百二十回。

从舒本实际上只是八十回，以及序中提到的口气看，舒氏等人也只是在传闻中知道有一个一百二十回本。但这个本子究竟是什么样的本子，他们也并没有见到过。不过，"合丰城之剑，完美无难"，说得如此有把握，这种传闻想亦不是毫无根据的道听途说，而是有相当可靠的依据。这个一百二十回的存在，看来是没有问题的。

值得注意的是舒元炜序作于乾隆五十四年六月这个确定的时间。我们知道，萃文书屋辛亥摆字本（程甲本）高鹗序作于乾隆辛亥冬至后五日，即乾隆五十六年十二月初三日，前后相距，二年另五个月。也就是说，程甲本出版的两年多以前，一百二十回本已经在读书界流传了。

舒序中提供的这个事实，与程本的程伟元、高鹗二序，可以互相印证。程伟元序中说：是书既有百廿卷之目，岂无全璧？爰为竭力搜罗，自藏书家甚至故纸堆中，无不留心。数年以来，仅积有廿馀卷。一日，偶于鼓担上得十馀卷。

既曰"数年以来，积有廿馀卷"，等于说他是在几年前得悉有一个百廿卷全本的。高鹗叙中，也引有程伟元的话，说"数年铢积寸累之苦心"，也是说程伟元早在辛亥前数年已开始搜罗后四十回。这个一百二十回《红楼梦》全本的流传，舒元炜获知于乾隆己酉，程伟元于乾隆辛亥前数年开始搜集后四十回，时间正两相合榫。舒自然不是在无中生有，程是否如红学家们所认定的那样，在弄虚作假，亦当从新考虑。

怀疑程高搜罗数年的说法为期人之谈，始作俑者是胡适。胡适认定后四十回系高鹗续作，便把程伟元的说法解释为有意作伪。认为"程序说先得二十馀卷，后又在鼓担上得十馀卷。此话便是作伪的铁证，因为世界上没有这样奇巧的事！"于是，大多数研究者遂都相信确是程伟元在作伪。

如果说，程高通同作伪，玩了这套商业广告式的把戏，是出于营利的目的，那么，舒氏兄弟与程高有什么相干，何苦也来"参与"作伪？在还没有发现确证说明舒氏兄弟与程高有何种瓜葛之前，他们的说法如此不谋而合，不能不认为，这种说法不会是毫无根据的。大家都在瞎编，居然会编得碰到一块去。几年前写序的舒元炜，居然梦到几年后的程高作伪，预先为之提供作伪的依据，或者说是与他们作一样的伪，如此这般，恐怕比二十馀卷与十馀卷相加的奇巧更奇巧。何况，"在鼓担得十馀卷"也还可以作另外的解释。

因此，舒元炜的这篇序，对于从新认识程本中程高序，从新考虑后四十回的作者问题，是一条极为重要的材料。

关于这个问题，周春的《阅红楼梦随笔》，也有材料可以作为佐证。周春在《阅红楼梦随笔》中说：

> 乾隆庚戌秋，杨畹耕语馀云："雁隅以重价购抄本两部：一为《石头记》，八十回，一为《红楼梦》一百廿回，微有异同。爱不释手，监临省试，必携带入闱，闽中传为佳话。时始闻《红楼梦》之名，未得见也。壬子冬，知吴门坊间也开雕矣。兹茗估以新刻本来，方阅其全。

庚戌秋已可重价购到百二十本《红楼梦》。而且，"抄本""重价"云云，说明这时流传不广，尚十分难得。所以，提到的这些人都只是听说有这个本子。但是，周春的口气是很肯定的。杨畹耕、雁隅也都不是子虚乌有式的人物，材料的来源也是可靠的。尤其是它的内容与八十回本《石头记》微有异同云云，正符合实际情况。周春更没有任何必要作伪。可见，确实存在这个一百二十回抄本《红楼梦》，则是没有什么疑问的。

联系起来看，有趣的是几个时间竟连成一线，显示出这个一百二十回本的流传情况。从舒序的己酉六月，到周春《阅红楼梦随笔》提到的庚戌，到程高本付梓时的辛亥，前后三年。这正与程序中"搜罗数年"之说相印证。由此说明，后四十回在程高木活字摆印本问世之前，已经以抄本形式有过三年以上的流传过程。看来，程伟元序中的"鼓担"云云，未必是凭空向壁构就的欺世之谈。因此，近年来重提后四十回的作者问题，或者说，对高鹗续作后四十回的说法发生怀疑，是不无道理的。在后四十回为高鹗续作几乎成了定论的情况下，舒序中提供了从新考虑这个问题的重要依据，是很值得我们注意的。

二

舒本独特的版本面貌，首先是在回目中有明显的表现。这种表现，主要是如下两个方面：

其一，舒本本身，卷首的总目与各回的回前分目，表现出特殊的差异。

关于回目。以往的研究者注意力多落在第四十回上。这一回卷首总目与回前分目的差异情况确实比较突出。它的回前分目是：

> 史太君两宴大观园，金鸳鸯三宣牙牌令。

光看这个分目，没有什么问题。它不仅与内容切合，而且各本也无异文，无疑是舒本第四十回回目的原貌。可是，在总目中却作：

夏金桂计用夺宠饵，王道士戏述疗妒羹。

这个回目所概括的，是第八十回的内容。为什么会出现这种现象呢？细看，原来这不是回目本身的问题，而是一种特殊的情况，即：总目中的第四十回回目脱落，而第八十回回目却残留着。前后相接，给人以错觉，实际上，二者是不相干的。

这个问题，俞平伯先生曾作过解释。他说：

舒本是八十回，下半遗失，剩了八十回，回目应该是全的。后人因书不全，有了完全的回目反而不好，遂将回目中间扯去五页，只剩第一至三十九，第四十回用原来八十回的目录张冠李戴着。①

为什么会出现"张冠李戴"的现象？如从舒本卷首总目录部分的版面安排看，便可了然。舒本版十六行，总目录部分的抄写格式是："回次"之后，"回目"低一格另行抄，即"回次""回目"各占一行。本来每版十六行可抄八回，但第一页第一行为"红楼梦目录"所占。这就形成了各版的最末一回只能抄完"回次"，"回目"则就需要跨页抄到下一版的第一行。如果扯掉（或散佚）五页，于是，第五页留下"回次"："第四十回"，而第十一页留下原属第八十回的"回目"。在读者的错觉中就成为一回事了。

严格说，读者的错觉，不能算是舒本本身的版本现象。真正属于版本问题的，是另一种情况，即全书总目录与各回回前分目，存在着文字差异。如

---

① 俞平伯《记吴藏残本》（上）。

第八回

薛宝钗小恙梨花院　贾宝玉大醉绛芸轩

薛宝钗小宴梨香院　贾宝玉逞醉绛云轩

（上行为总目，下行为分目，下同）

第十五回

王熙凤弄权铁槛寺

王凤姐弃钗铁槛寺

第二十四回

醉金刚轻财尚义侠　痴女儿遗帕惹相思

醉金刚轻财尚仗义　痴女儿遗帕染相思

第二十八回

蒋玉函情赠茜香罗

蒋玉菡情赠茜香罗

第二十九回

痴情女情重愈斟情

多情女情重愈斟情

第三十二回

含耻辱情屈死金钏

含耻辱情烈死金钏

第三十五回

黄金莺巧结梅花络

黄金莺俏结梅花络

　　以上共七例，都是总目与分目的差异。其中，有的可能是属于传抄中的问题，但大多数不像是因抄手疏忽造成，而是另有缘由。因为，这种差异反映了不同版本的文字特点。也就是说，总目的文字同此本，分目的文字则同彼本。如第十五回，"王熙凤"（总目）与"王凤姐"（分目）之异，恰好是甲戌本与庚辰本及各本之异。第二十四回"惹相思"（总目）与"染相思"（分目），是庚辰本与杨本之异。第二十八回，"蒋玉函"（总目）与"蒋玉菡"（分目），是庚辰本与杨本、甲戌本之异。第二十九回，"痴情女"（总目）与"多情女"（分目），是杨本与王府、戚序本之异。其馀的异文，虽然与各本之间的文字异同关系不太明显，但"逞醉""情屈"，等等，似乎亦非毫无所本。

为什么会出现这种现象呢？我们不能不想到，舒本的底本系由两个不同本子拼合而成的事实。既然舒本的底本包含两个不同的本子，那么，我们由此可以设想：它的总目与书中的若干回出于一个底本甲，而其馀各回，则出于另一个底本乙。这两个不同的底本，在文字上存在着差异，而且这种差异在回目中也有所表现。拼合时，操觚者忽略了这一点，底本甲的残阙部分，总目都是齐全的，过录时全部照录，用以补阙的乙底本，只配齐正文（包括回前分目），而没有顾及它的分目与总目是否有不一致处，未能进行某种技术性的处理。于是就在这个拼合无阙的舒本中，出现了这种分目与总目不一致的现象，从而，留下了不同底本文字差异的痕迹。虽然，这只是回目中出现的一种特殊现象，但对于我们进一步研究了解舒本的底本及其拼合的具体情况，却提供了可靠的根据和线索。

其二，舒本的回目①，更加引人注目的是它与各本之间的异同状况。从吴晓铃先生所藏的这四十回书来看，情况是相当复杂的。这四十个回目，对校各本，或同此而异彼，或同彼而异此，整体的倾向性不太明显。归纳一下，大体上可以分为如下几种类型：

（一）各本回目均同，舒本亦不例外者，共十四回，即：第一回、第二回，②第十至十三回，第二十一至二十三回，第二十七回，第三十二至三十四

---

① 这里指正文的回前分目。
② 杨本"仙逝"作"仙　"，系抄误。

回，第三十八回。此外，尚有若干回，虽然舒本与各本有一点小差异，但这些小差异多属传抄中音讹或形讹造成，底本应当也是完全相同的。如：

第十六回
秦鲸卿夭逝黄泉路（庚、卯、杨、觉）
秦鲸卿夭遊黄泉路（府、戚）
秦鲸卿大逝黄泉路（舒）

在这个回目中，府戚本作"夭遊"，为晚出现象，属于另外问题。舒本作"大逝"，明系"夭逝"在传抄中的形讹，底本当与各本相同，作"夭逝"。

第二十回
林黛玉俏语谑娇音（各本）
林黛玉俏语学娇音（舒）

这里，舒本独作"学娇音"。"谑""学"二字，同音异调。如果论中古音韵系统，同属入声字，调亦不异。音讹更有可能。故舒本的底本，亦当为"谑娇音"。

第三十五回
黄金莺巧结梅花络（各本）
黄金莺俏结梅花络（舒）

舒本这个回目中的"俏结"，情况与第二十回一样，"巧""俏"同音异调，音近而讹，底本当亦是"巧结"。

以上三个回目，如果将其还原，回复到底本的本来面貌，与各本亦无差

249

异。这样，舒本与各本相同的，共十七个回目。这十七回，各本回目无异文，当然无法从中判断舒本的版本倾向。

（二）舒本的回目，大体上同己卯、庚辰本，而与杨本异者，共二回。如：

第三十一回

撕扇子作千金一笑，因麒麟伏白首双星（庚、卯及各本）

撕扇子作千金一笑，因麒麟伏白头双星（舒）

撕扇子公子追欢，拾麒麟侍儿论阴阳（杨）

这一回，舒本与己卯、庚辰及各本，仅一字之异，而杨本则与各本有较大差别。

第三十九回

村嬷嬷①是信口开河　情哥哥偏寻根究底（庚、卯、觉）

村嬷嬷是信口开河　情哥哥偏寻根问底（舒）

村老妪是信口开河　痴情子偏寻根究底（府、戚）

村老妪谎谈承色笑　痴情子实意觅踪迹（杨）

这个回目中，舒本与庚辰，己卯、觉本也只是"究底""问底"一字之差，而杨本则完全不同。

（三）舒本的回目与庚辰本异，但与之同者，情况不一。其一是同杨本，如：

---

① "嬷嬷"，觉本及庚辰本总目作"姥姥"。

第二十四回

醉金刚轻财尚义侠　痴女儿遗帕惹相思（庚、觉、府、戚）

醉金刚轻财尚义侠　痴女儿遗帕染相思（杨）

醉金刚轻财尚仗义　痴女儿遗帕染相思（舒）

第二十九回

斟情女情重还斟情（庚）

痴情女情重还斟情（府、戚）

惜情女情重还斟情（觉）

多情女情重还钟情（杨）

多情女情重还斟情（舒）

这两个回目，虽然各本差异不大，而且杨舒二本也有小异，"染相思""多情女"都不是偶然巧合。

其二，异庚辰而同甲戌本，如：

第七回

送宫花贾琏戏熙凤　宴宁府宝玉会秦钟（庚、卯）

送宫花贾琏戏熙凤　宁国府宝玉会秦钟（觉）

尤氏女独请王熙凤　贾宝玉初会秦鲸卿（府、戚）

送宫花周瑞叹英莲　谈肆业秦钟会宝玉（戌、舒）

第八回

比通灵金莺微露意　探宝钗黛玉半含酸（庚、卯、杨）

拦酒兴李奶母讨厌　掷茶杯贾公子生嗔（府、戚）

贾宝玉奇缘识金锁　薛宝钗巧合认通灵（觉）

薛宝钗小恙梨香院　贾宝玉大醉绛芸轩（戌）

薛宝钗小宴梨香院　贾宝玉逞醉绛云轩（舒）

这两个回目，第七回舒本、甲戌本完全相同而与各本异；第八回，虽然二者亦有小异，但各本的异文，可以说是五花八门，所以二者的不寻常关系，是很明显的。

其三，第二十五、二十六两回，异同关系更为有趣。这两个回目，与庚辰本异，与甲戌、杨本大体相近，又各不尽相同。但是，妙的是这种异同正处在甲戌和杨本之间。如：

第二十五回

魇魔法姊弟逢五鬼　红楼梦通灵遇双真（庚、府、戚）

魇魔法叔嫂逢五鬼　红楼梦通灵遇双真（觉）

魇魔法叔嫂逢五鬼　通灵玉蒙蔽遇双真（戌）

魇魔法叔嫂逢五鬼　通灵玉姐弟遇双仙（杨）

魇魔法叔嫂逢五鬼　通灵玉蒙蔽遇双仙（舒）

这个回目的下句，与庚辰、王府、戚序、梦觉本相校，甲戌、杨本、舒序三本的近似性更为突出。舒本"蒙蔽"语与甲戌本同，"双仙"则又同杨本。

第二十六回

蜂腰桥设言传心事（庚、府、戚、觉）

蜂腰桥设言传密意（戌）

蘅芜院设言传密语（杨）

蜂腰桥目送传密语（舒）

这个回目的异同关系，与第二十五回很相似，与甲戌本和杨本，都有各自的共同点和歧异点。

上述，异于庚辰本的三种不同类型的回目，如果将其联系起来考察，就发现一种奇怪的版本联系，即舒本的某些回目，与甲戌、杨本同时存在着异同情况，据此，我们可以作这样的推想：不仅舒本的某些回与甲戌本、杨本有不寻常的版本关系；而且甲戌本与杨本之间，也可看到某种特殊关系的端绪。这对于我们认识甲戌本和杨本的版本特点，也提供了重要的线索。

（四）舒本的第三、第五两个回目，又是另一种特殊情况。这两个回目，与己卯、庚辰本，以及杨本、甲戌本差异都很大，但与晚出的王府本、戚序本却很接近。如：

第三回

贾雨村夤缘复旧职　林黛玉抛父进京都（卯、庚、杨）[①]

金陵城起复贾雨村　荣国府收养林黛玉（戌）

托内兄如海酬训教　接外孙贾母惜孤女（府、戚、觉）

托内兄如海酬闺师　接外孙贾母怜孤女（舒）

第五回

游幻境指迷十二钗　饮仙醪曲演红楼梦（卯、庚、杨）

开生面梦演红楼梦　立新场情传幻境情（戌）

贾宝玉神游太虚境　警幻仙曲演红楼梦（觉）

灵石迷性难解仙机　警幻多情秘垂淫训（府、戚、舒）

在脂评本系统的各写本中，王府、戚序本的祖本，来自庚辰本的某个传抄本，是一个比较晚出的本子。舒本的这两个回目，与之或相近或相同，这在舒本中显得有点特殊。这种现象是在什么情况下产生，很可进一步探究。

（五）舒本中也有若干独异于各本的回目。不过，这些独异的回目，除了明显的文字讹误，属于传抄中的问题外，其余大多数回，也只是一、二个

---

① "夤缘"，杨本作"寅缘"；"京都"，庚辰本回前分目作"都京"。

字的细微差异。真正称得上独异的，只有第十七、十八回和第八十回这三个回目。

这三回，再加上第十九回，在回目问题上有它们的共同之处，是《红楼梦》的一种特殊版本现象。先看第八十回：

（有正文，阙回目）（庚）

懦迎春肠回九曲　　姣香菱病入膏盲　（杨）

懦弱迎春肠回九曲　姣怯香菱病入膏盲（府、戚）

美香菱屈受贪夫棒　丑道士胡诌妒妇方（觉）

夏金桂计用夺宠饵　王道士戏述疗妒羹（舒）

舒本的这一回，正文已佚，只是在卷首的总目录中尚残留这个回目。这一回与第十九回很相似，己卯庚辰本有正文无回目，[①] 舒本与其馀诸本，则回目齐全。这究竟是因己卯庚辰本回目付阙，后来各本补拟，抑或是原先有回目，作者不满意，在己卯庚辰定稿时删去留待重拟，尚难遽断。但这种现象，是值得注意的。

第十七、十八回，情况略有不同。己卯庚辰本是一个合回，合回的回目是：

大观园试才题对额，荣国府归省庆元宵。

这一回未分开，合属一个回目，研究者多认为是《红楼梦》早期本子的版本现象。底本较早出的其他本子，如甲戌本，仅残存十六回。这两回在失阙部分之内，情况不明，杨本已经分开，而且回目齐全。究竟这种现象是怎

---

① 己卯本第八十回已佚，据推测，当亦有正文无回目。

么形成的，尚须作进一步的研究。现在看舒本与各本这两回的回目状况。

第十七回：

> 会芳园试才题对额　贾宝玉机敏动诸宾（杨）
>
> 大观园试才题对额　怡红院迷路探曲折①（府、戚）
>
> 大观园试才题对额　荣国府归省庆元宵（觉）
>
> 大观园试才题对额　荣国府奉旨赐归宁（舒）

这一回各本回目的上句，唯杨本作"会芳园"稍有差异，舒本及其馀诸本，均全同己卯庚辰本。下句，除觉本作"荣国府归省庆元宵"，同己卯庚辰本合回的下句外，其他诸本，各不相同。己卯庚辰本这在合回中，所概括的是相当于各本第十八回的内容，是妥当的。而觉本完全照搬，则不免文不对题。舒本下句作"荣国府奉旨赐归宁"，其含义与觉本虽然也没有太大的差别，但不同的是舒本这两回的分断之处稍为推后（这个问题详下）。这样，内容与回目的下句，大致上可以得到照应。

第十八回又是一种情况，舒本与各本的回目是：

> 林黛玉误剪香囊袋　贾元春归省庆元宵（杨）
>
> 庆元宵贾元春归省　助情人林黛玉传诗（府、戚）
>
> 皇恩重元妃省父母　天伦乐宝玉呈才藻（觉）
>
> 隔珠帘父女勉忠勤　搦湘管姊弟裁题咏（舒）

这一回的回目，杨本的下句，王府、戚序本和梦觉本的上句，基本上是由己卯庚辰本的下句变化出来。对于觉本来说，不免重复。舒本与各本不

---

① 有正本"曲折"作"深幽"，系石印时复改。

同，颇给人以后来另拟的感觉。

　　与回目有关的，还有这两回之间的分断问题。己卯庚辰本，这两回未分开，舒本以及其馀各本已分，但分断的处理各不相同。各本中，或分断于贾宝玉题罢大观园对额之后，如杨本和王府本、戚序本；或分断于荣国府准备归省盛典完成之时，如觉本。舒本则很特殊，把分断处推得很后。第十七回收结于元宵节元春归省进入大观园，作者的一段插话之后。第十八回的开头，为元春在轿内看到园中的铺设感叹过分奢华。舒本这样分断，目的大约是为了使原回目稍经改易依旧可用，把重拟的回目，集中于第十八回。看来，这种分法也还自有其理由的。

　　此外，第十九回的回目，是一个颇为奇怪的问题。除己卯本和庚辰本外，舒本与其他各本，这一回的回目均作：

　　　　情切切良宵花解语，意绵绵静日玉生香。

　　也就是说，己卯本和庚辰本以外的各本，都是一致的。我们知道，这些本子中，王府、戚序、梦觉诸本，都是比较晚出的本子。又己卯本第十九回回前空页上有墨色另笔书"十九回，情切切良宵花解语，意绵绵静日玉生香"。其下，又有朱色另笔注："移十九回后"，而在第十九回回末"正是"后，有朱色同一字体列此二句，作为回末诗联处理。从字体笔迹看，这是出于己卯本的藏书家之手。

　　从上述几个回目的异同的状况看，舒本的这些版本现象，也有晚于己卯庚辰的表现。由此可以推想，舒本中既有早期本子成分，也包含了某些相当晚出的版本成分。这对于我们认识舒本的复杂性，是有参考价值的。

三

　　舒本的正文，特别是它与各脂本之间的文字异同，这是舒本研究中的一个最主要的问题。所谓文字异同，是指同一回书中两个本子之间的一般版本倾向如何，是从这回书的整体而言。然而，在舒本与各脂本之间，作某一回书的具体文字对校时，情况是并不单纯的。它的文字倾向往往或同此而异彼，或异此而同彼，或与彼此均异；更有：同中有异，异中又有同。复杂错综，五花八门。

这种错综复杂的版本关系，其形成的因由也是多种多样，甚至是很难以常理测想的。首先，我们知道，舒本的底本是一个拼配本，它由两个底本，即筠圃家藏本和邻居家藏本拼合而成。那么，这两个底本是否就是单纯的本子，恐怕也是很难臆断的。从种种迹象看，这两个底本也还不能排斥各自有拼合的可能。比如杨本，舒本的某些回，与之存在某种特殊的版本联系。而这个杨本，恰好就是一个包含多种底本成分的本子。其次，舒本的各个不同底本拼合时，也自然不会是不同本子简单的相加。舒元炜序中的"特加雠校"语，即透露了此中消息。所谓"雠校"，传统的含义，正如汉刘向说的，"雠校，一人读书，校其上下，得谬误，为校，一人持本，一人读书，若怨家相对，日雠"。[①]至于后来，继刘向父子，校雠之学成为一门专学，"将以辨章学术，考镜源流"，"字句考订，则其小焉者也"。[②]含义又有发展。不过，对于某一具体文籍的雠校，也还不能排斥正副本之间的对勘这一含义。今舒氏序中既曰"雠校"，则筠圃主人原藏的五十三回，很可能用邻家藏本校过。因为邻家这个本子，不可能恰巧就是原藏本所阙的那二十七回。舒氏序中又说，在"合付钞胥"之前，他们曾有过一个"摇毫掷简，口诵手批"的过程。这里，"批"是一个很关键的字。"摇毫掷简"所从事的"批"，究竟是指什么？是指这个本子中舒氏兄弟的评点加批吗？显然不是，今舒序本中看不到一条旁批。今存舒本虽然只四十回，但全书的基本面

---

① 《昭明文选》：左思《三都赋》注引。

② 章学诚《校雠通义》。

貌是清楚的。因此，序中所说的"批"，不是指类似于脂砚斋批的批评，而是"批"字的另一种含义：改抹。古人常用"批风抹月"语，是涂涂抹抹的意思。可见，舒本八十回书，也含有经舒氏兄弟校改过的文字。但是，书中没有校勘记之类的东西，究竟那些地方是属于他们的校改之笔，已无从判别了。

由于以上的种种缘由，遂使舒本与其他各脂本的文字异同，形成了极为复杂的状况。从这一点出发，舒本中那样一些不易解释的版本现象，也就可以得到解释了。

所谓不易解释的版本现象，最主要的是指舒本中所包含的不同底本成分，代表着相去很悬殊的时代。也就是说，它既包含有早期本子的成分，又包含有晚期本子的成分。早期本子，代表的时代相当早，不仅有己卯庚辰前后，甚至还有不迟于甲戌的。晚期本子，又相当晚，似乎又像出于丁亥之后。

这种种不同的成分，在书中又是纠缠交错，互有掺杂，其构成并不是单一的。为了叙述上的方便，我们将舒本中的构成成分，作分别的讨论。

甲、舒本与庚辰本的关系

舒本与庚辰本的关系，简单地归结，不过是同与异这两种情况。所谓同与异，不是指一般意义的文字相同或相异。同样是《红楼梦》，又同属于脂评本这个版本系统，二者之间文字上的相同之处，当然是主要的。同时，它们又是不同的抄本，不是一个印版印出来，文字上的相异之处，也是大量存在的。这里我们所说的同异，是指特殊情况下的同和异。

什么是特殊情况下的同？当我们将各脂本放在一起作相互的对校时，或者是各本完全一致，这两个本子则有共同的异文；或者各本的差异纷纭不一，而这两本则又完全相同，特别是二本之间连讹误衍夺也完全一样，而且多次出现，这样，就很难说是偶然巧合，而只能是相互之间存在着某种版本上的瓜葛。

异也是如此。在传抄中偶然出现的笔误或衍夺，这是版本研究中必须注意的问题，但是，如果因这类异文作出判断，说这是两个不相干的本子，也往往会误事的。所以这里所说的异，还要与其他本子，或与之有关的问题作联系的考察，判断它是否有不同的版本来历。

下面，我们将舒本与庚辰本之间文字的同和异，试举几个比较典型的例子，以见一斑。先看二者之间的同：

第一回

（1）大无可奈何之日也（戌）

大无可如何之日也（杨、府、戚、觉）

大无如何之日也（庚、舒）

（2）背父兄教育之恩（各本）

皆父兄教育之恩（庚、舒）

（3）更有一种风月笔墨，其淫秽污臭、荼毒①笔墨，坏人子弟，又不可胜数（各本）

（无）（庚、舒）

（4）见室内有人敝巾旧服（各本）

见室内有人敞巾旧服（庚、舒）

（5）对月寓怀（卯、杨、戌、觉）

对月当杯（府、戚）

对月寓杯（庚、舒）

这一回共五例。其中例（1）、例（4），庚舒二本有明显的共同夺文。例（1）中，无论是"无可奈何"或"无可如何"，都还完整，唯"无如

---

① "荼毒"，王府、戚序本作"屠毒"。

何",有残破之感,很可能夺一"可"字,例(4)夺"人"字更明显。"见窗内有人敝巾旧服",指看见窗内的人衣着很马虎,以形容贾雨村此时生活的困窘。"见窗内有敝巾旧服",则就成了看见窗内有一堆破衣烂裳,指物不指人,与原意无关了。例(3)情况略有不同。这一段自成起讫的文字,庚舒二本无,不影响上下文的文气连贯。因此,也可怀疑为各本后加,或庚、舒二本删去。不过,从前一段文字的末句,也有"不可胜数"语,更有可能的是抄手从这个"不可胜数"上看错了行,因此夺漏这一段文字。而且其他各本,版本关系或疏或密,都有这段文字,不大可能是后人凭空旁添。例(2)例(5)则似是庚舒二本共同的讹字。例(2)的"皆父兄教育之恩",在本句内看不出什么问题,可是联系上下文,特别是下文的"以致一技无成,半生潦倒,则"皆"字系"背"之误很明白了。又例(5)的"寓杯",当也是"寓怀"之误。"寓怀"正切诗的内容,"寓杯",不仅语句别扭,而且诗中也了无着落。

第二回

(6)偶因一着错(卯、戌)

偶因一着巧(杨)

偶因一回顾(觉)

偶然一着错(庚)[①]

偶然一着借(舒)

(7)兰台寺大夫(各本)

兰台寺人(庚、舒)

(8)从他老宅门前经过(各本)

从老宅门前经过(庚、舒)

---

① 王府、戚序木,此句全夺。

（9）也没有人敢来管（各本）

　　也没有敢来管（庚、舒）

（10）洽然溉及四海（各本）

　　和然溉及四海（庚）

　　和气溉及四海（舒）

（11）心里也明白（各本）

　　心里也明（庚、舒）

　　第二回六例，与第一回情况相似。例（8）（9）（11）是庚舒二本夺漏相同。例（6）舒本"一着借"，是"一着错"的抄讹，是后来抄手问题，这个句中，关键的是"偶然"，各本却作"偶因"，这二本同作"偶然"，与各本有共同的异文。例（7）各本都作"兰台寺大夫"，作为官职名称，这既符合《红楼梦》的特点，也切合作品的别定情节。兰台，设立于汉代，系宫廷藏书处，例由御史大夫主之。唐高宗时，秘书省一度改名秘书寺，后又改名为兰台，其长官秘书监为兰台太史。魏晋宋，则以御史府为兰台。这里，"兰台寺大夫"职官名称在疑是之间，正是"无朝代年纪可考"的表现。而庚舒二本，"兰台寺大人"不仅与各本异文相同，而且"大人"也只是官场上的尊称，不是职官名，明显是抄讹。例（10）似乎是二者不同，但细看，舒本与庚辰本的密切关系，也是有迹可寻的。"洽然"，此处虽然是普遍濡润，音qià或xià，但作为地名，"在洽之阳"[①]，洽音he，与"和"同音。庚辰本"和然"或即同音而讹，舒本则又因"和然"而成为"和气"。

　　第三回

（12）转过插屏（各本）

---

① 《诗·大雅·大明》。

（无）（庚、舒）

（13）他的病一生不能好的了（各本）

　　他的一生不能好的了（庚、舒）

（14）黛玉虽不识，也曾听见母亲说过（卯、杨）

　　黛玉虽不识，亦曾听见母亲说过（戌）

　　黛玉虽不认识，曾听见母亲说过（府、戚）

　　黛玉虽不曾识面，亦曾听见母亲说过（觉）

　　黛玉虽不知，曾听见母亲说过（庚、舒）

（15）教引嬷嬷（各本）

　　教嬷嬷（庚、舒）

　　这一回四例。例（12）（13）（15），都是庚、舒二本共同的夺文。例
（14）各本异文纷杂不一，庚舒二本则完全相同。而且，各本"不识"，
"不认识""不曾识面"，意思上都没有问题的，唯独庚、舒二本作"不
知"，却不准确。说的是林黛玉未见过王熙凤，但知道其人。这里说"不
知"，下文又说"听母亲说过"云云，上下就成了矛盾。可见这也是误笔。

　　第四回

（16）偏又卖与薛家（各本）

　　便又卖与薛家（庚、舒）

（17）老爷就说乩仙批了（卯、杨、戌、府、戚）

　　老爷只说乩仙批了（觉）

　　（无）（庚、舒）

（18）字表文龙，今年方十有五岁，性情奢侈（戌）

　　表字文起，年方一十七岁，性情奢侈（府）

　　表字文起，五岁上就性情奢侈（卯、杨）

　　表字文起，从五六岁时就是性情奢侈（戚）

　　　　表字文起，性情奢侈（觉）

　　　　字表文起，五岁性情奢侈（庚）

　　　　表字文起，五岁性情奢侈（舒）

（19）闻得母舅王子腾升了九省统制，奉旨出都查边。薛蟠心中暗喜道："我正愁进京去有个嫡亲的母舅管辖着……（各本）

　　　　闻得母舅管辖着……（庚、舒）

（20）老家人（各本）

　　　　老人家（庚、舒）

（21）针黹诵读（各本）

　　　　针黹诗诗（庚、舒）

（22）斜签着坐（各本）

　　　　斜迁着坐（庚、舒）

（23）比冯家富贵（各本）

　　　　比冯渊富贵（庚、舒）

　　此回，共举八例，其中例（17）（19）系二本共同的夺文。特别是例（19），如果联系夺文的上下文，便加看到致夺的缘由，是抄手在"母舅"这个词上错行。当他抄毕"闻得母舅"后，接抄时却看到下个"母舅"上去，遂抄成了"闻得母舅管辖着"这样一句不知所云的话。今庚舒二本，这段夺文如此一致，可见它们在版本上的联系是很不寻常的。此外，例（16）（20）（21）（22）（23），都是二本共同的讹误。诸例中，特点比较明显的是例（18），关于薛蟠的年岁，各本没有相同的，只有庚舒二本相同，而且句中"五岁性情奢侈"云云，语气不连贯，明显是个破句。显然是二者的共同夺讹。可见，这一回的几个例子，也都表明庚舒二本之间的版本联系。

　　以上所举的，是第一至第四回共四回书中的二十三例。这二十三例，大多数是属于特殊的版本现象，主要表现于它们在传抄中衍夺讹误有所因袭。在通常情况下，两个本子之间，如果没有某种异乎寻常的版本联系，这些特殊的版本现象如此相似或相同，那是不可思议的。现在，舒庚二本在整个脂评本系统中，那些特殊的版本现象相同或近似如此，而且出现得又是那样的频繁。这就明显地表明：舒庚二本之间，确实存在着版本上的某种瓜葛。既然如此，舒本中所含的这些相当于庚辰本的成分，其代表的时代，则应是乾隆己卯冬月到庚辰秋月前后。在整个脂评本系统中，己卯庚辰本成书于曹雪芹的谢世之前，属于早期的脂本。不过，对于舒本这个具体的本子来说，它还包含代表更早时期的本子成分。这个问题，我们将在下文另详及之。

我们说庚舒二本在版本亲疏关系上仅仅存在某种瓜葛，而不敢说它们之间是什么母女本或姊妹本。因为这五回书中，也存在着数量相当可观情况更是十分复杂的相异之例。

相异之例，举其大者，约略可分为以下几种类型：

（一）因庚辰本夺讹而致异者。

庚辰本的抄手马虎者居多，加以传抄过录的辗转相因，夺讹之例是相当可观的。而舒本有的却正确无误。于是，遂形成了二者之间的差异。如：

第三回，邢夫人带林黛玉去见贾赦之前，与贾母的一段对话，舒本以及各本的文字是：

> 邢氏忙亦起身，笑回道："我带了外甥女过去，倒也便宜。"贾母笑道："正是呢，你也去罢，不必过来了。"邢答应了一声"是"字，……

在庚辰本中，却是：

> 邢氏忙亦起身，笑道："正是呢，你也去罢，不必过来了。"邢夫人答应了一声"是"字，……

这就成了邢夫人一个人在自说自话了，而且也是前言不搭后语。

又同回宝黛初见，贾宝玉说这个妹妹看着面善，"心里算是旧相识"，舒本与各本所接的文字同作：

> 贾母笑道："更好，更好。若如此更相和睦了。"宝玉便走近黛玉身边坐下。……

庚辰本独作：

> 贾母笑道，更好好地坐下……

这里，庚辰本少"更好"至"身边"等十九字。虽然，也勉强有所连缀，但下文有"又细细打量一番，因问'妹妹可曾读书'诸语，写的是贾宝玉，上下文语气明显不连贯。可见，这里也是庚辰本有夺文。

以上诸例，舒本与各本同，而与庚辰本异，致异的原因，是庚辰本在流传中出现讹误造成的。

（二）舒本夺讹致异。舒本虽经舒氏兄弟"讐校"过，但夺讹的文字也还不少。这样，就形成了舒本与各本，包括庚辰本之间的文字差异。如：

第一回

（1）看见士隐（抱着英莲，那僧、道便大哭起来，又问士隐）道："施主，……

【按：括号内，系舒本独无而各本均存[①]的文字。下各例同。】

第二回

（2）清明灵秀，天地之正气，仁者之所秉也;（残忍乖僻，天地之邪气，恶者之所秉也。）

---

① 各本有小异,庚辰、己卯二本"英莲"作"英菊"（或"菊英"）。

（3）两家来往，（极其亲热的。便在下也和他家来往），非止一日了。

第三回

（4）雨村（唯命是听，心中十分得意。如海遂打点礼物并饯行之事。雨村）——领了。

（5）小厮上来，复抬起轿子，众婆子（步下围随，至一垂花门落下，众小厮退出，众婆子）上来，打起轿帘，扶黛玉下轿。

以上五例，舒本独异于各本，都表现于它较各本少若干字。这都是舒本传抄中的夺漏。之所以这样说，是因为各例有一个共同的特点：舒本所少的文字，都是在两个相同的词语之间，这一现象表明，过录的时候，抄手在相同的两个词语上前后看错了位。如例（1），抄完上一个"士隐"，接抄下句时看到下一个"士隐"上去，于是，遂夺中间的若干字。例（2）的"者之所秉也"，例（3）的"家来往"，例（4）的"雨村"，例（5）的"众婆子"，都是这种情况。也就是说，从本子上，夺字的原因也都还能看得出来。正因为舒本独夺若干字，故它不仅与庚辰本，而且与各本，都有明显的文字差异。

不过，舒本的这一类独异的文字，都只是在过录的过程中形成的，如果对照各本的相应文字，都还能大体还原出舒本底本的原貌。也就是说，它的某个底本这些地方与各本实际上并无异文，而是一致或接近的。因此，这一类独异文字，严格说都还不能真正代表舒本的文字特点。当然，这并不是说这种差异不重要可以不管。只是说明，我们在探讨舒本的版本渊源关系时，它是属于一种特殊的情况。

这四回书中，舒本独异之例或它与庚辰本相异之例，为数不少。那么，有没有是真正代表舒本文字特点的例子呢？当然是有的。第一回，"太虚幻境"牌坊的对联，独作"色色空空地，真真假假天"，就是一处奇怪的异文。

关于"太虚幻境"牌坊的对联，1982年上海红学讨论会上，我曾提出疑问，作为向大会交的论文。文中说明：舒本对联的异于各本，很难肯定就是后来藏书家的改易。如果，"假作真时真亦假，无为有处有还无"是舒本（某个底本）的原联；那么，有什么必然的理由非要更易不可呢？而且此联第一回、第五回两度出现，有什么必然理由单改第一回的呢？至少我们目前还没有发现这种必然理由。因此，我怀疑，"色色空空地，真真假假天"来源有自，很有可能是属于《红楼梦》早期稿本，也许就是"披阅十载，增删五次"阶段的某个稿本的文字。

由于那篇短文曾发表于《红楼梦学刊》（1983年第二期），我的基本想法也没有改变，在这里就没有必要重复，以占篇幅。

至此，舒本前四回的版本现象，出现了一种不相容的情况。这就是，一方面它与庚辰本有着密切的版本联系，或者说存在着某种瓜葛。这样，它只能是成书于庚辰秋月以后。另一方面，它的某些独异文字，又可能产生于甲戌之前。二者似乎难以统一。其实，如果从舒本这个本子的实际状况来考虑，这种不相容的现象是可以统一的。因为，舒本的底本来源是相当复杂的。不仅在乾隆己酉，即舒本成书时，序者明确交待过此本是由两个底本拼合而成；而且这两个底本，也还可能各自包含不同的底本成分（这个问题，下文还谈到）。所以，这四回书中包含着代表不同时代的底本成分，也不是绝对不可能的。

乙、舒本与杨本的关系

舒本的某些回，与杨本的关系，正如它的另外一些回（见前述）与庚辰本的关系一样，同和异，都表现得十分突出。也就是说，这两个本子在文字上既存在着一些相同的特点，又存在某种明显的差异。

关于杨本，即使不说它的后四十回，仅就前八十回看，底本的构成，也是相当复杂的。大体说来，它的第一至第七回，与己卯本出自一个共同的祖本。第八回以后也不单纯。第二十二回系据程乙本配补。第四十一至五十回，以及若干另页，则是杨继振在他收藏期间据程甲本抄配。严格地说，这些配补部分不能算是真正杨本。此外各回，起码是由两个不同的底本拼合而成。①

之所以说舒本中的若干回与杨本相应的各回，在文字特点上有某种相同或相近的倾向，这是因为二者在整个脂本系统中与其他各本有共同的异文，特别是舒本这几回书的某些特殊的版本现象，诸如衍夺讹误，等等。也时见与杨本有相同或相近之例。从而，说明了这两个本子确实存在某种版本关系上的瓜葛。

奇怪的是，舒本与杨本的这种同的关系，情况不完全一样。为了说明问题，下面我们分如下几种类型，作分别的考察：

（一）从各本之间的文字异同情况看，舒杨二本在整个脂评本系统中，共同的版本倾向比较明显的。如：

第八回

（1）系着五色蝴蝶銮绦（卯、庚、戌、府）

　　系着五色蝴蝶鸾绦（戚、觉）

　　腰系五色蝴蝶赤金绦（杨②、舒）

（2）幻来亲就臭皮囊（卯、庚、戌、府、戚）

　　幻来新就臭皮囊（觉）

　　幻来观就臭皮囊（杨）

　　幻来权就臭皮囊（舒）

（3）所以錾上了（卯、庚、戌、府、戚）

　　錾上了所以（觉）

　　所以靳金上了（杨）

---

① 参见拙作《谈杨本》。

② 杨本"赤"字系原等旁添。

勒在金项圈上了（舒）

（4）何苦我白陪在里面（卯、庚）

何苦我白赔在里面（戌、府、戚、觉）

白把我陪在里面受罪（杨）

我是白陪在里头挨骂（舒）

第十六回

（5）也看的马棚风的一般了（戌）

也看得马棚风一般了（卯、庚、府、戚、觉）

也看得马棚一般了（杨、舒）

（6）快盛饭来吃碗子（卯、庚、戌、府、戚）

快盛饭来吃（觉）

快盛饭来吃，吃完了（杨）

快盛饭来，吃完了（舒）

（7）一个老明公号山子野者（卯、庚、戌、府、戚）

一个老名公号山子野者（觉）

一个胡老明公号山子野者（杨、舒）

以上七例，杨舒二本的同，以及它们与其他各本的异，表现不完全一致。归结起来，大致上是两个类型。

其一，包括例（1）（5）（7），共三例，杨舒二本与其他各脂本有共同的异文。例如（1），这两个本子不仅"腰系"比各本多一"腰"字，而且"赤金绦"明显是"銮绦"之误。"銮"子的上下两部分，抄手误看作"赤金"二字。这在竖行抄写的情况下是很常见的讹误。在这一例中，可以看到杨舒二本的讹误，以及致讹的缘由，都有相同的表现。例（5），这两个本子与各本的异文相同，使得全句的含意也发生了变化。如例（7），各本都只是一般地指一位"老明公"，这两个本子则同给人物冠以姓氏，曰"胡老明公"。

其二，包括例（2）（3）（4）（6），共四例，虽然杨舒二本也有小差异，但在各本之间的异同中，它们的共同倾向也是明显的。如例（2），各本或作"亲就"，或作"新就"，而这两个本子作"观就"（杨）"权就"（舒），字的偏旁相同，也可看出二者的关系来。例（3）与前一类的例（1）一样，但表现更为复杂。各本作"鏨上"，杨本误为"勒金上"，到了舒本，又因之而敷衍成为"勒在金项圈上"。虽然，"勒在金项圈上"也还算文从字顺，但含意却走了样。书中说的是金锁的事，扯到项圈上去，则是文不对题了。这两类例子，大都不是一般的文字出入，而是在某些特殊的版本现象中出现共同的状况。并且，出现的频次又不少，因此我们不能把它看作是偶然巧合，而只能是这两个本子有某种版本上瓜葛的表现。

当然，这都是相比较而言。这两回书中，舒杨二本异文也是大量存在的。这些异文中，有的是舒本的独异文字。如第八回贾宝玉在薛家要喝酒，李奶姆出来劝阻时，薛姨妈的话，各本作：

> 你只放心吃你的去，我也不许他吃多了，便是老太太问，有我呢。

舒本则是：

> 你只管放心，你们哥儿吃多了，回去老太太问时，有我呢。

意思是不一样的。各本是两层意思，一是不会出问题（"我也不许他吃多了"），二是上头问起来由我负责（"便是老太太问，有我呢"）。这样，当然可以"放心"。舒本只有一层意思，没有排除不出问题的可能，只是单打一的吃多了（即出了问题）由我负责。这就不能"放心"了。

又同回林黛玉堵李奶姆的话，各本作：

> 必定姨妈这里是外人，不当在这里也未可知。

而舒本却作：

> 又言姨太太这里况又不常在这里的，你必要管着，想是怕姨妈这里惯坏了他也未可知。

语言就远不如各本利落。看得出来，"不常"很象是"不当"的形讹，并且由此引起整个句子的从新调动。

（二）舒杨二本同异兼出，而且情况又比较复杂。一方面，这两个本子有许多特殊的版本现象表现出相同的倾向，说明它们之间存在某种不寻常的版本联系。另一方面，舒本中又有为数不少的大段独异文字，表明与杨本的差异。这是一种很奇怪的现象，但也很值得我们去探究其所以出现的因由。

这里，我们先看这两个本子在各脂本中共同或相近的异文。

第十三回

（8）无一定的供给①（各本）

　　无一定的工给（杨、舒）

（9）云板连叩四下（庚、卯、府、戚）

　　云板连叩四下正是丧音（觉）

　　云牌连叩四下正是丧音（戌）

　　云牌连击四下正是丧事（杨）

　　云牌连叩四下正是报丧事（舒）

（10）奔出一口血来（庚、卯、府、戚、觉）

　　喷出一口血来（戌）

---

① 下文各本三处"供给"杨舒二本均同作"工给"。

喷出一口血来（杨、舒）

第十四回

（11）大轿两顶（各本）

大轿四顶（杨、舒）

（12）昭儿来了①（各本）

照儿来了（杨、舒）

（13）在净室　胡乱睡了一夜（卯、庚、府、戚、觉）

在净空处胡乱睡了一夜（戌）

在净空房中胡乱睡了一夜（杨、舒）

（14）刚到了宁府，荣府的人又跟到宁府；既回到荣府，宁府的人又找到荣府。（杨、舒）

刚到了荣府，宁府的人又跟到宁府；既回到荣府，宁府的人又找到荣府。（卯、庚）

刚到了荣府，宁府的人又跟到荣府；既回到宁府，荣府的人又找到宁府。（戌、府、戚）

刚到了宁府，荣府的人又跟着；既回到荣府，宁府的人又跟着。（觉）

（15）锦乡伯公子韩奇（各本）

锦乡侯公子韩奇（杨、舒）

第十五回

（16）那时庄人家（卯、庚、戌）

那庄农人家（觉）

那庄的人家（戌）

那些庄家人（府）

---

① 下文各本七处理到昭儿，杨本七处，舒本八处，均同作"照儿"。

那庄村人家（杨、舒）

（17）诸人皆权在铁槛寺下榻（各本）

诸人此日在铁槛寺下榻（杨、舒）

第三十五回

（18）我记得交给谁了（卯、庚、府、戚）

我记得交上来了就不知交给谁了（杨、觉）

我也记得交上来了但不知交给谁了（舒）

（19）借点新荷叶的清香，全仗着汤好（各本）

借着清汤的味道，作出来也还罢了（杨、舒）

（20）我如今老了（各本）

我的儿我如今老了（杨、舒）

（21）宝玉素习最厌勇男蠢女的（庚）

宝玉素习最厌勇男蠢妇的（卯）

宝玉素习最厌恶勇男蠢妇的（府）

宝玉素习最厌勇男蠢妇的（戚）

宝玉素昔最厌的是勇男蠢妇的（觉）

然宝玉素昔是最厌勇蠢妇人的（杨）

然宝玉素昔最厌勇蠢妇人的（舒）

以上四回书共十四例，舒本与杨本文字上的相同或相近是相当明显的。如例（12）四处，都是相同的错别字。例（13），是相同的讹误。例（12）和（15），人物的名字和爵位的名称，这两个本子共同异于各本。例（10），其他各本作"奔""喷"，此二本同作"哜"，而且"哜"在古代常见词书中找不到，可以说是共同的怪体字。例（17），各本作"皆"二本同作"此日"。如单这一句，似亦可通，但联系下句，各本的"皆…独…"句式结构更紧密，致误的情况与"赤金绦"一样。此外各例，杨、舒二本相同或相近，说明它们之间的关系，也是很清楚的。其中尤其是例（14），各本或有讹误，或经改动仍未尽妥善者，唯此二本文字情理，均无懈可击。以上各例，都是说明杨、舒二本之间的同。由此可见，这二本之间，某种版本上的联系是确实存在的。

然而，也恰恰是这几回书，舒本中出现了大量颇为奇特的独异文字。也就是说，在这几回书中，舒本与杨本存在着相当明显的差异。今将舒本的这些独异的文字，例举如下：

第十三回

（1）什么价不价（杨本同各本）

　　你我亲戚，怎么好说价不价的。（舒）

（2）让至逗蜂轩献茶（杨本同庚、卯、戌、府、戚）

　　让坐至逗蜂轩献茶（觉）

　　让至逗蜂轩坐献茶彼此未免说些谦逊的话毕（舒）

（3）送到我家就完了（杨本同卯、庚、府、戚、觉）

　　送至我家里就完了（戌）

　　送至我家就完了我替你送交户部，你也省事（舒）

（4）于是作别（杨本同卯、庚、戌、戚、觉）

　　于是作别而去（府）

　　戴权在轿内笑道，你我通家之好，这也是令郎有福气造化，偏偏遇的这们巧，说毕作别（舒）

（5）越发历练老成了（杨本同各本）

　　只怕这一点子事还不直妹妹一办呢，婶子怎说不能料理的话呢（舒）

第十四回

（6）一时恼了不认人的（卯、庚、戌、府、戚、觉）

　　一时恼了不认得人的（杨）

　　一时恼了不认得人的你们难道没有听那府里人议论么（舒）

（7）那二人扫兴而去（杨本同各本）

便说"你二人趁着我的事多，故来有意蒙混于我，今仔细你们的皮肉。"

说的二人不敢回说，只扫兴而去（舒）

（8）说毕连忙退去（卯、庚、府、戚）

说毕连忙退出（戌、觉、杨）

说毕又回身向宝玉请安。宝玉便立身问"二哥哥身上好么，你辛苦了。你拿了衣服回去的时候，见了二哥替我请安林姑娘前亦替我问好。"照儿连应毕退出（舒）

第十五回

（9）自然快快的了结（杨本同各本）

自然是快快的了结的，你只管放心，忙什么呢（舒）

（10）奶奶也要保重金体才是（杨本同卯、庚、戌、府、戚）

奶奶也要保重贵体才是（觉）

虽然事情应该料理料理，奶奶也要保重贵体才是，闻说蓉大奶奶这件事，四五十日，上上下下，里里外外，都是你老人家一个人辛辛苦苦张罗的，谁不知道，谁不夸奖有本事呢（舒）

第三十五回

（11）你别委曲了你等我处分他（庚）

你别委屈了你等我处分那孽障（卯觉）

你别委曲了你等我处分那孽障（府戚）

你别委屈了你等着我处分那孽障（杨）

你别委曲了他的那个糊涂你还不知道么，别同他一般见识，你等我处分那个孽障（舒）

（12）这话是老太太说偏了（庚、觉）

这话老太太是说偏了（卯、府、戚）

这话老太太是偏说了（杨）

这话老太太是偏说了因老太太疼他,无论好不好,总说是好(舒)

(13)他天天也是闲着淘气(卯、庚、府、戚、觉)

天天也是闲着淘气(杨)

天天也是闲着淘气叫他来作个活计,省得疯跑也好罢(舒)

(14)这话又打那里说起正紧快来吃了罢(卯、庚、府)

这话又打那里说起正经来吃了罢(戚、觉、杨)

你我天天在一处怎说起这样话来正经快吃了来罢闹什么客套呢(舒)

(15)宝玉正看着打络子(杨本同各本)

宝玉正看着打络子并欲要问莺儿方才他说宝钗的什么好处(舒)

这四回书,都是杨舒二本存在明显相同的情况下表现出如许的异。此外,第三十四回,杨舒二本在各本中独同之例虽然不如上述四回那样突出,但二者同的倾向却也是存在的。这一回书中,舒本也有类似的独异文字。如:

(16)人人都知道是你说的还赖呢(各本)

人人都知道是你说的你还赖呢(杨)

人人都知道是你说的你姨父几乎没把宝玉打死了若不是老太太同你姨娘出来还不知是怎么样呢(舒)

(17)倒把你的性子劝上来了(杨本同各本)

倒把你的糊涂性子劝上来了你进去打去打死了怕你不偿命你的命不值钱妈也白养了你了。(舒)

以上五回书共二十四例,舒本与各本(包括杨本)的异文,表现出如下几个显著的共同特点:

其一,各例在文字上都是舒本较之于各本远为详繁。如例(4),各本仅

"于是作别"四字，而舒本却有戴权的一大段话。然后是"说毕作别"。又例（18）各本"连忙退出"四字，在舒本中却是：照儿回身向贾宝玉请安，贾宝玉则又有问贾琏、林黛玉安好的一大段话，最后照儿应毕退出。几乎构成一个情节。为什么会出现这种现象，不能不作这样的两种猜测：或者，舒本是在各本的基础上把原意化开。如果这样，舒本的详繁文字是晚出者，可能出于某个藏书家或整理者之手。或者，各本是在舒本的基础上，作字句上的浓缩。如果这样，则舒本可能是早期稿本的文字。

其二，舒本的这些详繁文字，出现得十分集中。在现存的四十回书中，只有上述五回出现这种特殊的版本现象。而且，这几回，也并非整回书与各本有繁简之别，只是上文例举的有限几处，存在这种情况。可见，这既不是舒本的普遍文字特点，也不是其底本与杨本相近的部分都有这种倾向。

其三，这四回书，一般的文字特点比较接近于杨本。二者的同，正如前述。而它们的异，却异得颇为奇特。这二十多处异文，尽管表现二者大异，但大异之中又包括某种小同。如：例（6），各本作"不认人"，舒杨二本则同作"不认得人"。例（12），各本作"说偏了"，这两个本子则同作"偏说了"。又例（13），各本作"他天天"，而这二本均无"他"字。可见，即使在异中，仍还透露出同的消息。为什么这几回书中出现特殊的版本现象，这确是一个颇令人费解的问题，值得我们作进一步的探讨和研究。

（三）杨、舒二本的某些特殊的文字处理，与其他各本有共同的差异。

在这个方面，最为典型的是第三十三回的开头。这一回，庚辰本的开头是：

> 却说王夫人唤他（按指金钏）母亲上来，拿几件簪环当面赏与，又吩咐请几众僧人念经超度。他母亲磕头谢了出去。原来，宝玉会过雨村回来听见了，便知金钏儿含羞赌气自尽，心中早又五分（内）摧伤，进来被王夫人数落教训，也无可回说。见宝钗进来，方得便出来，茫然不知何往。

其他如己卯、王府、戚序、梦觉诸本，除个别字有小异外，总体文字完全相同。而舒、杨两本，则是：

> 却（舒本作"话"）说宝玉茫然不知何往，……

寥寥十个字。实际上，真正的差异是"茫然不知何往"前的一大段叙述。庚辰本以及各本的这段文字，在杨、舒两本中，可以说都没有。杨、舒二本的同，它们共同与各本的异，表现如此明显突出，这是很值得我们注意的。

为什么会出现这样大的异同呢？如果把这个开头与上一回（即第三十二回）的结尾联系起来看，就可以清楚，这是属于两回书的连接，或者说分回中的问题。庚辰本第三十二回的结尾是：

> 一时宝钗取了衣服回来，只见宝玉在王夫人旁边坐着垂泪。王夫人正才说他，因宝钗来了，却掩了口不说了。宝钗见此光景，察言观色，早知觉了八分，于是将衣服交割明白。王夫人将他母亲叫来拿了去。再看下回便知——

到了第三十三回开头（引文如上），又大致概述了上回结尾的内容。这样的处理，颇像话本小说中最常见的一种回间连接格式。这个问题，《王府本与戚序本》一章中已有涉及，说明这是成书过程中的技术性处理，属于后期的现象。这样看来，杨、舒二本的简略，倒像是此书"纂成目录，分出章回"之初的一种表现。这一点异常重要，它是我们认识和判别这两个本子形成时代的依据之一。不过，与第三十二回的结尾联系起来看，舒本的结尾还有一点小问题。舒本的这个结尾，与杨本略有差异。杨本第三十二回的结尾说：

宝钗宝玉都各自散了。惟有宝玉一心烦恼，信步不知何往。

这与第三十三回开头的"却说宝玉茫然不知何往"连接，前后接榫，是无懈可击的，由此也可以说明，杨本之简，不是夺漏。而舒本则就不一样。舒本第三十二回的结尾是与庚辰本等各本相同，没有像杨本那样、作贾宝玉出来的交待，"宝玉在王夫人旁边坐着垂泪"一语之后，就以写薛宝钗出来作结。这样，第三十二回开头即云"话说宝玉茫然不知何往"，似乎有点难以相接。当然，这种状况在现代小说中是不成问题的，但对古代小说来说，特别是由一个完整的故事，分断成章回，要顾及其间的连接的。而现在舒本这两回之间，缺少这么一个必要的过渡。这种现象的造成，按我的推测，可能这两回各自来自一个不同的底本。也就是说，第三十二回，是用一个近于庚辰本的底本，第三十三回，则是用一个近于杨本的底本。于是，二者之间留下这么一个空档。

第三十七回，颇像第三十三回，杨、舒二本开头少一大段文字。各本，开头都有一段贾政点学差起程赴任的交待，如庚辰本的开头：

这年贾政又点了学差，择于八月二十日起身。是日拜过宗祠及贾母起身，宝玉诸子弟等送至洒泪亭。

其他各本的开头，与庚辰本大体相同，唯独杨、舒二本没有这段文字。也就是说，舒本的开头，从"贾政出门去后"宝玉如何如何叙起，没有像各本那样先有一段交待。读来颇感语焉不详。杨本则根本不提贾政，迳曰宝玉如此这般，而贾政则无因无由地销声匿迹，后来任满回来，贾宝玉临时抱佛脚就不知从何说起了。各本上一回的结尾，贾政点学差的事，也都只字未提。这样，杨、舒二本没有这段交待，就成了处理上的疏漏。这种现象究竟是怎么形成的，也看不出所以然来。这一点与第三十三回又有不同。

此外，尚有若干回，如第三十回，第三十一回，杨、舒二本也是比较接近的。

　　总之，舒本与杨本的版本缘属上的关系，或者说是某种瓜葛，从以上几种类型的异同情况看，是没有什么可疑的。道理与前四回舒庚关系一样。试想，如果二者没有这样的瓜葛，那么，它们之间连衍夺讹误都表现得如此一致，说仅仅是巧合，那是不可想象的。

（发表于《红楼梦学刊》1986 年第四辑）

从早期钞本到梓本的过渡

——论梦觉主人序本

在整个《红楼梦》版本体系中，几种早期钞本的书名，有"红楼梦"与"石头记"的区别。书名所题不同，虽然只是版本考察中的一个着眼点，但却往往涉及各自的整体状况。这一章讨论的梦觉主人序本，就是书名题为《红楼梦》的本子。

名曰梦觉主人序本，因为这个本子的卷首，有一篇作者署名梦觉主人的序，故据以定名。此本简称为梦觉本或觉本。

此外，这个本子还有许多异称。因梦觉主人作这篇序的时间，序末署"甲辰岁菊月中浣"，故或名曰"甲辰本"。又，此本1953年发现于山西，本子中尚保留有若干脂砚斋的批语，它的祖本显然也是属于脂砚斋评点本，故有的红学家称之为"脂晋本"。

在《红楼梦》的早期钞本中，梦觉主人序本形成略晚。此本卷首的梦觉主人序，注明作序时间为"甲辰岁菊月中浣"。这里的"甲辰"，当是乾隆四十九年（公元1784，甲辰）。菊月，即阴历九月。由此可以确定，这个本子形成的时间，为乾隆四十九年九月，或略前。

这个时间，上距乾隆二十五年（公元1760）庚辰秋月，即曹雪芹生前最后一次对《红楼梦》的定稿，形成"己卯庚辰本"，已经二十四年。下至乾隆五十六年（公元1791），即程甲本（即乾隆辛亥萃文书屋活字摆印本）问世，尚有七年。时间上的前后次第，与梦觉本在《红楼梦》的整个版本演变过程中的状况和位置，恰好一致。即：从版本总体或主要的版本倾向看，梦觉主人序本仍然还是属于脂砚斋评点本。但它与其他各脂本相比，又有其独特性。这就是后世藏书家对本子作过大规模的修改整理。

梦觉本曾经作过大规模改动的文字特点，后来为程本全面承袭。此后的梓印本又都是程本的衍生本。所以，梦觉本在《红楼梦》的整个版本体系中，地位就十分特殊和重要。可以确定，这是一个由早期钞本向程高梓印本演变过程中的过渡本。

发现于山西，今藏于北京国家图书馆的这个梦觉本，从某些迹象看，是个过录本，非最初形成时的梦觉主人序本。本文叙述中迳曰"梦觉主人序本"，指的就是北京国家图书馆的这个过录本。

这一章中，有时还涉及最初形成时的原本，故在叙述中凡涉及原本时，则加"原本"字样，以资区别。

一 梦觉本概况

梦觉本保存得非常完整，全书止八十回，无一残阙。作序者梦觉主人在序中说，"书的传述未终"。虽然这里没有说到此本止于多少回，但"未终"则是肯定的。而且，早期出现的几个本子，除杨本外，都是只有八十回。由此可以推见，止于八十回是这个本子形成时的原貌。

梦觉本全书，系由三个部分构成，即：首为梦觉主人序，其次为全书总回目，又其次为全书正文。

序言和全书总回目，字体笔迹与第一回完全相同。前后系出于同一名抄胥之手。由此可见，全书卷首的两个部分，即序言和总回目，与正文是属于同一整体。也就是说，今存的这个梦觉本，并非后来抄补拼凑的现象。

梦觉本的版面，相当齐整。全书所用的纸张，一律是印就的行格纸。版十八行，即版心两侧各九行。版心部分，单鱼尾，鱼尾之上，中折线右侧为《红楼梦》书名，手写；鱼尾之下，手写回序"第若干回"字样。版心下段，为一横线，线下手写页码。页码回各为编。

此本的行款，比较统一。各回均另页起抄。首页第一行，顶上框抄书名《红楼梦》三字。第二行，低一格为回序："第若干回"。第三行，低二格为本回的回目。回目上下联之间，空开一字。第四行，顶上框开始正文。文中如无诗词联语之类，则一路接抄到回末。正文中，如碰上诗词曲赋、联语短束等特殊内容，则另起一行，低两格抄。然后，另起一行，顶上框接抄正文，直至本回结束。

少数几回，还保存有脂砚斋的回前总批。这些总批，抄于各回的回目后正文前。各行均低一字位抄写，以示与正文有别。

各回结尾处，回末联语或有或无，情况不一。如有回末联语者，则于"正是"二字之后，另行低两字位抄写，格式一如回目。

此本行款，版十八行为印就的竖格纸，自无例外。但各行所抄字数却不十分严格，大多数为行二十一字，也有多一字或少一字，即二十或二十二字，极少数的，有多至二十五字者。

二 梦觉本的过录

梦觉本是一个由多名抄胥共同过录完成的合钞本。从各回字体笔迹的异同状况看，全书系出于五名抄胥之手。这几名抄胥，姑简称其为A，B，C，D，E。今将其担负各回抄写过录的分工情况，列表于下：

梦觉本的抄胥及其分工表

抄胥A：

序言

全书总回目

第一回：P1-8，10-13，17-18

第二回：P1-5，10-15

第三回：P1-3，6-8，10，13-15

第四回：P1-2

第二十九回－第三十二回

第六十九回－第七十回（P1-9）

抄胥B：

第一回：P9，14-16，19

第二回：P6-9

第三回：P4-5，9，11-12，16-19

第四回：P3-13

第七十回：P10-13

第七十一回－第七十二回

抄胥C：

第五回－第八回

第二十五回－第二十八回

第四十回——第四十四回

第五十三回－第五十六回

第七十三回－第七十六回

其中第八回P1下行5，"想起宝钗"四字，又P15下行8，"出手，因儿子的"六字，另出抄胥A之手。

抄胥D：

第九回－第十二回

第十七回－第二十回

第三十七回－第四十回

第四十五回－第四十八回

第五十七回－第六十回

第六十五回－第六十八回

第七十九回－第八十回

抄胥E：

第十三回－第十六回

第二十一回－第二十四回

第三十三回－第三十六回

第四十九回－第五十二回

第六十一回－第六十四回

第七十七回－第七十八回

这个各抄胥的分工表，如果我们细为审察，就会发现一种带有规律性的有趣现象。这就是：除A、B外，每次过录完成的是四回书，A、B合在一起，也是四回。这样，对于这个本子过录时的状况，我们有理由作如下测想：

一、这五名抄胥，即：A，B，C，D，E，实际上是相当于四名抄胥分担全书的抄写过录。其中，A和B二人系共同担负一份过录任务。

二、全书以每四回书为一个过录单元，每一轮抄完十六回。然后，按分工逐轮下抄。原计划可五轮抄完全书。

三、由于各抄胥抄写的速度不一，后来几轮，就不是齐头并进了。于是，经过了六轮，才录毕全书，而且还有所间错。例如，A、B合抄完成前两轮后，第三、四、五这三轮都没有参加。直到第六轮，二人才接手抄第六十九回到第七十二回四回书。抄胥C没有抄第五轮，抄胥D完成得最多，六轮都参加了。可能他抄得最快，早早完成了自己的每一轮任务，下面又没有再可抄的了，便接抄胥E之手，抄完第六轮的最后两回，即第七十九回至第八十回。这个状况，从侧面无意间告诉我们：此本原书只有八十回。抄胥E六轮都参加了，唯最后两回却是由抄胥D接手完成。

过录中的以上种种现象，于梦觉本的形成过程，透露出许多信息。从而，我们至少可以确定如下几个问题：

其一，抄胥在传抄过录时，以四回为一个分工单元，十分整齐划一，无一例外。之所以出现这种现象，显然是存在着一个现成的本子，为这次过录的母本。否则就不会如此划一，如此有规律。据此，我们可以确定，今藏国家图书馆的这个梦觉主人序本，是个过录本，不是最初形成的原本。

其二，抄胥们拿到的底本，是每四回装为一册，即全书分装成二十分册。如今我们见到的梦觉本，即今藏国家图书馆的这个本子，恰好也是每四回装订为一册，全书为二十分册。这个本子虽然只是个过录本，但它的过录和装订，等等，悉照梦觉本最初形成时的原貌，其版本价值也是不可估量的。

其三，这次过录是在同一时间内完成。理由是：第一册的头四回，都是由A、B两位抄胥不断相互易手抄成。第十八册中的第七十回，也是由A、B二人不时易手抄成。又，抄胥C所抄的第八回，其中P1下的行3，P8下的行11，各有几个字是出于抄胥A之手。此外，其馀几名抄胥，每四回为一个过录单元，逐轮往下抄，很有规律。出现这种现象，显然是同一拨人有组织地完成这次过录。

其四，全书无残阙。各回都是上述抄胥的字体笔迹，无任何例外状况。可见，今本八十回无后来补抄现象，系形成这个本子时的原书。

三 梦觉主人

此本既名之曰"梦觉主人序本"，作序者梦觉主人，与这个版本的形成，自然有至为密切的关系。这究竟是一种什么关系，虽然迄今尚未见到可资直接证明的文献资料。但"序"中所及的两项内容，却十分值得注意。

其一，整篇序中，这位梦觉主人虽然没有直接说明，自己就是本子的整理者，但言语之间也没有任何局外人的口气。这是一个做过大量加工整理而形成的本子。如果，整理者另有人在，梦觉主人未预其事，仅仅是单纯的作序者。那么，他作这篇序时，或整理告罄后为什么由他作序之类，必有一番交代说明。虽然这不是什么成文规定，但常理则往往如此。今序中无一语及此，仅直截了当说小说如何如何。如果自己不是整理者，这般作序，似乎有悖常理常情。

其二，序言中所说的：书中"不离梦与幻，男女主角固是梦幻情缘，且全书未作收结，也如梦后兀坐追思。"一部中国文学史，凡作品中梦与觉相提并论者，举不胜举。而在这里，给《红楼梦》作序者，自称梦觉主人，（也可能是梦觉斋或楼、馆主人）。书名为"梦"，作序者自称"梦觉"。由此或可推测为：梦觉主人就是这个本子的整理者。当他完成本子的整理后，写下了这篇序言。

然而，就一般惯例来说，"梦觉主人"只是一个笔名。那么他究竟是谁呢？杨廷福《清人室名别称字号索引》一书，列梦觉主人为高鹗。可是，高鹗的有关资料中，迄未发现有别署"梦觉主人"的记载，杨先生治学，一向以严谨称，不知此处所据是什么。

也许，这是因为：梦觉主人序本的文字，与高鹗参与整理的程本相比，相同之处在在可见。或者说，这两个本子与其他各脂批本之间，存在着大量的共同异文，很像两个本子是出于同一人之手。于是，人们因之而联想到，梦觉主人与高鹗是同一个人，也很有可能。

梦觉本与程本之间，文字上有许多独特的共同之处，这是事实。可是，两个本子之间存在着某些共同的版本现象，在版本史上也是很屡见不鲜，很难说二者必定出于同一人之手。因为，一种书的版本异同，情况是十分复杂的，不能划一而论。

某一种书，经多次梓板传抄而形成的诸多版本，其中两个本子较他本更为接近，相同的版本现象更多，这是很常见的。诸如一个本子为另一本子的直接母本，在版本面貌和文字特点诸多方面，自然有较为明显的承袭。或者，二者来自一个共同祖本，各自承袭了祖本的若干版本特点。这些都是很常见的。在这类情况下，两个本子之间，其文字内容虽有诸多相同，但都不是出于同一人之手。梦觉本与程高本之间，也正是：程甲本形成时，是以梦觉本为开始着手整理所据的母本。（说另详下文。）因此，仅仅以梦觉本与程高本有诸多相同的文字特点，断定二者是出于同一人之手，理由是不充分的。因此，说梦觉主人是高鹗的笔名，迄今尚属文献无征。

梦觉本与程高本之间，版本现象的同处固然颇多，但细究起来，相异之处亦复不少，有的甚至是根本性的差异。

如果从那篇梦觉主人序的内容看，这位梦觉主人十九不是高鹗。理由是序中有如下一段话：

> 书之传述未终，遗帙杳不可得。既云梦者，宜乎留其有馀不尽，犹人之梦方觉，兀坐追思，置怀抱于永永也。

这里说得很清楚，它包含至少是两层意思。一是"遗帙杳不可得"，二是"传述未终"未必是憾事。

说"遗帙杳不可得"，是指八十回以后的篇章，既未见，亦不可能见到。可是程甲本的程伟元序说，经过几年努力，终于将后四十回陆续搜集齐全。程甲本也有高鹗的《叙》，他说：

> 予闻：《红楼梦》脍炙人口者，几廿馀年。然无全璧，无定本。向曾从友人借观，窃以染指尝鼎为憾。今年春，友人程子小泉过予，以其所购全书见示。

此语后面，还有"以波斯奴见宝为幸"一句，当是指全帙。作《叙》时间是辛亥，说是这年春看到全帙。这时虽然比甲辰菊月晚几年，但与"遗帙杳不可得"语相比，完全不像是同一个人的口气。

更主要的另一层意思。梦觉主人认为，其"传述未终"，却戛然而止，仿佛梦后"兀坐追思"，甚至还可以说另有一种佳妙境界，所以是"宜乎留其有馀不尽"。这是一番梦境，并非一定要有个结局不可。从这种见解的另一面说，就是认为：后人营营于结局，无异于画蛇添足。这是梦觉主人的见解态度。

有趣的是，作序者署名为"梦觉主人"。是否也是取：梦后"兀坐追思"之意？似乎也很难说一定就是偶然巧合。

那么，高鹗又如何呢？

虽然我不相信后四十回是高氏所续，但他却无疑是续书的修润补葺者。《说详<舒序本>一章》在程甲本的《叙》中，他就明确表示过，书有遗帙，曾以未能"染指尝鼎为憾"，而且，把"漶漫不可收拾"的后四十回残稿，补苴成帙，毕竟是颇费过一番心力的。今续书结局如是，与高氏不能说毫无关系。如果，梦觉主人就是高鹗，他的言与行，不免自相矛盾。一会儿他说，"宜乎留其有馀不尽"，一会儿，又把有结局的后四十回修补出来。如果是同一个人，岂不是如刘姥姥游大观园，"才说嘴，就打了自己嘴巴"。高鹗其人，尽管骂骂他也很"摩登"，强加给他何种罪名，也尽可随意，但从他的诗文和后四十回续书的修补看，追随和珅充当乾隆的文化特务，他尚无此"荣幸"。但在文学上，高鹗亦非等闲之辈，他岂能这般顾此失彼。

这样看来，梦觉主人很难与高鹗挂连在一起。但他究竟是谁，目前尚属文献无征，遽难断定，姑存一疑。

四 梦觉本的底本

现存的《红楼梦》本子，研究者大多是将其归结为两大体系，即脂本系和程本系。其实，就其版本整体和本子的最初来源来说，无论是早期钞本，还是程甲本面世后出现的无数梓印本，无一不是来自脂砚斋评本。所以，仅仅说某个本子是属于脂本系统，是过于笼统的。在诸多脂本中，还得探究其所居的位置，与其他本子的渊源关系。头一个须解决的问题，就是看它的版本来历，即它最初形成时，所据的底本是个什么本子。

从版本总体来说，梦觉本无疑也是一个属于脂本系统的本子。粗略地看，这个本子中保留有不少脂砚斋的批语，即可判断。既然早期钞本都是脂本，那么，梦觉本最初形成时的母本，或者说，上追缘属关系，它的祖本是脂本系统中的哪个本子，它又是与哪个本子具有更密切的渊源关系？这是我们了解梦觉本文字倾向，需要作答的第一个问题。

在脂本系的各本中，梦觉本是个十分特殊的本子。所谓特殊，主要是指，这个本子虽然是以某个脂本为底本，在文字上既与脂评本有明显的共同特点，又有颇大的差异。这是因为，这个本子最初形成时，它又经过一番改动面相当大的文字处理。在诸多脂评本中，如果找出梦觉本与某一个本子大量的文字共同点，即二者存在与各本的共同异文，不是很容易的。何况，程甲本是在觉本的基础上形成，与觉本又有诸多相同之处。这就从另一方面模糊了本子之间的相互关系。

因此，我们只能在一些倾向性比较明显的版本现象中寻找例子，用以说明觉本与某一个脂评本之间的特殊联系。于是，我们发现，与梦觉本存在这种联系的，恰是现存的己卯本和庚辰本。这些特殊的版本现象，大致上可以归结为如下几项：

（一）《红楼梦》的开头，即：大荒山无稽崖青埂峰下那块顽石与一僧一道的对话，存在着两种不同状况。由此可以推知，这个开头文字有异，是来自两个不同的来源，即：甲戌本与己卯庚辰本。

这段顽石与僧道的对话，共四百馀字，甲戌本是完整的存在。靖本从脂批看，似亦有之。而己卯本、庚辰本及其它各本均无。但这些本子有夺阙，又有文从字顺的连缀。造成这种差异的缘由，最早是周绍良先生作了探究。周先生认为，曹氏原本应该有这段文字的。甲戌本不阙，是因为过录无误。庚辰本在传抄中某个抄胥将母本多翻了一页，以致形成大段文字的夺漏。

周先生的这一判断是合乎实际的。甲戌本这个独有的情节，在全书的整体构思中，照应全书，是不可少的交代。小说男主角贾宝玉，前身是神瑛侍者。而大荒山青埂峰下的那块顽石，被一僧一道变为美玉，夹杂在神瑛等下凡的风流孽鬼中，来到人间。它在人间的使命，仅是还泪因缘的见证者。整部小说都是紧扣着这个基本套子展开。如《护官符》情节中，有"石头亦曾抄了一张"语，馒头庵贾宝玉与秦钟"算账"，如何算，有石头"不在场，不敢妄拟"语，元妃省亲，有对大观园豪华的感叹，等等，石头的插话，都带有作为见证者的口气。神瑛是神瑛，石头是石头，清清楚楚，没有任何混淆。

当然，石头既是见证者，它与神瑛也并非毫不相干。《玉篇》谓："瑛，美石似玉。"与"假宝玉"意亦相通。这与小说本身的创作命意"无才补天"，也是相一致的。石头与神瑛，既一致，又不一致；既明确，又扑朔迷离。命意的同一性，与情节结构的差异性，这就形成了小说的特殊趣味。

以上分析，不过是说明一点：甲戌本的这四百馀字，可以确定是曹雪芹原著的文字。而庚辰本现今的状况，则是大段文字夺落后，藏书家看上下文不能连贯，便作了一点文从字顺的连缀，于是遂形成现今的这个样子。今梦觉本这里的夺落与连缀，都一如庚辰本。

（二）第二回，冷子兴演说荣国府，各本的异同情况是：

庚、觉：当日宁国公是一母同胞兄弟两个

戌、卯及其馀各本："宁国公"后又有"与荣国公"四字。

舒本无"与"字

这里，梦觉本与庚辰本完全相同，无"与荣国公"四字，看起来颇像夺文。甲戌己卯等其馀各本，均有此四字。故时下的各个校勘本和普及本，虽以庚辰本为底本，但都据各甲戌本校补。

庚辰和梦觉本比之于各本，少此四字，是否一定为夺文，尚大有可讨论的馀地。

"宁国公是一母同胞兄弟两个"句，我的理解，这是单从宁公的角度说，其中也含有他只有兄弟二人，而别无其他兄弟的意思。句中并无夺缺，不是非补不可。如今民间仍有这种用法。如：王二麻子是兄弟二人，不一定还得补上"王三麻子"。一补上，反而显得累赘拖沓。所以这里当曹作原文。当然，句子中的"是"字，也易滋误会，故甲戌、己卯等本子也都加上"与荣国公"字样，各流行本亦多据以校补。但少此四字，无论是原文或非原文，梦觉本与庚辰本完全相同，却是事实。

此外，第十回，己卯庚辰本之外的各本，开头有句曰：

> 却说这贾璜之妻金氏，因……

梦觉本与己卯庚辰本相同，无此句。

又，第十一回，王熙凤探望病中的秦可卿，说的话中，己卯庚辰本之外的本子，都有如下诸语：

> 如今才九月半，还有五个月工夫，什么病治不好？

梦觉本同己卯庚辰本，无此语。

又，第十三回，关于史湘云的一条脂批，各本的差异可说是五花八门。庚辰本的文字是："伏史湘云"。梦觉本略有不同，作："伏下文史湘云。"此中"伏下文"三字，为双行小字。觉本有个异于各本的特殊之处，许多正文中的作者插话，以为是脂批，都变为双行小字，作脂批处理。觉本此处的状况，亦可以循例推知原文的面貌。

以上的这些文字异同，在《红楼梦》的各早期钞本对校中，版本倾向比较明显的例子不算多，但却很能说明问题。在这些特殊的文字异同中，透露出各个本子之间存在不寻常关系。因为，这一类异同，都不是一两个字的异同，而往往涉及一些情节内容的问题，如果两个本子之间没有版本上的特殊联系，这种与各本的共同异文，是不可能存在的。

如今梦觉本与庚辰本之间，存在如此特殊的版本联系，我们完全有理由认定：梦觉本形成之初，它所据的底本，是庚辰本。但是，今存的庚辰本，虽然是我们了解梦觉本与庚辰本之间关系的主要依据，但这却是个辗转过录多次而成的本子。它的祖本是己卯庚辰本。这里所说的梦觉本底本是庚辰本，既不是最初的己卯庚辰本，也不是今存的这个庚辰本，而只是指庚辰本传抄过程中的某个本子。

五 梦觉本的回目

《红楼梦》各早期钞本的回目，异同状况与其正文大体一致。这些回目的异文，都比较鲜明地反映这些本子的整体状况。梦觉本的回目，也一如它的正文，是经后人作过处理而形成的。正因为如此，觉本与各本间的回目异文，往往集中出现在几处相同的地方。

我们研究梦觉本的回目，主要也是从觉本与各本之间的回目异同，特别是其异文着手。这些异文，大致可归结为以下几种类型：

（一）抄手因传抄中的讹误而致异者。例如：

1．第二十七回

滴翠亭杨妃戏彩蝶　埋香冢飞燕泣残红　　各本

滴翠亭杨妃戏彩蝶　埋香冢飞燕泣尘红　　觉本，总目同

2．第三十七回

秋爽斋偶结海棠社　蘅芜苑夜拟菊花题　　各本

秋爽斋偶结海棠社　蘅芜院长拟菊花题　　觉，总目不误

3．第五十四回

史太君破陈腐旧套　王熙凤效戏彩斑衣　　各本

史太君破陈腐归仓　王熙凤效戏彩斑衣　　觉本

（按，各本“斑”亦有作“班”者，又，觉本总目“旧套”不误，“效”作“莽”。）

4．第六十一回

投鼠忌器宝玉瞒赃　判冤决狱平儿行权　　各本

投鼠忌器宝玉情赃　判冤决狱平儿情权　　觉本

5. 第七十回

林黛玉重建桃花社　史湘云偶填柳絮词　　各本

林黛玉重建梅花社　史湘云偶填柳絮词　　觉本

6. 第七十四回

惑奸谗抄捡大观园　矢孤介杜绝宁国府　　各本

惑奸谗抄捡大观园　矢孤人杜绝宁国府　　觉本

以上六例，都比较明显，一眼即可看出，这是过录中抄手过录的讹误。尤其是其中的例2、例3，卷首的全书总回目，觉本与其他钞本没有异文，只是各回的回前分目，才有上述的差异。这正说明，这类异文的出现，是很晚近的事。它是在现今存留的这个梦觉本传抄过录中才形成。这个本子的母本，即据以过录的底本，尚并无讹误，与其他各钞本完全相同。

其馀各例，卷首总回目与回前分目，虽然完全相同，但系传抄之误而致异，也是清楚的。如"飞燕"作"飞尘"，"桃花社"作"梅花社"，与小说内容了无关涉，"杜孤人"连文从字顺都说不上，显然都是传抄讹误。总目与分目之所以相同，那是因为上一代的本子，即今梦觉本形成时所据的母本，就已经存在这些讹误了。

这一类异文之例，虽然也是这个本子的版本现象，但却不能说是代表这个本子的文字特点。真正代表这个本子文字特点的回目，是另一类。

（二）觉本形成，即梦觉主人着手整理这个新本子时，对母本下了规模颇大的改笔。改动正文，自然也改动某些回目。下这些改笔，缘由也是种种不一，有的是母本原先有阙，有的是对母本的回目不尽满意，于是就有另拟或改拟的需要。当然，下这种改笔，有时往往也是带有较明显的随意性。有的甚至是因为不了解原回目的含义，而胡乱下改笔。举例如下：

6．第三回

贾雨村夤缘复旧职　林黛玉抛父进都京　　　庚辰本

（己卯本作"京都"，杨本作"寅缘"）

金陵城起复贾雨村　荣国府收养林黛玉　　　甲戌本

托内兄如海酬训教　接外孙贾母惜孤女　　　觉府戚俄本

托内兄如海酬训教　接外孙贾母怜孤女　　　舒本

托内兄如海酬西宾　接外孙贾母惜孤女　　　程甲本

（按，此条亦可作为觉程异例。）

7．第四回

葫芦僧乱判葫芦案　　各本

葫芦僧判断葫芦案　　觉、程

8．第五回

开生面梦演红楼梦　立新场情传幻境情　　戌

游幻境指迷十二钗　饮仙醪曲演红楼梦　　卯、庚、杨

灵石迷性难解仙机　警幻多情秘垂淫训　　府、戚、舒

（府"警"作"惊"）

贾宝玉神游太虚境　警幻仙曲演红楼梦　　觉、程

9．第九回

恋风流情友入家塾　起嫌疑顽童闹学堂　　各本

（舒，家塾、学堂互易）

训劣子李贵承申饬　嗔顽童茗烟闹书房　　觉、程

10．第四十二回

蘅芜君兰言解疑癖　潇湘子雅谑补馀香　　各本

蘅芜君兰言解疑癖　潇湘子雅谑补馀音　　觉、程

11．第五十回

芦雪广争联即景诗　暖春坞创制春灯谜　　庚

芦雪庵争联即景诗　香春坞雅制春灯谜　　府、戚

芦雪庐争联即景诗　香春坞创制春灯谜　　俄

芦雪亭争联即景诗　香春坞雅制春灯谜　　觉、程

12．第五十二回

王太医乱用虎狼药　勇晴雯病补雀金裘　　各本

王太医乱用虎狼药　勇晴雯病补雀毛裘　　觉、程

13．第五十六回

敏探春兴利除宿弊　时宝钗小惠全大体　　庚、俄

敏探春兴利除宿弊　识宝钗小惠全大体　　杨、府、戚

敏探春兴利除宿弊　贤宝钗小惠全大体　　觉、程

14．第五十七回

慧紫鹃情词试忙玉　　庚

慧紫鹃情词试宝玉　　戚、俄

慧紫鹃情词试莽玉　　觉、程

15．第五十八回

杏子荫假凤泣虚凰　　各本

杏子荫假凤泣虚鸾　　觉、程

16．第五十九回

柳叶渚边嗔莺咤燕　怡红院里召将飞符　　各本

柳叶渚边嗔莺叱燕　怡红院里召将飞符　　觉、程

17．第七十九回

薛文龙悔娶河东狮　　庚及各本

薛文龙悔娶河东吼　　觉、程

以上诸例，几乎都是随意下改笔。有的因为不了解原回目的含义，如"时宝钗"改为"贤宝钗"、"忙玉"改为"莽玉"，等等。尤其是"莽"字，与内容了不相涉，正文中没有任何文字讲他的鲁莽或莽撞。忙玉，则是合乎贾宝玉在女孩们之中的忙于周旋。而"河东狮"是个名词性的偏正结

构，与上文的"悔取"，配搭是很合适的，今觉本改为"河东吼"。本来这是一个很常用的典故，这一改，连文从字顺都谈不上了。

此外，第十七、十八回和第十九回，在庚辰本中，这三回书比较特殊。第十七、十八回未分开，第十九回虽已分出，但亦未拟回目。几种本子第十九回的回目，似乎都是后来补拟。但很一致，没有任何异文，都是：

　　情切切良宵花解语　　意绵绵静日玉生香

这个回目，是否曹雪芹原拟文字，也有可疑之处。但除庚辰本、己卯本外，各本均如此，姑作原拟处理。

又，第八十回，也颇特殊。庚辰本回目原阙，各本状况不一，显然系后来各自补拟。差异如下：

　　庚辰本：阙
　　杨本：懦迎春肠回九曲　　姣香菱病入膏肓
　　府、戚：懦弱迎春肠回九曲　　姣怯秀菱病入膏肓
　　觉本：美香菱屈受贪夫棒　　丑道士胡诌妒妇方
　　（程作"王道士"）

相比之下，梦觉本似乎较为切合正文。今各本正文的内容，恰是迎春遇人不淑，香菱受屈被打，觉本回目作这般概括，是准确的。其他各本，回目的下句，则是无内容着落的："娇怯香菱病入膏肓。"

各本为什么有这种歧异，多数本子回目中为什么有这个无正文着落的下句，是很费人思量的。

据《红楼梦》各早期抄本的文字异同规律，我们不妨作这样的推测：最初有个稿本，一定是有香菱病入膏肓的情节。对此，脂批亦有所透露。几种本子的回目有这个下句，不是了无依据的空穴来风。要说是有所本，这些本

子，如王府本、戚序本等，所据的都是己卯庚辰本。可是己卯庚辰本的这个回目，却偏又付阙如。究竟是己卯庚辰定稿时，对香菱情节作了删改，亦删掉与正文相应的回目，以留阙待补呢，还是在传抄过程中回目脱佚，实际情形如何，一切都颇有可疑之处。

第十七、十八回，又是一种特殊情况。庚辰本尚未分断，这两回书是一个合回（最初还应包括第十九回），合回的回目是：

大观园试才题对额　荣国府归省庆元宵

其他各本，都已分断，而且也都各拟了回目。但在何处分断和所拟的回目，各本差异颇大。从这个状况看，这些本子中作分断处理和拟出回目的，似乎都不像是作者本人，而是后来的藏书家，觉本尤为明显。今将各本分断处和回目的异同，条列于下：

列藏本最接近于庚辰本，虽已分断，但将原合回的回目，即"大观园试才题对额，荣国府归省庆元宵"单属第十七回，而第十八回的回目付阙。它的分断处，是：

王府本和戚序各本，是脂本的一个分支，分断处完全相同。回目是：

第十七回：大观园试才题对额　怡红院迷路探曲折

戚正本回前分目作"探深幽"

第十八回：庆元宵贾元春归省　助情人林黛玉传诗

杨本第十七回：会芳园试才题对额　贾宝玉机敏动诸宾

第十八回：林黛玉误剪香囊袋　荣国府归省庆元宵

舒本第十七回：大观园试才题对额　荣国府奉旨赐归宁

第十八回：隔珠帘父女勉忠勤　搁湘管姊弟裁题咏

梦觉本、程本，又是一种特殊状况，原合回的回目，单属第十七回，即：

第十七回：大观园试才题对额　荣国府归省庆元宵
第十八回：皇恩重元妃省父母　天伦乐宝玉呈才藻

分断之处，各本也是差异颇大。杨本、王府本、戚序本和列藏本相同，第十七回收结于贾宝玉题罢对额，从大观园出来。舒本第十七回结束于元春进园后，石头对比此时园中繁华与当年大荒山的冷落。梦觉本、程本第十七回，收结于林之孝家的向王夫人回说关于妙玉事。分断处有同有异，回目却各不相同，这一现象虽然简单，透露出分断的经过却十分复杂。

这些本子形成时，它的底本，有的还是一个合回，有的虽已分开，但却还没有拟出回目。于是，新本过录的主持者，遂对此作不同的处理：已分断的补拟回目，尚未分断的，二者同时完成。这才出现如今的状况。这样看来，梦觉本的底本，第十七、十八回是个尚未分断的合回，当梦觉主人对全本进行大规模整理时，对这个合回作了分断，将合回的回目单属第十七回，并另拟了第十八回的回目。

在另拟回目时，梦觉主人忽略了一个问题：正文内容与回目之间，出现了脱节现象。合回回目的上下联，统摄两回书内容。上联是试才题对额，概括第十七回的内容。而下联归省庆元宵，则是第十八回内容。今觉本分断于准备下帖请妙玉，未到归省情节。今觉本将归省庆元宵作为第十七回的回目，显然有文不对题之嫌。

六　梦觉本的正文

一个本子的版本特色，最集中的现示，莫过于它的正文状况。梦觉本作为一个早期钞本，与他本最突出的不同，就是它的正文下过大规模改笔。这种改笔不属于作者对稿本的修改，而是后来藏书家的整理。上文已讨论过，这场整理的操觚者，很有可能是作序的梦觉主人。从这个意义上说，梦觉本是与原著相去最远的一个本子。

既然是后人的整理，那么整理者从那些方面着手下改笔呢？归结起来，大致上是以下几种状况：

（一）凡本子在传抄过录的过程中带来的"讹错衍夺"，致使文字欠亨者，作文从字顺的处理。

我们知道，乾隆五十六年（辛亥，1791），萃文书屋木活字摆印本（即程甲本）问世之前，《红楼梦》一直是以传抄过录的方式流传。在这个过程中，各种各样的失误，诸如：讹字、衍文、夺漏、错简等，都殊难避免。过录越是频繁，这样的失误，辗转相因，遂越益积累增多。书中文句费解者，甚至笑话，则就屡屡出现。

一般说来，藏书家过录一个本子，不同于民间抄个本子上庙市出卖。上庙市的本子，几乎都是出于营利目的，母本的版本状况如何，完全可以不问。而藏书家如果要组织过录一个新本子，首先要选择所据的母本，选定之后，还要细读一过。当他发现母本中有某些不可通之处时，不免还要进行一道疏通的手续。当然，说部之类，不像经史那样神圣不可侵犯。对底本中某些字句进行调整疏通时，也毋须像校勘经史那样，广列副本，然后择善而从。小说的校改，操觚者随意下笔的居多。

这样，整理出来的新本，文字固然顺畅了，但不一定就是原著面貌。梦觉与己卯庚辰本及其他各本相比，异文数量很大，其中一类，就是属于这种情况。今举例如下：

1. 第一回，讲甄士隐处境

幸而士隐还有折变地的银子未曾用完　　戌、卯、庚

幸而士隐还有折变田地的银子未曾用完　　府

幸而士隐还有质变田地的银子未曾用完　　戚

幸而士隐还有折变田产的银子未曾用完在身边　　觉、程

2. 第二回，冷子兴说的迎春

二小姐乃政老爹前妻所出　　庚

二小姐乃赦老爷前妻所出　　府、舒

二小姐乃赦老爷之妻所出　　戚

二小姐乃赦老爹之女政老爹养为己女　　卯、杨

二小姐乃赦老爷姨娘所出　　觉、程

3. 第三回，写贾宝玉外貌

脸如桃瓣目若秋波　　庚

眼似桃瓣晴若秋波　　戌

眼若桃瓣晴若秋波　　卯、

鼻如悬胆晴若秋波　　觉、程

4. 第三十七回，探春便柬中语

若蒙掉雪而来　　庚、卯

若蒙绰雪而来　　杨

若蒙绰云而来　　府、戚

若蒙棹雪而来　　舒

若蒙造雪而来　　觉、程

5. 第三十七回，讲作诗

并不为奈邦难人　　庚、卯、府、俄

并不为那些难人　　戚

并不为此而难人　　觉

并不为以此难人　　程

以上五例，有个共同点，都明显是母本有讹误。除了例5外，其馀四例，母本原文是什么，只要排比各本的异同，大致上都还可以推断。我在《梦觉本母本》一节中，已作详述，说明梦觉本的母本，是个传抄过程中的某个庚辰本。以上所举各例，也正说明庚辰本在传抄中积有不少讹误，而梦觉主人

以此为底本进行新本整理时，对底本中这些因讹误造成的文字障碍，不能不予以处理。但是梦觉本最初成书作这番文字处理时，从此本与几种其他早期钞本的对勘看，这些改笔明显无其他本子可据，几乎都是想当然的臆改。而且例4的"造雪"，改后仍还欠通。又例3，改为"鼻如悬胆"，像书场上的说书，流于俗套了。然而，如果不去一一计较每一处改笔的得失，大体上对底本的错讹有所疏通，作为一个供大众阅读的普及本，亦有其可取之处。

尽管本子中做过这许多改动，但仍还存在一些不知所云的文字，如第八回，秦可卿提到其弟秦钟时，尤氏说了一句调侃的话，取笑王熙凤，王的回答中，有："不笑话我就罢，竟叫快领去。"

但也不能不看到，梦觉本形成时，底本中某些文字，如第二回冷子兴叙述了林黛玉的来历后，贾雨村的一段插话，本来不算是最费解的，由于整理者的误解，遂随意下了改笔。

庚辰本的文字是：

> 度其母必不凡，方得其女，今知为荣府之孙，又不足罕矣。可伤上月竟亡故了。

这段文字各本多有差异，原因是在于，语句所指是谁，是母还是女，后人理解不一。细味上下文，当是指"母"，不然后面的"可伤上月竟亡故了"句，成为说林黛玉上月死了。但上文有个插入语性质的"方得其女"，语句确实有点牵缠。觉本也是出于这种误会，将"荣府之孙"改为"荣府外孙"，以致"可伤上月亡故"与上文连接不上。第六回关于青儿、板儿的叙述，也是这样的句式。可见，觉本也有不少是不理解底本原文语句，随意下改笔的。

作为一个独立的本子，改动其底本的若干讹误，固然是其版本现象之一端。但是，真正代表一个本子特色的，是其文字的总体倾向。

梦觉本文字的总体倾向，最突出的是其简约性。

于梦觉本，文字作过简约化处理的，不是少量几回，而是遍及全书，状况也并不划一。大体上可归为两大类型。

其一，删去作者的议论性插话，包括石头作为见证者的插话。

小说的情节发展中，时有作者插话，这是中国小说艺术传统的一个方面。因为，白话小说作为中国小说史上的一支，是在书场演出中形成。说书艺人在讲述中，或对某个情节和细节有所解释说明，或者为活跃演出气氛，往往有些离开情节又与之有关的插话，这就形成了中国白话小说叙述中颇为常见的做法。《红楼梦》虽然是文人的案头文学，但艺术表现上也不免留下书场话本的影响，书中也时见这种作者的插话。如：第三回，宝黛初见，当丫鬟来报，"宝玉来了"，黛玉心中测度这宝玉是个怎样的惫赖人物时，作者插话曰："不见那蠢物也罢了。"

梦觉本中，则作了删节。又，第二回，黛玉初进荣国府，贾母出见时，有一作者插话："此即贾赦贾政之母史氏太君也。"觉本虽未删去，但移作双行小字，作脂批处理。这样的例子，在全本中尚有多处，不一一列举。

又，略有不同的，是第五十三回的一大段文字，见于庚辰本及其他几种本子，是关于慧绣的议论。可以说，这是一种特殊形式的作者插话。今觉本悉数删去，程本从之。

此外，《红楼梦》一名《石头记》，全书是大荒山青埂峰的那块顽石作为还泪姻缘见证者的记录，故书中有多处石头的插话。石头的话，实际上也是作者的插话。觉本中，亦都一一作了删汰。如第六回，充当门子时小沙弥拿出《护官符》时，小说中有：

> 其口碑排写明白，下面所注的皆一是自始祖官爵并房次，石头亦抄了一张。

又第十七十八回，元春归省，进大观园时，看到园中的豪华，这时有一段石头的感慨：

此时，自己回想当初在大荒山中，青埂峰下，那等凄凉寂寞，若不亏癫，在全书中毕竟只是少数。僧、跛道二人携来到此，又安能得见这段世面，本要作《灯月赋》《省亲颂》，以志今日之事，但又恐入了别书的旧套。按此时之景，即作一赋一赞，也不能形容得尽其妙。即不作赋赞，其豪华富丽，观者诸公，亦可想而知矣。所以倒是省了这工夫纸墨，且说正经的为是。

以上都是以石头口气说的插话，见于己卯本、庚辰本和其馀各本。觉本这类文字都删节以尽。这只是些特例，在全书中毕竟只占少数。真正说明梦觉本简约化特点的，而是另一种情况。

从梦觉本整体说，文字的简约，表现于全书的行文，即叙述语和人物对话上。这一类语例实在太大量了，无法一一列举。今仅从各回中选择几个特点明显的语例。如：

1. 第一回，讲甄士隐的田庄

庚：盗贼蜂起，无非抢田夺地，鼠窃狗偷，民不安生，因此官兵剿捕，难以安身。（各本有小异）

觉：盗贼蜂起，官兵剿捕，旧庄上人又难以安身。

2. 第一回，说到贾雨村

庚、各本：雨村正值偶感风寒，病在旅店，将近一月光景方渐愈。一因身体劳倦，二因盘费不继，正欲寻个合适之处，暂且歇下。

觉、程：雨村在旅店偶感风寒，愈后又因盘费不济，正欲得一居停之所以为息肩之地。

3. 第二回，说甄士隐与贾雨村

庚、各本：二人说话投机，最相契合，

觉程：二人最相契合

4．第三回，王夫人说到贾宝玉

庚、各本：他还安静些纵然他没趣，不过出了二门，背地里拿着他的两个小幺儿出气，咕唧一会子就完了。

觉程：他还安静些。

5．第三回，各人在贾母跟前

庚、各本：敛声屏气，恭肃严整如此

觉程：敛声屏气如此

6．第三回，林黛玉去贾赦院

庚、各本：至仪门前方下来，众小厮退出，方打起车帘

觉、程：至仪门前方下车来

7．第三回，林黛玉初到荣国府的感想

庚、各本：这里许多事情，不合家中之式，不得不随和，少不得一一改过来

觉、程：这们许多规矩，不似家中，亦只得随和着些

8．第三回，林黛玉与袭人谈玉

庚、各本："……我记着就是了。究竟那玉不知不知是怎么个来历，上面还有字迹？"袭人道："连一家子也不来历，上面还有现成的眼儿，听得说，落草时是从口里掏出来的，等我拿来你看便知。"黛玉忙止道："罢了。此刻夜深，明日再看也不迟。"大家又叙了一回。

觉、程：我记着就是了，又叙了一回

9．第四回，葫芦僧作门子

庚、各本：欲投别庙去修行，又耐不得清凉景况，因想这件生意倒还轻省热闹。

觉、程：这件生意到还轻省，耐不得凄凉景况

10．第四回，门子讲到薛蟠

庚、各本：这薛公子原是早已择定日子上京去的，头起身前两日，就偶然遇见这丫头，意欲买了就进京的，谁知闹出这事来。

觉、程：这薛公子原早择下日子要上京去的。

11．第六回，王熙凤给刘姥姥银子时说的话

庚、各本：这是二十两银子，暂且给这孩子做件冬衣罢。若不拿着，就真是怪我了。这钱雇车坐罢。改日无事，只管来逛逛，方是亲戚们的意思。

觉、程：这是二十两银子，暂且给这孩子们作件冬衣罢。

12．第七回，周瑞家的与薛宝钗说的话

庚、各本：也该趁早儿请个大夫来，好生开个方子，认真吃几剂药，一势儿除了根才是。

觉、程：也该趁早请个大夫认真医治。

13．第七回，焦大在宁国府

庚、各本：那焦大又恃贾珍不在家。即在家也不好怎样他，更可以任意洒落洒落。

觉、程：那焦大又恃贾珍不在家。

14．第八回，贾宝玉闻到冷香丸的气味

庚、各本：只闻一阵阵凉森、甜丝丝的幽香，竟不知系何香气。

觉、程：只闻一阵阵香气，竟不知是何气味。

15．第八回，贾宝玉讲到李奶妈

庚、各本：如今逞的他比祖宗还大了。如今我又吃不着奶了，白白的养着祖宗作什么。

觉、程：如今惯的比祖宗还大。

16．第九回，贾宝玉约秦钟上学

庚、各本：宝玉急于要和秦种相遇，顾不得别的，择定后日一定上学，"后日一早，请秦相公到我这里，会齐了，一同前去。"打发了人送了信。

觉、程：宝玉急于要和秦种相遇，择定后日一定上学，打发人送了信。

17．第十回，尤氏与贾璜之妻说到秦可卿

庚、各本：想什么吃，只管到我这里取来。倘或我这里没有，只管望你琏二婶子那里要去。

觉、程：想什么吃，只管到我这里来取。

18．第十三回，贾政以秦氏棺本太奢华劝贾珍

庚、各本：此时贾珍恨不得代秦氏之死，这话如何肯听。

觉、程：贾珍如何肯听。

19．第十三回，贾珍请王熙凤协理宁府

庚、各本：(凤姐) 好卖弄才干，虽然当家妥当，也因未办过婚丧大事，恐人还不伏，巴不得遇见这事。

觉、程：(凤姐) 好卖弄能干，

20．第十四回，王熙凤协理宁府，处罚迟到者

庚、各本：小的天天都来的早，只有今儿醒了觉得早些，因又睡迷了，来迟了一步。

觉、程：小的天天都来的早，只有今儿，来迟了一步。

同一件事，隔了几行，

庚、各本：登时放下脸来，喊命"带出去打二十板子"，一面又掷下宁国府对牌，"出去说与来升，革他一月银米"。众人听说，又见凤姐眉立，知是恼了，不敢怠慢，拖人的出去拖人，执牌传谕的忙去传谕，那人身不由己，已拖出去挨了二十大板，还要进来叩谢。凤姐道："明儿再有误的，打四十，后日的六十，有要挨打的只管误。"吩咐"散了罢"。

觉、程：登时放下脸来，喊命"带出去打二十板子"。众人见凤姐动怒，不敢怠慢，拉出去照数打了。进来回复，凤姐又掷下宁府对牌，"说与来升，革他一月粮米"。吩咐"散了罢"。

21．第十五回，宝玉离庄看到纺线女

庚、各本：宝玉恨不得下车跟了他去，料是众人不依的，少不得以目相送。

觉、程：宝玉情不自禁，然身在车中，只得以目相送。

22．第十六回，旺儿媳妇送利钱来

庚、各本：二爷倘或问奶奶，是什么利钱，奶奶自然不肯瞒二爷的，少不得照实告诉二爷。

觉、程：二爷少不得要知道。

23．第十六回，结尾处，庚辰本和各本，有都判与小鬼说的一大段话，觉本一字不剩，尽数删去。

24．第四十四回，贾琏约鲍二老婆，看门丫头的话

庚、各本：二爷也是才来房里的，睡了一回醒了，打发人来瞧二奶奶，说才坐席，还得好一回才来呢。二爷就开了箱子，

觉、程：二爷也是才来的，二爷开了箱子，

25．第四十四回，薛宝钗劝解平儿

庚、各本：别人又笑话他吃醉了。你只管这会子委曲，素日你的好处，岂不都是假的了。

觉、程：别人又笑话他是假的了

26．第四十五回，黛玉烧了才写的诗，与宝玉的对话

庚、各本：宝玉笑道："我已背熟了，烧也无碍。"黛玉道："我也好了许多，谢你来几次瞧我，下雨还来。这会子夜深了，我也要歇着，你且请回去……"

觉、程：宝玉笑道："我已记熟了。"黛玉道："我要歇了，你请去。……"

27．第四十九回，宝钗与湘云讲到宝琴

庚、各本：我们这琴儿就有些像你。你天天说要我作亲姐姐，我今儿竟叫你认他作亲妹妹罢了。

觉、程：我们这琴儿，今儿竟叫你认他做亲妹妹罢。

28．第五十一回，贾宝玉论虎狼药

庚、各本：我和你们一比，我就像那野坟圈子里长的几十年的一棵老杨树，你们就如秋天芸儿进我的那才开的白海棠。

觉、程：我知你们就如秋天芸儿进我的那才开的白海棠。

29．第五十四回，王熙凤向贾母说到袭人

庚、各本：我叫他不用来，只看屋子，散了，又齐备，我们这里也不耽心，又可以全他的礼。岂不三处有益。祖宗要叫他，来就是了。

觉、程：我叫他不用来，老祖宗要他来，我叫他来就是了。

30．第五十七回，薛姨妈讲到林黛玉的婚事

庚、各本：婆子们因也笑道："姨太太虽是顽话，却倒也不差呢。到闲了时和老太太一商议，姨太太竟做媒，保成这门亲事，是千妥万妥的。"薛姨妈道："我一出这主意，老太太必喜欢的。"

觉本这一大段话全删，程本同。

31．第五十九回，藕官说他乾妈

庚、各本：在外头这两年，别的东西不算，只算我们的米菜，不知赚了多少家去，合家子吃不了。还有每日买东买西赚的钱在外。逢到我们使他们一使儿，就怨天怨地的。你说说可有良心。

觉、程：在外头这两年，不知赚了我们多少东西。你说说可有良心么。

32．第五十九回，春燕转述宝玉的话

庚、各本：（女儿出了嫁，）变出许多的不好的毛病来，虽是颗珠子，却没有光彩宝色，是颗死珠了。再老了，更变的不是珠子，

觉、程：（女儿出了嫁，）变出许多不好的毛病来，再老了，更不是珠子，

33．第五十九回，还是春燕的话

庚、各本：我姨妈刚和藕官吵了，接着我妈为洗头又和芳官吵，芳官连要洗头都不给他洗。昨日得了月钱，推不去了，买了东西先叫我洗。我想了一想，我自有钱，就没钱要洗时，不管袭人晴雯麝月，那一个跟前和他们说一声，也都容易。何必惜这个光儿，好没意思，所化我不洗，他又叫我妹妹小鸠儿洗了，才叫芳官。果然就吵起来。接着又要给宝玉吹汤，你说可笑死了人。我见他一进来，就告诉那些规矩，他只不信，只要强做知道的，足的讨个没趣儿。

觉、程：接着我妈和芳官又吵了一场，又要给宝玉吹汤，讨个没趣儿。

觉本这一类大段节要文字，还有：第六十九回，尤二姐与平儿说的话；第七十回，紫鹃送还风筝；第七十一回，邢夫人借费婆子的事给王熙凤下不了台；第七十三回，司棋绣桔向探春说的话；第七十五回，尤氏从荣府回宁府；第七十七回，晴雯病中情景；第七十八回，贾母对袭人的评价，猜想宝玉为什么特别喜欢女孩子；第八十回，关于天齐庙的说明，都是各本有较为详细的叙述描写，而在梦觉本和程甲本中，都只留下三言两语。这类例子很多，为了节省篇幅，不一一抄列。

以上所举的，虽然仅仅是全书中极少数的例子。但是，从梦觉本与庚辰本以及其他各本的对校中，却可以明显地看到，梦觉本文字的简约化倾向。在全书中，无论这里举到的还是没有举到的，都是梦觉本对其底本，即庚辰本，作了文字上的删节。小至删去一个短语或句子，大至简化或删去大段叙述和描写，几乎找不出梦觉本文字上繁于庚辰本或其他各本的例子。

从梦觉本文字的这个最突出的特点看，本子的整理者梦觉主人不仅下过一番大功夫，而且文字水准也不算低。我们如果不把曹雪芹神化，那么，梦觉主人下这番工夫，对曹雪芹《红楼梦》原著下如许改笔，固然有很多地方不能令人满意，但也并非一无可取。作为诸多版本中的一种，自有它的存在价值。

七 梦觉本与程甲本

本节要论述的，是梦觉本与程甲本的关系。为了说明这究竟是一种什么样的关系，我们也只能在整个《红楼梦》版本体系中，看这两个本子与各本之间的文字异同状况。

在《红楼梦》的几种早期钞本中，梦觉本是独异于其他钞本的一个本子。如果加进第一个印本萃文书屋辛亥木活字摆印本，即程甲本，那么，梦觉本与程甲本这两个本子，文字的主要倾向是十分明显的同。或者说，二者共同异于庚辰本以及其他各本的文字，不仅数量多，而且其状况也是异乎寻常的。

这两个本子文字上倾向的同，数量多尚在其次，更主要的是，这些与各本的共同异文，都往往表现于最能说明其版本特点的关键之处。上一节，说明梦觉本对庚辰本作重大改动时，所举的异文例子，程甲本都是与梦觉本相同。也就是说，本节所要论述的内容，例证已大量见于上一节。但是，这里尚须补充几个特殊的例子：

> 第四十七回，柳湘莲见薛蟠不堪，要离开赖家
> 各本：无奈赖尚荣死也不放。赖尚荣又说，
> 觉程：无奈赖尚荣又说，

这里，上下两个"赖尚荣"其间有夺。两个相同词语之间，过录时看错了眼，产生夺文，这是钞本中最常见的致夺原由。

> 第五十二回，宝玉烧破雀金裘时晴雯与宝玉的对话
> 各本：拿来我瞧瞧罢。没个福气穿就罢了，这会子又着急。"宝玉笑道："这话倒说的是。"说着，便递与晴雯。
> 觉、程：拿来我瞧瞧罢。没个福气穿就罢了。"说着便递与晴雯。

这里觉程二本少几句，不是觉本中常见的文字简约化，而是夺文。各本中，上文是宝玉的话，说着递与晴雯，是顺理成章的。而觉程本中，成了晴雯说着递与晴雯，则就上下不接了。显然有夺。

> 第五十四回，贾母派家人媳妇给鸳鸯和袭人送吃食
> 各本：麝月等问，手里拿的是什么，媳妇们道，是老太太赏金花二位姑娘吃的。秋纹笑道，外头唱的是《八义》，没唱《混元盒》，那里又跑出

金花娘娘来了。

> 觉程：麝月等问，手里拿着什么，媳妇道，外头唱的是《八义》，又没唱《混元盒》，那里跑出金花娘娘来了。

这里本来是指鸳鸯（姓金）和袭人（姓花），家人媳妇简言之曰"金花二位姑娘"。秋纹接此语打趣，文气贯连。而觉程二本中，成了家人媳妇的答话，有点不知所云。文中有夺，也是十分清楚的。

觉程二本的相同夺文，当然不止这几例。如第五十二回晴雯补裘一段，又第五十四回给贾母上点心一段，都像是夺文。两个本子之间，连夺文也如此相同，当然是由于二者不寻常渊源关系。

这种现象说明什么呢？梦觉本卷首序中标明，序作于乾隆四十九年甲辰。作序时间，也可理解为本子形成的时间。而程甲本卷首标出付印的时间，则是乾隆五十六年辛亥，晚于梦觉本七年。

两本有如此共同的文字现示，在正常情况下，当是后出的程甲本承袭了先出的梦觉本。梦觉本和程甲本的版本状况，都没有出现任何反常现象。程甲本系后出者，它与梦觉本在文字上相同如此，正说明这个本子形成时，所取的底本是梦觉本。或者说，程甲本是一个在梦觉本基础形成的新本子。因此，说程甲本承袭了梦觉本文字最主要的特点，是没有什么问题的。

当然，程甲本毕竟是一个独立的本子。它对于梦觉本，既有承袭为主要倾向的大同，又有经过整理的小异。

程伟元、高鹗的这次整理，详细经过，二人各自为程甲、程乙这两个本子作的序中，已经说得很清楚。程伟元于程乙本《引言》中说：

> 书中前八十回抄本，各家互异，今沿传既久，坊间缮本及诸家所藏秘稿，繁简歧出，前后错见。即如六十七回，此有彼无，题同文异，燕石莫辨。兹惟择其情理较协者，取为定本。书中后四十回，系就历年所得，集腋成裘，更无他本可考，惟按其前后关照者，略为修辑，使其有应接而无矛盾。

至其原文，未敢臆改。

又程伟元程甲本《序》中，说到后四十回凑齐后，"滟漫不可收拾，乃同友人细加厘剔，截长补短，抄成全部"。

程高的这些说明，透露出一个消息：程甲本在最初形成时，虽然不能像校勘经史那样广列副本，但他们手边也还是不止一个本子，有"坊间缮本"和"诸家所藏秘稿"之别。其中"各家互异""此同彼异"以及"择其情理"诸语，都可从中窥见，他们在校勘新本过程中，不仅选定梦觉本为底本时，颇有选择馀地，而且，对本子作文字整理，也是下过较大工夫的。

从程甲本整体的文字状况看，底本梦觉本止于八十回，而临时搜罗到的后四十回，文字"滟漫不可收拾"。因此，程高二人在整理这个印本时，主要精力是放在后四十回的整理上。

前八十回，从程甲、梦觉本和各本的对校看，程甲与底本梦觉本之间，文字主要是其同，但也存在若干差异。可见程甲本形成时不是对底本照搬完事，而也是下了改笔的。

其中，最能说明程甲本特点的，或者说，它对梦觉本改动最明显的，是它的楔子部分。在这个部分，例子很多，如果尽数列举，为篇幅所限，今仅举如下一个牵及全书之例。

这就是无材补天，遗落在大荒山的那块顽石，与三生石畔的神瑛侍者，在程甲本中的合二而一。在包括梦觉本在内的各本中，二者不是一回事。神瑛下凡，引出绛珠仙子跟着来到人间，以了还泪因缘。这是《红楼梦》故事的前因。而那顽石，原本与还泪因缘无关，只因听了一僧一道的对话，激起凡心，得僧道之助，变成美玉，夹带到红尘中，成为还泪因缘的见证者。这就是神瑛后身贾宝玉口中衔的那块美玉。贾宝玉不是"假宝玉"，在故事中的关系，本来是清楚的。

可是，贾宝玉也是"假宝玉"，那是《红楼梦》的创作命意。创作命意与作家在故事中构筑的情节，不能说毫不相干，但也还是有所区别的。在各早期钞本，即脂砚斋评本中，贾宝玉不是"假宝玉"，区别本来是清楚的。特别是甲戌本，情节的交代也是清晰的。

庚辰本，以及庚辰本的各衍生本，由于传抄中的某个庚辰本，漏抄了僧道与石头的对话，以致顽石与神瑛的区别产生了混淆。也许，程甲本在最初形成时，程高看到底本中的这一混淆，看到二者关系的交代有含糊处，遂对这一情节作了改动，加进神瑛即顽石的内容。梦觉本与庚辰本，此处文字基本相同，是：

> 西方灵河岸上，三生石畔，有绛珠仙草一株。时有赤瑕宫神瑛侍者，日以甘露灌溉。这绛珠草始得久延岁月。

程甲本则改为：

> 西方灵河岸上，三生石畔，有绛珠仙草一株。那时这个石头因娲皇未用，却也落得逍遥自在，各处去游玩。一日，来到警幻仙子处，那仙子知他有些来历，因留他在赤霞宫居住，就名他为赤霞宫神瑛侍者。他却常在灵河岸上行走，看到这株仙草可爱，遂日以甘露灌溉。这绛珠仙草始得久延岁月。

梦觉本和其他各早期钞本中，石头不是神瑛，只是在神瑛下凡，绛珠还泪这段公案中的夹带，因此成了还泪因缘的见证者。而程甲本则把二者合而为一，神瑛即石头，贾宝玉前身是神瑛，也是石头了。这是程甲本与梦觉本的一个重大差异。楔子部分，其他的文字差异还不少，为节省篇幅，不一一罗列。

程甲本与梦觉本的第二个重大差异，是柳五儿的生死。梦觉本与庚辰本及其馀各脂本一样，柳五儿在前八十回中已经死去。第七十七回，王夫人撵晴雯时，也赶走芳官等人。庚辰本涂改过多，梦觉本和其他本子，王夫人斥责芳官有如下的话：

> 前年我们往皇陵上去，是谁调唆宝玉要柳家的丫头五儿了。幸而那丫
> 头短命死了。不然进来了，你们连夥聚党，遭害这园子里的人。

在程甲本中，后四十回柳五儿还要出场，并有相当曲折的一段情节。这
句话不仅删去，而且还用一个简短情节，让柳五儿露了一面。那是贾宝玉去
探望病中的晴雯，程甲本中增加一个柳家母女见到宝玉的文字。程本是个完
整的一百二十回本，对待这些牵涉面较大的事件和人物，自然不能简单地照
搬底本，而是要顾及情节的前后接榫，作相应的处理。

又，晴雯的姑舅哥嫂，在早期钞本中，也是个乱成一团的问题。庚辰
本，晴雯的表哥叫多浑虫，表嫂就是贾琏的相识灯姑娘。梦觉本这段文字与
庚辰本大致相同，唯没有提到灯姑娘是贾琏的旧相识。梦觉本和其他各本，
是这样一段话：

> 我等什么似的今儿等着了你。虽然闻名不如见面，空长了一个好模样
> 儿，竟是没药性炮章，只好装幌子罢了。到比我还发讪怕羞。可知人的嘴
> 一概听不得的。就比如方才我们姑娘下来，我也料定，你们素日偷鸡盗狗
> 的。我进来一会子，在窗下细听。屋内只你二人，若有偷鸡盗狗的事，岂
> 有不谈及的。谁知你两个竟还是各不相扰。可知天下委屈事不少。如今我
> 反后悔，错怪了你们。既然如此，你但放心，已后你只管来，我也不罗唣你。

这里写的灯姑娘，不是单色彩的，而是表现出人的复杂性。虽然在府中
广揽群雄，有点"那个"，但却不失是非感，还说了几句不悖情理的话。在
程甲本中，状况大不一样，不仅多浑虫改为"吴贵"，而这位表嫂，也单一
化了。程甲本这段文字改为：

我等什么儿是的今日才等着你了，你要不依我，我就嚷起来，叫里头太太听见了，我看你怎么样。你这么个人，只这么大胆子儿。我刚才进来了好一会子，在窗下细听。屋内只你两个人，我只道有些个体己话儿。这样看起来，你们两个人竟还是各不相扰儿呢。我可不能像他那么傻。说着就要动手。

晴雯听到他嫂子如此，急得虚火上升，昏了过去。正在这不可开交的时候，柳五儿母女奉袭人之命送东西来，这才解了围。那位吴家表嫂，在这里被改得十分不堪，成为一味勾引男人的淫荡女子。

评价个中得失优劣，非本文任务。这里只是说明，程甲本虽以梦觉本为底本，基本倾向是承袭梦觉本的文字特点，但成书时，对梦觉本也曾作过不少修改。说程甲本是个独立的本子，程本以后的梓印本，自成体系，也是以版本实际为依据的。

这里还有另外一个问题，程甲本既然与梦觉本文字差异如许，与前面说的，它是以梦觉本为底本，是否抵牾？没有。就程甲本全书说，文字与梦觉本大体相同，所据的底本是梦觉本，自无可怀疑。其中异处较多的各回，是否另有所据，有取别本若干回凑拼的现象，也没有。这些回的底本，仍是货真价实的梦觉本。

也就是这个改动较大的第七十七回，程甲、梦觉与各本之间，文字上存在大量共同的异文，仍是很突出的。例如：

1. 庚辰、各本：（袭人）有吐血旧症虽愈，然每因劳碌凤寒所感，及痰中带血，故迩来夜间总不与宝玉同房。

梦觉、程甲：（袭人）有吐血之症，故迩来夜间总不与宝玉同房。

（程甲，"迩"作"近"。）

2. 庚辰、各本：宝玉外床只是他睡，今他去了，只得要问，因思此任日间紧要之意，宝玉玩答不管怎样，袭人只得依旧年之例，遂仍将自己铺盖搬来。

　　梦觉、程甲：宝玉外床只是晴雯睡着，今他去了，只得将自己铺盖搬来。

　　类似的例子，在这一回书中远不止仅此两处，还可举出许多来。但这二例已足一说明，程甲与梦觉，共同是主要的。即使是异文较多的这个第七十七回，也与全书其他各回一样，底本仍是梦觉本，程甲本的一切调整改笔，都是在梦本的基础上进行，没有例外的拼凑现象。

结语

　　对梦觉本作了以上的考察，我们是否可以得出这样的结论：

　　（一）《红楼梦》的早期钞本，都是脂砚斋评本。梦觉主人序本，无论是情节还是人物，都具有脂砚斋评本的基本特点，从总体说，仍是个脂评本。它的母本就是庚辰本。

　　（二）在脂评本本子中，梦觉本又有它的独特之处，这就是：后人在底本基础上经过大规模的修改整理，主要是作文字的简约化处理，而形成这个本子的。从种种迹象看，操觚者就是作序的梦觉主人。

　　（三）梦觉本与程甲本的文字，大同中有小异。这正说明，程甲本形成之初，是以梦觉主人序本为底本。它承袭了梦觉本文字简约的特点，又在梦觉本基础上再作处理。从早期钞本到程高梓印本，梦觉主人序本是个关键性的过渡本。

杨本并非高氏手稿

——说一项版本研究中的误会

今藏中国社会科学院文学研究所的《乾隆抄本百廿回红楼梦稿》，是一部特色颇著的《红楼梦》手写本。由于这个本子的旁改文字与程高本大致相同，故从清中叶以来，很长一段时间内，版本研究者对此本定名为《红楼梦稿》，那是认为那些旁改文字系出于高鹗之手，本子乃高鹗修订程高本时使用的手稿本。

其实，旁改文字并非出于高鹗之手，也非高氏手定稿的过录。认为是高氏手定稿，乃是研究者，特别是杨继振等人的误会。因此，《红楼梦稿》这一旧名，尚值得斟酌。这个问题俞平伯先生曾注意到了。他虽然同意仍用"稿本"这个旧名，但对"稿"字另作了新解①。然而，既曰"稿"，就不免与杨氏等的旧说相混当。与其这样，倒不如以其曾经杨继振收藏过而称它为《杨继振旧藏本红楼梦》。因此，本文在叙述中用"杨本"一名。

杨本的正文有其特殊之处，因而，1959年春此本一被发现，即引起《红楼梦》版本研究者的极大兴趣，出了一系列研究它的著作。这些著作，当然也解决了许多问题。可是，对于其中的某些疑点，各家的看法尚不尽一致，有待于作进一步讨论。

清季藏书家杨继振收藏此本时，在此书扉页上径书"兰墅太史手定红楼

---

① 俞平伯《谈新刊"乾隆抄本百廿回红楼梦稿"》，载《中华文史论丛》第五辑。

梦稿"诸语，并题书名为《红楼梦稿》，杨氏的友人于源、秦光第，也各有题签，曰《红楼梦稿》《红楼梦稿本》。可见，他们都认为这个本子是高鹗的手定稿。1962年此书影印出版时，定书名为《乾隆抄本百廿回红楼梦稿》，似亦为从杨继振等的高鹗手定稿的旧说。

为什么说高鹗手定稿说是误会？

-- 杨继振抄补的情况

今天我们看到的杨本，百二十回，完整无阙。其实，这是一个几次抄补过残阙的本子。文学所收藏此本时，根据各回回前分目"还原"出总目录三页，这个"完整"的本子才算最后完成，这之前，已有过两次抄补。一次是根据程乙本抄补了第二十二回[1]、第五十三回和第百十一回首两页。这两回多书的字体和底本完全一样，可以肯定同一次抄补完成。另一次就是杨继振收藏此书时的抄补。这里讨论一下杨氏收藏此本时抄补的一些情况。

这个本子的扉页上，有杨氏的题字："兰墅太史手定红楼梦稿百廿卷，内阙四十一至五十卷，据摆字本补足。继振记。"说明了此书原阙第四十一至五十这十回书，系杨继振收藏时补抄。今这十回书字体活泼流利，在全书中相当突出。准此，还可看到全书属这次抄补的尚有若干另页。据俞平伯先生统计，除了上述十回外，另页共十八页弱[2]。这个统计数字，大致上符合杨本的实际情况。不过，俞先生谈的是前八十回，未计后四十回的补抄，故还应加上第一百回回末二页。又第二十四回回末半页，是原书旁改时的粘条，也误计在内，应减去这半页。实际上杨氏收藏时的补抄，应是十回另十九页半。

---

① 吴世昌《"红楼梦稿"的成分及其年代》，载《图书馆》1963，12，第四期，曾谈到第二十一回的抄补。

② 俞平伯《谈新刊"乾隆抄本百廿回红楼梦稿"》，载《中华文史论丛》第五辑。

在这次补抄的残页里，我们可以看到：

（一）这个本子在杨继振收藏之前有一段相当长的时间不在藏书家手里，而是在读者中经历了一番较为频繁的阅读流传，以致破损得相当严重。

（二）破损夺落之页，恰在每十回的起首和末尾，可见此本流传时装订为每册十回，全书分装十二册。

从文字内容看，这次补抄所用的底本是程甲本。杨氏虽然只笼统地说"据摆字本抄足"，摆字本包括程甲、程乙，二者之间异文不少，每当二者出现异文时，补抄的文字几乎都是同程甲而异程乙。这十回另十九页半，没有任何例外。这里仅举第四十一回为例。这一回书，程甲程乙的异文，粗计共114处。其中包括刘姥姥醉卧怡红院上百字的大段异文和"的""了""呢""么"之类的一字之差，补抄文字同程甲而异程乙的就达113处。另一处虽然与程甲略异，但与程乙相去更远。由此可见，杨氏用以补抄的底本是程甲本，是毫无疑问的了。

杨氏补抄文字与程甲本，偶尔也可看到几处异文。比如程甲本的人物名字，"凤姐儿""贾宝玉""林黛玉"等，杨抄往往省作"凤姐""宝玉""黛玉"，又如回末一些与内容无关的套语"暂且无话，要知端的，且看下回分解"，简化成为"且听下回分解"。在这种情况下，同时也与程乙本异。这些地方都是传抄中的简化省略，与底本是程甲本的判断并不矛盾。

杨氏的扉页题记，还有各册钤的藏书印章的位置，都可以肯定这些补抄文字是在杨继振收藏期间完成。但是，此书第百十九至百二十回这两回书的旁改文字，特别是其中四处粘条，字体与杨继振补抄时抄手的笔迹一样，是否杨在补抄时也作过一些旁改？这个问题留待下文谈旁改时再讨论。

二 杨藏本的原文

为了叙述上的方便，我们把不属于补抄和旁改的文字称为原文。杨本的原文，从字体笔迹看，是由四名抄手（姑名为甲乙丙丁），在一个时期内分工合作过录完成①。这四名抄手分担的情况是：前八十回为甲乙丙，后四十回为甲丁。之所以说这个本子在同一时期内完成，是因为在许多回中都可以看到抄手之间随时换手的情况。如第七十五至七十九这五回书，往往在同一页上出现两种字体。从整体看，第七十五、七十六两回是抄手甲所抄，但在每回都出现了丙的几行字。第七十七至七十九这三回则相反，全回是丙所抄，其中又出现几行甲的字。这种随时换手的情况在全书中很常见。由此我们可以设想：甲或丙负责抄某一回时，中间由于什么特殊事故临时搁笔，他的合作者接手抄了几行，然后又由原抄者接着抄下去。这种过录时可随时换手的现象，说明了甲丙二人的关系，不是生活在同一个环境中，就是有十分频繁的过从。不然就不可能在同一页上可以随时换手。抄手甲和乙，也有类似上述甲丙那样的换手情况。

后四十回与前八十回是在同一时期内过录完成。抄手甲也是这四十回书的主要过录者。后四十回没有出现过乙丙的字体，却出现了前八十回未曾见过的丁的字体。丁抄得很仔细，绝少夺误，一律照程乙本过录，字迹也特殊，颇给人以后来补抄的感觉。但事实上也是这同一次过录。因为后四十回也出现过与前八十回相似的现象，如第百十三回，第九十五回等也都可看到甲丁随时换手抄写几行的情况。可见，全书一百二十回是在同一个时期内由甲乙丙丁四人分工合作过录完成。

根据以上所述，这个本子产生的大致年代就可以确定了。由于全书百二十回在同一个时期内过录完成，其后四十回有二十一回是程乙本的文字。由于这个本子不是高鹗的手稿，故过录完成的时间，最早也绝不可能早于程乙本问世的时间，即乾隆五十九年（壬子，公元1792年）。最晚到什么时候呢？书中有杨继振署名题记的两个年代，其一是乙卯，看于源的题签，应是咸丰乙卯，另一是己丑，两次出现。按上一己丑是乾隆三十四年，后一己丑

---

① 这回不包括第二十二回、五十三回和百十一回的抄手。

是光绪十五年，都不可能，故只能是道光己丑（道光九年，公元1829年）。道光九年，此本已到杨继振手中。它的产生当然不会晚于这个年代。也就是说，这个本子产生于乾隆五十九年到道光九年这三十多年内。此本后四十回中有十九回用的底本是一个不同于程甲、程乙的本子，然后又据程乙本旁改，是否可以推想此本过录开始于程本未问世或未广泛流传的时候。又此本到了杨氏手中时，残阙如此，当已经历了一段不短的流传时间，因此，这个本子很大可能是完成于乾隆末年或乾嘉之际。

下面，我们再看这个本子的文字特点。后四十回情况比较复杂，留待后文讨论，这里先谈前八十回原文中的几个问题。

杨本前八十回虽然是一次过录完成，但它的底本却不是一个统一的本子，而是起码包括两个本子的拼凑本。即：己卯本和另一个比较特殊的脂砚斋评本。

甲、前七回的底本是己卯本

以往研究杨本的文章，虽然也谈到过补抄，但指的都只是第二十二回和五十三回，基本上都是把前八十回作为一个统一的本子来考察，忽略了前七回的这一特殊情况。这样，就不能全面地了解和认识这个本子的真正价值。事实上，杨本前七回和第八回以后，情况截然不同。前七回的底本，是己卯本。

虽然我们常常以"脂本"这个名称来概括统称脂砚斋评阅本的过录本和整理本。但这些本子之间的文字差异情况却十分复杂。在这种复杂的异同中，又表现出各本相互之间不同的"亲疏"关系。庚辰本、己卯本和杨本前七回，三者在文字上存在许多共同特点，庚辰、己卯二本的版本联系，自无可怀疑，杨本的这七回书，表现出与庚辰、己卯二本相同，而又与其他各脂本相异的特点，说明了这三个本子在整个脂本系统中属于一个特殊的分支。

庚辰、己卯、杨本（前七回）的共同特点，指的是两种情况，或者各脂本异文十分复杂的情况下，此三本完全一致；或者其他各脂本大体相同，此三本又另有共同的异文。这样的相同例子很多。杨本许多地方连错别字也往往一如庚辰、己卯二本。为了节省篇幅，这里仅举两个比较特殊的例子。

第六回，庚卯杨三本相同的一段话：

> 贾蓉忙复身转来，垂手侍立，听阿凤指示，那凤姐只管慢慢的吃茶……

此处"听阿凤指示"一语，殊觉可疑。用"阿凤"二字来称呼王熙凤，在《红楼梦》中，无论是叙述语还是人物对话，都未见他例。而在脂砚斋的批语中这种用法却很常见。看来，这里有两个可能：其一，这是脂批窜入正文。去掉这几个字，成为"贾蓉忙复身转来，垂手侍立，那凤姐只管慢慢的吃茶"，不仅不影响原意，而且在语言上反而更加干净利落，我比较倾向于这种可能。其二，"阿凤"二字系传抄中的讹误。今其他各脂本都有这句话，如甲戌、梦觉、舒序三本，作"听何指示"；王府、戚正、戚宁三本作"听何示下"，都很像是"何"字讹成"阿凤"。"何"与"阿"形近，致误的可能也有。无论哪种可能性更大，这个"听阿凤指示"有问题是可以肯定的。今三本如此一致，就很可说明它们底本的共同性。

又第七回焦大的醉骂：

> 红刀子进去，白刀子出来（庚、卯、杨）
>
> 白刀子进去，红刀子出来（其馀各本）

在正常的情况下，准确的说法应当是"白刀子进去，红刀子出来"。这里很像是庚卯杨三本有错。可是，在焦大醉骂这个具体的语言环境下，却正好相反。颠三倒四，才符合焦大醉骂的"口角"，这里有一条脂批说："是醉人口中文法。"①如果"白刀"红刀"表达得准确无误，就谈不上"醉人口

---

① 甲戌本《石头记》第七回第十五页。

中文法"。这里三本与各本的共同异文，也可看到三者之间的版本联系。

这样的例子很多，不可能一一列举。由于本文主要目的在于说明杨本与己卯本之间的关系。这个问题一解决，它与庚辰本的关系，无须多花笔墨就不言而喻。

庚辰、己卯二本，共同性是很明显的。但二者之间也存在着差别。由于这些差别，又形成了二者各自不同的版本特色。在二者之间，杨本又表现出它的倾向性，这就是在绝大多数庚辰、己卯的异文中，杨本都是异庚辰而同己卯，特点非常明显。

举例如下：

第一回

（1）尚未投胎入世（庚）

尚未投入人世（卯、杨）

（2）乘此昌明太平朝世（庚）

乘此昌明太平盛世（卯、杨）

（3）随不禁上前施礼（庚）

遂近前来施礼（卯、杨）

（4）忽见隔壁葫芦庙内寄居的一个穷儒，姓贾名化，字表时飞，别号雨村者走了出来（庚）

忽见隔壁葫芦庙内寄居的一个穷儒走了出来。这个人姓贾名化，表字时飞，别号雨村（卯、杨）

第二回

（5）你们这浊口臭舌，万不可唐突了这两个字要紧（庚）

你们这浊口臭舌，万不可唐突，这两个字要紧的狠呢（卯、杨）

（6）二小姐乃政老爹前妻所出（庚）

二小姐乃赦老爷之女,政老爷养为己女（卯,杨"爹"均作"爷",馀同）

（7）不用远设（庚）

　　不用远处（卯、杨）

第三回

（8）故忙道喜，二人见了礼，张如圭便将此信告诉雨村（庚）

　　（卯、杨全夺）

（9）一双丹凤三角眼，两湾柳叶吊梢眉（庚）

　　一双丹凤眼，两湾柳叶眉（卯、杨）

（10）"妹妹几岁了？可也上过学？"（庚）

　　"妹妹几岁了？"黛玉答道："十三岁了。"又问"可也上过学？"

（卯、杨）

（11）好坐送了过去（庚）

　　好生送了姑娘过去（卯、杨）

（12）面如桃瓣，晴若秋波（庚）

　　面如桃瓣，目若秋波（卯、杨）

（13）两湾半蹙鹅眉，一双多情杏眼（庚）

　　两湾似蹙非蹙胃烟眉，一双似目（卯）

　　（杨同，胃作冒）

第四回

（14）针黹诵诗而已（庚）

　　针绣诵读而已（卯、杨）

（15）偏只看准了（庚）

　　偏只看准了这英菊（卯，杨作"英莲"）

第五回

（16）虎兔相逢大梦归（庚）

　　虎兕相逢大梦归（卯、杨）

（17）因又看下道（庚）

　　因又听下面唱道（卯、杨）

（18）簪裘颓堕皆从敬（庚）

　　　簪裘颓堕皆荣王（卯，杨作"莹玉"）

（19）一场幽梦同谁近（庚）

　　　梦同谁诉离愁恨（卯、杨）

第六回

（20）怜贫惜老（庚）

　　　怜贫恤老（卯、杨）

（21）是啊人云侯门深似海（庚）

　　　可是说的侯门深似海（卯、杨）

（22）约有一二十妇人，衣裙悉率，渐入堂屋内去了。

　　　又见两三个妇人都捧着大漆捧盒（庚）

　　　约有一二十妇人都捧着大漆捧盒（卯、杨）

第七回

（23）送花儿与姑娘带来了（庚）

　　　送花儿与姑娘带（卯、杨）

（24）心中似有所失（庚）

　　　心中便有所失（卯、杨）

（25）不仗着这些功劳情分（庚）

　　　不过仗这些功劳情分（卯、杨）

　　以上共二十四例，虽然只是大量同类例子中的极小部分，但却包括了异文的几个不同方面。有的是庚辰本的讹误夺漏，己卯、杨本无误；有的是庚辰本无误，而己卯、杨本夺误；也有的是在文字上的各有特点。无论何种情况，都是己卯、杨本同，而庚辰独异。因此我们说杨本前七回过录所据的底本是己卯本。

　　弄清了这一渊源关系，至少有两点很值得我们注意：

　　其一，己卯本是一个版本价值无可估量的珍贵本子，可是仅存四十一回又两个半回，第一回又首残三页半，殊以残阙为憾。今既知它与杨本有如许密切的关系，通过庚辰本与杨本的对校中把开头的残阙部分，我们可以恢复出一个大致的面貌来。

其二，如何理解"己卯冬月定本"和"庚辰秋月定本"，似乎也可从庚、卯、杨三本的异同中寻到一点消息。比诸乾、嘉之际，我们所能接触到的脂本毕竟太少了，无法从大量的本子中分析"庚辰秋月定本"所定的情况以及范围。通过杨本来校庚辰、己卯二本的异文，哪些是抄手的误植，哪些是"庚辰秋月"的重定，就明瞭得多了。

由此可见，仅仅凭这七回书，就足以说明杨本在脂评本中的重要地位。何况，这还并不真正代表这个本子的版本特点。

杨本与己卯本也存在不少差异。虽然杨本也是每十回作为一个装订单元，与庚辰、己卯二本有近似之处，但是这七回书毕竟只是配补残阙的部分，基本款式版面等方面，都是按照杨本原貌来处理。但每十回的分册目录不存在，书名也不叫《脂砚斋重评石头记》，而是题作《红楼梦》了。

杨本与己卯本文字上的差别也不小。如第一回贾雨村的那首"爱情诗"，己卯本同各本，是一首五言律：

> 未卜三生愿，频添一段愁。闷来时敛额，行去几回头。
> 自顾风前影，谁堪月下俦。蟾光如有意，先上玉人楼。

在杨本中，这却成了莫名其妙的四句：

> 自顾风前影，谁堪月下愁。闷来时敛颇（额），先上玉人楼。

句子前后有调动，韵脚也有小变化，不像是丢掉几句的样子。怎么弄成这样，就不得而知。又如第二回，叙述了娇杏的"侥幸"之后，己卯本的联语是：

偶因一着错，便为人上人。

杨本也有所不同，作：

偶因一着巧，便为人上人。

这一异文，显然是不因笔误产生，很可能是杨本对"一着错"调侃语意没有理解而改的。又如第四回的《护官符》，己卯本本身就不同，正文中仅光秃秃的四句话，底下没有小注，而卷首则另有一个夹条，都有小注。杨本的《护官符》底下，不仅有小注，而且与己卯本夹条中的小注也有所不同。

此外，还有一个不易解释的疑问，香菱童年的名字，己卯、庚辰二本均作"英菊"，杨本同其他各脂本，作"英莲"。按照版本的一般规律看，己卯、庚辰二本作"英菊"，杨本也应作"英菊"才是，可是现在却偏作"英莲"。据己卯本过录的杨本作"英莲"，在庚辰本基础上产生的王府本，戚序一支加各本也同样作"英莲"，由此推知，最初的己卯庚辰本亦应是"英莲"，而己卯、庚辰二本却是"英菊"。英莲者，应怜也，有脂评为据。英菊，或解作"应举"，香菱与应举有什么相干？第五回判词中"香魂返故乡"句，寓香菱早夭，可能是"应觉"。这里的英莲或英菊，为什么有此之异，确实费人思量！

杨本与己卯本的这些异文，说明它们的关系不是直接的。乾嘉间，有人以传抄此书牟利，庙市中都可买得到，可见当时流传的脂本很多，自然有许多己卯本或其他脂本的过录本。今天所能看到的这几个本子，都只是"幸存者"，它们的直接母本，恐怕早已散佚了。这里说杨本的底本是己卯本，实际上指定是"己卯冬月定本"的某个过录本，并非就是今天尚存的这个己卯本，只是通过这个本子看到它们的关系而已。

乙、第八回以后的文字

杨本第七、第八回之间，是前八十回版本特点的一个分界。这个分界的前后，版本状况发生了显著的变化。前七回系据己卯本过录，已如前述。第八回以后，出现了另一种情况，时见独异于各本的文字。真正代表这个本子版本特色的，应该是这一部分。

下面我们来分析这个本子的文字特点：

（一）回目。杨本异于各脂本的回目，如果不计某些讹误，有以下几回：

1．第十七、十八回，庚辰、己卯未分开，这是《红楼梦》版本中的特殊现象。曹雪芹生前，"纂成目录，分出章回"也来能来得及全部完成，己卯、庚辰二本是个合回，其回目是：

大观园试才题对额　荣国府归省庆元宵

产生于曹雪芹身后的各本，都各自另作分断处理和补撰回目，异同情况，也就因此而显得十分杂乱，如：

大观园试才题对额　怡红院迷路探曲折①
庆元宵贾元春归省　助情人林黛玉传诗（府，戚）

大观园试才题对额　荣国府归省庆元宵
皇恩重元妃省父母　天伦乐宝玉呈才藻（觉）

大观园试才题对额　荣国府奉旨试归宁

---

① 有正本卷首总目同府、宁，作"探曲折"，回前分目贴改为"探深幽"。

　　隔珠帘父女勉忠勤　搦湘管姊弟裁题咏（舒）

　　杨本也已分为二回，回目是：

　　会芳园试才题对额　贾宝玉机敏动诸宾
　　林黛玉误剪香囊袋　贾元春归省庆元宵（杨）

　　分回后，"题对额"为第十七回内容，时"大观园"尚未正式命名，故杨本易以"会芳园"，但也并不准确。第十八回回目，更加勉强。但比较其他各本，倒也不无可取之处，尤其是比起纱帽气十足的觉舒二本，却高明得多了。

　　2．第三十一回，各本是：

　　撕扇子作千金一笑　因麒麟伏白首双星

　　这个回目，从语言的角度看，各本是很妥贴的。然而，"白首双星"一语指的什么，历来打不清官司，这从杨本就开始了。双星，指牵牛织女二星，寓史湘云一生夫妇分离[①]。史湘云的结局，前八十回唯判词和曲文中略有所及，而且较为笼统。"白首双星"具体情况如何，大概八十回之后有什么安排，今未见着落，故杨本自据这一回的情节从新概括下联为"拾麒麟侍儿论阴阳"，为了照顾上下联对仗，又调整了上联为"撕扇子公子追欢笑"。虽然把"论阴阳"单属"侍儿"，置小姐于不顾，也不甚合本回的内容，但从文字的角度看，上下联属对尚堪称工稳。异文如此，看来亦未必出于曹雪芹之手。

---

　　① 朱彤《"因麒麟伏白首双星"考》。

3. 第三十九回，庚辰本是：

村姥姥是信口开河　情哥哥偏寻根究底

己卯、梦觉二本完全相同，府正宁三本"姥姥"作"老妪"，"情哥哥"作"痴情子"。舒本"究底"作"问底"。各本并无太大差别。而杨本却独有异文，为：

村老妪谎谈承色笑　痴情子实意觅踪迹

4. 第三十回情况比较特殊，杨本与各本一样，尤其与庚辰本完全一致，都是：

宝钗借扇机带双敲　椿灵画蔷痴及局外

奇怪的是杨本在这一回目的下侧，又另有一联回目，为：

讽宝玉借扇生风　逐金钏因丹受气①

看字体笔迹，这个旁添回目与原文字体一样，系出于一人之手。很可能底本就是两联并存，过录时一并照抄。到了这个本子大添大改时，自然注意到这一回目两存的情况，遂把另拟的一联勾去，留下与各本相同的原回目。回目两存的情况，也可想是杨本的底本系经过改动。可能是改者对原回目不甚满意，曾予另拟，但新拟回目也不全如人意，故两存之，以待进一步推

---

① "讽"又像是"讯"，原字涂改不清。

敝。

此外，第二十五、二十六、三十六等回的回目，杨本也各有不同。这种不同，多半也不是由于笔误所致。

总之，从杨本的整个回目情况看，它在脂本系统中，自有其独特之处，但也留下经由后人改动的痕迹。

（二）正文。杨本的正文，尤其值得我们注意。正文在整个脂本系统中别树一帜，使之在《红楼梦》版本上占一席十分重要的地位。

杨本与其他各脂本的异文，有相当数量是由于抄手的马虎草率造成。这些因误致异的地方，大都可以通过各本的对校看得出原文是什么，所以不在这方面多花笔墨，现在我们要讨论的是另一类异文。这类异文，往往不易判断是原有文字还是后人的改笔。这里仅举大量独异文字的绝小部分，以供分析。

1．第八回"比通灵"的情节，写贾宝玉凑近薛宝钗，闻到阵阵幽香，庚辰本下接"竟不知系何香气"。己卯、甲戌同。府正宁三本"系"作"是"，觉本"香气"作"气味"。这些本子意思均无大出入，疑问点都在香气是什么上。杨本独异，作"竟不知从何而来"，疑点不是香气是什么，而是在于此香从何而来。如果孤立此语看，从哪个角度置疑均可，但连接上下文则就不然了。这是贾宝玉心中的疑问，下接问句"姐姐熏的是什么香"，疑问还是在什么香上。杨本心中疑的与口中问题不一致。故"何处来"之异，异得不一定有道理。

2．第十三回秦可卿死时，两府人的反映，各本略有不同。庚辰、己卯、甲戌、觉本、舒本均作"无不纳罕，都有些疑心"。府正宁三本作"无不纳叹，都有些伤心"。杨本删去"都有些疑心"，仅存"无不纳罕"。"疑心"什么，在现有情节中并无直接着落，因为这里有一特殊情况：作者曾删去初期稿本的"天香楼"情节，秦可卿由原来自缢而改为病死。"疑心"云云，到底是删改未尽的残留，还是作者有意留下的"春秋"之笔，尚不得而知。今存文字，秦氏因病而死，当然无可"疑心"。府正宁三本对此也不了然，改为"纳叹""伤心"。杨本可能也是对"疑心"有些疑心，遂干脆删去。似乎这也是一种后人改笔的痕迹。

3．第十回贾敬寿日，贾珍请其从城外道观回家受礼，贾敬拒绝的话，庚辰本是"我不愿望（往）你们那是非场中去闹去"。各本此语均无大异。杨本却是"我不愿望你们那空排场热闹去"，含义就大不一样了。庚辰及各本所说的"是非场中去闹"，指的是尘世的纷扰中胡闹，这很合贾敬当时沉迷于修仙学道的口气。杨本把"是非场"改为"空排场"，"闹"改为"热闹"，殊失原著的意旨。这种不同，也很可能是后人的改笔。

4．第十七回贾宝玉论"自然"，庚辰本有"峭然孤出，似非大观"一语，各本无异文，杨本独作"峭然孤出，看去觉得无味"。从语言风格看，"看去觉得无味'实在"觉得无味"，可能杨本对"大观"一词有所误解，以为此时园名并未正式定为"大观园"，不能预知而下此"大观"一词。其实，此处"大观"与"大观园"并无联系，只是相当于"此则岳阳楼之大观也"的用法。故易"似非大观"为"看去觉得无味"就大可不必。

5．第六十三回芳官的耳饰，庚辰、己卯等本有"右耳眼内只塞着米粒大小的一个小玉塞子"句，杨本把"小玉塞子"改为"小玉圈耳"，米粒大的"玉圈耳"，不知道是什么东西，这里似乎也是改笔。

6．第七十五回写尤氏在贾母处吃饭，鸳鸯着人把探春的饭取来，尤氏说已够，不用去取，这时鸳鸯的话，各本都是"你够了，我不会吃的！"杨本却是"你够了，我呢？"意思并无差别，但语言的生动性则就大有高下了。"我呢"平平淡淡，而"我不会吃的！"生动活泼，如闻其声。

7．第九回贾宝玉入家塾前见贾政，听毕一通"教训"，从书房中退出，庚辰本写宝玉这时"独站在院外，屏声静候"，比较平实，也很通顺。杨本此语，多了个"避猫鼠儿似的"形容词，成了"独站在院外，避猫鼠儿似的屏声静候"。初看，形容贾宝玉怕贾政很具体。但是，把"屏声静候"与"避猫鼠儿"连在一起，却并不见佳。庚辰本及各本也用过这个词，那是第二十五回贾母骂赵姨娘，"都不是你们调唆的逼他写字念书，把胆子吓破了，见了他老子象个避猫鼠儿！"杨本恰夺此句。庚辰和杨本都用这个词，却用在不同的场合下，比较起来，庚辰用的更为妥贴。

以上七例，都是杨本并不理想的异文，从各方面分析，都不像是曹雪芹改稿的文字，后人改笔的可能性很大。

但是，这个杨本之所以值得我们重视，是因为它也还有许多独异的文字确实较别本为优。此亦仅举数例：

8．第十四回王熙凤协理宁国府，集两府事于一身，成为一个大忙人。庚辰、己卯二本有句为：

> 刚到了荣府，宁府的人又跟到宁府；既回到了荣府，宁府的人又找到荣府。

这里，"宁府的人又跟到宁府"，显然有误。己卯本又有点改，改后文字与甲戌、王府、戚正、戚宁等本相同，为：

> 刚到了荣府，宁府的人又跟到荣府；既回到了宁府，荣府的人又找到宁府。

这样改，"宁府的人又跟到宁府"那种明显的矛盾算是避免了，但却留下另一矛盾：王熙凤是荣府的人，在宁府发号施令不过是代摄其事，"刚到了荣府""既回到宁府"云云，颠倒了这种关系。杨本的文字是：

> 刚到了宁府，荣府的人又跟到宁府，既回到了荣府，宁府的人又找到荣府。

这样，无论是文字还是情理，都比较妥善，哪方面都无懈可击。

9．第十六回，秦钟弥留之际贾宝玉去探视的情节，虽然"鬼话"连篇，语带戏谑，但却嬉笑怒骂、针砭世态。这段文字杨本与各本不同，而其中结尾的情节，与各本差别尤大。庚辰以及其他各本的文字是：

> 众鬼听说，只得将秦魂放回，哼了一声，微开双目，见宝玉在侧，乃勉强叹道："怎么不肯早来？再迟一步也不能见了。"宝玉携手垂泪道："有什么话留下两句。"秦钟道："并无别话。以前你我见识自为高过世人，我今日才知自误了。以后还该立志功名，以荣耀显达为是。"说毕，长叹一声，萧然长逝了。

也许，"人之将死，其言也善"，不过，把秦钟的"忏悔"放在这样一个不寻常的场合来写，作为临终的唯一留言，反映了什么呢？如果不是在这种"死别"的情况下，秦钟居然说出这些话来，大约早被贾宝玉斥为"混帐话"了。杨本则大不一样，它的处理是：

> （众鬼使）于是将秦魂放回，苏醒过来，睁眼见宝玉在旁，无奈痰堵咽喉，不能出语，只番（翻）眼将宝玉看了看，头摇一摇，听喉内哼（哼）了一声，遂瞑然而游（逝）。

上文写秦钟苦苦哀求鬼判暂放他"回去合（和）这一个好朋友（按指贾宝玉）说一句话就来"，可是当鬼使放他"回来"时，却只翻了翻眼，头摇一摇，说不出任何话来。秦钟想说的究竟是一句什么话，不着一字。

秦钟没有说出话来，不是杨本的疏略或不足。这种处理方法在《红楼梦》中是常见的。第三十四回贾宝玉让晴雯给林黛玉送手帕，为什么送用过的，晴雯不解问宝玉，贾宝玉只说"他自然知道"，究竟是什么意思他没说。林黛玉收到帕子后，开始也不明白，"思忖一时方大悟过来"，究竟悟到什么，也没有说。下面林黛玉一大段心理活动，但手帕问题始终没有说出。脂砚斋批语称这种手法为"避难法"，未必切合原意。此处绝非消极的"避难"，而是给读者留下想象馀地。所以，杨本对秦钟临终作这样的处理，当是有道理的。无论是从思想内容还是艺术表现看，杨本比各本都略胜一筹。

10. 第十八回贾宝玉写咏怡红院诗时，薛宝钗看到草稿中有"绿玉春犹卷"句，建议他易"绿玉"为"绿蜡"。贾宝玉想不出"绿蜡"的出典，下面一段对话，杨本十分特殊。庚辰本这段话是：

> （宝钗）道："亏你，今夜不过如此，将来金殿对策，你大约连'赵钱孙李'都忘了呢！唐钱翊（按，当是钱珝）《芭蕉》诗头一句'冷烛无烟绿蜡干'，你都忘了不成？"宝玉听了，不觉洞开心臆，笑道："该死，该死，现成眼前之物，偏倒想不起来了，真可谓'一字师'了。"

杨本这段话是：

> （宝钗）道："亏你，今夜不过如此，将来金殿对策，你大约连'赵钱孙李'你都亡（忘）了不成？"宝玉听了，不觉开心腹（按：应是"洞开心臆"之夺误），笑道："该死，该死，现成唐钱翊（珝）《咏芭蕉》诗头一句，'冷烛无烟绿蜡干'，眼前之物，偏倒想（此处夺"不"字）起来，真可谓'一字师'了。"

庚辰及各本，由薛宝钗指出钱珝，并且还引出《芭蕉》诗原句，于是，贾宝玉茅塞顿开，赞佩之至。杨本大不相同，薛宝钗只提一下"赵钱孙李"，由贾宝玉自己想起钱珝及其《芭蕉》诗的"冷烛无烟绿蜡干"之句。比较起来，杨本的处理更符合贾宝玉这个具体人物的特点，也更符合当时的语言场合。聪敏如贾宝玉，连贾政、贾代儒这些头脑冬烘的老道学，都不能不承认他偏倒有些"歪才"。试才题对额，也可说明他很读过一些古人的诗词。因此，"绿蜡"的典故，无须那样原原本本，只要稍稍点一下就够了。

而且当时众目睽睽，特别是又有那个"穿黄袍"的在上面坐着，仓促之间，也无暇那样原原本本。这里明显是杨本处理为上。

11．第十九回，袭人与贾宝玉"约法三章"后的一句话，庚辰本是："你若果然都依了，便拿八人轿也抬不出我去了。"也很生动。杨本则又不一样，说："你果然都依了，就是拿人轿子九人抬，我也不出去了。"表现了袭人这时因收到预期的效果，意满志得，语言中感情色彩更为强烈。

12．第二十回贾宝玉向林黛玉表达感情的话，除觉本外，其馀各脂本都是：

> 我也为的是心你的心难道你就知你的心不知我的心不成？

这段文字无论怎么句读，都感到很别扭，恐非原著文字。庚辰、己卯二本又有所点改，改后文字是：

> 我也为的是我的心，难道你就知你的心不知我的心不成？

这样改，当然比较顺畅，但看来也不可能是原作的文字。因这段文字正好与觉本相同，测想是据觉本点改。杨本则又不同，是：

> 我也为的是我的心，你的心难道你就知道，我的心难道你就不知道不成？

杨本这样，是否就是原著的文字，也很难说。不过，这段话与贾宝玉当时又着急、又恳切的心情，倒还是相称的。

13．第二十九回张道士与贾母的对话，当张道士恭维贾宝玉"与当日国公爷一个稿子"时，贾母的话，庚辰本是：别的孙子没有一个像他爷爷，"就只这玉儿像他爷爷"。其他各本后一"像"字作"还像"。杨本此句是："就是这玉儿还有个影儿"，远比各本为优。"还有个影儿"，近似于"像"，又不完全像，略有个"影儿"而已。这比各本"还像他爷爷"，更口语，也更准确。

14．第三十四回贾宝玉挨了打，薛宝钗来探望，袭人说起薛蟠，贾宝玉拿话拦她，薛宝钗又说他哥哥如何心直口快。庚辰本与各本写袭人这时"更觉羞愧无言"。唯杨本作"更觉羞愧无颜"。似乎也是"无颜"更符合当时袭人的状况。

15．第六十二回，香菱与豆官斗草的情节，豆官出"姊妹花"，香菱应以"夫妻蕙"。豆官开她玩笑，说她汉子出门，想到夫妻了。下文唯独杨本有"等我起来打不死你这小蹄子"一语。这话虽然并不包含多少重大内容，但联系上下文，似亦不可少。上下有"坐在花草堆中斗草"语，下文又写豆官起来按倒她，以致积水污了石榴裙，然后转到"情解石榴裙"的情节。所以"等我起来"语并非可有可无，而是情节中必要的交代。

以上几个例子，都是较各本为优的异文。或者是比较准确生动，或者是更符合作品的具体情节环境，或者别具一格。自然，我们不能把凡是认为较好的文字都一概看作是曹雪芹原文，较差的文字就一定是后人的妄改。而且，文字上的"较好"或"较差"，往往也还见仁见智，未必每个研究者都有同感。不同论者于同一语词甚至得出截然相反的结论，也都是很正常的。

以上，无论是回目还是正文，杨本与其他各脂本的异文，列举的大都是这个本子独异之例。尽管这些独异的文字情况也不可能一致，有较各本为优的，也有远逊于各本的。但是，由此却显示了这个杨本在整个脂本系统中独有的版本特色。这对于我们认识杨本在《红楼梦》版本中所占的地位，认识《红楼梦》在其流传过程中为什么会出现这样的版本现象，都还是有一定意义的。因此，不惮沉闷和冗长，罗列了这些例子（虽然这还仅仅只是大量异文中极小的部分），以供同好者分析和讨论。

这里讨论的，都只是侧重于这个杨本的独异方面，其实，杨本也不永远是"峭然孤出"的。在各脂本的异同中，我们也时见杨本与甲戌与梦觉等本的异中之同。这个情况，在某些回中表现得尤其明显。为什么出现这种现象，情况比较复杂。这里就不去讨论了。

这个本子还有一个现象很值得我们注意。这就是：第十六回第一第二页之间的一段重复文字。这一回基本上是抄手乙所抄，但其中第一页却是抄手甲的笔迹。由于甲写的字比较小，而且字距也较密，不仅这一页留下八行半空白，而且重复了乙所抄的第二页开头的一段文字，即从"说咱们家的大小姐"到"奉侍贾母大轿前往"共一百二十一字。值得注意的是，这一百二十一字的重复，异文却达六处十四字之多，占重复文字总数的八分之一弱。如：

> （1）老爷出来亦如此说（甲抄）
>
> 　　老爷出来亦如此吩咐小的（乙抄）
>
> （2）（3）不免又喜气盈腮
>
> 　　　　不免又都洋洋喜气迎腮
>
> （4）（5）按品级大妆起来
>
> 　　　　按品大妆扮起来
>
> （6）贾赦贾珍
>
> 　　贾珍贾赦

这里，除了"迎腮"是错别字外，其馀各处，上下文联系都还通顺，很难说是属于夺漏或讹误之类的传抄问题。而且，那些错别字也未必就是这次传抄中形成，也可能是承袭了底本的文字。因此，二者很大的可能是底本的不同。

根据这种现象，我猜想甲、乙这两位抄手手边各有一个底本，而且这两个底本在文字上有不少差异。当他们各自按照自己手边的底本过录时，就无意之中把这种差异留在这一段重复的文字之中。如果这一判断大体上还能符合版本实际的话，那么，这个杨本（这里指的是不包括前七回和后四十回），也是一个来自两个不同底本的拼凑本。

此外，第六十四、六十七两回，从现在所能见到的几个早期钞本看，最早出现于杨本。这个问题由于牵涉到的方面较多，问题比较复杂，某些方面超出了本文讨论的范围。因此，把这些内容留待另外一篇文章讨论。为了避免重复，这里暂付阙如。

三 后四十回的底本

杨本的后四十回，抄手为甲、丁二人。这两名抄手所抄的各回，情况很不一样。丁所抄的，共约十四回，字体很特殊，前八十回中从未见过。抄得也很仔细工整，绝少衍夺讹误，一律是程乙本的文字，因此几乎没有什么旁改。而另一位抄手甲，共抄二十六回。甲是前八十回过录的主要担负者，他的字体我们很熟悉。甲所抄的这部分，明显地表现出两种不同的情况：其中的七回，大体上是程乙本的文字，只是个别地方有笔误或小有出入，故旁改很少。另外十九回，即：第八十一至八十五回，八十八至九十回，九十六至九十八回，百○六至百○七回，百十三回，百十六至百二十回，文字上与程甲、程乙相去甚远，故旁改颇多。

这四十回书，出现这样截然而异的两种情况，说明它们来自两个不同的底本。其一是程乙本，共二十一回；其一是既不同于程甲也不同于程乙的一个特殊的本子，共十九回。

为什么说这十九回书是来自一个特殊的底本？在说明这个问题之前，我们将它的文字状况，作一简单的分析。

这十九回书的文字特点是：简。它与程甲、程乙相比，相同的一回书，有的篇幅相差几乎达到三与二之比。如第八十二回，是相差最大的几回之一，据粗略的统计，杨本原文仅四千多字，而程乙本此回则多达六千馀字。字数悬殊如此，其简略情况则就可想而知了。

妙的是尽管字数悬殊如是，但杨本的原文，基本情节却同程本一样的完整，上下文的联系也同样的顺畅。看不出夺漏或删节的痕迹。如果是无意的夺漏，或是有意的删节，情节上的漏洞或行文上的不连贯就很难避免，必然会出现捉襟见肘，顾此失彼的现象，更谈不上完整和通畅。现在这十九回书，除了比程本少一些铺张渲染，程本的某些具体的人物对话在杨本中是简括的对话外，没有什么其他的差异。

为了说明这个问题，仅举以下数例：

1．林黛玉惊梦后的一段

杨本原文：

> 黛玉一翻身，却原来是一场恶梦。喉间犹是哽咽，心上还是乱跳。细想梦中光景，未免触动心事，又哭了一回。挣扎起来脱了大袄，又躺下去，那里睡得着，一会儿又咳嗽起来，把紫鹃也咳醒了。

杨本改文和程乙（个别字有差异）：

> 黛玉一翻身，却原来是一场恶梦。喉间犹是哽咽，心上还是乱跳。枕头上已经湿透，肩背身心但觉冰冷。想了一回，父母死的久了，和宝玉尚未放定，这是从那里说起。又想梦中光景，无倚无靠，再真把宝玉死了，那可怎么样好。一时痛定思痛，神魂俱乱，又哭了一回，遍身微微的出了一点儿汗，挣扎起来，把外罩大袄脱了，叫紫鹃盖好被窝，又躺下去，那里睡得着。只听得外面淅淅飒飒，又象风声，又象雨声。又停了一会子，又听得远远的吆呼之声，却是紫鹃已在那里睡着鼻息出入之声。自己挣扎着爬起来，围着被坐了一会，觉得窗缝里透进一缕冷风来，吹得寒毛直竖，便又躺下。正要蒙胧睡去，听得竹枝上不知有多少家雀儿的声音，啾啾唧唧，叫个不住。那窗上的纸，隔着屉子透进清光来。黛玉此时已醒的双眸炯炯，一会儿咳嗽起来，连紫鹃也咳醒了。

2. 第八十三回贾母等见元春一段

杨本原文：

元妃多（都）赐了坐，便问贾母道："近日身上可好？"贾母道："托娘娘洪福，起居尚健。"元妃又向邢王二夫人问好，又问凤姐："家中过的日子如何？"凤姐奏道："尚可支持。"正说着，只见一个宫女传进许多职名，"请娘娘就目。"元妃看时，心里一酸，止不住流下泪来。

杨本改文及程本：

元妃都赐了坐，贾母等又告了坐。元妃便问贾母道："近日身上可好？"贾母扶着小丫头颤巍巍站起来答应道："托娘娘洪福，起居尚健。"元妃又向邢夫人王夫人问了好，邢王二夫人站着回了话。元妃又问凤姐："家中过的日子若何？"凤姐站起来回奏道："尚可支持。"元妃道："这几年难为你操心。"凤姐正要站起来回奏，只见一个宫女传进许多职名，请娘娘就目。元妃看时，说是贾赦贾政等若干人。那元妃看了职名，心里一酸，早流下泪来。

这两个例子，改文比原文字数多一倍或数倍，但是文采、含义都未必有多大改观，相反给人以增加"水分"的感觉。原文虽然略简，但却一气呵成。如果是从繁到简，这样既不损及基本情节，又保持语言的顺畅，简去这许多文字，还是很费斟酌的。如果出于牟利的目的来"偷工减料"，这样做很不经济，比诸照葫芦画瓢要费工得多，如果是夺漏，则更是不可想象。前八十回的过录，这些抄手都比较忠实于底本。这几回也不会与底本有太大的出入。因此这个底本的存在，是不会有什么疑问的。

问题还不仅仅只是有没有这个底本，而是在于这个底本与程本孰先孰后。如果有某一位好事者，嫌程本太繁偏要煞费苦心，整理出一个简本来，这也不是绝对不可能。但是后四十回的文字，特别是从杨本与程乙本的异文，即杨本原文与改文的异文看，程本常常出现一些"文理荒谬"的现象。这样，孰先孰后，就比较易于判别了。

今亦举数例：

1．第八十一回四美钓鱼的一段：

杨本原文：

探春把丝绳放下，没一会工夫，把钓竿一挑，往地下一撩，却是个活迸的杨叶窜儿。

改文是：

探春把丝绳放下，没一会工夫，就有一个杨叶窜儿吞着钩子，把漂儿坠下去，探春把竿一挑，往地下一撩，却是个活迸的。

原文虽简单，却很准确。改文字数增加不少，把"杨叶窜儿"移动了位置，结果却弄巧成拙。原文"却是个活迸的杨叶窜儿"，说明钓上来以后才知道是个什么鱼，改文却成了"杨叶窜儿"来吞钩，钓上来一看，"却是个活迸的"。凡是钓过鱼的人都知道：什么鱼来吞钩，动漂的时候是无法预知的，钓上来以后，是不是活的也不存在问题。因此，"却是个"用于什么鱼，很正常；用于是不是"活迸"，却成为十足的废话，谁个钓上过死鱼。

2．第八十一回马道婆败露的一段，"前几天被人告发的"句后，正文涂去一段，易之以一大段贴条的内容，文字也是大量增加，详细地叙述被告发的经过，但增加的文字，前后却是矛盾的。如"前几天被人告发的，那个人叫做什么潘三保"，说的告发者是潘三保，但下文叙述的却是潘三保卖房子给当铺，发生了纠纷，请马道婆用魔法治当铺的人，结果被当铺的伙计发现，送到锦衣卫。告发的是当铺的人，潘三保相反是个与谋者。这里明显是前言不搭后语。

3. 第八十四回，贾政叫贾宝玉去"试文字"的一个情节，杨本原文是：

> 至宝玉回来，李贵告诉了，宝玉听见，又是一个闷雷，只得先见过贾母便回园吃饭。（见贾政情节，略）一溜烟跑到贾母房中，与薛姨妈请安。宝玉把贾政看文章并做"破题"的话述了一遍，贾母笑容满面。

改文是：

> 至宝玉放了学，刚要过来请安，只见李贵道："二爷先不用过去，老爷吩咐了，今日叫二爷吃了饭再过去，听见还有话问二爷呢。"宝玉听见，又是一个闷雷，只得见过贾母便回园吃饭。（见贾政情节比原文增加很多）一溜烟跑到贾母房中，给薛姨妈请了安，过来给贾母说了晚安，贾母便问："你今日怎么这早晚才散学？"宝玉悉把贾政看文章并命做"破题"的话述了一遍。贾母笑容满面。

这段话改文增加了不少，中间贾宝玉见贾政的情节，改文增加了贾政大谈做八股文的一个内容，因引文太长略去。现在我们看到的这段话，明显的差别是两处，一处是李贵转告贾政有话要问贾宝玉，由叙述语改为对话，如果光从这段话看，对话比较具体。但是上文有过贾政吩咐李贵的话，所以原文加叙述语避免了重复，而改文就显得重复噜苏。这还是次要的，问题大的是另一处差别。原文与改文，都有贾宝玉见贾政之前，"见过贾母"才回园吃饭。可是，当贾宝玉见过贾政后再回到贾母房中时，原文只是说到看文章做"破题"，不枝不蔓，合理合情。改文增加了贾母问"你今日怎么这早晚才散学"，好像贾宝玉这天晚上压根未到过她房中似的。明明上文交代过他先去贾母那里，然后才回园吃饭。这时又问出这么个糊涂问题，实在问得莫名其妙，别说前八十回，就是后四十回也都没有把贾母作为"老糊涂"来写。今懵懂如此，原因无他，前后失去照顾也。

凡此，都说明杨本这十九回书，文字虽简略，但却准确无误。而程本虽然描写"充分"，添油加醋，但叙述往往顾此失彼，陷于自相矛盾之中。按照常情，自己写的东西，一气写下来是不会这样明显的顾此失彼的。只有改已经成文的东西才出现这种疏忽。因此，杨本（原文）要早于程本，程本只是在杨本的基础上加工发展。也就是说，在程本摆字付印之前，已经流传过一个文字比较简略的后四十回本了。

既然杨本（后四十回底本）早于程本，而且从程本的某些文字中可以看到高鹗对后四十回某些情节也不尽了解。那么，高鹗作后四十回的成说就大可重新考虑了。张问陶的那个"补"字，前几年，范宁先生有文章对此作解释，曰：这里的补，应是修修补补。[①] 从后四十回为状况看，这样解释"补"字，是比较切当有说服力的。

四 旁改文字与"兰墅阅过"

存在大量的旁改文字，虽然并不是杨本真正的价值所在，但是，长期以来这一现象引起了研究者极大的兴趣和注意，而且如解释这一现象的产生，各家意见颇不一致。特别是"兰墅阅过"四字，很给人以这是出于高鹗手笔的感觉。似为他对此本作过改订后，写下这四字。这四个字确也引人注目。因此，在这个问题上还需要花一些笔墨。

旁改文字并非出于高鹗之手，杨本不可能是高氏的手稿本。俞平伯先生的文章，通过详细的雠校，指出这个本子的"一般改文皆越程甲而同程乙"，与"程高刊书，由甲而乙程序分明"的事实相悖，又个别的十二类特殊情况，也"看不出与高氏手稿有什么关连"，因此这些改文"自难说是高

---

① 范宁"乾隆抄本百廿回红楼梦稿"《跋》。

氏的手稿本"。①俞先生这个结论是可信的。

据我对这个本子的接触了解，已经没有什么新的意见，只是补充一点：从早期钞本，即脂评本，到程高梓印本，这个版本演变过程中，梦觉主人序本是一个转折的关键。我们把梦觉本看作大体是脂本，那是因为，几个区别程本和脂本的标志性问题，如尤三姐的情节，柳五儿的情节等，都还保持脂本的基本面貌。但是，梦觉本与庚辰、己卯以及杨本相比，文字上的删节改易，其数量是相当可观的。而这些删易之处，绝大部分为程甲本然后是程乙本承袭下来。梦觉本无疑是从脂本到程本的一个过渡本。既知杨本的这些旁改文字绝大部分同程乙，如果把这些同程乙本的文字看作是高氏的手定稿，那么，杨本就只能是程乙本的直接底本，从杨本到程乙，中间不仅跨越程甲本，而且也还跨越梦觉本。这个三级跳远的过程，与程乙本形成的事实，显然是不相符的。

既然这些旁改文字与高鹗没有关系，那么它又是怎么出现的呢？从某些迹象看，这些旁改文字是早在这个本子过录才毕即紧接着产生的。

上文已及，杨本的原文，前八十回的底本，是一个拼凑本；后四十回，至少抄手甲所抄的十九回书，底本是一个不同于程甲、程乙的特殊本子，另外二十一回，原先的底本很可能是这个特殊本子。各回抄就后，此次过录的主持者，也许就是抄手丙，得到一部程乙本，用以校阅全书，发现了很大的差异。那时，人们心目中，早期钞本的价值远高于程高印本的观念，尚不像今天这样明确，本子的残阙错讹较多，遂以这么一个百二十回的全本反过来校改它。于是，就出现这种奇怪的现象。之所以说紧接着过录就进行旁改，是因为旁改文字的几种字体其中一种很像是抄手丙的笔迹。虽然丙抄正文时，比较用心工整，旁改的字迹比较流利，但二者的共同点还是可以看得出来的。

---

① 俞平伯《谈新刊"乾隆抄本百廿回红楼梦稿"》，载《中华文史论丛》第五辑。

　　杨本的旁改文字，还有一部分完成于清末，即杨继振收藏此书时，因其残阙较多，又据通行本抄补，这时又作过一次旁改。我们从第百十九到百二十这两回书状况看，字体笔迹，所用的底本，都是同第四十一至五十这十回书（及十九页半的零星残页）一样，特别是四个粘条，这种共同性就尤其明显。第四十一至五十回是在晚清，即杨继振收藏时补抄，研究者都没有异议。这次补抄时，除了补抄残阙的各回和一些另页外，也作了一点旁改，这本来也是很正常的。但是，第一次补抄时，为什么有的回没有动过，直待这第二次补抄时才继续完成，这却颇为费解。但是，这个杨本的旁改文字的底本，有的用程乙、有用程甲，不是出于一人之手是可以肯定的。这也可以说明这不是高鹗的手稿本。

　　既然这个本子不是高鹗的手稿本，"兰墅阅过"这四个字的来历，就成了大问题了。在一般的情况下，读者读毕某部作品时，写上近乎"某某到此一游"之类的套话，也往往很常见。然而，说《红楼梦》上的这几个字高鹗所书，可能性很小。《红楼梦》对于高鹗，无论是经他"修补"还是由他"续补"，都不仅仅只是一般的"阅过"，而是很费了一番心血的。因此，当他在这番"补"的大功告竣时，写上"阅过"之类的话，不痛不痒，似亦有舛常情。

　　有的研究文章提到高鹗的字体与这四个字很相似，说明这四个字是高鹗的手笔。字体的比较，不失是一种方法，在版本的研究中也是常为人们所运用。因此，我也试着找点有高鹗手迹的景印本来对照一番。我用的是《高兰墅集》，这个集子除了《"红楼梦"叙》等文外，还包括《砚香词》《兰墅十艺》等。横看竖看，怎么也看不出"兰墅阅过"与高鹗的字体有何种关系。再从杨本中几处杨继振的字体来比，倒看出这四字与杨字有些共同之处来。也许我对于鉴别书法此道太不在行，请教高明，也都说从字体的结构，笔势，甚至习惯写法，都更接近于杨。这四个字，在高鹗的集子里，分别出现一次或一次以上，看不出二者的相似处。特别是"阅"字当中的那个"兑"，写成"光"，与高鹗写成"兑"也大不相同。在杨继振的几条题字里，除了"阅"字以外，其馀的也都分别出现过一或二次，至于相同的偏旁则就更多。如"蘭"字，"阅"字，那上小下大的梯形结构，与扉页上的"蘭""阙"，第八十三回末的"蘭""简"，简直是一模一样。又如"过"字那流线型的"辶"，在杨的题字里也不陌生。所以，从字体的比较，更可能这是出于杨继振的手笔。

我比较相信这四个字是出于杨继振之手。倒不在于这几个字像他写，字体相像当然是一个理由，此外还有其他的理由：（一）杨氏与他的友人于、秦辈都认为这个本子是高鹗的"手定稿'，几处提到"兰墅太史手定""定本""稿本"等，手定，自然要阅过。这是杨氏等的共同看法，既有这种看法，形诸文字，这也是很自然的。（二）书中朱笔的题字，除了几处改错别字外，还有两处，一处是这四个字，一处是第三十七回开头，记一粘条逸去，有"又云"署名。说明杨氏用朱笔在书中写过一些随记，这"兰墅阅过"四个字也出于他的手笔，可能性也是很大的。看到原本的同志，也许还可从这两处朱笔的墨色如何判断二者的关系。上述的三个理由，如果单从某一条看，都不可能构成铁证，但联系起来看，也许还能说明一些问题。杨氏写这几个字，目的倒不是有意作假用以欺世。他没有看到其他脂本，看来也未必了解从脂本到程本的过程，看到这些旁改文字大致与程本相同，就以为这是高氏的手稿，写上这个看法，也是顺理成章的。

五 小结

（一）《杨继振旧藏本红楼梦》，百二十回一次过录完成，过录的时代大致上可定于乾嘉之交。

（二）杨本前八十回的底本是个拼凑本。前七回的底本是己卯本，第八回以后，也可能是个拼凑的脂本。无论是前七回还是第八回以后，在文字上有传抄中的讹误，也有个别地方经由后人小改，但是，基本上还能保持底本的面貌，这对我们认识己卯本和了解另一特殊的脂本，都有很重要的价值。

（三）杨本的后四十回，底本也是拼凑本。其中一部分是程乙本，另一部分是一个早于程甲、程乙的本子。它不仅使我们由此看到后四十回最初的面貌，而且对于确定后四十回的作者问题，从版本方面提供了重要资料。

（四）旁改文字（包括粘条）不出于高鹗之手。一部分是紧接过录时据程乙本校改，另一部分是杨继振收藏此书时据程甲本校改。

总之，杨本不仅是我们校读《红楼梦》的重要版本依据，而且对于我们认识《红楼梦》的一些有关问题，也是一重要的资料。

（发表于《红楼梦研究辑刊》第二辑）

毁僧谤道与悬崖撒手

——从贾宝玉出家看曹雪芹的思想矛盾

在《红楼梦》研究中，说此书主要观念是"色空"，当然是错误的。可是，近年来论者在否定此说时，认为：曹雪芹对佛学从来就是批判的。书中涉及某些佛学内容，不过是为了批判封建制度而借用的一件外衣；是在那文网森密情况下的一种策略手段而已。

问题是否真的如此单纯？看来还有值得进一步探讨的必要。

尽管我对《红楼梦》也是才开始接触，许多问题都还一知半解，对佛学，则更是十足的外行，本来并无置喙馀地。然而，曹雪芹对佛学态度究竟如何，对于全面地了解《红楼梦》的思想意义，是一个无可回避的问题。因此，不惮贻笑，提出一些疑问，冀获教于方家。

一

曹雪芹对佛学的态度，表现是十分复杂的。一方面，《红楼梦》中确实存在分量不轻的反佛内容；另一方面，书中也留下某些受佛学思想影响的痕迹，尤其明显的是主人公贾宝玉以出家为最后的归宿。这显然是一种矛盾。如果我们把《红楼梦》的创作放在清初这个特定的历史背景下来考察，这种矛盾就较易于解释。

产生《红楼梦》的时代，也是我国佛教继隋唐之后又一次大兴盛的时代。"一切宗教都不过是支配着人们日常生活的外部力量在人们头脑中的反映。"①一门宗教的传播盛衰，总是与当时社会生活密切相关。幻想的天国，本来就是现实人间的投影。清初佛学的发展特点，正是与这个时代的政治、思想领域的状况相联系。这种复杂关系，势必给曹雪芹的创作带来影响。清初佛学发展的特点是：

（一）佛家思想作为封建社会统治思想的组成部分，地位已完全确立

佛教自入传（通常系于后汉明帝永平中）至清初，前后千馀年，经历过多次激烈的斗争。这种斗争，时而表现于儒、道、佛三家抢思想界第一把交椅而吵得不可开交，时而表现于地主阶级内部经济利益冲突表面化而诉诸政治手段②。但是，它们的哲学思想和社会职能，都没有什么本质上的对立，一致性毕竟是主要的。不同的，只不过是说法和方式上的某些差异而已。儒家讲正名、纲常，等等，为巩固封建秩序固然必不可少。但佛家讲因果报应、业报轮回，劝导人们接受现世的苦难，把希望寄托于来生，从而消弥被压迫者的反抗，也是为统治者所需要和欢迎的。某些佛学大师也看到了这一点说："道法之与教名，如来之于尧孔，发致虽殊，潜相影响。出处诚异，终期则同"③，"孔老如来，虽三训殊路，而习善共辙也"④。其实，问题还不仅仅只是这样简单的殊途同归。佛家给人们描绘了一个虚幻的"极乐世界"，曰"真如""涅槃"，"廉价地售给他们享受天国幸福的门票"⑤，诱导人们心甘情愿地作牛作马。这比诸儒家板起脸孔教训人们必须如何如何，效果则大不一样。在这个意义上说，佛家起了儒家所不能起的作用。正因为如此，所以它的存在的必要性就愈来愈为封建统治者所认识。两宋以后，三家思想的融化和合流，就很自然了。

---

① 恩格斯《反杜林论》，《马克思恩格斯选集》（卷三）第354页。
② 参见《旧唐书·武宗纪》对事实经过有较细的叙述，"法难"一词是后来佛教徒的说法。
③ 慧远《沙门不敬王者论》，《弘明集》（卷五）第14页。
④ 宗炳《明佛论》，《弘明集》（卷二）第1页。
⑤ 列宁《社会主义和宗教》，《列宁全集》（卷十）第62页。

到了《红楼梦》的时代，佛教不止是得到最高统治者的认可，而是为其大力提倡了。清初的几个皇帝，都与佛教有着不一般的关系。顺治以精通佛典著称于时，他的出家传说，虽属无稽，但他与佛教关系，可从侧面略窥其端。他与名僧交往，更是历代帝王所少有。如对玉林通琇，两度下谕延聘。其十六年谕曰：

> 尔禅师通琇，临济嫡传，笑岩近裔，心源明洁，行解孤高，故于戊戌之秋，特遣皇华之使，聘来京阙，卓锡上林。朕于听察之馀，亲询释梵之典，实获我心，深契我志。洵法门之龙象，禅苑之珠林也。①

此外，天童道忞，筇溪行森，都受到他的"殊遇"。康熙四幸五台，被附会为去探望顺治。六次南巡，所至名刹，甚多题词，还亲撰普济、天竺诸寺的碑文。雍正自号"圆明居士"，参禅学佛更煞有介事。他还颇有一些佛学著作，并辑从僧肇到永嘉圆觉、沩山灵祐、仰山慧寂、赵州从谂、云门文偃等的语录，曰《御选语录》，并把自己的"圆明居士"语录也附编进去，颇想附骥尾以传不朽。乾隆则大造寺庙，自称"文殊后身"，发愿译《大藏经》为满文。可见，清初顺、康、雍、乾四朝，无不大倡佛法。上行下效，造成佛教风靡有清一代，这正是佛教的社会作用为最高统治所充分理解的结果。

曹雪芹正处于这样一个佛学弥漫的时代。作为一个作家，他并不生活在真空之中，不可能一尘不染，思想上落上某些佛学的尘屑，也是不足为奇的。同时，随着封建社会本身的腐朽和没落，作为这个社会上层建筑支柱之一的佛教，其虚伪性和欺骗性，以及这一宗教本身的黑暗和种种罪恶，就越益明显地暴露出来。当曹雪芹揭露批判封建社会罪恶时，目光就不能不也落

---

① 转引自蒋维乔《中国佛教史》（卷四）第3页。

在佛教上。因此，《红楼梦》的创作，既不免受到一些佛学的影响，又对佛教的罪恶进行尖锐的批判。

（二）佛学在清初思想界的特殊状况

康雍乾三朝，虽然史称"盛世"，但这个社会已是危机四伏，矛盾重重。《红楼梦》中所描写的"水旱不收，鼠盗蜂起"，当然不只是甄士隐一家田庄上的事，"外面架子虽未尽倒，内囊却也尽上来了"，也绝非贾府这个小范围内外强中干的经济困境，"安富尊荣者尽多，运筹谋划者无一"，也并非荣宁两府的人员状况。这一切，正是当时整个社会民穷财尽，统治集团又极度腐败无能的真实写照。社会濒临总崩溃前夕的种种征兆，已相当明显。大变动在即的社会浪潮，冲激着敏感的思想界，特别是在一部分比较清醒的人们中，引起了强烈的反响。他们不能不感到，局势已是"山雨欲来"，岌岌可危了！

虽然，这时大多数知识分子还是浑浑噩噩，埋头于"举业"，做八股文章，以图通过科举，挤进官僚集团，在民脂民膏的盛筵中分取一杯羹。曹雪芹同时代的另一位大师吴敬梓，在其《儒林外史》中集中地反映了这种状况。但是，这时也有不少先进人物，从不同的角度看到当时的社会问题了。这些先进分子，从各方面寻求思想出路，探索社会前途。

尽管这时资本主义的经济关系，尚处于极其幼弱的萌芽阶段，民主主义的思想启蒙尚不足以强有力地对因袭的思想枷锁进行全面的否定。但是，在那个黑暗王国里，已不时闪烁着新世纪的曙光。与曹雪芹时代相先后已经出现了一批思想家。他们对旧的存在，进行了不同程度的批判。这些进步的思想家，情况也十分复杂。他们看到了儒家思想已经左右支绌，腐朽不堪；又往往从佛道思想中去探索出路，连王夫之、戴震等都不能例外。当然，王夫之他们主要的是借用某些佛学（或老庄哲学）的思维形式和概念外壳，来阐述他们的唯物主义思想，即所谓"出入佛老"。如王夫之就曾用"能"与"所"这对佛学的范畴，说明主观与客观的关系。他以"能必副其所"的唯物主义命题，批判"以能为所"的唯心主义。[1]这就说明了这些进步思想家，既从佛学中有所探索，也有所批判。

另外还有一些封建正统派，宗奉儒家，虽然道貌岸然，但也从佛道两家思想中偷运一些有利于封建统治的东西，以补苴儒学的罅漏，使之更有效地进行思想统治。宋明的程朱理学，陆王心学，都是袭取佛学，特别是禅学南宗的东西而形成其体系。清初这一派的继承人，自称谈理学，他人却目之为禅学，原因也在这里。

可见，当时的思想家，无论是进步的还是反动的，都与佛学有过这样那样的瓜葛。

曹雪芹主要是艺术家。他不同于一般的思想家那样直接用概念来阐明思想，而是在他所塑造的艺术形象中流露出自己的倾向。他的艺术实践，也正说明他与当时先进的思想家步伐是一致的。

（三）清初文人沉湎佛学，是当时统治集团内部权力之争的一种曲折反映

康熙晚年，他的几个儿子为争夺皇位继承权，展开了一场极其激烈的斗争。这场斗争，不仅诸皇子，连宗室乃至康熙的亲信大臣都卷进去了。胤禛（即雍正）夺得皇冠后，打击其政敌，不遗馀力。觊觎过皇位的八皇子允禩，九皇子允禟，都被置于死地[2]。那位握有重兵咄咄逼人的十四皇子允禵，就是十分欣赏《红楼梦》的永忠之祖。雍正对允禵还算"客气"，没砍他脑袋。但是这位曾独当一面的军事统帅允禵，却被囚禁高墙几十年[3]，不得不在诵经念佛中了却馀生。永忠自号"栟榈道人"，也是在佛学和诗画中消磨了一生。难道他们真的心如一潭死水？当然不是，有时也不免起了微澜。如永

---

[1] 王夫之《尚书引义·吕浩无逸》。

[2] 《清史稿·世宗纪》。

[3] 《清史稿·允禵传》，又《八旗艺文书目》（集部）。

忠读了《红楼梦》后，感慨至深，写了《吊曹雪芹三首》，其一云：

> 传神文笔足千秋，不是情人不泪流。
>
> 可恨同时不相识，几回掩卷哭曹侯！ [①]

艺术欣赏中，读者与作者情绪上有所共鸣，是常有的事，但到了"几回掩卷"来"哭"，却很罕见。这显然是书中写出了他的"撞心语"。永忠的从叔弘旿，更是小心翼翼。他在永忠诗上写了眉批："此三章诗极妙。第《红楼梦》非传世小说，馀闻之久矣，而终不欲一见，恐其中有碍语也。"弘旿号一如居士、瑶华道人，也是一生在佛典中讨生活的人。他怕《红楼梦》中"有碍语"，连一读都不敢。曹雪芹的两个朋友宗室敦敏、敦诚兄弟，在其《懋斋诗钞》和《四松堂集》中也不乏与僧衲过从的纪录。可见，当时的宗室文人大都与佛教有着特殊的关系。看来，他们之中有的在这场皇位争夺战中有直接牵连，受到种种迫害和酷遇，有的则是慑于这场斗争的残酷性而心怀惴惴。对此，佛学的涅槃寂静，诸行无常，等等，也还不失是一杯解脱现实悲愁的苦酒。另一方面，这也是他们一种向当局乞降的表示：说明他们已经看破红尘，万念俱灰，不想在政治上有任何作为了。从这个意义说，当局无疑是欢迎的。

这场斗争并不局限于宗室，株连颇广。曹寅的妻舅李煦，被列入"奸党"，曹家也被抄家。有的人，即使没有遭到直接的惩罚，由于种种原因，也是处在朝不虑夕惴惴不安的惶恐之中。这种情况，不能不影响到一般的知识阶层，乃至整个社会。从雍正这方面看，他是通过不怎么光彩的手段夺得皇冠，生怕交椅不牢靠，遂大量豢养特务，安插耳目，实行严密控制。昭梿《啸亭杂录》载：

---

① 永忠《延芬室稿·吊曹雪芹三首》（其一）。

　　　　雍正初，上因允禩辈深蓄逆谋，倾危社稷，故设缇骑罗察之人四出侦
　　伺。凡闾阎细故，无不上达。……故人怀畏惧，罔敢肆为者。

　　这条材料说明了雍正是为什么利用特务，到处窥视人们的一举一动。不
仅嫌疑人物，即使是一般臣下胥吏，乃至里巷细民，无不规行矩步、人人自
危。为远灾去祸保全身首计，最可靠的，莫过于超尘绝俗、与世无争。诵经
念佛自然是最好的办法。在这种情况下，佛学的风靡，带有强烈的政治色
彩。清初文人沉湎于佛学，与其说是脱离现实，毋宁说是现实政治斗争的表
现。这个时代各家诗文集中，有相当一部分人对佛学有着不同程度的指染。
这其中固然有以与僧衲交游，谈一点佛学为雅的成分，但不少人系出于政治
上的原因，则是毫无疑问的。

（四）曹雪芹的家庭环境，与佛学也存在不解的因缘

　　上文已及，康熙诸子的夺嫡斗争中，曹家受到牵连。雍正即位之初，曹
家也是被打击对象之一。从有关史料看，曹家以及曹寅妻舅李煦家被抄，经
过颇不正常。李煦于雍正元年被抄，罪名是织造任内"亏空官帑"[1]。这显然
只是一种借口。曹家被抄较晚，雍正五年底下的谕，罪名是空空洞洞的"行
为不端"[2]，连借口也不甚像样。这就说明，打击他们是某种政治需要，并不
是他们当时犯了什么罪。至于李煦买苏州女子送允禩，曹頫寄顿允禩的镀金
狮子，都是他们被抄后从新提起的事。"镀金狮子"一案，系曹頫的后任隋
赫德的奏折中提出，时间是雍正六年七月，即曹家被抄半年多之后。这份奏
折很有特点，摘录如下：

---

　　① 《关于江宁织造曹家档案史料》（附录），第206页。
　　② 《关于江宁织造曹家档案史料》（附录），第185页。

窃奴才（隋赫德自称，下同）查得江宁织造衙门左侧万寿庵内，有藏贮镀金狮子一对，本身连座共高五尺六寸。奴才细查原由，系塞思黑（按指允禩）于康熙五十五年遣护卫常德到江宁铸就，后因铸得不好，交与曹頫，寄顿庙中。今奴才查出，不知原铸何意，并不敢隐匿，谨具折奏闻。或送京呈览，或当地毁销，均乞圣裁，以便遵行。[①]

这里透露出一个事实，曹家被抄以后，雍正并没就此放过他，依然处在监视之下。如隋赫德之流，为迎合雍正，还时时寻找下石的材料。无疑，在相当长的一段时间内，曹家过的是忧居慑处的日子。曹雪芹就在这样一个特殊的家庭环境中长大。他的童年经历，不能不在他的记忆中留下阴影。从这一点看，曹雪芹与佛学的关系，和当时的贵族文人颇有相似之处。

此外，曹雪芹还另有他的家学渊源。在曹家全盛时，康熙南巡，驻跸江宁，游香林寺。时曹寅一举给该寺捐香火田四百馀亩[②]。曹寅此举，固然有应付康熙的因素，但也不能不看到曹寅对佛教的热衷。《棟亭诗钞》中时见有关僧人佛寺的诗篇，就是一个佐证。终曹寅之世，曹雪芹尚未出生，但他生活在这样的家庭环境中，童年的教养，家学气氛的熏陶，这与他成年后与佛学的关系，不能说是没有影响的。

以上几个方面，简述了曹雪芹的生活环境。无论是清代初叶这个封建社会濒临覆灭的特定的历史环境，还是曹家从皇帝亲信大臣到了获罪抄家，一败涂地的家庭环境；无论是佛教本身在清初这个具体历史环境中的发展特点，还是当时文人与佛教的特殊关系：这一切，都给曹雪芹的世界观带来复杂的影响，使之在对待佛学与佛教问题上产生明显的矛盾。这种矛盾，就自然地反映于他的创作之中。

---

① 《关于江宁织造曹家档案史料》（附录），第188页。
② 《清史稿·世宗纪》。

二

《红楼梦》的基本倾向，是它强烈的反封建精神。但是，我们在阅读中，要时而拨开一层佛学的迷雾，方能深入地感受领会它的这种精神。曹雪芹是个伟大的现实主义作家，作品中所展开的情节，随着这些情节所显示的人物命运和遭遇，乃至他们的言谈话语，悲欢颦笑，都宛如生活本身那样自然流转，那样真切准确。这正是曹雪芹创作中现实主义的强大魅力。由于这种魅力，以至于我们在阅读中往往忽视了书中这层时隐时显的佛学迷雾。然而，这层迷雾，却是确实存在的。

首先，作者交代此书来历时，拉上一大堆和尚。原来，女娲当年补天时，馀下了一块炼就的顽石。甲戌本有一段独出的文字，写此石因听到一僧一道谈论"红尘中的荣华富贵"，"打动凡心"，要去经历尘世繁华。又得僧道之助，幻化为美玉携入人间。甲戌本的这段文字比较完整，这是曹雪芹的原著文字大致是可信的。这块美玉，在红尘中成了大观园人物活动的见证者，历尽了人间的悲欢离合、世态炎凉，返本归真后，自己记下这段经历。这才有了《石头记》。可以说，此书因和尚而起。

经过几世几劫后，又有个叫"空空道人"的和尚，把《石头记》抄回人间，这才由曹雪芹于悼红轩中"增删""披阅"，所以，也可以说此书又是由和尚而传。

把创作过程说得如此费周折，当是作者弄的"狡绘"，脂砚称之为"画家烟云模糊处"。其实，这也是历来小说家不直接署名的一种惯用手法。所不同的，曹雪芹是把这部巨著的创作过程说得更为迷离恍惚，甚至还用了"色空"这个佛学概念。这正是时代使然，正是清初这个特定的历史环境下士大夫阶层谈禅说佛的反映。

其次，《红楼梦》中人物的结局，都前定于"太虚幻境"这个虚幻世界。宝黛这对叛逆者的悲剧结局，却是出于宿命的安排。小说交代的人物来历，林黛玉是西方灵河岸上三生石畔的一棵"绛珠仙草"，贾宝玉则是灌溉以甘露，使之修成女身（绛珠仙子）的赤瑕宫神瑛侍者。神瑛下凡历劫，绛珠则随之下凡还泪。其他诸色人等，则是陪他们去了结此案的一干风流孽鬼。这就是作者所交代的大观园人物来历。他们下凡之后，即他们在现世生活中各自不同的悲惨遭遇和苦难经历，乃至不幸结局，无不是前生注定。因为她们都是太虚幻境的"薄命司"中人。十二钗正副各册的判词，以及十二支《红楼梦曲》，都已经注定她们的遭遇和结局。前八十回中，大部分人物的结局，特别是男女主角的结局，尚未揭晓。但是，脂评中透露的"情榜"结尾，我们可以从中窥见这些"风流冤孽"在"造劫历世"之后，重返幻境，到警幻仙子案前销号归位。曹雪芹的主要笔墨，是用于描写这些人物的现世生活。从这些人物的命运和遭遇里，看到的是封建社会的黑暗和罪恶，是作者的控诉和谴责。而且，这些人物从"太虚幻境"到了人间，又从人间返回"太虚幻境"，这种过去现在未来，与佛学中的"三生"之说固然不能等同，但多少也包含这些"因"与"果"的关系。人物的现世苦难，也都隐约受到冥冥之中某种力量的支配。

交待人物的来历和结局，这本来是中国文学史上长篇小说中甚为常见的一种做法。《水浒传》的洪太尉误走妖魔，《西游记》的金蝉子贬出灵山，《镜花缘》的百花仙子下谪人间，等等，几乎都是这种路数。《红楼梦》的交待人物来历，也是把他们的现实遭遇安排在这种因果中。"木石前盟"和"金玉良姻"以各自不同形式的悲剧了结，正是佛学所说的"因缘前定"，都涂上一层"宿命"的色彩。

曹雪芹当然不是在那里认真宣传佛家的"宿命论"。由于他的现实主义创作原则，由于时代、家世以及他个人生活经历所带来对生活的深切感受，由于他的绝世才华，他在描写人物的"现世"遭遇的时候，即当他接触现实、认识现实、反映现实的时候，眼光十分敏锐，观察十分透辟，反映十分深刻。因而，大观园人物的活动，才成了封建社会的缩影。

第三，作者在小说中安排了两个对比性的人物：甄士隐与贾雨村。通过这两个人物，作者藉以说明他在创作中所采取的手法，是"将'真事隐去'，用'假语村言'敷衍出一段故事来"，向读者提供一把阅读的钥匙，使读者真正把握他的创作用意。正如第一首标题诗说的：满纸荒唐之言，却渗透一把辛酸泪，要读者解会其中的真味。但还不仅仅止于此，作者通过两个人物的活动，特别是对于他们的不同生活道路和命运归宿，表现出作者的不同态度。

甄士隐是姑苏的一名小乡官，"不以功名为念"，每日只是观花修竹，澹泊自处。不意数年间，天灾人祸，竟败落下来。因而饱尝人情势利，世态炎凉，终于悟彻出家。这里需要说明一点，《红楼梦》的时代，儒道佛三家在思想上已经合流。所以，"度"甄士隐出家的即使是个道士，但是这个情节所反映出来的却是佛家的东西。道士唱的《好了歌》以及甄士隐为之所作的"解注"，认为世俗所追求的功名财富娇妻爱子，都不是真实的；尘世的一切，都不过是转瞬即逝的虚幻存在，最后，都归于空无寂灭，即所谓"乱烘烘，你方唱罢我登场，反认他乡作故乡，甚荒唐，到头来都是为他人作嫁衣裳"。这正是佛家的"诸行无常"和"诸法皆空"的思想，"他乡""故乡"，其实就是佛家的此岸世界和彼岸世界。从原始佛教开始，把世界分为此岸世界和彼岸世界。把人间称为此岸世界，在这个世界里，万事万物生聚异灭，昙花一现，是虚幻的。又在人间之外，虚构了一个彼岸世界，曰涅槃、真如。只有这个世界，无生无灭，永住长存，才是真实的。曹雪芹写了这些东西，如果说仅仅只是策略性的需要，只是掩盖某些政治内容外衣，显然是不够的。

贾雨村与甄士隐正相反。甄士隐由小康到破落，最后出家，代表出世；那么，贾雨村由已经破落，又通过科举，奔走钻营，投靠权门，从新飞黄腾达，可以说是入世。贾雨村虽然经历了一段宦海浮沉，爬上了高位。他的结局虽然作者没有完成，但是据脂评中透露的，"因嫌纱帽小，致使锁枷扛"，也包括他，在封建官僚集团的权利之争中，他也没有幸免。这当然是不合乎发展逻辑的。值得我们注意的是，作者对这两个人物的态度截然不同。对于甄士隐，作者在字里行间流露出同情和赞许，而对贾雨村，则是鞭挞和揭露。贾雨村的所作所为，不仅借平儿之口痛骂他为"饿不死的野杂种"，甚至连纨绔子弟贾琏都不以为然，只有无恶不作的贾赦需要他，平庸低能的贾政赏识他。为什么是这样截然不同的两种态度，绝不是无缘无故的，只能是反映曹雪芹对这两种思想的不同评价。

甄士隐这个人物，尚有另外一层作用。作者通过甄士隐的一梦，听到一僧一道对话中说到因"还泪"而引出一干风流孽鬼下降人间，"蠢物"（即通灵宝玉）乘机夹带于中去造劫历世。从而，巧妙地把虚幻的"太虚幻境"与现实人间联系在一起。这样，遂与第五回贾宝玉的梦游"太虚幻境"遥相呼应，说明了红楼梦里人原来就是太虚幻境的薄命司中人。

第四，《红楼梦》主要表现的当然是这些"风流孽鬼"降生人间后的"现世"生活。由于作者眼光四射，接触到社会的每个角落。因此，出现了一些有的原先就是在佛门的僧尼。值得注意的是这些人物中，有作者以充满同情的笔触描绘出来的。也有的是那些经历了一番生活的颠簸之后，看破红尘，最后在空门中求一席容身之地的人物。其中，有被压迫的奴隶少女，有家道式微的贵族青年，尤其值得我们注意的是，这些于空门求容身的人物中还有作品的主人公贾宝玉。如果曹雪芹对佛学从来就是持批判态度，或者他在作品中涉及如许的佛学方面问题仅仅是某种策略需要，那么，贾宝玉这样的结局，则是不可思议的。

此外，作品中尚有不少并非属于和尚尼姑之类的人物，作者在他们身上也涂抹上一层不算淡薄的佛家思想色彩。十二支《红楼梦曲》，可说是小说大部分主要人物不幸命运结局的暗示和概括。这些曲子，几乎都是用佛家思想来解释说明这种命运结局的原因和底蕴。写惜春的〔虚花悟〕，写妙玉的〔世难容〕，题目和内容都是有关佛学，自不待说。其馀各支，诸如〔枉凝眉〕，以镜花水月来概括宝黛的爱情悲剧。〔恨无常〕〔晚韶华〕说明元春做贵妃的尊荣和李纨夫妇恩情以及儿子的功名，最后都是转瞬即逝，归于无常。〔分骨肉〕写探春远嫁是因缘前定，〔乐中悲〕写史湘云夫妇分离是定数应当，〔好事终〕写秦可卿自缢是宿孽因情。带有总括意义的〔飞鸟各投林〕，佛学色彩更浓。所谓"冤冤相报实非轻，分离聚合皆前定"，也显然是佛家的东西。总之，这些曲子，在《红楼梦》的艺术构思中，其地位的重要性，是无可怀疑的。它与秦钟临死时的情节不同。秦钟临死，出现鬼判之类，也是属于佛教宣传中的常谈，但却是明显的游戏之笔。而十二支曲子，堂而皇之，仅仅以借用佛学某些词语来说明，这就颇难成立。因为表现出来的是佛家思想，而不仅仅只是几个佛学词语。

这里，我们就不能不想起曹雪芹的号曰"芹溪居士"[①]。"居士"一词，来源较早，而且有很多解释。《礼记》《韩非子》诸书，已有"居士"之属，但一般说法，特别是明清以来都是指在家学佛之士。曹雪芹为什么取个"居士"的号，无文献足征，《红楼梦》中写探春发起成立诗社时，也曾考虑给自己起个"秋爽居士"的号，但被贾宝玉以"不确"的理由否定了，这个"不确"，是否即指她没有玩过佛学，不得而知。但曹雪芹接触过佛学，受到了某些影响，似乎也是没有太大的疑问的。

以上种种，说明了曹雪芹虽然是个伟大的现实主义作家，但是，他的世界观中也受到佛家思想的某些影响。因而，当他从事创作的时候，这种世界观的复杂性就不免流露出来。

三

曹雪芹毕竟是一位伟大的现实主义作家。尽管他由于生活在那一个佛教风靡的时代，出身于曹家这样一个与佛教关系颇为特殊的家庭环境里，思想上不免落上一层时代和阶级的尘屑，甚至于当他在封建社会末期大厦将倾的压抑和惶惑之中，曾经想从佛学中探索思想出路，而且在创作中也有所流露。但是，当他从活生生的现实生活中提炼出艺术形象时，对于生活的某些

---

① 张宜泉《春柳堂诗集》。

主观上的解释，往往退居次要地位。他对封建社会的批判毕竟是主要的。当他接触现实，剖析现实的时候，头脑十分清醒。他在凝铸着自己一生血泪的《红楼梦》中，虽然未能，也不可能自觉地认识到佛教作为封建社会上层建筑的反动作用，但是，对于佛教的某些具体问题，特别是各种类型的佛教徒的活动，批判和揭露却是相当深刻的。

大乘佛教全力阐扬的是空，自马鸣创大乘佛教以来，至龙树、提婆，发展为大乘空宗，高倡"诸法皆空"[①]。大乘佛教传入中国后，到了曹雪芹的时代，前后一千馀年，宗派纷立，各宗对于成佛的途径和步骤，尽管各有一套说法，但是，否定客观世界的真实性，说世界统一于空，却无多大分歧。特别是从唐宋到明清一直风行不衰的禅宗南宗，更是彻底否定客观世界的存在。禅宗的实际创始人惠能，那首有名的偈说：

> 菩提本无树，明镜亦非台。
> 本来无一物，何处染尘埃！[②]

以"本来无一物"来概括客观现实，可说是"目空一切"！可是曹雪芹笔下的大多数僧尼，却并非如此，而是"云空未必空"。《红楼梦》中出场的僧尼不少，除了少数因特殊原因而遁入空门者外，其馀的几乎都是以宗教活动为谋生手段。这些佛门弟子，虽处身于五蕴皆空的清净境地，其为非作歹，利欲熏心，丝毫不空。如水月庵的老尼静虚，"阿弥陀佛"向别人念，自己却插手官场，长袖善舞，比诸世俗的土豪劣绅都毫不逊色。连那些府太爷、守备、大财主之间的纠纷，竟然求到她的名下，而且能一口替人家出三千两贿赂，足见其"佛法广大"。结果是两个青年送了命，王熙凤

---

① 《中观论》。
② 《坛经·自序品》。

得三千两。她从中捞多少，没有交代，自然不会两袖清风。又如水月庵另一尼姑智通，地藏庵尼姑圆信，也都是穿着衲衣的骗子。她们得悉芳官三人要求出家，"巴不得拐两个女孩子去作活使唤"，大讲了一通"佛法平等"，芳官等遂成了落发的丫头。还有那马道婆，骗法更粗俗，她在贾母面前扯什么西方大光明普照菩萨的现身法像就是大海灯，谁舍几斤香油来供这个"法象"，即可消灾祈福。到了赵姨娘那里，她又替她搞魇魔法，也骗她几两银子。这些人无论骗法雅致一点还是粗俗一点，利用菩萨或佛法来诬骗，则完全一样。

曹雪芹写这些披着袈裟的恶棍，或念着阿弥陀佛的骗子，之所以能达到各自的目的，是因为他们不凭在佛前晨祷暮诵，而是靠在统治阶级人物中拥有大批信男善女。这样，他们既可通过这个"方便法门"，交通官府，欺压平民，又可从太太们的钱袋中骗取一份"布施"。

在统治阶级中，也确有不少人乐此不疲。他们斋僧敬佛，广结善缘，既可博得"慈悲向善"的声名，以填补精神上的空虚，又可在干了坏事后换取"良心"的慰藉。只需在人血的盛筵中分出一杯残羹，即可生前获得福祐，死后超脱轮回，无论是在天上还是人间，到处都能坐享"福果"。这样便宜事，何乐而不为！《红楼梦》中不仅写了贾母的乐于受骗，王熙凤的与之勾结狼狈为奸，而且还比较集中地揭露王夫人的"乐善好施""慈悲为怀"的真面目。这位"大善人"手上沾满了许多无辜女儿的鲜血。在她的淫威之下，金钏、晴雯被生生摧残迫害致死，芳官、四儿如何经受生活的煎熬也可想而知。可是，她却永远摆出一副"慈悲"的面孔。吃素念佛，斋僧布施，怜贫恤老，似乎都是在祈今生福祐，种来世善果。她把丫头金钏逼死后，着实"慈悲"了一番，又是"赏"金钏之母银子簪环衣服，又是要做新衣裳给金钏装裹，还滴了几滴鳄鱼的眼泪！所以，人情练达的薛宝钗就把她的罪恶推得一干二净，还说"姨娘是慈善人"。尤其"慈善"的，还为金钏"请几众僧人念经超度"。

鲜血淋漓的杀人逼命，竟成铙钹喧嚣的"善举"，刽子手的屠刀，变为超度冤魂的"宝筏慈航"！无论是金钏还是张金哥，都是死在满口"阿弥陀佛"的"慈悲人"手下。百八伽蓝，同样沾染着被压迫者的斑斑血泪！

看来，曹雪芹对于佛教及其种种活动，是有认识的。所以他才能如此深刻地揭露：所谓"清净佛门"，原来是直通官府的势利场，所谓"佛法平等"，也只是僧侣地主拐骗使唤丫头的招牌，所谓"结缘布施""超度亡灵"，通统不过是老爷太太们杀人吸血的掩遮。

僧侣及其活动的欺骗性，本来就是宗教本身虚伪性和欺骗性的反映。欧洲文艺复兴时代的一些伟大艺术家，也往往通过僧侣活动的描写来揭露教会的黑暗和罪恶。曹雪芹笔下出现静虚、智通，等等，其意义也在这里。但仅仅停留于此，诚然还是不够的。因为《红楼梦》中描写的这些事实，也可以看作是职业僧侣不守清规、践踏戒律的行为，虔诚的佛教徒对此也是要提出非议的。如果停留于此，尚不足以说明这就是对佛教的批判。因而，我们还必须进一步看曹雪芹如何写那些有道高僧和在佛门中找归宿的人物。

在《红楼梦》中，有资格享有高僧尊号的，莫过于茫茫大士了。曹雪芹不是把这位大和尚作为世俗的江湖骗子来写，而是写成佛法力量的代表者。这位茫茫大士（还有那位渺渺真人属于道教系统），在《红楼梦》的种种纠葛中，无所不在，无所不能，超凡入圣，来往于玄幻的"太虚幻境"和繁华竞逐的人间，指迷觉愚，逢有缘者度之，堪称为货真价实的佛门弟子。

妙绝的是这一佛一仙两个名字，曰：茫茫、渺渺，与乌有先生、亡是公同一家数。是否可以说，曹雪芹认为现实生活中佛或仙，渺渺茫茫，根本不存在，似乎也很耐人寻味。

不过，茫茫大士毕竟来到了人间，担负了某种使命。《红楼梦》的主要矛盾，是封建统治的维护者与叛逆者的矛盾。这对矛盾的重要表现，就是叛逆者的恋爱婚姻问题，即他听命于家庭的安排，接受"金玉良姻"，还是不渝于同另一个叛逆者林黛玉的思想结盟，即"木石前盟"。在这个问题上，双方壁垒分明。恩格斯说："对于骑士或男爵，以及对于王公本身，结婚是一种政治的行为，是一种借新的联姻来扩大自己势力的机会，起决定作用的是家世的利益，而绝不是个人的意愿。"①贾府的当权人物，即封建统治的维护者，安排了贾宝玉与薛宝钗结婚的所谓"金玉良姻"，正是代表了贾府的家世利益，实质上就是代表封建统治阶级的利益。而"木石前盟"，即贾宝玉与林黛玉恋爱，事实上是两个叛逆者共同理想的结合，与贾家的家世利益无疑是不相容的，因而必然要受到这个家庭的扼杀。在这场矛盾冲突中，茫茫大士（当然还有渺渺真人）恰恰与封建卫道者贾政站在一起，可以说是"金玉良姻"的发明人。通灵玉上"莫失莫忘，仙寿恒昌"八字，是他早在青埂峰下镌就。刻有"不离不弃、芳龄永继"的金锁，是他送到薛家，并且还特为说明，"日后要拣佩玉的相配"。有人认为，送金锁以及金玉相配的这些话，都是薛姨妈为了攀贾家这门亲而伪造出来的。如果用现代科学的眼光看，恐怕首先是王夫人伪造通灵玉。可是小说的实际却并非如此，作者清清楚楚地交代这都是癞头和尚的杰作。从贾府来说，这个衰败之中亟需重振的百年望族，薛宝钗正好是最合适的人选。茫茫大士"金玉良姻"的安排，贾府符合家世利益的物色，正不谋而合。对于"木石前盟"，这个癞头和尚也不是漠然视之。林黛玉三岁时，他也光顾过林家，要化林黛玉出家，并且也说过，"凡有外姓亲友之人一概不见，方可平安了此一世"。出家，或是不见外姓亲友之人，自然是见不着贾宝玉，"木石前盟"也就谈不上。可见，这位大和尚对二者的不同态度，是极其鲜明的。

作为佛门弟子，当是绝俗超尘，目空一切，世俗的婚姻恋爱，干卿底事！符合贾府家世利益的"金玉良姻"，竭力促成之；背悖贾府家世利益的"木石前盟"，百般阻挠之。此无他，维护封建统治利益耳。这位有道高僧，只不过不像静虚、智通者流，为一己之私到处招摇撞骗，而是为封建统治阶级的利益奔走效劳而已！

历史上的儒道佛三家，曾有过不少争吵，在一定背景下，甚至势若冰

---

① 恩格斯《家庭、私有制和国家的起源》，《马恩选集》（卷4）第74页。

炭。这时，为什么又如此一致呢？茫茫大士，渺渺真人，加上个贾政，恰好代表佛道儒三家。这绝不是偶然巧合，正是在维护封建统治的前提下"三教合流"的体现。上文已及，儒道佛三家，无论是哲学思想还是社会作用，一致性是主要的。封建社会越是到了末季，就越加需要三家互相配合，共同支撑那摇摇欲坠的大厦，使之尽可能晚来颓败和倾圮。因此，"三教合流"也是封建社会崩溃前夕的需要和必然结果。在这样的背景下，茫茫大士与渺渺真人合作得那样融洽，以至于他们的言论究竟是属于那一家，都浑然莫辨。如度甄士隐的是道士，"神仙好"也是道教的东西，但《好了歌》及注的思想，却又是佛家的。而且他们又都与贾政相一致。这正同警幻仙子一样，名曰仙子，是道教人物，但管辖之下又有什么"大士""菩提"，是佛家的名号，说出话来，又是那样头巾气十足。这一切，恰正是"三教合流"的反映。所以，《红楼梦曲》〔终身误〕一支，说"都道是金玉良姻，俺只念木石前盟"，"都道"就是和尚、道士和贾府的当权人物的一致。他们都是"木石前盟"的扼杀者。

曹雪芹对佛教的批判，还体现在几个以佛门为归宿和不容于佛门的人物描写中。这些人物，除了贾宝玉外，大致可分为妙玉、智能一类，惜春、柳湘莲一类，鸳鸯、芳官等一类。惜春、鸳鸯等将于下文联系贾宝玉来谈，这里先看妙玉与智能。

妙玉与智能，初看差别极大，但是有一点是共同的：她们虽然都是尼姑，但佛门却是她们的一座可恨的牢狱。她们由于出身教养的不同，在佛门的处境地位也不同，因此，她们对这座牢狴的感受以及反抗的方式也有所差别。

智能落入佛门这座牢狴，不是由于看破红尘而皈依"三宝"，也就是说，并非出于思想原因。她怎么出家，作者没有交代。但是从她在水月庵实际上是使唤丫头这种状况看，无疑是家境贫寒不得不出家的。因此，她的牢狴感受较之于妙玉更自觉。她曾向秦钟说过要"出了这个牢坑"，反抗也更为大胆。当秦钟有病时，她终于冲出禅关，"找至秦钟家下，看视秦钟"。

那个社会里，智能这样做，别说是多一副宗教枷锁的尼姑，就是普通的俗家少女，也是为礼法所不容。她的结局如何，曹雪芹没有写。秦钟死了，即使不死，她也不可能幸免。人海茫茫，她将如何的颠簸沉沦，留给读者以想象去补充。

妙玉是曹雪芹精心构思的人物，名列十二金钗之六。刻画这个"槛外人"的形象，作者的感情十分复杂。有微词，也充满着同情和惋惜。这一形象本身，也正是一个矛盾的统一体。这种复杂性和矛盾性，集中的表现，就是判词中所说的"云空未必空"。

研究者多认为，"云空未必空"是作者对妙玉的讥刺。实际上，恐怕要复杂得多。诚然，这是出现于妙玉的判词中的一句话，但是，曹雪芹并不是虔诚的佛教徒，不是站在维护佛法清规的立场，因此，他不可能以能否真正做到"空"来讥诋指责她。

妙玉的身世，颇像林黛玉。"祖上也是读书仕宦之家"，但到了她正式走向生活后，已是一个无家可归寄人篱下的孤女了。出身教养在她身上留下明显的烙印。宦家小姐的身分，与她在大观园中的实际处境，产生了悬殊的矛盾。孤傲狷介，落落寡合，甚至有点矫情，这既是她维持小姐身分和自尊的武器，也是佛教禁欲主义与她对生活的执着发生矛盾的表现。对此，不仅完全按照封建规范教养出来的李纨不能理解，说"可厌妙玉为人"；就是叛逆人物林黛玉，也觉得她"天性怪僻"。

正因为妙玉终究是个小姐，因此她对佛门这座牢狴的感受就不像智能那样大胆和自觉。她只是把矛盾压抑在心灵深处。一方面，黄卷青灯，伴着她那尼庵的岑寂；另一方面，她又情不自禁地向往着尘世。中秋月圆之夜，她离开蒲团，到庵外闲步赏月，参与了林黛玉史湘云的联诗。她的"空帐悲文凤，闲屏掩彩鸳""芳情只自赏，雅趣向谁言"之句，正隐隐约约地透露出作为少女的尘世向往和作为幽尼必须要遵守的清规佛理，这两种势力在她心灵深处矛盾和搏击。大观园"诗坛"的倡和，固然近乎闺阁游戏，但作者在她们的诗中都赋予各自的身分、性格，并从中暗寓了她们的命运。妙玉居然联出"芳情只自赏,雅趣向谁言",无论于规范、于清规,都大相乖舛。

如果推究起来,大观园中真正爱贾宝玉的,除林黛玉外,恐怕就只有一个妙玉了。她自称超脱于"千年铁门槛"之外,可是却并不忘记那一天是贾宝玉的生辰,写了"遥叩芳辰"的贺柬。刘姥姥喝过的杯子,她嫌脏丢掉。她自己日常用的茶杯,却以之给贾宝玉斟茶。从佛家观点看,怡红公子与村老妪,何尝不同具佛性,又何尝不同是臭皮囊。厚此薄彼,显然不是出于势利眼。不然就不会把荣国府权威化身贾母晾在禅堂中,另约钗黛到耳房内吃"体己茶"。乞红梅的情节,贾宝玉不仅顺利地完成使命,而且,去之前"李纹命人好生跟着,黛玉忙拦说:'不必,有了人反不得了。'李纵点头说是。"只有林黛玉才能有这样细致的观察。在那个婚姻作为政治手段的社会里,妙玉比林黛玉更不可能使这种爱情发展为婚姻,因为多了一副宗教的枷锁。她不能像智能那样自觉地感受佛门是一座"牢坑",更不能像智能那样冲出禅关,只是在心灵深处畸形地发展,只是在无意之中才略有流露。

妙玉的结局,"判词"和"曲"虽有所隐喻,但具体情况如何,前八十回没有完成。研究者或据"风尘肮脏违心愿"、"无瑕白玉遭泥陷",认为她最后沦落青楼。其实这只是一种猜测,"风尘"解为"青楼",固属常见,它也常作生活的漂泊颠簸解。《红楼梦》第一回"风尘怀闺秀","风尘中的知己",都与青楼毫不相干。所以仅从"风尘"一词中猜出沦于青楼,是不大可靠的。近年又传有靖氏藏本脂批,其中有"瓜洲渡口""红颜屈从枯骨"诸语,似乎后来流落在南方,嫁给什么老头子。是青楼从良,还是漂泊中倦鸟入巢,不得而知,而且也有疑问。所以还是不去猜测为好。有一点可以肯定:妙玉的结局也十分不幸,她也是"薄命司"中人。暗寓妙玉命运的曲子曰:〔世难容〕

气质美如兰,才华馥比仙,天生成孤癖人皆罕。你道是啖肉食腥膻,视绮罗俗厌。却不知太高人愈妒,过洁世同嫌。可叹这青灯古殿人将老,辜负了红粉朱楼春色闲。到头来,依旧是风尘肮脏违心愿,好一似,无瑕白玉遭泥陷。又何须王孙公子叹无缘。

如果将此曲联系中秋联句和邢岫烟说的在蟠香寺"他因不合时宜，权势不容，竟投到这里来"，无论如何她是不可能见容于世的。即使十二金钗不因贾府败落而风流云散，栊翠庵仍容得下她的蒲团，但人世的严酷风霜，也容不下她的仙才兰质，佛门的戒律更容不下她的"雅趣""芳情"。宗教的枷锁，终归要把她压得郁郁而死！妙玉的命运和遭遇，可以说是曹雪芹对佛教的控诉。

四

曹雪芹对佛学持何种态度，最值得我们注意的当是《红楼梦》主角贾宝玉的思想和行动。一般说来，作品主人公的思想行动，总是寄托了作家的社会理想和美学理想，主人公的结局，也往往反映了作者的思想归宿。贾宝玉这个艺术形象，凝注了曹雪芹毕生的心血，渗透着他的"一把辛酸泪"，最后却遁入空门，这就很费人思量。

贾宝玉的归宿，不仅《红楼梦》中多处留下伏笔，而且脂评中也有明确的透露。如第二十一回一条脂批说：

宝玉看此世人莫忍为之毒，故后文方能悬崖撒手，一回（疑衍）。若他人得宝钗之妻、麝月之婢，岂能弃而为僧哉！

可见，最后他出家做和尚是没有什么疑问的，但是，在这个人物身上又确确实实存在某种反佛教的精神。既出家做和尚，又反佛，岂不是自相矛盾？

具体分析贾宝玉这一艺术形象，同时又联系作品中其他一系列人物的处理，做和尚和反佛，是矛盾的；但在贾宝玉这个具体人物身上，乃至在整部

《红楼梦》中，这种矛盾却又是统一的。曹雪芹虽然写了贾宝玉出家，但却并不把佛门看作是他的理想归宿，更不是思想上的皈依。

第一，遁入空门只是一种反抗的手段。贾宝玉如此，其他人物，诸如鸳鸯、芳官等也无不如此。他们都是在不堪忍受现实中的迫害时，才不得不以"遁入空门"来表示反抗，或者说是"眼前无路"时，才不得不在佛门中求一席容身之地。为了说明这个问题，我们先看鸳鸯和芳官等人的反抗。

鸳鸯出家了没有，作者没作最后交代，只是在"誓绝"一回书中，写她以死和出家自誓。当时鸳鸯的处境十分险恶：荣府大老爷贾赦要收她为妾，邢夫人亲自出马，说之曰"又体面又尊荣"，将来生个一男半女，还可与她当夫人的"并肩"。可是，鸳鸯却无意去享受这份"尊荣"，断然拒绝了。这当然很伤大老爷的尊严。这位大老爷达不到目的，岂肯善罢甘休，故当即扬言："凭他嫁到谁家，也难出我的手心！除非他死了，或是终身不嫁男人，我就服了他。"这当然不只是说说而已。为了几把扇子，他都可以把人害得家破人亡。所以平儿很为鸳鸯担心，将来终究落入他的魔爪，处境更惨。鸳鸯也深知自己当时的处境，但她绝不委曲求全，决心"纵到了至急为难，我剪了头发当姑子去，不然还有一死"。鸳鸯也不只是说说而已，她当着贾母及许多人自誓："或是寻死，或是剪了头发当姑子去。"不过，当时贾母在生活上还离不开她，才使这一矛盾得以暂时的缓和。不然，或是别的丫头，以死和出家自誓，也只是徒然自誓而已。贾母死后，她一旦失去"庇护"，即使真的出家，恐怕佛门的四大护法天王未必能挡得住老爷的魔爪。对鸳鸯来说，出家也只是她被老爷太太们逼得无路可走时的一条仍然走不通的道路。

芳官的情况更自不同。她与其他的女孩子是为元春归省的盛典从江南买来学戏的。班子散了，她们被分发到各屋去当丫头，备受践踏欺凌，地位比一般丫头还低。连赵姨娘都可对她们随意打骂，而探春还以为这是"自己不尊重""失了体统"。王夫人"清理"大观园时，首先是晴雯被摧残致死，等待她们的是作为会说话工具又一次被出卖。她们不得不以"出家"来反抗。对此，这位"慈悲"的王夫人，连一向伪装的慈悲面孔竟也不顾了，恶狠狠地命令："佛门也是轻易人进去？每人打一顿给他们，看还闹不闹了！"在太太们的心目里，"进天国的门票"，也只是她们才有权享有。两个老尼为了拐两个丫头使唤作活，向王夫人说了一通"佛法平等""普渡众生"，特别是说到"太太好善，所以感应得小姑娘皆如此"，把这份福果仍归到她的名下，才使芳官得以出家。她们进了佛门后的命运如何，不过是从世俗的奴隶转变为僧侣的奴隶，如此而已！

作者用饱蘸血泪的笔触，描写了鸳鸯与芳官等不堪老爷太太们的迫害凌辱，才不得不向佛门求一席容身之地。虽然这种反抗力量很微弱，但毕竟是一种反抗。

贾宝玉的出家，与奴隶们的反抗内容、性质，都不相同，鸳鸯等人是对于阶级压迫的反抗，而贾宝玉只是一种叛逆者的反抗。他为了拒绝走家庭（其实也是阶级）给他安排的道路，而要走自己的道路。走什么样的路，他自己也不明确。正像鸳鸯、芳官等人一样，要反抗，怎么样反抗，尚很朦胧，只得遁入空门。进入空门之后，鸳鸯仍未能真正脱离贾赦的魔掌，芳官等只是做了另一形式的奴隶。贾宝玉的前途，也只是"渺渺茫茫"。可见，佛门并非反抗者的真正归宿。

第二，贾宝玉的出家，实际上只是"出走"，只是表示与他的家庭决绝。在《红楼梦》中，出身于贵族家庭，最后遁迹空门的，除了贾宝玉外，还有惜春、柳湘莲，在某种意义上说，甄士隐也是如此。但是贾宝玉与他们不同，惜春、柳湘莲等，是在悟的基础上皈依佛道，而贾宝玉只是在彷徨无主的情况下，不得不走这条仍然走不通的道路。

柳湘莲的出家，有点奇怪。点化他的，是瘸腿道士，似乎就是那个渺渺真人。颇像入道，实则皈依佛门。他在出家之前与道士的对话，取禅宗南宗"谈公案"方式，又是"把万根烦恼丝一挥而尽"，都是佛家的一套。一席话之间即悟彻一切，飘然而去，也正是南宗的"顿悟"。当然，顿悟实际上也是早已种下出家之因的，他是个没落世家的子弟，面冷心冷，人称"冷二郎"。冷，当然是一种绝望了的表现，所以尤三姐自裁，加速了他的出家。

惜春也是因为悟彻出家，判词中"勘破三春景不长"，三个姐姐各自的不幸遭遇，使她感到自己也是前途茫茫，遂以"独卧青灯古佛旁"来求得灰暗而无险恶的生活，即所谓"把这韶华打灭，觅那清淡天和"。这也是"勘破"人世险恶之后，三个姐姐中特别是元春的荣华，最后终归于幻灭，对她不能不是个教诫，何况荣宁两府内部的勾心斗角，她也都看在眼里。她也只有这条出家的路好走。

在这一点，贾宝玉是和惜春、柳湘莲他们一样，对家庭，即他们所隶属的阶级完全绝望，才无可奈何地走这条出家道路，对尘世的一切，不了而了之。但是，贾宝玉出家，与惜春、柳湘莲不同，他的遁迹空门，又有他自己的发展逻辑。

贾宝玉的出家，可以说是一种矛盾。是他思想和行动的矛盾。在思想上，他是反佛教的；在行动上，他却不能不走向佛门。

从思想上说，贾宝玉对于僧佛是格格不入的。第十九回，袭人箴规贾宝玉的"约法三章"，其中之一就是"再不可毁僧谤道"。袭人与贾宝玉朝夕相处，对他的一言一语，无不放在心上。而今她把问题提到如此严重的程度，可见贾宝玉平素毁僧谤道的言论之多。又第三十六回，薛宝钗接替袭人绣兜肚时，听到贾宝玉"在梦中喊骂说，和尚道士的话如何信得。什么是金玉姻缘，我偏说是木石姻缘"。这当然只是梦中的"喊骂"。所谓日有所感，则夜有所梦，说明贾宝玉对"和尚道士的话如何信得"这句话是常留于心，故不禁于梦中喊出。这也是"毁僧谤道"的一个佐证。第二十二回，回目有"悟禅机"语，是比较集中地写贾宝玉谈禅的情节。贾宝玉自我感觉也是"解悟"已臻"无挂碍"境界。第二天林黛玉与他的一段对话，也是禅宗"谈公案"的形式。好像此中真有一点"解悟"似的。其实不然。贾宝玉的这番"参禅"，实际上是雅玩。白天林黛玉、史湘云发生了一点小小的纠纷，他想从中有所调停，结果是落了两处的不是，成了自寻烦恼。这次"参禅"，他追求的就是摆脱这种烦恼的"立足境"。佛家讲一空万法，讲

"无我"，这与求"立足境"，还是有区别的。所以第二天林黛玉一问，问得他张口结舌，不知所对，只好自己承认，"不过是一时玩话罢了"。一天乌云，顿时消散。他依旧还在尘世的纷扰之中。说是"玩话"，倒也不错。一心在他身上的林黛玉，对这个问题却是十分放心的。她也说这"是玩意儿，无甚关系"。在怡红院里，"面壁""参禅"云云，往往用以互相揶揄挖苦，是一种调侃语。怡红院的"舆论"状况，当然是贾宝玉思想状况的反映。这一切都说明：贾宝玉最后的出家，并不属于思想上的皈依。

从行动上说，出家倒是贾宝玉生活道路的必然结果。他要反抗对他的生活道路作安排的家庭，他要与这个家庭决裂而出走。但是，怎么反抗，出走后到哪里去，对于贾宝玉这个具体人物来说，只能出家做和尚，没有什么别的路可走。

出家做和尚，不是贾宝玉思想发展的必然，而只是他行动，即生活道路发展的必然。他的思想和行动，是矛盾的。但是，这一矛盾在贾宝玉的身上，却又是统一的。

贾宝玉这个人物，作为出身于封建贵族家庭的叛逆者，面临的是两条生活道路：家庭（其实也是他所隶属的阶级）给他安排的道路，是"把四书一气讲明背熟"，娴于时文八股，中举人，会进士，从所谓"正途"出身，为官作宰，克绍箕裘。如果，他也像乃翁那样平庸低能，还可退而求其次，一般懂得一点仕途经济，通过捐纳，取得一官半职，也能略可守成。可是贾宝玉却无意于此，他要走他自己的道路，另有追求。他追求的，是一个"鸦雀不到的幽僻去处"。在那里，自然不再有什么"峨冠博带"的庆吊应酬，也不必讲什么"仕途经济"，更不需要去读八股时文。家庭对他的期望，他自己的追求，二者之间自然不可能相安无事。随着他的年龄增长，二者的矛盾就日益尖锐起来。家庭给他安排的"科举入仕"的道路，是他面临着的现实；他自己的生活追求，那是无法实现的理想。二者又是那样势若冰炭，不可调和。他不能放弃理想去迁就现实，最后，就不能不从那个家里出走。

走向那里？出走之后能否达到他的理想？在封建社会的发展历史上，每当社会阶级矛盾发展到表面冲突，亦即农民大起义的时候，地主阶级内部也曾有过某些进步的知识分子从本阶级的营垒中分化出来，投身到大起义的行列中去。但是，贾宝玉所要寻求的是个"鸦雀不到的幽僻去处"，如火如荼的农民大起义，金戈铁马的战争生活，当然不是他要寻求的理想归宿。因此，他不可能投身到起义的行列中去。

《红楼梦》的时代，较之于封建社会的其他发展阶段，情况已经不同了。这时，在封建经济关系的母体中，已孕育了资本主义经济的萌芽。但是，这种新关系的萌芽，还十分柔弱和稚嫩。新兴的阶级力量尚未形成。因而，在意识形态的领域里，虽然也出现一些新的思想，但是，代表这些新思想的力量，尚不足以对传统的思想意识内容提出适应时代潮流的合理估价，更拿不出一份明确的理想社会的蓝图。从封建阶级内部分化出来的某些先进分子，虽然有所觉醒，但对于未来仍还十分朦胧。所以贾宝玉的理想图，只能是"鸦雀不到的幽僻去处"，他从封建家庭出走时，也只能是一脚踢开了僧佛，另一脚又跨进了佛门。

反佛和出家，这是一种矛盾，但在贾宝玉这个具体人物身上，却又是统一的。这种矛盾性和统一性，正是曹雪芹世界观中存在着矛盾的体现。我们回头看《红楼梦》全书，情况的复杂性，也正说明了这一点。一方面，全书笼罩着一层佛学的迷雾，说明曹雪芹接受了某些佛学思想的影响；另一方面，在作品人物的命运遭遇中，又流露出对于佛教这一宗教，有所揭露和批判。

佛学和佛教，二者本来是密切关联的，但也不能划上等号或说是一回事。在《红楼梦》中更是这样。当曹雪芹接触现实生活中活生生的各种人物的时候，他是冷静地按照生活的本来面貌来构成艺术形象，揭示出生活中某些本质的方面，因而他看到了作为一门宗教的佛教的罪恶。当他在解释说明他笔下的人物的命运和遭遇的时候，他又因受到作为一种思想的佛学的影响，而不免在这种解释和说明中流露出来。欧洲文艺复兴时期和十八、十九世纪某些现实主义大师也有这样的情况，一方面，他们反对教会，揭露当时宗教的黑暗和罪恶；另一方面，他们又并不反对上帝或神的存在，甚至于要建立合乎理想的纯净的宗教。曹雪芹也正是这样，只有当他描写现实，塑造艺术形象的时候，世界观中受佛学影响的一面才退居次要的地位。可以说，曹雪芹的《红楼梦》创作，也是"现实主义最伟大的胜利之一"。

在创作中出现这种矛盾的现象，丝毫也不有损于曹雪芹的伟大。在《红楼梦》里，批判现实生活的黑暗，毕竟是主要的。在世界文学发展史上，这种现象，也并不罕见。一个旧时代的作家，世界观中不可能不出现这种复杂性，而且也不可能不在他的创作中反映出来。歌德、托尔斯泰、巴尔扎克是如此，曹雪芹也是如此。存在这种矛盾，是完全正常的。相反，如果这些伟大作家全是清一色，全都纯粹得像一座水晶的雕像，那才是咄咄怪事。

（发表于《红楼梦学刊》1980 年第三辑）

"冬底"征疑

——说《红楼梦》中的一处矛盾

早先，人们对待《红楼梦》，谩骂除外，正常研究，亦曾有文字论及书中的矛盾或情节不相连接者。而如今，却只是一片称扬声了。称扬当然很正常，因为此书确实写得好，说是旷世奇书，为人所公认。然而，亦不必讳言，书中确实存在若干碍点，使文字前后不能衔接畅通。研究者对这类碍点，已有论述。当然，找寻不成理由的理由强为之解者，间亦有之。我相信，仔细的读者当亦都会在阅读中有所注意。

书中出现这些前后不通畅处，缘由是多种的。《红楼梦》的创作，经历了"披阅十载，增删五次"，方始成书。在这个漫长的过程中，作者对书中的情节，包括人物名字，有所更张修改，也是创作中不可避免的事。由是，形成各个时期稿本的差异。小说的最初流传，先是于亲友圈子中传抄评阅，后来逐渐扩展到外界，复经辗转传抄，形成诸多钞本。

因此，其中某一本子不免出现小说情节上前后难以贯通，甚至相互间发生抵牾矛盾。究其情由，不外乎如下数端：

其一，传抄中，如底本有阙者，则觅取他本拼凑足之。遇底本与拼凑本如非同一时期的稿本，则过录本情节上互不畅通，同一人物前后异名，亦皆自当不免。

其二，本子于辗转传抄中，或因抄胥粗心疏陋，或因过录主持者见底本文字欠亨，略事浚通，讹讹相袭，亦是势所必然。如讹误处为关键字语，以致导致全书情节上的前后矛盾。也是个不可忽视的原因。

究竟孰是，今举其中的一例，推究这些矛盾的产生缘由，以与研究《红楼梦》版本的同好者共同商酌。

这是书中第十二回末，有"冬底"一语，颇存疑问。今抄列这段文字如下：

> 这年冬底，林如海的书信寄来，却为身染重疾，写书特来接林黛玉回去。

疑点就在这段文字中的"冬底"一语上。《红楼梦》的版本繁多，早期钞本，计十二种，后期的梓印本，加上现代印本，早已过二百馀种。可是，迄今存在的各种本子，却一概为"冬底"，无任何一本此语有异文。

各个本子间，虽无文字差异，但却不合情理。我在给研究生授《文献目录学》时，讲《校雠》一章，曾举此以为"理校"之例。校雠，自当于备列众本基础上进行，确定底本，其馀各本则作为参校本。如果所校之书为普及本，遇底本文字有明显讹误时，则需作校改，但应必有参校本为据。这是校勘的一般原则。可是，有时也往往会出现特例：底本文字明显有讹，而参校本，或并无异文，或异文歧出，且亦各有讹误，不得已，可以"理校"处之。

如果，仅仅着眼于此一处文字，倒也看不出有何种特别可疑之处。可是，紧接着第十三，十四回，又有两处与之相关的文字，若相互联系，疑点即显现出来。那是第十四回贾琏命其小厮昭儿回荣府报信，曰：

> 林姑老爷是九月初三日巳时没的。

昭儿回荣国府，除报凶信外，还别有使命，即为主子贾琏、黛玉取冬衣，说，二爷同林姑娘送灵到苏州，赶年底回来，"叫把大毛衣服带几件去"。

第十二、十三、十四三回中，涉及同一情节文字，如果稍作推究便可发现，时间和节令，前后颇有抵牾，甚至可以说，并由此引发出情节上诸多不合常情常理处。

第十二回说，荣府于这年"冬底"接到林如海的信。而荣府收到的，不是例行的女婿向"老泰水"问候或报平安书信，而是林如海病重，要接女儿林黛玉回去，有临终见一面的意思。按当时的情形和常理，林黛玉南下，自当急速启程，不能有任何耽搁。书中也交代过，贾母"忙忙打点黛玉起身"，"作速择了日期"，命贾琏送她去。可见，贾琏送黛玉南下，如果"冬底"收到信一语无误，启程的日子，也应是这年"冬底"，至迟延至第二年年初。

然而，恰在这个"冬底"上存在矛盾。我们先看贾琏送黛玉启程的日子，究竟是什么时候？

小说中昭儿报信云："林姑老爷是九月初三日巳时没的"。这个日期却是无误的。因为，昭儿回京的另一个使命，是为主子取大毛衣服。报罢九月初的凶信后，兼程赶回，当是九月中下旬。时值秋冬之交，取御寒的冬衣，正符合时令特点。可见，昭儿说的"九月初三"这个日期，并不存在疑问。

第十三回，还有另一个关键情节可以推算日期，这就是秦可卿之死。书中写贾琏南行后的一个夜晚，王熙凤和平儿睡下，"屈指算（贾琏）行程该到何处"。在这段文字下，有一则脂批，引白居易诗句，曰："计程今日到梁州"[1]。说明此时贾琏尚在南行途中，未到达林如海任所。按当时交通工具的速度计，大约这天上距他离家后不到一月。就在这个深夜，秦可卿死了。紧接着，便是宁国府治丧，贾珍请王熙凤协理宁府的情节。

第十四回，秦氏丧期中，王熙凤正在宁府理事，昭儿奉贾琏之命回府报信。这个日子，小说中点明，"乃五七正五日"。按古代丧俗，丧期中作法

---

① 白居易《同李十一醉忆元九》，《全唐诗》卷四四二。

事以七天为计。一些地位中等以上之家，如人口亡故，需作七七，共四十九个日夜法事，然后才出殡。所谓"五七正五日"，是指第五个七天的第五日，即上距秦可卿之死，为一个月另三天。贾琏离家后到这天，前后日子相加，充其量不过是两个多月。按这个时间推算，贾琏如果是"冬底"或次年年初出门，他派昭儿回府报信，当是三月底的事。可是，如今报的凶信，却是"林姑老爷是九月初三日巳时没的"。这与第十二回"冬底"语，显然不能对榫。

与此相关的，是昭儿回京带大毛衣服。因"冬底"一语，也同样显得不能说得圆通。

昭儿兼程赶回报信，并从家中带取冬衣，这要有个前提：出门时未带冬衣。上文已及，昭儿回京时间，约在九月中下旬，秋冬之交，准备御寒的衣服，是很自然的。

可是，上一回说的是"冬底"收到信，没什么耽搁即出门，至迟且次年初。年初也是寒天，这时出门不带大毛衣服，还要让小厮回家现取，无论如何是与常理相背悖，甚至是不可思议的。故抵牾缘由同样因这个"冬底"而来。

上述的这种种矛盾，都是因出于"冬底"一语。可见，第十二回的"冬底"云云，是有很大问题的。

既然，"冬底"一语有很大问题，那么，这里的问题是怎么造成的？

据我测想，出现"冬底"一语，是属于版本问题。因《红楼梦》的最初流传，是以钞本形式在亲友圈子里传抄，那是远早于乾隆辛亥活字摆印本（通称"程甲本"）的面世。在这个阶段，曹雪芹原稿中，"冬底"很可能是"五月底"。有某个本子，因传抄中出现讹误，将原稿的"五月底"抄讹为"冬底"。此后的各种钞本，即今天我们读到的各早期钞本，恰都是这个抄讹本子的衍生本，故"五月底"一概为"冬底"。

为什么怀疑"冬底"为"五月底"？古时都是竖行书写，"五月"二字的草体，也颇像"冬"字。

　　如果，荣国府收到林如海的书信，时间是"五月底"，则书中一切不畅通之处，均可冰释。可以设想，"五月底"收到林如海说病重的书信，匆匆打点，急如星火，让贾琏送林黛玉南下，他们出门的时间，当是六月中旬。

　　大约到七月间，或稍后，兄妹到达扬州林如海任所。不久，即九月初三日，林如海病故。于是，贾琏立即派昭儿回荣国府报此凶信，时间正好前后合榫。此外，夏天出门，当然无须带御寒的大毛衣服，到秋冬之交，派小厮回家现取，情理时令亦正相适合。

　　可见，只有"五月底"，无论是时间还是时令，才无障碍。因此说，曹雪芹的原作中，应是"五月底"，而不是"冬底"。

　　作如此设想，虽然无他本可据，但内证旁证俱足。所谓内证旁证，是指书中"冬底"一语的前后文。

　　于《红楼梦》的结构规律看，全书的时序安排十分严密。如今书中的"冬底"之后，无片言只语涉及贾府过年事。如果把这后文无过年视为小说结构布局的剪裁，也还勉强说得通。

　　更值得注意的，书中那"冬底"之前的一段情节，是写贾瑞之死。贾瑞从得病到病重，情节的转折中，有"倏又腊尽春回，这病更又沉重"一语。接着，便是一大段写贾瑞之死的笔墨。这都是发生在这年春天的事，到贾瑞"呜呼哀哉"，时令也正好到了春夏之交了。此后，便是林如海的来信。如是"五月底"，时间也正好相连接。"冬底"则不然。时间已到春夏之交，又返回来，或跳过去讲这年"冬底"如何如何，显然有点颠三倒四，有舛《红楼梦》的结构规律。

　　由于以上的理由，可以得出以下结论：《红楼梦》第十二回结尾处，那"冬底"当是"五月底"之讹。这个判断，虽然无版本依据，但却合乎常理，也解决了小说本身的种种矛盾。

（发表于《华侨大学学报》2005 年第一期）

《红楼梦》中的茄鲞和小说中的饮食描写

一

这么个文字题目，于雅人们看来，大约都嫌俗，要皱皱眉头的。不过，无论哪一位雅人，皱罢眉头回到家里，却都照常坐上餐桌，不能免俗。

现实生活中人，谁个能省略掉一日三餐。举凡王侯将相，文人雅士，淑女才媛，乃至闾阎细民，贩夫走卒，不问雅俗，概莫能外。

仙家不食人间烟火，毕竟只是幻想中事。于凡人，饮食则不可或阙。仙家之不凡，则可超越之，此以证仙家之所以为仙家也。然而亦可以说，那是从另一个角度，以"不吃"表述人的"吃"。

小说的任务是写人。照说，只要是有一定篇幅的小说，都应必及"吃"这个人所共有的情节。而实际上，却不尽然。因为生活中的人与人是不同的，于"吃"，其状况和态度，自然也因人而异。

最原始，最普遍，或者说最实质的吃，是为了果腹，以延续生命，不吃便会饿死。食以果腹，填饱肚子，说得雅一点，叫进餐。其实，真正解决果腹这个问题，也着实不易，甚至是至关艰难的事。因此，旧时代人们相见，首先问候打招呼的，就是："吃饭了吗？"至今在一些偏僻的乡村，老一辈人见面时，也还是这般问候的。只有城里人，当然是新派人物，大约是感到问"吃饭了吗"不新潮，土气，相互间才问候个洋气十足的"您好"。

古代社会的各色人等，也有少数人，当然也只是少数人，才远离饥饿，不存在果腹充饥的难题，进餐非纯粹为填饱肚子，于是又吃出诸多花样来。

不过，花样尽多，归结起来，果腹之外的吃法，仍不外乎三：一是解馋，大快朵颐，要讲究的是美味；二是表现某种情趣，好玩，美味退居次要位置了；三是显示身分和地位，美味和情趣也都不重要了。

于文人墨客，这里当然不是指读书经过科举考试进入官场者，而是指凭依文化职业而生活的人，除上述几种吃法外，也还有似处于充饥和解馋之间者，或者说，时而为充饥，时而也解馋。

旧时代的文人，主要是秀才，称为穷措大，饿瘪肚子的亦甚为常见，因而流传着许多关于吃的笑话。其中一则说：二措大交谈言志，甲问，将来你一旦发迹了，想到最快意的事是什么？乙答曰，我一定要睡醒了就吃，吃饱了便睡，睡醒了又吃。甲说，哪里还有工夫睡，我不睡，要一直吃，吃，吃。可见，饥饿于人是何等深重的威胁，吃一顿饱饭，占的是何等重要的位置，又何其不易。

至于"饭局"上的应酬，将餐桌作为政坛或商业场中明争暗斗的战地，或者于饭桌上谈各种交易，或者于酒宴间施行官场较量的手腕，司空见惯，很普遍。这种场合，武装虽是杯筷，但却超越了吃的本身要求，属于另外问题。据知情者说，每年用公款吃喝掉多少所大学中学和小学，连神仙也无法统计出一个准确的数字来。这种种吃法，不属于本文的讨论范围，略过不谈。

二

既然，现实中人于吃关系如此，人的吃法又有如许差异。小说以写人为使命，中国文学史上的各种小说，无论是享盛誉的名著，还是平庸的一般说部，甚至祸枣灾梨的劣等货，大都涉及吃喝的笔墨，写法自然也因此而异。但究其实质，大约也都不出前面说过的几种吃法。

有趣的是，小说写吃的不同文字中，却透露出小说艺术发展的成熟程度。这篇文字，说的就是这个问题。

写吃，《红楼梦》是最特殊的一部。这部书中写吃喝，不仅用的笔墨多，而且精彩，全书中写了多次筵宴，含意深刻而又意趣横生。其中，最有特点的，是莲叶羹、茄鲞和烤鹿肉等情节，我们留待下文去谈。《红楼梦》写的是吃，但几乎又都不是吃，起码不关吃的本身问题，而是开展情节和刻画人物形象的特殊需要和艺术手段。

《红楼梦》中人，这里是指大多数着笔较多的人物，为果腹而吃是很遥远的事，他们也毋须"搓一顿解解馋"，所以，《红楼梦》中人的吃法是特殊的，在写吃喝的笔墨运用上，也是独一无二的。为了说明这一点，下面将同属于长篇名著的几部，翻出写吃的笔墨，与之作一对照。

一是《三国演义》。

在《三国演义》中，虽然也有不少涉及酒宴的情节，但都不写吃喝本身。这部小说的性质是敷演史事，人物间的纠葛，重在写计谋，吃喝也多属于计谋的施行，如：小酌有"青梅煮酒"，大宴场面有"横槊赋诗""群英会"等，此外还有鲁肃为讨回刘备借去的荆州，设专宴请关云长，即关云长"单刀赴会"，等等。这诸多筵宴场景，席面上状况，菜肴如何，都是语焉不详，甚至不着一笔。虽然这也不需要必及，但这部小说中关于吃喝文字的特点，说明《三国演义》写人物是粗线条的，故吃喝也都没有写到细处。

二是《水浒传》。

比之于《三国演义》，《水浒传》中的饮食，稍为具体，笔墨分量也加重了许多。水泊梁山行动初期，提出"替天行道"的口号之前，招揽社会上的亡命人等入伙，与其他山寨一样，是以山大王传统的"大碗喝酒，大块吃肉"相号召。此时人物是否上山落草，事关命运前途，但就是这么个重大问题，也是从吃喝上入手。

那些梁山好汉们平素的吃喝，只有一次略为讲究，就是宋江在"浔阳楼"点活鱼做醒酒汤。其他人物，大都是一种粗粗拉拉的吃法。他们进饭馆，一坐上饭桌，无非是打几角酒，切几斤熟牛肉。豹子头林冲，在火烧草料场前，也有写他买酒和熟牛肉的情节。可能是他这时身分地位变了，由八十万禁军教头沦于囚徒，吃喝讲究不成了。出身下层社会的武松，亡命江湖，有酒有熟牛肉即可。有一次还因为饭馆不卖给肉食，闹出了一场纠纷。时迁更为不堪，居然偷人家的鸡吃。鲁智深在五台山出家期间，嘴里淡出个"鸟"来，下山解馋，也无非是灌够酒，写得最为有趣的，是回山时从怀里掏出只煮狗腿来。梁山好汉的这类吃法，虽都很豪放，但食物结构无非都是通常食品鸡鸭鱼肉，颇为粗糙单调。这正是社会下层人物的生活内容，当然也都符合人物的性格特点。

此外，《水浒》还有一些特殊情节，如：于酒菜中作手脚下蒙汗药，有的是行使计谋，也有的是黑店行径，卖人肉包子，甚至还有强盗挖人心作醒酒汤。这一类情节，虽然亦涉及吃喝，但那都是与吃本身无关，属于另外问题，也可略过不谈。

三是《西游记》。

《西游记》写吃喝，花的笔墨不少。除了少量文字用于写孙大圣在天宫吃仙桃喝仙酒之外，主要是写猪悟能八戒的吃法。这位八戒大师在小说中的位置，几乎都是与吃相关。当初他在高老庄做女婿，活干得很多，但食量太大，惹得老丈人不喜欢。成为取经人徒弟后，西行路上凡涉及这位大师的诸多情节，无不是与吃有关。取经功德圆满，师徒四众和白龙马都成正果，如来佛祖封唐僧和孙悟空为佛，而独封猪八戒为净坛使者。当时八戒大师于级别上有异议，说"他们都成佛，如何把我做个净坛使者？"如来佛祖也是于吃上作解释，道："因汝口壮身慵，食肠宽大。盖天下四大部洲，瞻仰吾教者甚多，凡诸佛事，教汝净坛，乃是个有受用的品级。"就是说这是个有得吃的好差使，八戒也就满意了。如来佛祖作这一封赏，很幽默，这当然是作者的幽默。

以往，诸多论述《西游记》的文字，对猪八戒颇多非议，指责的内容，不外乎他的好吃，好色，懒惰，还不免说几句大师兄的坏话，等等。于八戒大师，别的种种姑且不论，但他的吃，实在无可厚非。作为一位取经苦力，一路上挑着副担子，半饥半饱熬过来，一旦遇上顿无限量的饭食，猛开一顿，既是正常不过的事，也符合其情其景。

小说中几处写八戒大师进餐的文字，虽是他的一贯作风，但都写得意趣横生，可以说都是《西游记》中最精彩的笔墨之一。如：吃人参果，来不及咀嚼辨味，囫囵吞下，于八戒却应是非此不可。又如在车迟国捉弄三位道流，也是于吃的问题上着笔，极为精彩。虽然此举的创意策划者是大师兄孙大圣，但八戒大师却是主力执行者。他在开吃前，送三清的圣像进"五谷轮回之所"，念的那一段祷词，真是文采焕发，妙绝今古。

从小说学的角度说，《西游记》涉及吃喝的文字，大都是精妙之笔。然于吃本身，却有点笼而统之。或许由于着笔的是八戒大师的进餐，一路上他委实太饿了，胃口大，又很少有机会吃上一顿饱饭，故一旦遇上食品，来不及有任何挑剔，遂不论美恶，一概尽快填进肚子。所以说，《西游记》中虽有不少写吃的文字，但都只是最原始的填饱肚子，于吃本身的许多问题，毋须展开，亦已达到小说写人的目的。

四是《金瓶梅》。

这部小说中写吃喝，用的笔墨很多，但又有其特殊处，食品并不如何精致和特殊，菜肴也都只是些习见的鸡鸭鱼肉。因为，小说主角是个小地方的土豪加痞子，后来也以孔方兄开路，进入官场当上地方的下级官吏。身分如此，自然不会有什么与众不同的讲究吃法，写到的，不过是一根柴火炖烂一个猪头之类。

这几种小说中涉及的吃，如此粗糙，那只是反映作者的生活状况。《三国演义》重在历史演义，不涉及饮食的具体状况。《水浒》《西游》最初出于民间传说，后由文人编缀成书。各个编撰阶段的作者，都是生活于下层社会。书中不接触特别讲究的食品，似乎是因为作者没有这种实际的生活体验，即使写比较讲究的吃，写出来的，仍然只是寻常百姓家的酒宴状况，正如乡下老百姓心目中，"皇后娘娘柿饼随便吃"一样。

这些关于食饮文字，写得都较为单调，甚至贫乏，未能触及更多的问题，其表现，或许是因作者自身的生活状况，不免都有所局限。真正写人物在吃，紧扣人物性格，切实写出吃喝的本身问题，并写出吃喝的等级和层次，不脱离人物而单纯地动筷子，只有《儒林外史》和《红楼梦》。只有在这两部小说中，才真正接触到吃的深层问题。

三

《儒林外史》写诸多人物，于吃喝上使用的笔墨不仅很多，而且用笔很细。书中所及诸色人等，有穷酸秀才，附庸风雅的斗方诗人，乡间土财主，家道式微的官宦后人，新荣暴发之家，还有混进儒林的小市侩，等等。作者刻画这些人物的不同个性，常常以人物的进餐和吃喝活动来下笔。他们各有吃法，而且都十分准确切合人物的身分和生活状况。

如写某盐商，吃面，只喝了几口汤便递给小厮吃了。书中借人物之口说，他是在家中吃了一碗泡饭来的。又胡三公子醵资游湖，用耳挖戳戳鸭脯，看鸭子的肥瘦。后来却把骨头骨尾，连同剩馀的几升米，都带回家去。

书中最妙的吃喝笔墨，是因人物的地位处境不同，吃的内容和形式也随之有异。作者特别喜欢用对比的笔墨，写各类人物的不同进餐状况。如第二回，王举人上坟回来，路过周进坐馆的学塾，有如下一段文字：

> 说着闲话，掌上灯烛，管家捧上酒饭，鸡鱼鸭肉堆满春台。王举人也不让周进，自己坐着吃了，收下碗去。落后和尚送出周进的饭来，一碟老菜叶，一壶热水，周进也吃了。

一边是王举人自带的一顿路上便餐，一边是穷塾师周进的日常饭食，虽然没有细说，但却都是通过饭食内容和进餐状态，淡淡写来，书中人物的行止性格和生活状况，却于这个吃的情节中得以现示。

也是这一回，周进初到他坐馆的村庄薛家集，村人们醵资公请这位塾师。书中写道：

每桌摆上八九个碗，乃是猪头肉，公鸡鲤鱼，肚肺肝肠之类。叫一声"请"，一齐举箸，却如风卷残云一般，早去了一半。

那是村庄的常见宴席，席上"八九个碗，乃猪头肉，公鸡鲤鱼，肚肺肝肠之类"，一概是村庄菜肴。那吃法，"如风卷残云一般"，也都是村庄人动筷子的特色。

此外还有几处，写得也十分精彩。一处是杜慎卿与诸葛天申等人，不同的人，吃法不同，也都恰到好处。这位诸葛天申，是认得几个大字的村庄土财主。他从乡下来到南京，在一家小饭馆吃饭时，连香肠和海蜇都未曾见过，觉得香肠像猪鸟，而海蜇叫不出菜名，只感进脆的，很好吃，还要再买来吃。后来，杜慎卿请诸葛天申等，菜不多，却颇符合天长状元府杜家少爷的身分，他说：

今天把这些俗品都捐了，只是江南鲥鱼、樱、笋下酒之物。

之后，这些人在饭馆回请杜慎卿，席上：

（众人）见他不吃大荤，点了一卖板鸭，一卖鱼、一卖猪肚、一卖杂脍。……众人奉他吃菜，他勉强吃了块板鸭，登时呕吐起来。……最后拿茶泡了碗饭吃，吃了一会，还吃不完。

杜慎卿在书中，颇有一些做作，但与带土财主气的诸葛天申和其他下层文人相比，饮食习惯有如许差异，也是很符合各人身分和生活方式的。

另一处，是写牛浦郎与牛玉圃二人。

这是两个十分特殊的儒林人物。一个是小市民牛浦郎，只是自学过本把《千家诗》之类，便想挤进儒林，奈何腹笥空空，只得冒他人之名外出招摇撞骗。另一个牛玉圃，倒是正式生员，进过学的。论资历和学识，此人曳裾权门，尚不够格，只能进出于暴发盐商门下，以沾点残羹剩炙。这老少二牛，在路途中萍水相逢，发生一些瓜葛。书中写到一笔二人不同的饭食状况。

牛浦郎途中等船，进了一家小饭店，跑堂的搬上饭菜，一大碗饭，菜一荤一素。荤菜是一碟腊猪头肉，素菜为芦蒿炒豆腐干。他出门时，所有路费还是偷和尚的几件法器，当了二两多银子，囊中自然羞涩，先问问清楚账怎么算，跑堂的说，"饭二厘一碗，荤菜一分，素的一半。"笼共才十几个铜钱，这才放心大胆动了筷子。

牛玉圃的饭食，没有直接写饭桌上的菜肴，只写他的下人买菜和在河上清洗收拾，第二十二回有如下一段：

> 只见两个长随打伞上岸去了，一个长随取了一只金华火腿在船边上向着港里洗。洗了一回，那两个长随买了一尾时鱼、一只烧鸭，一方肉和些鲜笋芹菜，一齐拿上船来。

这份简单的菜谱，在小市民牛浦郎看来，已足够使他垂涎三尺了，所以一见到牛玉圃，便欣然听命认此人为叔公，自己甘居孙子辈。

此外，马二先生游西湖的描写，更是妙笔绝伦。这位马二先生游湖时，湖光山色，他欣赏不了，一路上，只是买各种廉价食品，吃将过来，确是一段令人忍俊不禁的文字。

《儒林外史》的作者吴敬梓，出生成长于科第世家。吴敬梓的曾祖，行医为业，书中谓"有功于乡里"指此。到他的祖父一辈，兄弟四人，三人为进士，其中吴国对，中顺治十五年第三名进士，即通称的探花。他的父辈也有好几名进士，举人和生员更多，借用书中虞华轩的话，科第有功名的车载斗量。回到饮食上来，书中写天长杜家，那陈过十年的火腿，窖藏了近二十年的老酒，实际上就是全椒吴家，绝不是新荣暴发之家的吃法，正符合这个科第世家的实况。

四

真正接触到食饮深层问题的小说是《红楼梦》。此书多次写到吃,那无数次酒宴和各种觞政,当然都是为写人物服务。其中最引人注目,亦是写得最为细致深刻的,当推"莲叶羹""割腥啖膻"和"茄鲞"等几个情节。

莲叶羹,见第三十五回。此种吃法,论用料,并非最贵重,费的工夫,也不算最绝,然而,用薛姨妈的话说,"你们府上也都想绝了,吃碗汤还有这些样子"。于情节本身看,那倒是实实在在的吃,只不过与常人的吃法不同,相比之下,考究得实在有点希奇古怪。

第四十九回"割腥啖膻"的情节,又是一种情况。作者用很多笔墨,写那些侯门小姐围在一起烧烤生鹿肉吃,津津有味,亦兴致勃勃。这个情节写得十分精彩。吃,是为了填饱肚子或者是为解馋,于这些人都已是不相干的了。他们此举都不是口腹之需,而只是好玩,于吃中表现的,是一种情趣。

刘姥姥在荣国府吃到的茄鲞,事见第四十一回。书中这段关于吃的文字,写到吃,菜肴如何,已为其次,而是《红楼梦》中饮食文字的极致。那刘姥姥吃到这道小菜时,不知是什么,待到告知这是茄子时,那村老妪说:"茄子跑出这个味儿来了,我们也不用种粮食,只种茄子了。"当凤姐向她陈述这道小菜的做法,着实吓了这位村庄老妇一大跳,说:"倒得十来只鸡来配他,怪道这个味儿。"

由此可见,到了《红楼梦》,已非《水浒传》《西游记》《金瓶梅》可比,远远超越一般意义的进食状况,甚至亦超越了饮食本身,既非下层人群的果腹解馋,亦非高此一筹的表现情趣,而是用以显示身分和地位了。

于小说艺术表现来说,《红楼梦》中出现"莲叶羹""割腥啖膻"和"茄鲞"等关于饮食的几个情节,用来刻画人物,在小说史上又到了一个深化的层次。

近若干年来,人们称古代的几部长篇小说为"几大名著",其实,这也是皮相之谈。因为,这几部小说之间,并非半斤八两不分高下的,在艺术表现上亦处在进展深化之中。

古典长篇小说产生于小说艺术不同的发展阶段，各自在自己的时代达到自己的高度。如果拿《水浒传》《三国演义》与《儒林外史》《红楼梦》直接比何种高下，无异于关公战秦琼，交手不着的。然而，小说艺术又是有其自身的发展脉络，有无数个问题可以作历史的考察，看这些问题是如何发展。前几年我曾写过一篇《西游记》的文章，说到作家个性不同乎小说人物的个性。几部古典长篇名著，人物的个性都很鲜明，但作者在小说中所表现出的个性，却与小说艺术的发展相一致。

小说家自身的个性，诸如他如何开展情节、构成人物形象，乃至文学语言的运用，都有自己独特的方式。因而，作品中作者个性的显示，也是有其历史的发展。且不论那些三四流甚至不入流的作品，即使同样都是一个时代小说艺术发展的高峰之作，也有不能超越作者所处时代小说艺术发展阶段的状况。比如，《三国演义》和《水浒传》，都写出了十分鲜明的小说人物个性。但小说的作者，只表示了某种思想观念，如《水浒传》，表达的是"官逼民反"这种思想。又《三国演义》惟姓刘的当皇帝才得其正。至于这两部的作者，几乎看不出他们的个性特点。到了《西游记》，作者可以看出点个性了，但除了他以幽默感之外，于他感情深处的东西，也还较为淡薄。只有到了《儒林外史》与《红楼梦》，作者的个性才十分鲜明地表现在作品中，甚至可以弥补某种缺憾。

关于小说艺术的历史发展，一部中国小说史，为我们留下无数个课题，都值得我们去探究。小说家在作品中着笔于饮馔和人物如何进食，于小说艺术表现上，是个微不足道的问题。然而，即使这么个极小问题，亦足见小说艺术发展的历史进程。

（发表于《红楼梦学刊》2007 年第二辑）

"举家食粥酒长赊" 新解

　　研究《红楼梦》的学人，有一个共同的愿望，就是想对作者曹雪芹多一些了解。举凡他的生平经历、思想情感、作风和心态，当然也还有他的家世交游等等，知道得越多，越有助于对《红楼梦》的理解。可是，现存有关曹雪芹的传记资料，却十分匮乏。这不能不是令人遗憾的一大欠阙。

　　曹雪芹的传记资料，除数量极为有限外，今人对某些资料的理解，也还有不尽准确处。例如，人们常提及敦诚的一首诗，题为《赠曹雪芹》，[①]有"举家食粥酒常赊"句，其中的"赊"字，迄今的研究著作，往往都解作"赊欠"。买酒付不出现钱，只好赊账，以此说明曹雪芹当时生活的困窘。

　　其实，这一解释的准确性是大有疑问的。在特定的语言环境下，"赊"字解作赊欠，虽也不错。但"赊"字是个多义词，训为赊欠，仅仅是此词的诸义之一，"赊"还有遥远、富赡、迟缓、急促等等多种其他含义，此外，"赊"又与"奢"字通用，常用的"奢望"，也可写为"赊望"，这些含义与赊欠都不相干。

　　这个词用于子史的，解作赊远、迟缓、富赡的不少，在诗词中，这种用法更为常见。诗韵（平水韵）中，"赊"字属于下平六麻韵，词韵中，诗韵

---

　　① 敦诚的诗集，今流传的《四松堂集》和《四松堂诗钞》和《鹪鹩庵杂诗》。《四松堂集》中，未收这首诗。而钞本《四松堂诗钞》和《鹪鹩庵杂诗》均见此诗，文字略有差异。

的六麻与十佳的部分字，合并为第十部。读音都是sha，平声。

唐人诗中，用到"赊"字的，颇为常见，今举例如下：

《全唐诗》卷一〇六郑愔《塞外》：

塞外萧条望，征人此路赊。

《全唐诗》卷一二六王维《送孙秀才》：

莫厌田家苦，归期远复赊。

《全唐诗》卷一二七《奉和圣制幸玉真公主山庄》：

碧落风烟好，瑶台道路赊。

《全唐诗》卷二五一刘方平《秋夜思》：

旅梦何时尽，征途望每赊。

《全唐诗》卷二六九耿讳《元日早朝》：

九陌朝臣满，三朝候鼓赊。

《全唐诗》卷四三九白居易《忆微之伤仲远》：

幽独辞群欠，漂流去国赊。

又，《全唐诗》卷四四五《和新园北楼偶集》：

一岁春又尽，百年期不赊。

《全唐诗》卷二四八郎士元《闻吹杨叶者》：

妙吹杨叶动悲笳，胡马迎风起恨赊。

《全唐诗》卷五四〇李商隐《赠句芒神》：

佳期不定春期赊，春物夭阏兴咨嗟。

以上所举的"赊"字用法，或解释为道路的遥远漫长，或用于时间的悠长久远，或说悲恨的深浓，都含有久远广多义，与赊欠无关。不过，这里举的例子，都集中于唐人诗。唐以前诗文中用这个词的也不少，本来还可再举出一些。但考虑到这篇小文章已写得过于沉闷。为减省篇幅，就不多作罗列了。

可是，本文要讨论的，是清代宗室诗人敦诚赠曹雪芹的诗。那么，曹雪芹和敦诚时代，即清人诗中，是怎样使用这个词语，这又是不能不涉及的问题。下面，再另费篇幅，举清人使用"赊"字的几个例子。

《清诗别裁》卷十陈锡嘏《送汤锡崖归西泠》

　　马蹄经岁踏京华，忽逐征鸿去路赊。

　　何物关心归思急，孤山开遍早梅花。

《清诗别裁》卷十三王材任《黄河》：

　　黄河万里来天上，碛石龙门道路赊。

《清诗别裁》卷十四王撼《闻汉槎谪戍宁古塔》：

　　欲叩君门万里赊，惊闻远戍度龙沙。

《清诗别裁》卷二二蒋纲《舟次书感》：

　　蒲帆一幅挂秋槎，渺渺烟波去路赊。

　　不及茂陵归有壁，翻同杜老别无家。

《清名家词》第 4 册，《通志堂词》纳兰性德《忆王孙》：

　　刺桐花下是儿家，已拆秋千未采茶。

　　睡起重寻好梦赊。忆交加，倚着闲窗数落花。

此外，李渔戏曲《慎鸾交·魔氛》，其中有句曰："古往今来盗贼赊，评文有暇即评花。"可见，清人戏曲中"赊"字的用法也一如诗词。

这诸多"赊"字的用法，毋须细究，一眼便可看出，都是应解作多远深浓。相反，用作赊欠的，清人的诗词以及戏曲，与唐宋人一样，很少看到。

至此，可以下这样的结论：到了清代，即曹雪芹和敦诚写诗的时代，"赊"字在诗词中最常见的用法，依然仍唐宋人之旧，没有任何改变。也就是说，这个词语大多不训作赊欠，更多见的是高多久远义。

以上说的，当然只是"赊"字的一般用法。本文讨论的是敦诚诗中"赊"字的含义。因此，更主要的，还要看敦诚全诗，这个词如作"赊欠"

义解，是否与原意相符。为回答这个问题，不妨对敦诚的原诗作一分析。敦诚诗曰：

> 满径蓬蒿老不华，举家食粥酒常赊。
> 衡门僻巷愁今雨，废馆颓楼梦旧家。
> 司业青钱留客醉，步兵白眼向人斜。
> 何人肯与猪肝食，日望西山餐暮霞。

　　诗的首联，上句是写曹雪芹住处环境。小径间长满野草，房外一片衰败荒凉，下句"举家食粥酒常赊"，留待后面再说。颔联"衡门僻巷愁今雨，废馆颓楼梦旧家"，写住处的简陋偏僻。今雨，用杜甫《秋述》诗的典故，"常时车马之客，旧雨来，今雨不来"，原意为新朋友，这里所指当是新旧友人。生活冷落如此，新旧朋友都为他感到忧虑。下句说，曹雪芹往日的旧家，那豪华宅第，如今都已成废馆颓楼。引申为旧家的豪华生活，只留在梦幻记忆之中。颈联写曹的孤高洒脱，"司业青钱留客醉，步兵白眼向人斜"。上句也是用杜甫诗典《戏简郑广文兼呈苏司业》。郑虔在广文，以苏源明资助他的钱买酒招待朋友。下句的"步兵"，是指阮籍，以"青白眼"对人，凡他赞赏的人，对之以青眼，那些为他所不齿的人，则以白眼对之。此以比曹雪芹不是什么人都招待，他所招待的都是些人品高尚的人。收结一联，用的是后汉时高士闵贡的事。闵贡贫居安邑，买不起肉，只能买猪肝一片，肉铺不肯卖给他。后来，安邑令派人每天给他送猪肝。闵贡知道后，便离开了安邑。这是说，像安邑令那样，能对曹雪芹有所照顾，使他在西山过平静隐居日子的地方长官，如今也没有了。

　　于全诗的上下文联系中，"酒常赊"原意应是指：虽然举家食粥，酒却常常很充足。这样解，与下文的"司业青钱留客醉"也正相连接。而且含义上形成一种转折。如果训为买酒赊欠，仅仅是说明曹雪芹当时生活的贫窘。"举家食粥"说的是贫窘，"酒常赊"仍说的是贫窘，不仅与原意不合，而且形成语义的重复。通常，古人的诗不是这般作法的。

从这首诗的总体看，敦诚作为曹雪芹的好友，既写出曹氏家庭发生变故后，家道衰替，门庭冷落，经济状况也显得困窘，但又赞赏他孤高狷介又旷达洒脱的魏晋风度。

既然这个词作高远富足解，曹雪芹为人的风范，旷达洒脱，鲜明的魏晋风度，便得到清晰的显示。曹雪芹，字梦阮，不是无缘无故的。这正说明他与魏晋文人阮籍的为人风格，有相通处。敦诚是曹雪芹的友人。从《四松堂集》中的诗作看，二人的过从，不能说不密，对曹雪芹的为人风格，当有较深的了解，他从魏晋文人的风格赞扬肯定曹雪芹，就是很可理解的了。

2004年10月4日

又及：

本文属稿甫就，又翻阅了张相《诗词曲语辞汇释》，张氏书征引丰富，解说细密，享一代大名。此书卷五，有"赊"一条，于拙作中，凡说有未及者，可为补充，如已及者，亦可为有力之印证。今再费篇幅，摘录若干句例于下。张氏著曰：

赊，有相反之二义，一为有馀义，一为不足义。就唐诗检讨之，觉唐人对于赊字用法颇宽。兹就有馀不足两义引伸如次。

其一，可从有馀之义引伸者，例如下。骆宾王《晚憩田家》诗："心迹一朝舛，关山万里赊。"此为远义。李白《送王屋山人还王屋》诗："春愁思永嘉，不惮道路赊。"又《早秋赠裴十七仲堪》诗："明主倘见收，烟霄路非赊。"张谓《送僧》诗："得度北州近，随缘东路赊。"以上皆为远义。王泠然《古木卧平沙》诗："古木卧平沙，摧残岁月赊。"此为长义，言岁月长也。韩愈《奉和杜相公太清宫》诗："象帝威容大，仙宗宝历赊。"言岁历长也。秦韬玉《豪家》诗："按彻清歌天未晓，饮回深院漏犹赊。"言夜漏长也。李中《旅夜闻笛》诗："长笛起谁家，秋凉夜漏赊。"义同上。

以上皆为长义。杨炯《送李庶子致仕还洛》诗:"原野烟氛匝,关河游望赊。"此为空阔义。杜甫《水槛遣心》诗:"去郭轩楹敞,无村眺望赊。"义同上。郎士元《闻吹杨叶》诗,"妙吹杨叶动悲笳,胡马迎风起恨赊。"此为多义。钱起《题郎士元半日吴村别业》诗:"愁人昨夜相思苦,闰月今年春意赊。"义同上。……李绅《过荆门》诗:"行行驱马万里远,渐入烟岚危栈赊。"此当为高义。唐彦谦《春日偶成》诗:"秦筝箫管和琵琶,兴满金樽酒量赊。"此为豪义。韩《酬程延秋夜即事》诗:"节候看应晚,心期卧亦赊。"此当为殷义,言心期甚殷也。李商隐《寒食行次冷寒驿》诗:"自怯春寒苦,那堪禁火赊。"此当为剧甚义,言禁火甚严也。……

以上,都是"赊"字的有馀义,此外还引有若干不足义,但都没有为延期付账的赊欠义。谨附于此,以供参阅。

(发表于《华侨大学学报》2005年第三期)

史湘云论

在《红楼梦》大观园女儿王国中，史湘云名列十二金钗之六，但这个人物在全书中的地位，却十分特殊。

一部文学名著，在学人们的手中，或者研究，或者鉴赏，自有其独有的眼光和角度。而广大读者，则往往把作家塑造的艺术形象，看作是生活中的人，并对其产生这样那样的评价，自然也就有所喜爱或憎恶。有趣的是，对于《红楼梦》人物，不少读者最为喜爱的不是女主角林黛玉，更不是博得荣国府上下一片赞扬的薛宝钗，而是颇有一点名士派头的史湘云。可以想见，作者不是简单地把史湘云作为一个陪衬人物来描写的。

不过，这里说史湘云在《红楼梦》中存在的特殊性，不仅仅是指她是不少读者最为喜爱的人物，而是指一个非主角人物为什么赢得读者的如此喜爱，作者描写史湘云这个人物时，为什么如此使用笔墨。也就是说，在全书的大结构中，在大观园人物的错综复杂关系中，作者写史湘云的形象，笔墨间留下某种费人思量的疑窦。如果用小说创作的一般规律去解释，这些疑窦很难解得圆通。此中必有什么奥妙。甚至可以说，史湘云在小说中的存在，本身就是一个颇难索解之谜。

一

第五回是《红楼梦》全书的纲领，具有十分重要的意义。这是红学研究者向无异议的共见。

这一回书，从小说情节说，是写贾宝玉神游太虚幻境，翻阅了"金陵十二钗"正副名册，看到一些不知所云的画幅和判词，听了十二支乐曲美妙却含蕴不明的《红楼梦》曲子。但是，从小说创作的角度说，这是作者通过册中分属各主要人物的画幅判词和曲子，将全书的总体悲剧结构，以及书中主要人物在这一大结构中的经历和结局，一一作了预示。可以说，这是作家创作总体构想和人物设置的透露。

史湘云这个人物，作家的最初构想是怎样的呢？

册中属于她的画幅和判词，小说的原文是：（画的是）几缕飞云，一湾逝水。其词曰：

富贵又何为，襁褓之间父母违。展眼吊斜晖，湘江水逝楚云飞。

曲文说：

［乐中悲］襁褓中，父母叹双亡。纵居那绮罗丛，谁知娇养！幸生来英豪阔大宽宏量，从未将儿女私情略萦心上。好一似，霁月光风耀玉堂。厮配得才貌仙郎，博得个地久天长，准折得幼年时坎坷形状。终久是云散高唐，水涸湘江。这是尘寰中消长数应当，何必枉悲伤。

画幅判词和曲文，唯稍有详略，大体内容却完全一致。可见作者对史湘云这个人物塑造的最初构想，是明确的。然而，以此与小说中所形成的实际人物相比，却是有所抵牾的。当然，史湘云最后的寡居结局，是后四十回完成的。但是，画面上的"云飞""水逝"，判词中的"吊斜晖"，"湘江水逝楚云飞"，曲中的"云散高唐"，"水逝湘江"，说的都像是青年早死。不然的话，怎么用这些不祥的字。而且，寡居在传统文化中另有一些相应的字词，与水逝云飞是不相干的。

这些预示命运的字词，如果去掉"英豪阔大宽宏量"句，倒像是全在说的林黛玉。况且，林黛玉结局"苦绛珠魂归离恨天"，也是后四十回完成的。奇怪的是，预示林黛玉结局的，却是"玉带林中挂"，"世外仙姝寂寞林"。这里，如果不将"挂"字作深文周纳的解释，林黛玉的结局，倒不像是早逝，而是出家入道，过那寂寞自守的"世外仙姝"生活。

这样说来，史湘云与林黛玉这两个人物，从创作的始初设想，到书中的最后完成，相互之间似有交错缠夹之处。

作家在一部作品的写作中，对主要人物的处理，改变了最初设想和计划，在中外文学史上是常有的事。在《红楼梦》的成书过程中，史湘云和林黛玉这两个人物的处理（当然也还有其他人物），为什么有所改变，为什么又在改变中纠缠间错如许，为什么又偏偏发生在史湘云和小说女主角之间？此疑窦一也。

二

如果不计上述判词和曲子的文字，那么，史湘云直到第二十回才开始露面。她的正式首次出场，是很晚的事了。

在此之前，书中的几个重要情节，如林黛玉进荣国府，薛宝钗进荣国府，元春归省，都没有一语提到史湘云。只有宁国府秦可卿丧事中，史鼎夫人来吊唁，脂砚斋批中有"伏史湘云"语。可见，在这些重要情节中，史湘云都没有在场。此外，一些非主要情节中，也没有任何涉及史湘云的文字。

从林黛玉进府，到史湘云这次正式出场，从时间的跨度说，已是相隔多年了。在这段不短的时间里，即这次史湘云正式出场之前，书中没有任何涉及她的片言只语。

这是因为她压根儿就没有来过贾府吗？显然不是。恰恰相反，史湘云此前曾在贾府生活过。书中的多处文字，都说明了这种状况。

其一，史湘云与林黛玉、薛宝钗这次相见时，作者写的不是她们第一次见面的情景。言谈话语间，彼此都十分熟悉。如史湘云讲话略带咬舌，把"二哥哥"说成"爱哥哥"，林黛玉当面打趣她。史湘云也即回击，书中写的是：

> 史湘云道："他再不放人一点儿，专挑人的不好，你自己便比世人好，也不犯着见一个打趣一个。指出个人来，你敢挑他，我就伏你。"黛玉忙问是谁。湘云道："你敢挑宝姐姐的短处，就算你是好的。我算不如你，他怎么不及你呢？"黛玉听了，冷笑道："我当是谁，原来是他！我那里敢挑他呢。"宝玉不等说完，忙用话岔开。湘云笑道："这一辈子我自然比不上你。我只保佑明儿得一个咬舌的林姐夫，时时刻刻你可听'爱''厄'去。阿弥陀佛，那才现在我眼里。"

这当然不是两个初次见面的少女谈话。谈话中涉及的薛宝钗，也不像是初次见面。作者这样写，自是有其因由。

其二，当晚，史湘云住在林黛玉的住处。次日晨，宝玉未梳洗就过来。湘云洗过脸，她的丫鬟翠缕正要泼掉这盘残水时，宝玉却止住她，就着这盘残水洗脸。这时，翠缕说："还是这个毛病儿，多早晚才改！"

看来，翠缕是很熟悉宝玉的这种"毛病儿"的。不言而喻，那是因为她跟着主子史湘云在贾府生活过不短的时日，深知宝玉的为人。今见他"毛病儿"依旧，所以才发这番感慨。

其三，也是这天早晨的事，小说中有这样的描写：

> （宝玉）见湘云已梳完了头，便走过来笑道："好妹妹，替我梳上罢。"湘云道："这可不能了。"宝玉笑道："好妹妹，你先时怎么替我梳了呢？"……说着，又千妹妹万妹妹的央告。湘云只得扶过他的头来一一梳篦。……自发顶至辫梢，一路四颗珍珠，下面有金坠脚。湘云一面编着，一面说道："这珠子只三颗了，这一颗不是的。我记得是一样的。怎么少

了一颗？"

……因镜台两边俱是妆奁等物，（宝玉）顺手拿起来赏玩，不觉又顺手拈了胭脂，意欲要往口边送，因又怕史湘云说，正犹豫间，湘云果在身后看见，一手掠着辫子，便伸手来"拍"的一下，从手中将胭脂打落，说道："这不长进的毛病儿，多早晚才改过！"

这段文字虽然不算长，所包含的内容却很丰富，用时下摩登的说法，就是信息量很大。诸如：史湘云早先为贾宝玉梳过头，而且也还不是偶尔为之。不然宝玉辫子上的装饰物就不会这般熟悉。她能一眼即能看出珠子哪是原有的，哪是后来配换的。此外，贾宝玉喜欢吃胭脂的"不长进毛病儿"，史湘云很清楚，似乎也还不止一次说过他。因此宝玉拿起胭脂时，才有那份犹豫。这些都只能用在贾府长时间生活过，才好解释。

书中当然不止这些例子，但仅上述的几处文字，即足可说明史湘云在这次正式出场前，在贾府生活过不短的时间。贾府的种种活动，原本是有史湘云（当然也还有她的丫鬟翠缕）参与的。史湘云的这段生活，为什么在出场前一语未及，这是一个费人思量的疑点。

当然，小说不是编年史，更不是人物的年谱合编。小说家完全有自由按自己的方式处理人物。如省略掉一些非主角人物的活动交代，后来又因情节的需要作某些追述和补笔，也是正常甚至必要的。但是，史湘云这个人物的处理中，出现上述的空当，如果仅仅以行文的省略来解释，似乎还有不尽圆通之处。

为什么这样说呢？第三十二回史湘云与袭人的一场对话，正加深了我们的这个疑点。

湘云与袭人的这场谈话，是略后的事了。这时，史湘云已到了出阁年龄，即王夫人所说的："前日有人家来相看，眼见有婆婆家了。"袭人大概就是指这件事向湘云道喜。小说中有如下一段：

> 　　史湘云红了脸，吃茶不答。袭人道："这会子又害臊了。你还记得十年前，咱们在西边暖阁住着，晚上你同我说的话儿？那会子不害臊，这会子怎么又害臊了？"史湘云笑道："你还说呢。那会子咱们那么好，后来我们太太没了，我家去住了一程子，怎么把你派了跟二哥哥，我来了，你就不像先待我了。"袭人笑道："你还说呢。先姐姐长姐姐短哄着我替你梳头洗脸，作这个弄那个。如今大了，就拿出小姐的款来。……"

从这段话看史湘云与袭人共同回忆的是十年前一段日子中的生活琐事。那时的史湘云，虽然尚无少女的娇羞，不免稚气，但也已懂得怎么使这位丫鬟更好地为她作梳头之类的事，似亦略知世情了。更值得注意的是，这时她母亲还在世。

不要小看这段文字。虽然这只是两个少女在谈当年的生活小插曲，但却由此透露《红楼梦》成书过程中，特别是史湘云这个艺术形象形成中的一桩重大变化。

上文已及，第五回是各主要人物描写的最初设想。湘云与袭人的这段对话，与第五回史湘云这个人物的最初设想，落下明显的差异。

第五回的判词，说史湘云"襁褓之间父母违"，曲子说："襁褓中，父母叹双亡"，都是说史湘云在"襁褓"中父母双亡。"襁褓"一语，如果咬文嚼字一下，"襁"，背负婴儿的布带，"褓"，包裹婴儿的小被，连用时一般都是指包裹婴儿的衣被，有时也引申为婴儿出生不久，尚不会走路的阶段。这个词语，在古代典籍中十分常见，注家的解释也都大同小异。这样说来，作者原计划是写史湘云在婴儿期间即父母双亡。现在她与袭人的对话，说明她母亲去世，已是童年时代了。

这种变化，如果与史湘云出场时的状况联系起来考虑，不大像是行文省略，甚至也不是人物处理中的举棋不定，而是别有缘由。

究竟是什么缘由，造成史湘云这个人物的处理中出现上述的前后差异和凿枘？此又一疑窦也。

三

凡《红楼梦》的研究者，大概都会对史湘云的金麒麟发生兴趣。金麒麟，作为史湘云的一件佩饰，在书中确实十分惹人注目。甚至使人联想起薛宝钗的金锁和贾宝玉的通灵宝玉。

史湘云在《红楼梦》中，是个非主角人物。可是，作者写她的这件不寻常的佩饰，花那么多的笔墨，而且是以那样的方式来写这件佩饰，命意何在，不能不引起我们问个究竟。

书中最初提到史湘云的金麒麟，是在第二十九回，清虚观打醮的情节中。作者在集中笔墨描写这件佩饰之前，未雨绸缪，预先点了一笔。

集中描写金麒麟，其实是写史湘云这件佩饰与她一生命运归宿的关系，是第三十一回《因麒麟伏白首双星》。这是一大段奇妙的文字。笔触轻灵，却又有很深的含意。作者的笔墨，从史湘云与她的丫鬟翠缕论究万物的阴阳入手，然后直逼壶奥。主仆二人，诘对之间，时而答非所问，时而透着天真稚气，情趣盎然。

笔墨运用，倒在其次。更主要的是，这番阴阳论究最后落到麒麟上去。小说有这样一段：

> （翠缕）还要拿几件东西问，因想不起个什么来，猛低头就看见湘云宫绦上系的金麒麟，便提起来笑道："姑娘这个，难道也有阴阳？"湘云道："走兽飞禽，雄为阳，雌为阴，牝为阴，牡为阳。怎么没有呢！"翠缕道："这是公的，到底是母的呢？"湘云道："这连我也不知道。"翠缕道："这也罢了。怎么东西都有阴阳，咱们人倒没有阴阳呢？"湘云照脸啐了一口道："下流东西，好生走罢。越问越问出好的来了！"

原来，前面一大段关于阴阳的论究，最后落在史湘云的那个金麒麟的阴阳上去。并且，仿佛不经意间又归到人的阴阳。

文章还没有到此为止。最后又添了一笔：翠缕在蔷薇架下拣到一个金麒麟。她还说："可分出阴阳来了！"史湘云接过来一看，这个金麒麟比自己所佩的大，而且文彩辉煌。作者又点一笔："湘云伸手擎在掌上，只是默默不语。"

史湘云为什么"默默不语"，当然是有所感。但此时所感是什么，语言是无能为力的，而且说什么都是多馀的。正是："此时无声胜有声"。

倒是翠缕歪打正着，"可分出阴阳来了。"原来，这个使史湘云"默默不语"的金麒麟，恰是贾宝玉曾在身边的那一个。确实是阴阳分出来了。

《红楼梦》中为什么写这一阴一阳两个金麒麟？回目是作过回答的"因麒麟伏白首双星"。不过这个回答既明确又含糊。两个麒麟，是后来情节的伏笔，很明确。可是，"白首双星"又是指什么呢？却又含糊其辞，令人费解。

脂砚斋曾有过一条第三十一回的回末总批，说到金麒麟，能否有助于我们的探究？这条脂批说：

> 后数十回若兰在射圃所佩之麒麟，正此麒麟也。提纲伏于此回中，所谓草蛇灰线，在千里之外也。

这里又扯上"若兰在射圃"，更叫人如堕入五里云雾。若兰，是否即秦可卿丧事中曾露过一面的卫若兰？金麒麟怎么又落在他手中？他在这场瓜葛中又是个什么角色？仍然不得要领。

金麒麟，在《红楼梦》中是一重要的存在。于史湘云，更是蕴含着她的命运和结局。第四十九回，"割腥啖膻"情节中，李婶直以"挂金麒麟的姐儿"来称呼她，以与"带玉的哥儿"称宝玉，与之相对。可见，麒麟与她的关系何等重要。然而，麒麟的情节，最后没有收结。这是后数十回我们看不到收结，抑还是别的原因？也很值得问个究竟。

《红楼梦》无闲文，这是历来论家的共同见解。既然如此，麒麟花笔墨如许，自然不是信笔为之的闲文。今这一大片开放式的文字为什么了无着落，这样两个金麒麟公案如何了结？都不得其解。此，又一疑窦也。

四

如果说，史湘云是《红楼梦》中的一个重要人物，这是毫无疑问的。作者在竭力描写这个人物，也是事实。可是，在全书的整体构成中，这个人物的所处地位，却是十分奇怪，甚至不好理解的。

《红楼梦》的主题是什么，我们姑且把这个问题搁在一边。那么，在全书的整体构成中，情爱纠葛则就可以说是主要成分了。在大观园女儿王国中，多数人的位置是确定的，无论是情爱纠葛中的钗、黛、甚至妙玉，还是家族兴衰中的三春、凤、纨、巧、秦，都可找到自己的准确位置，唯史湘云却是个不着边际，游离于二者之外的人物。

要说史湘云的命运系于家族的兴衰，书中"护官符"也有"阿房宫，三百里，住不下金陵一个史"之说，也是说得通的。可是，这与全书的整体构成，毕竟是八九杆子才能打得着的事。而且，作家为什么花那样大的力气写两个金麒麟呢？显然，她在书中的位置，与三春等人是有所区别的。

那么，在情爱纠葛中，她又是处在什么样的位置呢？

金麒麟的文字，确实是透出某些消息的。主仆二人论了半天阴阳，最后落在金麒麟上去，恰恰又是贾宝玉的与她的这两个麒麟。前面已经说过，这不可能是信手写来的闲文。然而，要是说史湘云也被卷了情爱的纠葛，同样是不充分的。这倒不仅仅在于金麒麟无最后着落，而是书中除开这段金麒麟的文字，更没有其他涉及她与贾宝玉有何种命运相关的事。关于"仕途经济"的那个小插曲，消除了林黛玉的疑虑，固然是不可少。但是，那更是像出于薛宝钗之口，与颇有一点名士派头的史湘云，并不协调。所以，《红楼梦》的情爱纠葛，史湘云也是置身局外。

所以说，在《红楼梦》中，史湘云是找不到自己的准确位置的。

作者为什么写这样的一个史湘云？或者说，史湘云这个人物的奇怪状况，是怎么形成的？

这当然是疑窦，而且是前面所有疑窦的汇含。

有趣的是，这些疑窦汇含在一起后，却引出了我们一种解开这些疑窦的设想。当然，这仅仅只是一种设想，不敢自是。质之通人，也许还有更好的解答。甚至，也不排斥，这样疑来疑去，一概是深文周讷。

既然有此设想，不妨试说之如下：

《红楼梦》的成书之初，包含了两种成分，即：其一为《风月宝鉴》，另一则是《石头记》。这里需要说明的是，《红楼梦》成书大体告成后，书名曾前后分别一度定为《风月宝鉴》和《石头记》。这与我们此处所说的《风月宝鉴》《石头记》是既有关联，却又不是一回事。下文为了区别，我们把《红楼梦》的两种成分《风月宝鉴》《石头记》书名前冠以"旧本"二字。

旧本《风月宝鉴》《石头记》最初是存在的。这有许多证据，史湘云这个人物的奇怪存在，即是证据之一。也就是说，只有用《红楼梦》两种因素的合成，才能解开史湘云这个人物身上的疑点。

一位机智的评论家说：什么叫小说？无非是一个男人碰见一个女人。或者是，一个男人碰见一个女人，又碰见一个女人；或者是，一个女人碰见一个男人，又碰见一个男人。

这位评论家将小说作如此简明的概括，的确很精彩，也很准确。旧本《风月宝鉴》和旧本《石头记》，自然都有各自的"一个男人和一个女人"，如今合成后，岂不成了两个男人和两个女人。于是，就有了拼合的需要，使之成为还是"一个男人碰见一个女人"。

这样说来，贾宝玉是旧本《风月宝鉴》和旧本《石头记》的男主角合并而成，林黛玉也是如此。但是这种合并和实际情况是极其复杂的，同样是必须遵循艺术创作的一般规律，不可能是简单的相加。尽管如此，在贾宝玉和林黛玉身上，合并的痕迹，细究起来是明显的。

我们还是回到史湘云这个人物的探究上来。

史湘云是旧本《石头记》的女主角，是个悲剧人物。这在判词和曲子中留下明显的痕迹。如"襁褓中，父母叹双亡"，这才使她离家到贾府来，投靠祖姑史太君，过那被收养的寄人篱下生活。今《红楼梦》中，史湘云的这段童年生活留下空当，那是因为移并到林黛玉的生活中去。其实，林黛玉到贾府时，母亲虽亡，但父亲尚在世，而且在淮扬任巡盐御史，家世煊赫，不下于贾府。甲戌本第三回回目，曰"荣国府收养林黛玉"，与林黛玉的实际状况并不相称，只有"收养史湘云"，才得合理的解释。

又，判词和曲子中的"展眼吊斜晖，湘江水逝楚云飞"，和"云散高唐，水涸湘江"，是预示史湘云的早逝，而今《红楼梦》中没有着落，成为寡居结局。这也是因为早逝移并林黛玉的身上去了。上文我们已谈到，林黛玉的结局，是"世外仙姝寂寞林"，不一定就是早逝，也还有可能是出家修道，过着与妙玉相若的孤凄生活。当然，林黛玉的《葬花词》中，也有"红消香断"和"一净土掩风流"诸语，但这与史湘云的"水逝云飞"并不矛盾，更有可能合而为一。

史湘云还是史湘云，也有并不到林黛玉形象中去的性格特点。如"醉眠芍药"，只能是史湘云。此外，那看不到收结的两个金麒麟，依旧留下来，也许是《红楼梦》成书过程中，考虑到与金锁不犯。

这仅仅只是一种设想，不知专家们以为然否，谨请赐教。

（发表于《红楼梦学刊》1997 年增刊）

说到红楼梦已残
——《红楼梦纵横谈》修订版后记

一

《红楼梦纵横谈》是我多年前的旧作,初版于1985年夏,由广西人民出版社出版。这次,文化艺术出版社拟将为此书出个修订版。自初版至今,算来已将近二十年了。这二十年来,星移物换,红学领域里,出现了一批又一批新人,各都拿出有见地有分量的研究专著,当年的旧雨,亦时有新作问世。而我,却还在翻腾昔日的旧作,心中不免感到惶恐。

无论如何,作为作者,旧作有机会重出,当然是很高兴的,而且也不免还有些该说的话。

古人曾有"悔其少作"之说。揣想其因由,大约不外乎二:其一,时代前进了,如果当年随潮逐浪,写的是应时之作,事隔多年之后,不免过时背时。写这种著作,有悔,倒也是情在理中。其二,作者本身后来长进了,自己看出年少时著作的肤浅不足,甚至毛病。由此而生悔意,也是有的。不过,生这种悔意,似为大可不必。记不得是哪位名人说过,看到自己穿开裆裤时代的旧照片,那模样,固然幼稚可笑,但却是事实的记录,毋须藏掩。

我写这部著作时,已年过不惑,并非年少,不能算是少作了。如今虽然"鬓已星星也",却没有什么长进。重翻旧作看看,诸如学术见解肤浅,论述或偏颇或不充分,等等,都在所不免。然而,我没有产生何种悔意,权作穿开裆裤时的旧照片看。但有一点我自以为还聊可自慰的,就是当年没有投时好之意,没有作何种文章之外的文章。此即尚乐于翻腾旧作的缘由也。

此书初版印数很少，仅四千馀册，据当时的责任编辑刘名涛先生说，书卖得还不错，出版不久，库存书很快即告罄，准备从速重印一版。

刘名涛先生这么说，倒不纯粹是应酬话。有几件事可说明，其一是，这本书最初面世时，哈尔滨师范大学中文系一批学生，于他们的老师张锦池教授那里看到了，想各买一本，但询问当时坊间，或答曰，从未进过此书，或曰，来过几本却早已售出。于是，他们只好集中了一笔书款，直接寄到出版社邮购。社方的回答，正如名涛先生给我说的那样：此书已无库存，不久将重印。另一是，我自己也曾向出版社买过此书，那是因为，按惯例，出一本书自然要分送友人。而社方照章送作者的样书，数量有限，于我却不敷分送，需要另外再买几本。社方说的还是那番话：库存已无此书，即将重印。

社方说此书"即将重印"云云，未曾实现。也许是因书的责任编辑刘名涛先生不幸作古（愿他在天之灵安息），关于此书重印的事，因无人操持，社方更未另指定编辑人员与我联系，大约没有"即印"。可是，事隔多年之后，即1993年，我去香港参加一次红学交流，在那里的一家书店中，看到此书的精装本，也就是说，后来他们还是印过一次的。

这次出精装本，后来陆续听到一句半句，说是出版社上一级的某单位，用原纸型印了极少量几本，作礼品用。也许是这个原因，社方与作者的事先招呼和事后告知，也就一概都免了。这时，挚友丘振声教授于南宁见到这个精装本，买了一本送我。友人送的是我自己的著作，事情虽然有点奇特，但出版单位不讲游戏规则，于时下却亦不是绝无仅有。重提这一旧事，并无他意，只是说明，我对挚友丘兄的那份可感情意，铭记不忘。

以上是这本书此前的出版印刷情形。由于上述种种，如今能有机缘再出本书的修订版，对出版社，对促成此书重印的友人，我只有真诚的谢忱。

二

这几十年来，我的读书、写作和生活，几乎都卷在《红楼梦》之中。自

"《红楼梦》校注组"成立，到发展扩大为"《红楼梦》研究所"，我一直在这里领一份口粮，说得冠冕一点，就是从事《红楼梦》研究。不过，于我个人，其实只是"误入红楼"，仿佛刘姥姥不识路径，误打误撞，进入了大观园。

在这期间，自然也有些研究心得，或者说，于读书中亦有所联想和积累。因此，想把这些心得、联想和积累，写成几本书，并列出个计划，为：《红楼梦版本论》《红楼梦思想论》和《红楼梦艺术论》。此外，还有一本是关于作者曹雪芹的小册子。

然而，现实生活总是千变万化，往往不按人的愿望流转。像我这种性格，不思进取，一切都随遇而安。孜孜矻矻，不惜一切去寻求实现计划的途径，不是我的处事方式。于是，这份计划一半都没有实现。

《曹雪芹》倒出来了，薄薄的一个小册子，署的又是笔名，无声无息，连本所的同仁大都不知道有这么一本书。那是一个传记不像传记，小说不像小说的四不像。写这个小册子时，其中有几个章节，我自己还有一点别的联想，曾打算过要发展为小说。此后，事过境迁，加以我手边还有一些别的事，兴趣也随之而淡薄了，此愿未赋实现，日后大约也只能是不了而了之。

几年来，我最有心得的，是《红楼梦》的版本研究。因为，最初我参加所里的集体项目，即：为本所的《红楼梦》（新校注本）分工作点校勘的事。而与校勘关系最直接的，自是了解此书的版本状况。正是由于这个原由，不仅在那几年的时间里，我把注意力都放在《红楼梦》的版本研究上，重点是研究此书的早期钞本，而且后来若干年，即所里的"新校注本"出来后，我对《红楼梦》的版本研究，仍然意犹未尽。

我的《红楼梦版本论》一书，本来是最有条件出版的。此书的各个章节，大都已经成稿，许多友人也都为这本书的出版创造条件，并鼓我的劲，出版社也是两次指定此书的责任编辑，业师朱东润先生还为我题写了书名。可是，由于种种原因，主要是我自身的原因，此书出版搁了浅。原先曾想到过，为使此书写得充实一点，在全书出版之前，抽出其中几个章节于刊物上发表，以求听取同好者的意见。各篇都有个"《红楼梦版本论》之一"的副标题，就是出于这层意思。后来，因全书出版搁浅，只得将已经完成的几个章节，陆续整理为论文形式分散发表。这就是几年来我发表《红楼梦》版本论文的由来。

想起一个笑话，有某甲写了篇文章，其友赞曰："写得甚佳。"某甲曰："写得不好，瞎写的。"友曰："你太谦虚了。"甲曰："谦虚不好，瞎谦虚的。"我在这里不想说那种"谦虚不好，瞎谦虚"的话，坦率地说，于《红楼梦》早期钞本的研究中，我还是有所发现，提出一些独见的。

回顾之下，大致是如下几点：

（一）对王府本与戚序系各本的研究，我用的时间最多。发表了《王府本与戚序本》和《论王府本》两篇论文。对这个版本专题的研究，主要是论述本子的渊源关系。戚蓼生序本，即卷首有戚蓼生序的本子，今共存四种，包括：张开模旧藏本，南京图书馆藏本，有正书局石印本，有正小字本。以上各本，构成特殊的一系，虽各本的形成，有所先后，且各有小差异，但究其文字特点，都是在张开模旧藏本基础上略作改动而成。而张开模旧藏本的最初母本，为王府本。而王府本的母本，又是庚辰本，即己卯庚辰本传抄过程中的某个钞本。这一系各本的关系及其渊源，我自认为理得还是比较清楚的。

（二）对杨继振藏本的研究。这个本子一个最突出的特点，是其中存在大量的涂改文字。因此，以往研究者几乎都认为，这是程甲本形成时，为高鹗用以整理的手稿，故版本的定名，至今还称为《红楼梦稿本》。其实这是误会。据我的研究，这些涂改，是藏书者杨继振所为。杨氏在原藏本中过录程甲本的文字。其中朱笔"兰墅阅过"四字，以往都被视为高鹗手稿的证据，实际上，这亦是出于杨继振之手。本子中有杨氏多处题字，仔细对比之下，很容易发现这四个字出于杨氏手笔的特点。他作此题字，只是为了说明涂改的依据。

此外，我还注意此本的构成，说明其底本是个拼凑本。如：前七回与己卯本有共同来源，第八回以后，仍存在拼凑迹象。

这个本子存在后四十回，尤其值得注意。于各早期钞本中，这是杨本独有的版本现象。我将这个后四十回，与程本相应各回一一作了对校，发现其来源十分复杂。其中有过半篇幅，清晰如新，一无增删，与程本大致无大差异。而另一小半，涂改得面目全非，而改笔所据，是程高本。非常值得注意的，是未涂改前的原文，经与程本对校，异文非常有趣，较程本简约，却又独立成文。据我就其文字内容推测，此当先于程高本的后四十回。程伟元说到他几年时间搜罗后四十回续书的事，杨本这部分稿子，似为程甲本形成前的流传文字。由是而为后四十回的作者问题，提出了一个可供考虑的新视点。

（三）对梦觉主人序本的研究，我的成果主要是两点：其一，虽然这还大体上是个脂批本，但经后人作了规模较大的整理修订。而本子的整理者，当是作序的梦觉主人。其二，就此本与其他各本的文字异同看，梦觉主人的这次改笔，遍及全书，改动之大，非藏书家主持本子过录时例有的字句疏通，而应看作是较大规模的整理。

于梦觉本，还有一个特别值得注意的问题，就是此本与程高本的不寻常关系。版本研究者普遍认为，程高本是程伟元主持下由高鹗对早期钞本经过大改而形成的本子。此说一向并无争议。近年，欧阳健先生又提出新见，认为程高本先于早期钞本。

我的研究结果，有异于上述二说。经过将早期各钞本与程高本作对校，发现梦觉本程甲本的一种很特殊的关系。程甲本形成时，高鹗下过规模不小的改笔是事实，但表现程本版本特点的主要文字，大都是承袭梦觉本，梦觉本大体上是程甲本的母本。也就是说，程高本其实并没有越出脂本体系，不能算是一个脂本系之外的独立本子。

（四）关于舒序本。我对这个本子的研究，除了本身的构成和文字外，特别注意舒元炜的序。因为，序中透露的几个事实，都十分重要，其一是底本是个拼凑本，而其成分之一很古老。其二，序中还两处提到百二十回本，作序之年是乾隆己酉，即乾隆五十四年，也就是程甲本问世的前两年，说明这时后四十回已经出现。这个时间，正涉及后四十回续书的作者问题。

1921年，胡适于其《红楼梦考证》中，首次将《红楼梦》的前八十回与后四十回分开，考定曹雪芹只作了前八十回。这是他的重大贡献。但他认为，"直至乾隆五十六年以后，始有百二十回的《红楼梦》"，并确定后四十回续书作者为高鹗，却是失误。

本来，程伟元于"程乙本序"中有说他搜罗续书过程的一段话，"爰为竭力搜罗，自藏书家甚至故纸堆中，无不留心。数年来仅积有二十馀卷。一日，偶于鼓担上得十馀卷"。但他认为，乾隆五十六年高鹗始作续书，便将程氏"搜罗数年"之说，以"此话便是作伪的铁证，因为世界上没有这样奇巧的事"一语，轻易否定了。此后，后四十四为高续说成了定论。某些《红楼梦》的新印本，著者署名不留任何馀地，径署为"曹雪芹、高鹗"。

舒元炜于乾隆己酉年已说到百二十回本，加上周春《阅红楼梦随笔》中说到乾隆庚戌年雁隅携百二十回本《红楼梦》入闱，正好与程氏于辛亥年说的"搜罗数年"相吻合。高鹗于后四十回的修补当然出过大力，但却不是续书的作者。这是我对舒本研究的成果之一。

（五）对己卯本和庚辰本的研究，主要是注意到二者的关系。《红楼梦》版本研究者一向认为，今己卯本和庚辰本，最初的祖本，是两个各自独立的本子。而据我个人的研究结果，认为二者只是来自一个共同的祖本。即，从乾隆己卯冬月到庚辰秋月，跨年度完成的"己卯庚辰本"。香港学者梅节先生，同时在香港发表文章，提出与我很相近的结论。当年，我与梅先生提出这个研究结论时，治《红楼梦》版本的同人，往往将信将疑，近年来，持此说的却越来越多。

上述几个问题，都只是《红楼梦版本论》中的章节。当年，《红楼梦》的早期钞本数量是很多的，但多数已散佚，迄今尚在流传的，仅只是些幸存者。但从这本子加版本现象看，却存在某种共同性。由此看出此书版本的整体面貌，是没有问题的。

在研究各本的过程中，我还从各个本子的联系中，发现一些涉及版本整体的共同问题，包括某些微细现象。如：第六十四、六十七两回的真伪问题，又如，第十二回"冬底"一语的讹误及致讹缘由，又林黛玉史湘云为凹晶馆联句，那"冷月葬花魂"句中，有的本子"花魂"作"诗魂"，引起版本研究和校勘者的争论。究竟孰是，我首次于明叶绍袁的《续窈闻集》中，找出"戏捐粉盒葬花魂"语。此外，还有《未画出的林黛玉眼睛》《虎兕与虎兔》《紫鹃与鹦哥》等等，这诸多版本现象探究中，说的也都是我个人的一得之见。

以上，说的是我前些年在《红楼梦》研究所，主要作了些什么。得出如许结论，虽然与前人一向的成说有异，但我却自信是准确有根据的。

近几年，我却转移了目标，除了为研究生开《文献目录学》《中国诗学》这两门课外，主要的时间是放在《西游记》上，偶尔也读点《儒林外史》，这倒不是出于什么成见，更不是对这几部小说本身有何种轻重，纯粹是个人兴趣浓了或淡了。读《儒林外史》，主要是爱其文人色彩很浓的文字。而《西游记》，使我感兴趣的问题很多，诸如书中的宗教倾向，孙大圣形象的背景等都是。此外，还有八戒大师的那番毫不掩饰人的本性，甚至缺点，倒觉得比任何无缺点的正人君子更为可爱。

而于《红楼梦》，尽管很少再有时间去碰它，但也还没有彻底放下。有时有友人约我写点有关《红楼梦》的文字，或者去讲点什么。他们认为我在红学所混了如许年，应不放下为宜。尊重邀请者的意见，也是去写去讲的。也就是说，我始终没有放下这部管了我多年饭的书。

三

现在，再回来说说这本《红楼梦纵横谈》。

前面说过，在红学所的几年时间里，我的注意力主要是放在《红楼梦》版本上，写《红楼梦版本论》倒是一门心思，此外，还有写《红楼梦思想论》和《红楼梦艺术论》两书的设想。

恰在那时，广西人民出版社约我写一本《红楼梦纵横谈》，以杂谈的形式说点《红楼梦》的思想和艺术问题。我想，原先已有这两者的基本想法，资料也大致集就，先写个普及本也罢，于是就答应下来。

初稿完成后，请王朝闻先生看过部分稿子。说起来，我与王老先生在《红楼梦》上有一段特殊的文字缘。那是在团泊洼"五七"干校期间，后期有一小段时日，急风暴雨的斗争稍见和缓，管理者每天例行训话的破口大骂，稍有收敛。"五七战士"分了组，以示区别，便于管理。王先生和我都分配在劳动组，天天都在独流减河大堤上劳动。每当中间休息的时候，我们便找个背风处坐下来，两手拢在老棉袄的袖管里，各自怀抱铁锹，悄悄谈《红楼梦》。这时，王先生正开始写他的大作《论凤姐》。

我们不能不悄悄地谈。因为有那么几位，虽然没有"资格"进称之为"斗争小分队"一组，也分在劳动组，但他们都是"三忠于""四无限""一颗红心永向"的人物，立场稳，觉悟高，斗争弦绷得紧，当然也有立点小功以改变处境的愿望，如果这类人物听到我们的话题，去向管理者"如实汇报""新动向"，后果是个什么，那是绝对难以逆料的。

后来，我们都回到研究院。这时，王先生已是我顶头上司的顶头上司了。也许是我们都还记得在大堤边谈红的日子，他在盛暑中为我看《红楼梦纵横谈》的部分稿子，还写了篇序，鼓励有加，并提到一个我自己在研究和写作中没有意识到的问题。王老先生在《序》中说：

> 我虽只读到其中的一小部分，这一小部分给我的印象，是著者不只熟悉这部小说，也比较熟悉传统的诗词。这种主观条件的特殊性，给他的论断提供了独特的论据。

从诗词的角度论述《红楼梦》的情节和人物，此前在构思和写作中，我没有自觉意识到，经王老先生这一说，我才去注意其中的若干篇，确是扯到诗词的意境或诗法上去。如：《任是无情也动人》《冷月葬花魂》《寒塘渡鹤影》《林黛玉与李清照》《出污泥而不染》《红杏与玫瑰》《花解语，玉生香》《袭人的名字》《敢将十指夸针巧，不把双眉斗画长》《隔花人远天涯近》《桃花·荼縻》，等等，还有其他许多篇，都是如此。

待《红楼梦纵横谈》出来后，自己读了一遍，觉得虽然没有多浓厚的学术色彩，但我原先计划两本书的一些思想和内容，都已经大致写进去了。要是再去写原计划中的"思想论"和"艺术论"，篇幅可能大大增加，内容还是老一套。当然，去掘地三尺，苦思冥想一番，兴许会想出什么别见来，也未可知。那样，除了多"转"一大片高级空话之外，不会有多少新意。这不是我一向治学作文的习惯。于是，也就无意于再去祸枣灾梨，另写什么"思想论"和"艺术论"，重弹《红楼梦纵横谈》中已弹过的那番老调了。

四

正因为基于上述的想法，这次修订时，尽可能保持此书初版时的面貌。原书篇目，不拟作大规不模的改动，撤换掉的也只是少数几篇。既然称为修订版。有所更易也是必要的。修订范围，主要指如下几个方面：

其一，初版出来之后，我又写了几篇有关《红楼梦》的短文，那也都是些杂谈，性质和路数与原书一致。这次补充进去。

其二，撤换了少量几篇，如《版本概说》一篇，这次重新写过。又如《冬底征疑》，这几年给研究生开《文献目录学》课时，讲校勘专题，举以为"理校"之例。此外，多数学生都知道我主要注意力落在《红楼梦》的版本上，时而有学生问有关版本研究于治学中的意义。我在回答这个问题时，整理了一下想法，写了篇关于这个专题的文章，把原来那篇比较笼统的换下来。

其三，对各篇的文字，作了一点小规模的增删调整，初版时的误植，也乘此之便作了改正。

其馀一些，尽管还有不少篇自己不满意的，我却未能一一撤换，总体上还是仍其旧。可能这也是因为偏爱自己的那把破扫帚，平常人如我，不免都有如许的弱点和通病。

癸未仲夏，于都门某权楼